教育部办公厅批准
中国当代文学研究会主办

"叶圣陶杯"全国中学生新作文大赛

全国十佳小作家获奖作品全集

王世龙 / 主编

天津出版传媒集团
百花文艺出版社

图书在版编目（CIP）数据

"叶圣陶杯"全国中学生新作文大赛全国十佳小作家获奖作品全集 / 王世龙主编. -- 天津：百花文艺出版社，2020.5
ISBN 978-7-5306-7849-7

Ⅰ. ①叶… Ⅱ. ①王… Ⅲ. ①作文-中学-选集
Ⅳ. ①H194.5

中国版本图书馆 CIP 数据核字(2020)第 008454 号

"叶圣陶杯"全国中学生新作文大赛
全国十佳小作家获奖作品全集
"YESHENGTAO BEI"QUANGUO ZHONGXUESHENG XIN ZUOWEN DASAI
QUANGUO SHIJIA XIAOZUOJIA HUOJIANG ZUOPIN QUANJI
王世龙　主编

出 版 人：薛印胜
责任编辑：朱佳瀛　李文静　**装帧设计：**张振洪
出版发行：百花文艺出版社
地址：天津市和平区西康路 35 号　**邮编：**300051
电话传真：+86-22-23332651（发行部）
+86-22-23332656（总编室）
+86-22-23332478（邮购部）
网址：http://www.baihuawenyi.com
印刷：山东新华印务有限责任公司
开本：787×1092 毫米　1/16
字数：360 千字
印张：20
版次：2020 年 5 月第 1 版
印次：2020 年 5 月第 1 次印刷
定价：40.00 元

如有印装质量问题，请与山东新华印务有限责任公司联系调换
地址：山东省济南市高新区世纪大道 2366 号
电话：(0531)82079100
邮编：250104

璀璨群星：从校园走向文坛

在“叶圣陶杯”全国中学生新作文大赛成功举办17年17届之际，组委会与以文学读物编辑出版颇负盛名的百花文艺出版社合作，精心编选了这部《“叶圣陶杯”全国中学生新作文大赛全国十佳小作家获奖作品全集》，收录了150位中学生小作家的佳作，可谓17年来展现中学生文学才华的优秀作品集成。今天，我们满怀着丰收与期待的喜悦，把它隆重地奉献给你——亲爱的中学生朋友和家长，尊敬的老师和校长！

“叶圣陶杯”全国中学生新作文大赛自2005年第三届开始设立“全国十佳小作家”奖项，每届评选10名。这些获奖的小作家大都来自各地重点中学，具有良好的综合素质，他们既博览群书、细心观察，又勤于表达、笔耕不辍，在课业学习之余，文学写作上也颇有收获。在获奖时大都已经公开发表过一定数量作品，有的甚至出版了作品，他们经过层层选拔，过关斩将，最终脱颖而出，夺得了这一代表当代中学生写作的最高荣誉的奖项。

十几年间，当年的小作家大多如愿进入了理想的大学，有的已经毕业走上了工作岗位，其中不少都成了颇有名气的专业作家、编剧，如第三届的张牧笛、第四届的刘殷实、第五届的胡海升、第八届的韩雨、第九届的张佳羽、第十届的麦麦提敏·阿卜力孜等，一批批当年的小作家成了“大作家”，在文学的道路上走得越来越远，越来越坚实，日益成为当代主流文坛的重要力量，闪烁出耀眼的熠熠星辉。

然而，无论他们走多远，长多高，他们的脚步都是在沿着当初梦想的方向在前进，他们的根都深深扎在中学时代的课堂里，在当年挑灯夜读的名著中，在课余凝想遐思的写作里，在那些紧张而快乐的比赛中。无论如何，这一段跟文学有关的记忆，都将是他们生命中一个值得珍惜的过往。

150名校园小作家，像150只翱翔天宇的鸟儿，正在以各种姿态开始他们的飞行，而他们最早破卵成雏留下的“壳”，便是我们手头这本沉甸甸的文集。这些文章，虽然多数作品看上去文笔还比较稚嫩，思想也不一定十分深刻，但却都充满真情，富有想象，表现出青少年作者特有的激情和活力；而行文之流畅、结构之精巧，则表现出这些小作家们卓尔不群的写作天赋。而单纯从文学的角度来看，这些作品无论在形象的刻画、故事的编织，还是意境的营造、语言的运用诸方面，也都已经具备了很高的水平，每篇文章都有可圈可点、值得学习借鉴的地方。从这些作品中，我们可以窥见一个时代的中学生成长的心路历程，寻味他们青春绽放的岁月中所积聚着的生命力量。

我们在学习写作的过程中，一方面要注意经典的阅读，因为经典作品经过了历史的淘洗，其思想价值和艺术价值都是毋庸置疑的；另一方面，也要注意向身边的优秀同辈学习，他们的条件和我们有很多相似之处，所以他们的经验更容易拿来为我们所用，甚至可以给我们更多的启发。更不用说，这些作品本身所描述的也正是我们所处的中学生活，他们的经历、他们的思想感情，和眼下的我们是那么相似，当然随着时间渐行渐远，也会慢慢增加一点点历史的陌生感，毕竟时代变化得太快了。

这本书编辑完稿，正是全国人民同心合力抗击新冠肺炎的历史时刻。从2003年抗击“非典”，到2020年抗击“新冠”，中间17年，正是“叶圣陶杯”全国中学生新作文大赛诞生、发展、壮大的17年，其间，中国经济社会发生了巨大的变化，中国教育也在不断地探索前进。从2003年义务教育新课程标准开始实施，到如今又一版新课程标准颁布和一系列教育改革全面铺开，中小学教育正在掀开新的篇章。唯一始终不变的，是我们的情怀——对于文学和梦想，对于青春和阳光，我们永远挚爱，永远追求。

编者

2020年4月

目录

第一辑　青春抛物线

第二辑　那些他们说过的话

第三辑　生命如树

第四辑　自在如风的少年

第五辑　寻常巷陌不寻常

第六辑　刹那芳华

第一辑

青春抛物线

青春是一条奔腾的河，青春是一座高耸的山，青春还是一条神奇的抛物线。

在阅读中和诗心舞蹈（组诗）

□张牧笛

[2005年"全国十佳小作家"]

张牧笛，女，1991年出生，满族，获奖时为天津市天慈中学初一学生。当时已在全国各种报刊发表散文、诗歌、童话、随笔等约十万字，在全国性的作文大赛中获得特等奖、一等奖共二十多次。其诗歌《人不长大该多好》被选入《感动中国孩子的一百首童诗》一书。

远去的城南旧事

那座古老的城池你还记得吗？
那棵芳香的桂花树你还记得吗？
那让我们看海去的读书声你还记得吗？
那傍晚草间的鸣虫你还记得吗？

偶尔投在你窗前的，是那些远去的背影吗？
井边的小桂子，墙后的小偷，
椿树胡同的疯女人，骑着驴回家的宋妈，
还有啊，那厚厚地落了一地的爸爸的花。

偶尔驻足在你内心的，是那夕阳下古道边的一片青草地吗？
是悠悠碧绿中腾起的轻烟吗？
是袅袅烟波里藏匿着的蟋蟀吗？
是九月的蟋蟀不停地鸣叫着的你的童年吗？

当你芦笛般的快乐和流水样的忧伤

都使我的心灵微微颤抖时，
告诉我，
我可曾握住了你纯真而又温情的双手？

翠 翠

天空
被夕阳烧成桃花色的薄云
木桨
每天都向大地的深处伸动
山路，弯曲成弓
一同弯曲的
还有你那如水的双眸
你将纤细的双脚踏进夜晚抒情
山鸟在你噘起的小嘴上长鸣
轻盈的船
漾着淡淡的清漩
静静地驶过波光的掌心
在每一个缥缈如雾的夜里
遥遥传来的，是一个少女的期待
如一簇温暖的虎耳草
紧握着山的脉搏
快乐
在碎裂的光线处悠然弹出
只是
你却将自己涅槃在少女的羞怯之中
于是，缘分
在疏离中远去
老祖父的笑声沉没在一个雷雨的夜晚
白塔，轰然倒塌
那块块残缺的石砖
怀着透明的水的惆怅
默念着亲近又遥远的翠翠的名字

成长的诗 心里的梦

□毛明军

[2005年"全国十佳小作家"]

毛明军，男，笔名四毛，1987年出生，获奖时为湖北省枝江市第一高级中学高二学生，担任学校小帆文学社副社长。当时已创作累计达十多万字，结集为《足球里的童话》，并在《新作文》等报刊发表近万字作品。

从小到大，我随着爸爸搬过好多次家，每一次搬家都会丢弃一些已经损坏的东西，在这丢弃的东西里面不乏我喜爱的，那些破旧的玩具，那些已经踢坏的足球，我都好想好想保留下来。我是一个怀旧的人，需要保留一些以前的东西和记忆。珍惜往事，使我满怀爱怜地注视一切，注视清晨晶莹剔透的露珠、争先恐后开放的花朵、厨房里噼噼啪啪的回响，这种对万事的依依惜别之情是爱的至深源泉，由于这爱，一个人才会真正用心在看，在听，在生活。

整理时，有些东西在慌乱之中也不知道被我塞进了哪个箱子，想起的时候便也是失去的时候，无从找起，就像心上人从自己的生命里走出，便再也不会回来。某个黄昏，也许会想起，猛然才会感觉，已经失去了对自己来说非同寻常的女孩。再也不会有了。如果你喜欢上了一个人，那么，请你一定要好好地珍惜她，一定要温柔地对待她。

我有一本厚厚的相册，里面都是我的照片：孩童时露出参差不齐的牙齿傻傻地笑，一个人站在足球场上敞开双手昂着头望天空，坐在江边听着江风想彼岸是一个怎样的世界，抱着庙前的柱子虔诚祈求。我看着那一张一张照片褪色的痕迹，就像我脸上长出的那一根一根髭须，看得想掉眼泪。我感觉自己就是这样长大了。最近的一张照片也已经是两年前的了，我看着照片里面的孩子不敢确认是不是我。那个幼稚的满脸笑容的孩子。现在我已经成年，不应该再是一个可以任性的孩子了。可虽然已经成年，心里装着的仍是一半现实一半幻想。我还可以任性地做着自己想要做的事情，任性地过自己想要过的生活吗？我在想。我想给自己一个可以解脱的答案，可给得好辛苦。街上铺满枯萎的树叶，就像在我的心里藏着成长的泪水。我不知道自己在拒绝什么，难道是一个人孤独地行走在街上，找不到可以打的电话，看着被雾笼罩的玻璃不知道写下谁的名字，还是听着山涧潺潺的流水声，记不起是和谁一起来过？

有的时候我希望自己是一朵烟花，在深情的夜空妩媚地盛放一次，然后带着自己深藏在心底的往事坠落，坠落。无论何去何从，都不要留下一丁点让人心疼的痕迹。那些瞬间的美丽就让它属于瞬间。成长中的辛酸还是要默默地用心记着，用笔记着，等到老去的时候用来温暖自己的心。其实我一点也不认为成长是难耐的，相反我喜欢成长的感觉，我可以更加懂得自己最需要什么，然后尽自己的努力得到，有些只能让小孩子想想的东西，如今也可以在我的手上慢慢遗弃。也不想再总是依靠着父母，让父母为我操心，为我含辛茹苦地攒钱，我是多么不愿意看到因为钱这样的东西而失去什么。

我十八岁的生日刚过没多久，心里淡淡的惆怅到现在还是会不间断地涌上来。朋友们真诚的祝福，像动听的歌谣持续不断地在我的耳边回荡。常常安静地忆起，却怎么也不能平静下来。爸妈为我买来的生日蛋糕，像清冷的水滴，一点一点地流落在心间，留下甘甜的回味。我一个人慢慢地吃下那些蛋糕，却还是弄得满嘴都是，我幸福地笑着，笑着，却笑出了眼泪。哗，哗，哗，流在了十七岁的末尾凝固成冰，一块透明的冰，一眼便可以望进去，看到好多烦琐平淡的往事：那个穿着短裤在球场上挥汗如雨的少年，只身到陌生的城市带着流离失所的梦想；那个做出艰难的抉择后痛哭流涕的孩子，总带着忧愁忙碌在数学题中；那个有时萌生出要放弃学业的懦夫，差一点放弃自己身边一切美好的东西……

我的成长像是清脆的鸟声，在寂静的风中回荡；像是竹林间清冷的山泉，在流淌中一去不复返；像是一句美丽的诺言，仍然等待着。我该为我的成长写首诗，一首读不懂的诗，一首连自己也不知道是写什么的诗，我喜欢这种暧昧模糊的状态，像是我走过的十七年中那些连我自己也感到羞愧的错误，我不想从我的生命中将这些污点一一抹掉，人会变，只是需要时间来改变，我不希望有些人总是站在过去来看我，我不希望那些污点清晰地烙在我的心里面，使自己久久不能释怀。

诗可以重新再写，可这人生就只有这么一次，正如刘墉先生所说：人就这么一辈子，你可以积极地把握它，可以淡然地面对它。看不开时想想它，以求释然吧！精神颓废时想想它，以求振作吧！愤怒时想想它，以求平息吧！不满时想想它，以求感恩吧！因为不管怎么样，你总很幸运地拥有这一辈子，你总不能白来这一遭啊！

青春抛物线

□董水芬

[2005年“全国十佳小作家”]

董水芬，女，出生于1987年，获奖时为浙江省永嘉县碧莲中学高二学生，任学校山鸟文学社社长。《伤心一万年》等散文、诗歌被《创新作文》等报刊发表，多次在全国作文大赛中获奖。

青春是什么？青春是一条奔腾的河，青春是一座高耸的山，青春是一首激扬的歌。青春还是什么？哦，青春还是一条神奇的抛物线。

我们每一个高中生都是抛物线上的一点，拥有各自的人生坐标。青春的高中生活是函数，不同的人会有不同的经历，就像不同的函数会有不同的图像一样。我们的图像是最完美的、最奇妙的——那就是属于我们的青春抛物线！

青春的理想是抛物线，它多姿多彩。穿梭在象限的领域内，不任意改变，不随便更换，像抛物线一样拥有一生不变的性格与特点。

青春的生活是抛物线，总是有升有落。淋漓尽致的快乐和花团锦簇的成功会将我们推向高潮；进退两难的痛苦和刻骨铭心的失败也会使我们步入低谷。但，这才是生活的本来面目啊，完美的抛物线不也是有上升也有下降吗？

青春的未来是抛物线，有一片广阔天地。我们拥有矢志不渝的信念，崇高向上、坚持不断的奋斗会使我们走向成功。我们会像抛物线一样向着明天，向着希望，不断延伸，永不停息。

青春的我们有了抛物线的性质，就应该努力学习，不断学习，纵使知识的海洋没有彼岸，求知的长途没有尽头，而青春有限。我们愿意用彩色画笔，选好一个适当的落脚点，定好坐标，把我们的人生方程式用最光滑最单纯的图像表示出来，那就是我们的青春抛物线！

和火车有关的童年往事

□郑　晓

[2006年“全国十佳小作家”]

郑晓，女，获奖时为浙江省乐清市虹桥中学高二学生，任校红枫文学社社长。当时已在《美文》《绿洲》《乐清日报》等报刊发表文章十五篇。曾在全国作文大赛中获奖。

我记得，至今只坐过两次火车。一次是八岁那年被一个陌生的阿姨从南方老家带到北京，而另一次是十四岁那年，由父亲把我从北京再次带回南方老家。我觉得我生命最重要的两次环境变迁都是由火车完成的，所以在我的记忆中，火车成了最最重要的分水岭一般的标志，从南到北，从北到南，两次的旅程路线带着中间六年的记忆纠缠，封住了我童年的最后一道路口。直到有一天习惯性地浏览书架上的新书，手指突然定格——《猜火车》，记忆像潮水一样在脑海里翻涌着，猜火车，火车，原来记忆还是如此清晰，好吧，于是我提笔，准备写下这一段和火车有关的童年往事。

我自小就不是个聪明的孩子，这点从我记事的时间就可以看出来，别的小孩在四五岁就开始有记忆，而我，凡是八岁以前的东西一概都没有印象了，包括最疼我的爷爷的模样，所以对于第一次坐火车的情景早已不记得了。应该是睡了一路吧，然后随着阿姨下火车，她把我的手放在一个自称是我父亲的男人的手里，他的另一只手抱着一个白净的男孩，然后，他对我说，走，我们回家！一个叫沙子口的地方，不知道如今还在不在，沙子口根本没有沙子，也许只是个名字吧。但在家院子后面两百多米处有两条很长很长的没有尽头的铁轨倒是真的，在来的第一天，我就远远地听到了汽笛的长鸣，幽远而沧桑。

陌生的环境，陌生的人，还有陌生的嘈杂，谁也不知道我内心的惶恐，这种恐惧使我刻骨铭心，也就是从那天起，我才开始记事，记住了所有以后应该记住的事情。我固执地不肯叫人，不是我恨他们，真的，一点都没有，八岁的女孩根本不知道什么是恨，只是八年里，我从没对一个人叫过“妈妈”，我甚至都怀疑我会不会发好这两个音，在过去我叫得最多的是“爷爷”。大人们也都原谅了我的怕生。时间真的是个好东西，它可以很自然地把陌生变为熟悉，把不习惯变为习惯，我忘了我是何时开口的，应该是件很简单的事情，上下嘴唇轻轻一碰，冲出一股小小的气流，然后我便轻易地完整了我童年的残缺。

我习惯了吃白面馍，习惯了喝西红柿汤，甚至习惯了吃油浇糖醋黄瓜，但我却怎么也习惯不了双休日被锁在家里的日子。当父母再一次锁门而去，我拿着早有准备的小凳子，打开了开得很低的窗子，然后对那个白净的男孩说：“我要出去玩，你要跟我一起去吗？”来的时候阿姨曾经对我说，我有个很漂亮的弟弟，当我第一眼看到被爸爸抱在怀里的他，就觉得真是漂亮呢，粉嫩粉嫩的圆脸，大大的眼睛，口里兴奋地叫着“姐姐、姐姐”，那标准的普通话带着甜甜的稚声。我不会讲好听的普通话，也不知道该如何和他沟通，于是我只是闷闷地低着头，看自己的塑胶凉鞋。我见他快乐地点着头，于是我第一次拉着他的细软厚实的小手，走到了铁轨旁，这个小王子，从来也没有走过那么多的路，可他还是一路小跑跟着我的步伐。然后走的次数多了，我们便有了自己的玩法。我们会在空旷的田地上挥舞着自制小旗，想象着所有火车是由自己指挥，我想那应该是条不太繁忙的路线，有时候，两天都不会有火车的踪迹，可是当那大大的火车头甩着长长的一列车厢真的冲来的时候，我们就会飞快地跑好远好远，捂着耳朵数车厢的节数，那轮轨相击、枕木相应的节奏，不断地冲击着我们的耳膜，直到现在还有沉沉的回音。我和弟弟玩了整整两年的火车游戏，就那么不知疲倦，直到有一天举家搬迁，然后转学。小时候我们都挺没心没肺，不知道要留个纪念或是什么的，只是开始有点想念，后来就适应了想念，逐渐不再记起，就过去了。曾经在萨洛扬的小说里知道，有一个寂寞的野孩子，每逢火车越野而过总会在后面兴奋地追赶。我就会在想，当时的我们是不是也寂寞呢?因为寂寞才喜欢那火车汽笛的热闹杂音，有点点期待，还有点点无奈。

十四岁那年，我读到六年级的尾声，终于再一次坐上了火车。铁轨无尽，伸入江南温柔的水乡，我靠在窗边看了几百里的桃花映水，风抚麦浪，看着越来越多的绿色稻田，隐隐的小丘山峰。我知道，我又回来了，火车再一次载着我回到了我的本原，只是这一次，我不是一个人，还有爸爸、弟弟，妈妈要看家，所以没跟我回来。下了火车，出了月台，又坐了汽车，才到村口，一阵阵暖暖的空气夹杂着泥土的味道，让我的神经不由得勾起了大段的记忆。我再一次牵起弟弟的手，这时他已是个大男孩了，对他和爸爸说：“走，我们一起回家。”

直到现在我再也没有坐过火车，如今我和弟弟两人在南方就学，父母在北方经商，亲情仍然是我不能阻隔的唯一牵挂。爸爸、妈妈、弟弟，还有我，我们都要好好的。总有一天，会有一辆叫幸福的列车，载着我们一家人，回来，相聚，然后永远不分离……

十三

□张宝丹

[2006年“全国十佳小作家”]

张宝丹，女，1991年生，获奖时为广东省汕头市飞厦中学初二学生，任学校《飞扬》杂志主编，曾获广东省“小公民标兵”荣誉称号。当时已在《中学生》《汕头特区晚报》《汕头日报》等报刊发表作品近六十篇，多次在作文大赛中获奖。

一年就这样匆匆而过——当我喝下羊肉火锅热汤时这样想。如同这滚烫的热汤下喉给舌头留下的感觉是热烈舒服或是疼痛麻木，来不及细细品味，又一口热汤滚滚而下。

有人说聪明人太辛苦，有人说糊涂是福，我很庆幸我糊涂了十三年，在举起汤勺喝第十四口时，我想我应该回顾一下我这糊涂的十三年，看看自己是怎么过的，给自己一个交代。

…………

我在前面之所以用省略号是因为前十二年的事大致已模糊。好，让我们从第十三年开始。

我的第十三年从周杰伦的《龙拳》开始，自此我进入了长大后开始思考、开始成熟的一个阶段。寒冷的冬天与炙热的夏天，栀子花落了又开，我与同学们一起奋战在马拉松式的题海里，有一阵子，我感到前所未有的压力和绝望，接近崩溃。有人说，翻来覆去的考试就像是翻来覆去的死。这句话不错，感觉很刺激，能说出这样的话悟出这样道理的人的确是人才，所以他高高兴兴地读大学去了，留下死了又活活了又死的我和他的这句话徘徊在黑色的七月。大家都以为我很轻松很疯，所以没有给我鼓励没有给我安慰，而我，却被铜墙铁壁碰得焦头烂额，等待我的，只剩下中考那天的背水一战。

中考那天，在进考场时，我快要哭了，因为班主任张老师说：“宝丹，注意不要写错别字，我昨晚睡不着，天快亮的时候梦到你考语文写作文时写了两个错别字，千万记住啊！”当时，我只是微微一笑，其实我多么想不用考试就这样一直守在张老师身边，听她讲课，听她说“宝丹，你最近又心不在焉了”。但是不可以，因为我知道，我应该用一件事来报答张老师，这是她和我共同期待的。于是我走了进去。

我总感觉自己考得不是那么顺利，回到家里一直发呆，不说话不吃饭不做事。妈妈约了张老师到上岛咖啡聊天，回来时告诉我：“张老师哭了。”我抬头。“说到你，她说你最近好认真，连你自己都觉得不太顺利，考不上怎么办啊？”心被扯得很痛很痛，难过一如深深的湖水。

我想到了从前，我们全班的成绩很糟糕，张老师总是抱着一摞试卷，眼圈红红地说：“这次考试又不理想。”然后好长一段时间都不说话。我很害怕，害怕老师会对我失望，我是她的最后底线是她的偏爱是她的心血，她会因为我一个字写错两次而生很大很大的气，现在，怎么办？

放榜前一天晚上十点四十分电话铃响了。“293 分。”接电话的爸爸说，“张老师打电话来说，全班第一！”我笑了，但又哭了。虽然不太理想，但终究让老师放心了。

第二天我到学校，老师们像约好了一样向我祝贺，不管是教过我还是没教过我的。我遇到了数学老师，我告诉她：“我考上了。”她笑眯眯地说：“知道，昨晚我就一直在等你的分数，分数下来后我立刻打电话给张老师，我知道你在等，她也在等。”我还遇到了一班的班主任，她一把把我搂住：“太好了，你考上了！”那天是我最幸福的一天，但我又突然难过了，舍不得这个美好的校园，这个我待了六年比待在家的时间还长的地方，放不下我亲爱的老师们——新潮的张老师、暴牙的数学老师、大嘴的英语老师……我用心看了一遍这个我看过千次万次至今仍未仔细看过的校园。它很简单，但我看得很努力，我要让记忆成为一把刻刀，把校园的形象深深地刻在脑海里，只有记着它，我才会安心。只为这是我曾经笑过闹过风光过悲伤过的地方。

接下来，是进入飞厦中学，教师节、校运会、圣诞节……然后就到了不久之后的今天。我越发地感到时间的飞快，它总是留下人的魂带走人的身轰轰烈烈地向前冲。还来不及说声“来不及”就来不及了。明亮，感伤，无穷尽。

电视里响起这首歌：“星星还是那颗星星/月亮还是那个月亮……”我笑了，笑完后就安静了。只有火锅汤在咕噜噜地冒着泡，有人的眼泪滴在汤里，我把汤喝了。

新年钟声响了，挥手告别我的十三，我绝望的刺激的悲伤的感动的快乐的十三。

新的一年，我会喜欢这样一句话：学会珍惜学会爱，不要后悔不要悲伤。

我想，我十三岁的故事终会沉入海底，被软沙和贝壳覆盖，多年以后，上面长满了浓郁的水藻，成为生命中凛冽的遗忘。

道口遐想

□高立强

[2006年“全国十佳小作家”]

高立强，男，1993年生，获奖时为北京市第十二中学分校初一学生。从小喜欢文学创作，多篇作品在《中国中学生报》发表。多次在国家、省、市级作文大赛中获奖。

透着清风，我站在那条熟悉的铁道路口处，一边等待将要通过的火车，一边享受着雨后清新的空气和温暖的阳光，仿佛世上的一切都在轻微湿润的空气里酝酿。

“呜——”随着一声响亮的笛声，一列火车疾驰而过。我望着它那庞大的背影，看着眼前的铁轨，不禁想起了火车的起源，它是第一次工业革命的结晶。

以瓦特发明的蒸汽机为代表的第一次工业革命，使当时的西方各国在工业生产、交通运输、航海贸易和军事装备上都有了新的飞跃。而当时的清政府却不思进取，不修德政，官员腐败，导致落后于其他国家。八国联军仗着自己的先进技术，仅用几千人马便长驱直入，攻陷北京，烧杀抢掠，无恶不作，抢走我们无数的国宝，还放火烧毁了圆明园。面对西方列强的侵略，腐败无能的清政府只会割地赔款，丧权辱国，根本没有能力反抗。

遥想当年成吉思汗只用十几万人马便能征服欧亚大陆，只用刀剑便打遍天下无敌手；明太祖朱元璋大小战争无数，百无一败；清太祖也是豪气逼人，一个不足五百人的小村庄，在其带领下，仅用十余年的时间便是国土千里；皇太极四征八讨建立大清王朝；顺治安抚万民，百姓安居乐业；康熙三征蒙古六平叛乱，奠定了统一稳定的基础；乾隆收复新疆，开拓了清朝最大的疆域。然而这一片大好山河，却屡遭西方列强的侵略和瓜分，这是中国人永远不可忘记的耻辱。然而为何会这样？因为晚清政府腐败无能，不求进取，不重视工业……于是把五千年的先进文明变成废墟，把本来是先进的强国变得落后。想到慈禧割地求和，我不禁想起苏洵的《六国论》。这一百年的国耻我们中国人民怎能忘记！

我是平凡却不平庸的人，有着远大的政治抱负和爱国情怀。我多么想成为一名勇士，拿着那坚韧无比的利剑，站在那千军万马之前，用我的一腔热血杀败那侮辱我中华的所有敌寇；我多么想成为一名将军纵横千里，指挥万军，用我精妙奇特的战术杀败侵略者，收复失地；我多么渴望我是那保卫祖国的英雄，像狼牙山五壮士般英勇战斗……

如果我是清朝的国君，我会像曹操一样广收奇才，我会像刘备一样仁义尽至，我会像孙权一样顾全大局，我会像诸葛亮一样用奇谋出奇兵，我会像周瑜一样以弱胜强，我会像张飞一样英勇善战，我定能抵抗外来侵略，保卫祖国，发展工业，吸取他人之长，安民富国！

"呜——"又一列火车疾驰而来，打断了我的思绪。看着眼前车水马龙的街道和富丽堂皇的高楼大厦，我不禁感慨，今天我们的祖国是多么富强。我们不仅拥有自己生产的火车、汽车、飞机和轮船，还独立研制成了"神舟载人飞船"。我国现在已经拥有世界上最先进的技术、最现代化的设备，国家建设像疾驰的火车一样，一日千里，迅猛发展。人民的生活水平和国际地位也在不断地提高，祖国日益强大昌盛，外国人再也不敢小看中国了！

今天中国是众星中最璀璨的一颗，明天它定能放射出更耀眼的光芒！

望着远去的列车，我心下许愿：我要好好学习，将来用我的真才实学去报效祖国。愿我的愿望永远跟着疾驰的列车，跟着回忆，深深地藏在心底，变成动力……

我的小学生活

□胡海升

[2007年"全国十佳小作家"]

胡海升，男，出生于1989年，获奖时为山西省运城市康杰中学高二学生。当时已有一百四十余篇作品在《吕梁日报》《临汾日报》《临汾晚报》《时代文学》等报刊发表，出版散文集《七彩的少年》、长篇小说《陨星剑》，获各类写作奖三十二项次。

我的童年有许多令人回味的趣事。

我读书的小学六个年级共二十个学生，老师是个刚刚初中毕业的姑娘，快结婚了。老师如何讲课我没有清晰印象，倒记得怎样捉弄老师，怎样取笑同学。现在想来，当时确实太幼稚。桌子是用杨木做的，原是队里人用来办红白喜事的，经过许多年使用已经很不结实了，自然经不起我们这群小孩子的折腾。上课时总会听到桌子的响声。小淘气们似乎是为了改变上课气氛而将桌腿移开，桌面便掉到地上。爬到讲台前，把老师讲桌搬动。听到老师惊叫，大家便不禁笑起来，当时，我们不知学习是为了什么，都不在乎。

在老师结婚前，我们曾经设法偷过她的化妆品、鞋子等，想拖延她结婚的时间，因为村里是有规矩的，如果自结婚起新娘没有在丈夫家里住满一个月，是要受谴责的。但最终也没有阻挡住她结婚。她嫁人后，我们便放假了，放假后的事，便是放牛了。我们几个小孩赶着牛来到空旷的山林时，渐渐地忘记了牛，有时去偷土豆、玉米，然后用手挖个近似火炕的东西，生着火将土豆、玉米埋进去，回家时便可享用了。我们还会追兔子、摘野果、捕追山鸡，当然很悠然。

一个月假期结束后，我们又欣然返校了。那天，我们拿了许多土豆，在家里让父母拌好酸菜，还带了水。经过我们齐心协力加工后，摆成了一桌丰盛美味的晚宴，欢迎老师返校。我们还邀请了比较有威望的村长及村里的年轻小伙来参加这个与众不同的盛会。

第二年春，很多家长认为小孩不用上学了，上学学不到什么，还要出学费。许多伙伴都回家了，只剩下我与村里的另一个小孩。比起他，我很聪明，老师讲上几课后测试，我几乎每次考得都很好，他却经常不及格。于是，老师便准了我的假，我便回家去了。在他的学习赶上我时，老师会通知我再返校学习。就在这种程序下，我读完了一年级。这种状况让父母十分担心，于是父亲决定让我转学，由此真正的求学之路便开始了。

离我家大约两公里，有一个镇，那里的小学还是很不错的，我的大表姐又在那儿教书，父母便让我到那儿就读，顺便姑妈可以照顾我。

但到那儿后的第一节课便使我自信心受到了打击。在上语文课时，老师要我背一段课文，我不会用普通话诵读，受到全班的嘲笑。我一激动，就尿裤子了，更成了笑话。从此，我渐渐地沉默了，忘记了自己从前的乐观、开朗、快乐。

直到小学毕业，直到远远地离开那所学校都没有什么特别的感觉，我所期盼的是全班同学能够坐在一起，吃一顿温馨的团圆饭。但这已经成了一个梦。

诗人复活

□闫晗

[2007年“全国十佳小作家”]

闫晗，女，出生于1993年，获奖时为四川省开江中学初三学生，多次被评为市级“三好学生”。当时已在《山东文学》《中学生》等报刊发表习作二十余篇，并多次在全国文学写作大赛中获奖。

人类已经没有诗人了，怎么办？

旧的诗人已死，新的诗人呢？

于是，上帝决定赋予诗的灵魂于人类，他要让诗人重新出现在地球上，他要使诗人复活。

公元2025年的一天，阿若，也就是上帝选中的第一个诗人降生了。

上帝为了从一开始就显现出阿若的与众不同，就有意让阿若在出生时不像其他婴儿一样大哭，结果抱阿若的护士见阿若一点声音也没有，哭也不哭，便武断地认为阿若是个死婴，考虑如何处理才好。吓得上帝赶紧让阿若放声大哭，阿若便在突然间哇地哭了出来，把那个护士吓个半死，狠狠地骂了阿若一句“疯子”。

从小上帝便培养阿若具有诗人的品格、诗人的气质。他还希望阿若能以诗人宽广的胸怀对待周围的一切，阿若却无法办到，周围的一切让阿若无所适从。

阿若生活在一个满是名利的社会里，他的家人对他期望甚高。父母在他九岁的时候一下子为他报了十四个补习班，阿若十一岁那年已经戴上了五百度的高度近视镜。做不完的作业、练不完的钢琴、上不完的补习、忙不完的竞赛使得阿若没有夏夜数星星、捉萤火虫的情趣。天真的上帝认为阿若可以在大自然中获得灵感，但阿若直到十五岁时才在词典中找到了对“大自然”的解释，这是他十五年来对大自然的唯一了解。

于是，上帝痛苦地做出了一个决定：他让阿若的家里被盗贼偷得一干二净。上帝认为，如此一来，阿若的父母就无力支付阿若每月五千元的补课费。阿若的父母在一夜之间变成了穷光蛋，但令上帝万万想不到的是阿若的爷爷奶奶外公外婆姑姑姑爷二伯三姨妈们又在一夜之间凑足了钱，把阿若重新送回了补习班。上帝可不忍心让这么多人一同破产，只好让阿若痛苦而可怜地活着。而阿若这时精神近乎崩溃，现实与理想相差太大，阿若纵使有一身的灵气，却无法写出一首诗。

生活中的阿若感到更多的是压抑，这种压抑感几乎是伴随着他长大的，他快要爆炸了。

阿若十八岁生日那天，他终于疯了，他真的成了疯子，他被关进了疯人院。

在跨进疯人院大门的那一刻，他居然开心地笑了。

随后，他出口成诗。

转身的瞬间

□李巍

[2008年"全国十佳小作家"]

李巍,男,出生于1990年,获奖时为河北省衡水市冀州中学高二学生。当时已在《语文报》《知心姐姐》《五台山旅游报》《新课程导报》等报刊发表文章二十余篇,在国家级、省级作文比赛中四次获奖。

当某一天,我再一次坐在牛车上,颠簸着走向自己心中的家的时候,我不知道那股夹杂着牛粪味道的麦香意味着什么。但我仅是一笑而已。蓝色月光,对于我,无论是十年前儿时的那个我,还是今天再一次坐在牛车上的我,都是一样的传说。而对于传说的期盼,我一直未曾放弃。

还是那辆车,那头牛。

依稀记得十年前,那头牛拉着我在月光下狂奔。就这么奔跑着,从我童年的某个角落跑了出来,惊飞了一树的雀,更惊飞了我那个安逸的梦。

炊烟从来都是空虚的,哪怕没有风。我仅仅是坐在牛车上,任其颠簸。

牛终究是老了,已经无法与当年的牛犊相比。或许,将来的某一天我也会老掉!这是我以前从未想到过的问题。烛光总是会给人方位感,哪怕一阵风能把它熄灭。牛的眼睛总是睁得很大,似乎在寻觅,又想表达些什么。走到家门口,我在牛的眼睛里看到了院中的那支蜡烛。那天之后,我开始相信,牛的眼睛是会流泪的。

我站在雪人旁,若无其事地笑着。夜里,我把自己心爱的棉袄给雪人披上,带着微笑睡去。那时候我不知道,雪人迟早要融化。而我,迟早要长大。一年又一年。小时候每年都会因为雪人的融化哭泣。每每如此,妈妈总会来安慰我:雪人回家了,明年还会回来的。直到某一年的某一场雪之后,我不再堆雪人,不再哭泣。这才发现,我已经长大了。才明白,站在雪人旁那旁若无人的笑,走了,丢了。雪,总是过于浪漫以至于不堪一击。

雪，也许只会令孩子落泪。记得这么一句电视剧台词："兄弟姐妹本是天上的雪，落在地上化成水结成冰，就再也分不开了。"

听到这句话的那一年，特意地把雪装进瓶子里，放到冰箱中。当我关上冰箱门，不自觉地一笑的时候，又找到一种久违的感觉。好像身旁不是冰箱，而是雪人，是我儿时第一次堆的那个雪人，矮矮的小雪人。

那安逸的梦迟早要随着雪人化掉，纵使我极力挽留。今年又触及雪，自己扭过头故作轻松。哭了。

我仅仅是哭，却不知为何而哭。

一点浩然气 千里快哉风

□叶亚林

[2009年“全国十佳小作家”]

叶亚林，男，出生于1990年，获奖时为辽宁省本溪市第二高级中学高二学生，本溪市溪湖区作家协会会员。先后在《本溪晚报》《本溪有线电视报》《本溪日报》等报刊发表多篇作品。

这几日，天气颇为燥热。

家里好似蒸笼一般，我坐在书桌前，疏理着政治经济学的知识点。渐渐地，原本清晰的视线开始模糊，手中的笔也不再运用自如。目光迷离中，只听见“砰”的一声响，接着我那饱满的天庭便传来了一阵疼痛。

这一下撞得不轻，以至于周公刚刚还笑容可掬的脸，霎时间就消失得无影无踪。

想起近日的一次考试，数学成绩又是很不理想，使我原本平静的心海泛起一丝波澜。还剩下不到三百天了，即便心态再怎么好，总也要受到些影响。有那么一阵子，都想放弃数学了。心里反复追问着“行”与“不行”，将自己逼在角落里，独自舔着伤口，不思悲喜，任希望和失望倾轧。

随手翻开桌旁的宋词。视线停留在苏轼的名字上，一首《水调歌头·黄州快哉亭赠张偓佺》映入眼帘：“落日绣帘卷，亭下水连空。知君为我新作，窗户湿青红。长记平山堂上，攲枕江南烟雨，杳杳没孤鸿。认得醉翁语，山色有无中。一千顷，都镜净，倒碧峰。忽然浪起，掀舞一叶白头翁。堪笑兰台公子，未解庄生天籁，刚道有雌雄。一点浩然气，千里快哉风。”

这首词是苏东坡被贬黄州第四年的时候写的。少了“十年生死两茫茫”的凄惶，多了份“我欲乘风归去”的洒脱；没有了“高处不胜寒”的寂寥，只有“人生如梦，一樽还酹江月”的释怀。

苏轼的一生命途多舛，起伏跌宕。而他却并没有因人心不古的世道而灰心丧气。

相反，在“莫听穿林打叶声”的和风细雨中，我听见了他“一蓑烟雨任平生”的呢喃；在“夜阑风静縠纹平”的漫天星宿中，我听到的是他“小舟从此逝，江海寄余生”的豁达；在“明月几时有？把酒问青天”的仰天长啸中，我听到了他“但愿人长久，千里共婵娟”的祈盼。

惊才绝艳的风华之年，他却深陷“乌台诗案”。他三次被贬，最终到“饮食不具，药石无有”的儋州。他的一生，在政坛上大起大落，二十几年的贬谪生活是他生命的主题。一生漂泊，暮年投荒，黄州惠州儋州的百姓见证了他无数的磨难。然而他仍然能够用诙谐的语言总结自己：“心似已灰之木，身如不系之舟。问汝平生功业，黄州惠州儋州。”自嘲中襟怀坦白，艰难中肯定自我。

他面对困境的智慧和超然令人折服。他是百姓的朋友，一生悯农济世，幽默诙谐，“上可陪玉皇大帝，下可陪卑田院乞儿”的人格魅力使他赢得了所有人的欢迎，他能随处变贬谪地为乐土，深受当地百姓的欢迎和爱戴。当他遇赦北上，坐于舟上，两岸万民拥送。

心念及此，我不禁掩卷沉思。上天是公平的，如若苏轼没有这么多的磨难，也不会成就他豁达的心胸，他也不会留下如此多的华彩篇章。

比起苏轼，我所遇到的学习中的一些困难及这一次数学考试的失利又算得了什么？“竹杖芒鞋轻胜马，谁怕？一蓑烟雨任平生。”而我却蜷缩在失败里，不肯原谅自己，让母亲平添了几绺白发，让老师的眼里增加了几抹担忧。不老的灵魂让我深深汗颜，不朽的华篇似阳光透过心灵，多日来的阴郁一扫而光。对于十八年来的经历，对于一次次小小的失败，此时的我竟渐渐怀有一份感激和珍惜了。

明天就是校园超市

□陈衣攀

[2012年“全国十佳小作家”]

陈衣攀，女，出生于1995年，获奖时为浙江省乐清市白象中学高二学生。当时已有多篇作品在《语文报》《作文评点报》等报刊发表，荣获第九届“叶圣陶杯”全国中学生新作文大赛决赛一等奖等多项国家级作文大赛奖。

这几天学校里办文化节，明天就是校园超市了。

二班一群人拉了窗帘锁了门，召开“秘密会议”。班长大人慷慨激昂道：“不成功便成仁！我们要以经济发展为中心，以卖为主，以拐为辅，坚决把咱们班的班费给丰厚起来！”木木急忙扯班长袖子：“班长，注意形象。”班长恍然领会，连忙改口道：“坚决要让咱们班的摊子成为校园超市的一大亮点！”大家鼓掌。突然有人举手发言：“班长，今天已经有人开始摆摊赚钱了！”班长闻言大怒：“他们怎么可以这样？一点儿都不讲游戏规则的！不行，我们也去摆摊，就当是为明天的校园超市打响我们的品牌了！”于是一干人等在班长的带领下搬桌椅，提货物，浩浩荡荡冲向南北大道。

不看不知道，一看吓一跳。南北大道上竟已摆满了大大小小各式各样的摊子，气氛火得令人眼红。众人大为痛心，如果他们早点来，那能多赚多少钱啊。他们手忙脚乱地摆了个摊子，班长把一堆气球塞到木木几人手里，郑重道：“到操场上卖气球去！”

到了操场，木木几人围成一个圈商议道：“今天趣味运动会，要加油的人肯定很多。刚好我们的气球是棍状的，可以当加油棒使。我们在自己班练习和比赛的时候用气球加油，让他们感兴趣，这样，就不愁气球卖不出去。要是遇见熟人，要坚持‘向钱看齐’的原则，强买强卖没关系，能够赚钱是第一！这两天文化节，老师们都把家人带来了，我们要多在小孩子身边晃悠，勾引他们叫爸爸妈妈买气球！”木木又补充道：“那些没小孩的男老师，让他们买气球送老婆！”他们狗血地宣誓一番，便散开寻找目标了。

木木伙同几个女生，绕着他们化学老师七嘴八舌：“老师，买个气球给师母吧！三块钱一个，五块钱两个，买一个吧，买一个吧！”化学老师笑了：“怎么让我买？应该是你们送我！”木木急忙借口道：“我们很穷啊！老师，我们长大赚钱了会报答你的！”可惜化学老师向来以腹黑闻名，扯着一副纯洁的笑脸，逮着一个空隙便逃之夭夭了。

但木木没有因一开始的失败而灰心。毕竟遇到了人精，失败很正常！木木这样安慰自己。她又到操场上四处转悠，豁出脸皮到处推销，可惜老师同学一个个把钱包捂得死紧，生意惨淡得很。唯一欣慰的就是体育老师很善良，预定了一个气球，运动会后来买。

这时的木木正向一个陌生老师极力推销气球：“老师，买一个吧，买一个吧！可以送给师母，可以给你们班加油！”那老师连连笑着摆手拒绝。木木才没这么好打发：“老师买一个吧！买两个吧！买三个吧！……”老师见木木不断哄抬数量，急忙摇手无奈道：“好吧好吧，买一个，就买一个！”木木得意地笑笑，果然强买强卖才是王道！

过一会儿木木回到了自己班摊前，生意冷清得可怜。“买个东西吧！”同班某人伸手。木木毫不犹豫拍下他的爪子：“滚，自己人！而且老娘没钱！”

班里的人陆陆续续过来帮忙，木木一看这气势，好样的，都是人——可惜都是自己班的。两男生架了个人过来，喊道：“有客人啦有客人啦！”一瞬间那个被架来的无辜男生被几乎所有人包围。“同学，要买气球吗？三块钱一个，五块钱两个，很便宜哦！”“我们这里有小吃和漫画，很便宜哦！”“同学，要抽奖吗要抽奖吗？一块钱一次！”那可怜的孩子，在人肉攻势下抽了一次奖，买了一个气球，才终于脱离魔爪。

木木等人又吼开了：“卖气球啦卖气球啦！三块钱一个五块钱两个！还有零食、漫画，还有抽奖哦！很丰富的奖品！”木木偷偷问班长：“奖品是什么？”班长喊：“最高奖品游戏机一部！”刚才被搜刮了的男生一旁郁闷道：“去你的游戏机！我连个屁也没抽到！”木木瞥了他一眼鄙视道：“那是你手气不好！”又转过头对着来往的人流喊：“卖气球！还有抽奖！有游戏机哦！”有人便接着喊：“有索尼 PSP！”“哈哈哈……”

看来同学们都太正直了，索尼 PSP 没啥诱惑力。木木凄凄惨惨喊了好久，甚至都到别人摊前抢过生意。有些人往来频繁，木木知道自己跟他们推销过，却还是舰着脸装不知道跑到人家跟前问：“同学，要买气球吗？还有抽奖哦！”有两人出镜率太高了，搞到木木都不好意思装不知道，就差没互留姓名和 QQ 了，木木终于崩溃。

木木跑到班长跟前，严肃道：“班长，这样不行啊！零食和气球太没卖点了。老师们都是今晚和明早才带孩子来，根本没生意！”班长点头：“对！我们得改经营策略！”一干人等围成一圈叽里咕噜一阵，突然一齐抬头，嘿嘿冷笑。过往行人侧目，只觉寒风忽过。

晚上，一群人捧着爆米花出现在教室前，班长喊道：“我们的目标是——”“没有蛀牙！”同学们字正腔圆异口同声喊道。班长怒：“怎么教你们的！”随即转身在黑板上写下四个大字。同学们恍然，站直重新开始。班长喊：“我们的目标是——”

“开业大吉！”

那些英雄，触动了我的心灵

□吴岱霖

[2013年“全国十佳小作家”]

吴岱霖，女，获奖时为广东省深圳实验学校高中部高二年级学生。曾获第十届“叶圣陶杯”全国中学生新作文大赛特等奖、第二届“全国校园文学新苗奖”等奖项。多篇文章发表在《羊城晚报》《深圳晚报》《金陵晚报》《中学生》《同学少年》等报刊。出版有个人文集《第一片嫩叶》《爱的甘霖》。

英雄！

乍一看这个词汇，人们总能联想到那些值得崇拜的伟大的人。他可以是儿时电视机里打倒怪兽的奥特曼，可以是飞跃在110米跨栏令国人骄傲的刘翔，可以是劳碌在抗灾第一线的人民战士，也可以是“神五”“神七”勇敢的航天员。可是今天，当我看到这两个字的时候，脑海中闪现的第一组映像却是四位普通的民办教师。

他们来自界岭小学——2011年茅盾文学奖获奖作品《天行者》中描绘的一个小学，那是大山深处一个快被人遗忘的小学。作品的开头并没有马上产生一种深深的吸引力，可为了探究这部作品好评如潮的原因，我坚持着往下翻，以四位民办教师为主线的故事渐渐在我面前展开。他们在深山里演绎着寂寞、卑微、五味杂陈的人生，值得我们深刻咀嚼和回味。

单纯的热血青年张英才毕业后来到界岭小学担任民办教师，为教育事业奉献自己的青春。在那里，他遇见了三位同事：老好人余校长、副校长邓有米和教导主任孙四海。整篇作品围绕着“转正”这一事件展开，讲述了他们为争转正的名额而发生的一连串的故事。本以为作者刘醒龙想要描述一场钩心斗角的斗争，没想到却是一个又一个让人频频落泪的温暖场景。最让我感动的一幕是张英才争取到了一个转正的名额，大家商量着给谁，最终在余校长的请求下，大家一致同意将名额给他的从十六岁就开始当民办教师，如今正病重的妻子。可就在他妻子签下协议后的第二天，病魔却无情地夺走了她的生命。那是界岭小学举办的最隆重的一场葬礼，我当时眼眶忽然就湿润了。界岭小学只是中国民办教育的一个缩影，现实生活中却有许许多多这样的民办教师在极差的条件下挣扎，在艰苦中积极面对生活，为钟爱的事业和心爱的孩子们奉献自己的一生。

全书有太多的地方值得细细品读：邓有米的节俭灵活，孙四海的有计划、有担当，余校长的老实、爱才，还有张英才的热忱与努力……我终于明白这本书得奖的意义。它塑造了四位各有特点的普通民办教师，也揭露了中国现在教育体制的漏洞，引发人们的思考，更重要的是，它赞扬了中国人民教师的乐于奉献。书中人物不仅仅体现了界岭小学民办教师在逆境中克服一切传递知识的精神，他们还代表着千千万万奉献在教育第一线的老师们。他们精准地诠释了“传道受业解惑”的真谛，他们是真正的“天行者”，是我们作为学生最应该崇敬的英雄。

人们常常说，教师是蜡烛，燃烧自己，照亮别人。读罢此书，我在被深深触动之余，觉得对教师又有了更深的认识与感悟。其实，教师是英雄，在享受安逸与塑造人生之间，他们选择了奉献；在家庭与事业之间，他们选择了学生。书里那些艰苦卓绝而又充满希望的故事，正是为“二十一世纪中国的民间英雄”谱写的一曲感天动地的悲壮之歌。

至今仍然记得《天行者》中的一个镜头：落雪的时候，鸟也不飞，云也不飘，只有界岭小学的笛声还在与雪花一道轻舞飞扬，那些住在界岭山深处的人家从未听过这样的笛声。我想，是那群英雄吹响了世间最动听的笛声，吹进了你我的心底深处，宛转悠扬，吹成一曲触动心灵的袅袅之音、动人乐章。

分分分

□费圣轩

[2013年"全国十佳小作家"]

费圣轩，男，获奖时为北京市通州区潞河中学高三学生。当时已创作出版长篇小说《命运之轮》《月影传说》，获首届中国校园文学高峰论坛新苗奖、第十届"叶圣陶杯"全国中学生新作文大赛一等奖等。

李局长戴着墨镜站在河东二中的操场边，默默地望着正在进行体育测试的学生。

李局长是河东区的教育局局长，今年三十五岁。和那些"不求有功但求无过"的官僚不同的是，少年得志平步青云的他，是希望切切实实地做一番事业的。李局长在学生时代也曾经深切地感受到应试教育的弊端。如今身为一个教育管理者，他第一个想到的便是把学生从围着分数打转的重复做题中解救出来。可是，该从哪里下手呢？高考是国家的大政，中考涉及面太广，他思来想去，终究还是把改革的重点定在了小学。

在李局长"加强学生体质，还每个孩子健康身体"的号令下，河东区所有学校对体育课都是格外地重视，非但从不敢占用体育课，而且在期末考试中还加入了体育的测试——如果不能在体育测试中获得"优秀"，将失去评选"三好学生"的资格。

这一天，李局长戴上墨镜，穿上灰色的风衣，很是隐蔽地出现在了学校操场的角落——他希望看到原汁原味的体育测试，而不是下面校长做的官样文章。

现在进行的是足球测试。测试的内容是颠球。

李局长是一个球迷，对中国男足的屡战屡败很是气愤，希望能够真正做到"足球从娃娃抓起"。此时看到小孩子们在测试足球，不由得在脑海中勾勒出了这样一幅图景：若干年后，这帮小孩子长大成人，成为一个个高大强壮的小伙子，他们穿着中国男足的红色战袍，代表中国队在世界杯的赛场上驰骋！

而眼前这位颠着球的孩童，似乎正在证实着他的设想：技术娴熟，动作敏捷，足球似乎和他的脚有天生的感应一般，一次次准确地落在他的脚上。"31，32，33……"

一旁的体育老师计着数。李局长的脸上，也渐渐有了笑容。按照考试的规程，若是颠球20个，便算是及格了，计60分，从此往上，每多颠1个，便加1分，直到颠球50个算作90分优秀。那孩童在众人惊叹的目光中一次次地将球准确地踢起，再落下，他的额角已经渗出了点点汗珠，可是他的眸子却依旧专注，目光在足球上聚焦，眼神中满是喜爱和痴狂。

“49，50！”体育老师激动地叫着，“好啦，你已经拿到90分了，可以去休息了。小强，你真棒！”可那个叫小强的孩子却依旧颠着球，老师只好无奈地继续数着：“52，53，54……好啦，你已经颠60个了，算你是100分。”体育老师万万没想到竟然有人颠了这么多个。小强却是淡淡地道：“我想把最好的我展示给大家。”说着，竟继续颠了下去。体育老师有些不高兴了：“小强，我已经给你计100分了，你不要再颠了！我还要给其他同学测试呢。”可小强却依然在继续。老师不给他数了，他便自己一面颠，一面计数：“68，69……”他口上不停，脚下也不停，口脚齐用，竟仍是非常协调。

“小强，你不要再颠了，再这样，我可要倒扣你的分了，多颠一个便扣一分。”体育老师亮出了自己的撒手锏。小强显然不知道分是学生命根子的道理，他的眼中只有那跳动的足球，他不屑地瞥了老师一眼，一副扣分就扣分的表情，脚下依旧不停。

最后，小强颠了123个球。李局长禁不住在心中喝了声彩：这孩子，真是喜欢足球！可是老师却因为小强不听他的命令，只给了小强60分，可小强却浑然不在意地抱着球，依旧兴高采烈地跑开了。

接下来的孩子挨个儿到老师面前测试，他们大多动作远不如小强娴熟，有的勉强够了20个，过了及格线，便兴高采烈；有的差几个球到优秀的标准，便围着老师低低地央求，请老师给他一个优秀；有的甚至急得差点儿哭了出来。

小强望着他们，得意地笑：“你们谁也颠得不如我多，不如我好！”大多数孩童却是不屑一顾。有个红衣服小孩把嘴一撇，说道：“你颠了那么多球，最后不也就是个60分，我可是90分，能评‘三好学生’呢。”“你看我，就颠了20个，不也和你一个分数，你真是白忙活一场。”另一个绿衣服小孩也嘲笑道。“王小强，60分！王小强，60分！”孩童们拍着手，一起欢声笑了起来。

那个叫王小强的孩子却依旧抱着他的足球，昂着头站在众孩童中间——他的头始终是昂着的，他的手也始终抱紧了怀里的皮球。在李局长看来，那个倔强站立的身影，忽然模糊了起来，隐约间，竟是和堂·吉诃德的影子渐渐重合起来……

他的眼睛，竟忽然有些湿润了。他希望通过改革，能让学校把重心放到学生的素质上来。可现在的学生，即使是还不懂事的小学生，所追求的，竟然也是那考试的分数！自己改革的目的，究竟何在呢？

他陷入了沉思。

假若高考考足球

□张竞文

[2014年“全国十佳小作家”]

张竞文，男，出生于2000年，获奖时为山东省东营市河口区实验学校八年级学生。当时已在《中学生》《中学生百科》《学语文之友》《少年文艺》《小溪流》《课堂内外》《创新作文》《疯狂作文》等报刊发表作品一百六十多篇。

嗬，电视里正在播报2014年巴西世界杯的小组赛，亚洲的！我心怀侥幸地赶紧凑到电视机跟前。

“亚洲出线国家分别是日本、韩国和伊朗……”唉，我们的人口世界第一，我们的综合国力也算亚洲领先，我们的足球怎么就这么“㞞”呢！

有什么办法让中国足球腾飞？这个问题纠结了我一晚上，当我的视线落到书桌上高高的一摞各科的《5年中考3年模拟》时，我找到了挽救中国足球的灵丹妙药——高考考足球，分值和语数外一样多。为什么不是中考而是高考？很简单，因为中考都是为高考服务的嘛！只要高考考足球，别说中学，就是小学都会重点突出的。

如果高考考足球，那么中国大江南北瞬间就会刮起“足球风”掀起“足球热”。为了孩子的未来，每个家庭都会至少买一个足球，那么将会出现足球“脱销”，原有的足球生产厂家会扩大规模，新的厂家也会如雨后春笋般遍布大江南北、城市乡村，加班加点赶制足球。这样，国家GDP肯定再创新高。当然，负面影响也不是没有，由于家长们都想多买一些足球备用，所以足球仍是供不应求，全国各地会出现多起由于抢购足球而引起的踩踏事故。

如果高考考足球，各个类型的辅导班定会应运而生：直冲世界杯加强班、高考足球状元班、小学生足球小饭桌……当然五花八门的足球辅导书更是令人目不暇接：《快速进球36计》《超强守门员秘籍》《金榜足球》《名师名球》……足球训练真正开始从娃娃抓起，每个周末，大街小巷行人匆匆，家长带着孩子，孩子抱着足球，奔向各个训练场。冬天寒风凛冽，夏天骄阳似火，孩子噘着嘴，苦着脸，大人循循善诱："孩子，吃得苦中苦，方为人上人。踢足球是累点苦点，但现在练好了，高考的时候才能拿高分啊！要知道，高考的一分之差可是决定一个人一生的命运啊！"

学校里将学生们按照踢球水平划分成火箭班、重点班、普通班，各班又按每个学生的进传带技术和进球比率成绩排出名次，然后从高到低每十一个学生组成一支球队，各队、各校之间经常组织联考，争取在市级、省级比赛中取得名次，好在高考中取得加分资格。为此，家长主动要求集资帮助学校聘请外籍教练，最好是拿过世界杯冠军的教练。

短短时间内，中国出现了大量的足球后备人才，也涌现了一大批高考的足球状元。面对足球的大好形势，足协的领导充满信心，充满期待，把各大名校的男女足球状元集中在一起集训，以便优中选优，组成一支超强的足球劲旅，争取在下一届世界杯上进一个球！不，进前十！不，拿牌！不，拿金牌！

要不，为了中国足球的明天，从今年开始，高考开始考足球？

寝室里的呼噜

□卢子越

[2014年“全国十佳小作家”]

卢子越，出生于2000年，获奖时为浙江省乐清市乐成寄宿中学八年级学生。当时已在《新作文》《作文新天地》《初中生写作》《温州日报》等报刊发表作品三十篇，出版个人作品集《老家黄檀硐》。

速速而来，引吭高歌，缓缓而去。

——题记

寂静而又黑暗的夜晚，它又响起了，来得让人丝毫无法防备。

黑夜里，寝室中，我们每一个人的不经意之间，它又响起了。总是这样，每天晚上无须我们任何人的盛情邀请，它便会厚着脸皮，大驾光临，像是计划好了似的。它每天总是那么准时，如期而至。说它固执、蛮横，似乎还真有一些。从来不跟我们说一声，就这样倔地闯入了我们这个安静的世界。

总是这样，一旦它非要闯进来，我们拦也拦不住。而且它一来到这儿做客就需要好长一段时间。它总会和我们聊会儿天，只要它一说起话来总是喋喋不休，可能是因为它没有学好语文吧！它对我们所熟悉的中国话是一窍不通，它只会说类似“哼”“哈”“嗯”“噗”之类的无意义的拟声词。它爱将它完美衔接起来的几个字，拉得老长老长，绵长无比，直入我们的脑海之中，久久不能平息。最后，它好像是对自己已经完成的作品不甚满意，还会做上一些“极其唯美”的勾茨：加上一点节拍，使它的作品更富有节奏感；加上一些短小而又精练的旋律，使它的作品极富乐感。这一切加工程序都完成之后，于是，更加“完美精致”的作品便送到了我们的双耳旁。

一个晚上，它几乎都在重复说唱着，不知疲累，似乎非要使它自己满意才肯罢休，否则，无论我们如何闹着制止它也不会停下。

每天晚上都是如此，每天晚上都唱着与过去截然不同的曲调，这对于它是一种习惯。而听它的“歌唱”，对于我们来说亦成了一种习惯。可以这么说，每当我和室友们无聊睡不着时，我们的身旁，定会有它耐心地陪伴。等到它归去了，我们也便沉沉地入睡了。

起初，对于它的到来，我们还有一些惊讶，有些不习惯；时间久了，我们便能够彻底适应它，将它当成生活中必须存在的一部分。

它是谁？相信你一定知道！

它就是我同寝室同学的呼噜声。

又见阿Q

□孟雨萌

[2015年“全国十佳小作家”]

孟雨萌，2002年出生，获奖时为中国人民大学附属中学朝阳学校初一学生，中国当代文学研究会校园文学委员会小作家创作中心会员，《中学生》校园小记者。当时已在《中学生》《中国校园文学》《北京晚报》等报刊发表作品二十篇。

结束期中考试最后一科，我直奔厕所。

这些日子，只要一紧张，我就会拉肚子、食欲差、失眠、头痛。

小B神秘兮兮地进来，看起来气色很好。前些日子她还面色萎黄、无精打采，甚至休了几天假。

她径直朝我走来：“怎么，没考好？”我点点头。

“你太焦虑了吧！”我无助地望望她，没回答。

“是不是胃肠不好，还经常失眠头痛？”“你怎么知道？”

“哈，前些日子我比你有过之无不及啊。”“怎么好的？”我很渴望地看着她。

小B趴在我耳根边神秘兮兮道：“我妈带我看了一位‘Q神医’，在他的‘治疗’下，我的‘病’很快就好了哦！”说完冲我眨了眨眼睛。“有这样的神医！快带我去看看。”

我和小B来到二环路边一个墙头爬满鲜花的四合院前，门前一块大匾：“精神胜利Q疗法”。外面马路的熙熙攘攘和四合院的幽静芬芳形成了鲜明的对比。

咚咚，门开了，一位漂亮的小护士看到小B，热情地打着招呼，我们随着小护士来到诊室。

诊室里坐着一个干瘦的老先生，身穿浅褐色长袍，面部虽然沟壑嶙峋，但精神矍铄！我看着他有些眼熟，这动作，这神态，不就是——阿Q！

我的失态让老先生先进行了自我介绍：“我叫阿Q，大家都叫我Q神医，其实我也没那么神奇，只不过被鲁迅先生批判了以后，自己反思了很多，在思想上取其精华去其糟粕，研究出这套‘精神胜利疗法’，让如今很多人摆脱了焦虑和抑郁。”

“你真是阿Q？当年……”

“往事不提，如今，大家可都需要我这秘方。”阿Q接过话说。他边聊，边给我诊病。最后说：“你无大碍，只是不太适应目前的生活和学习方式，照我说的去做，保管你很快康复。”我将信将疑地点点头。

“首先你要记下《健康口诀》并依此执行，听好——‘三餐喝汤不吃药，天天运动是必要。遇事莫怕不着急，心态要好更重要。自我安慰和麻痹，烦恼及时要忘掉。如果这些还不行，那就最好去——补觉！”

“这就是您的疗法？”我吃惊道，“本以为看病，不吃药就打针，没想到是这个。”

“No，no，no，这只是其一。你们期中考试完了吗？”阿Q继续问。期中考试！我刚放松的心情一下子又紧张起来。

阿Q看着我说：“跟我一起深呼吸！”说着他带着我做起了深呼吸。一会儿，我感觉把紧张和疲倦都呼了出去，心情好了很多。

“哈哈，这就是我的第二种疗法，是不是很有效？”我惊讶地点点头。

“期中考完是不是该开家长会了？”阿Q一脸放松地看着我。“家长会！”我龇牙咧嘴，赶紧深呼吸，可就连深呼吸都不管用了。

“没关系，诸葛亮有锦囊妙计，我阿Q也有。”说着递给我四个锦囊，“期中考试念成绩打开第一个，遇到被人嘲笑打开第二个，家长会讨论学习问题打开第三个，家长批评你打开第四个，没有症状不用打开。这就是用法，祝你今后诸事顺利！再见。”

我恍惚了一阵儿，发现自己已坐在教室里。老师正要念期中考试成绩，因为下午就要开家长会了。我心里一紧，手里竟然握着第一个锦囊，赶忙打开，看后淡然一笑，并没有因为考了个78分而生气。下课了，同桌小N嘲笑道：“连80分都没到啊。”我一哆嗦，赶忙打开第二个锦囊，内心释然：对，继续努力。

家长会开始了，老师请80分以下的同学发言。我深深呼了一口气，打开满是汗的第三个锦囊，莞尔一笑道：“各位，我前段时间精气神儿不太好，但现在好了。下一次，对，士别三日当刮目相看哦，我一定会向你们证明的！”我的发言赢得了在场人的掌声，我也打心眼儿里佩服阿Q，哦，不，应该是“Q神医”！

回到家，我将阿Q给我的锦囊彻底塞到了床底下。

你很好奇那几个锦囊上写的是啥？告诉你吧，第一个是句号，它告诉我期中考试已经完结，没必要再去怪自己；第二个是逗号，它告诉我学习上还有很大进步的空间，只需去努力；第三个是感叹号，它告诉我用勇气和真心向大家诉说就一定会得到认可；第四个锦囊根本没用打开！其实阿Q先生早就算好了，第四个什么也没有，只是一张白纸罢了！他，是让我自己乐观地去书写属于自己的人生！

龟缩与蜕壳

□任婧雯

[2015年“全国十佳小作家”]

任婧雯，1997年生，获奖时为江苏省无锡市市北高级中学高二学生。当时已在多种报刊发表二十多篇作品，曾获第九届“叶圣陶杯”全国中学生新作文大赛小作家提名奖。

寄居蟹一直蜷缩在贝壳内，只是用它的触角探索前方；龙虾却大胆地将自己的硬壳蜕掉，为了长出更坚硬的壳，更坚定地走向远方。

龟缩是逃避，是没有正面苦难人生的勇气。“卧轨诗人”海子写下了“面朝大海，春暖花开”，似是向往那份闲适美妙，但又是选择了躲避。躲避的是自我，躲避的是喧嚣浮世，只因畏惧面对现实，丰满的理想早已被骨感的现实所摧毁。我们住的不应该是童话故事里的城堡，我们住的应该是因自己的辛苦付出而变得越来越舒适的、适合自己未来的房子。

蜕壳是正视，是选择面对未来的决然。海明威，一位战士，一位作家，他是《老人与海》中勇于与艰苦条件抗争到底的勇士。蜕壳、蜕壳，一层层蜕下了你的畏惧，生长、生长，一次次长出了你的希望。雏鹰为搏击长空，它们从悬崖上一次次地摔下，经历粉身碎骨的考验；龙虾为今后的发展，不畏蜕壳后被大鱼吞掉的危险，脱胎换骨般地重生！

我们的羽翼并不丰满，我们的躯体并不坚硬，我们更需要经历苦难的磨炼，不断地升华自我。

龟缩的不只是我们的躯体，蜕去的也不只是我们的外表！更容易龟缩的是人心，更需要蜕化的也是人心！

龟缩于自己的一方小天地，为表面安乐与富足而沾沾自喜。寄居蟹躲避后，必定为自己的聪明而感到骄傲，现实中的我们难道不是吗？仅仅获得一点点小成绩便喜不自禁，自以为守住了小小的成绩便足够了。殊不知，有人比你努力，有人比你优秀，更可怕的是比你优秀的人比你更努力。

选择了蜕壳，便是选择了更坚定地走下去，你将没有退路。等待你的会是满路的荆棘，只有在前进的方向上勇敢地披荆斩棘，才可能奔向你所向往的“伊甸园”。

像现在的我选择了“叶圣陶杯”全国中学生新作文大赛，我便定将全身心地投入其中，不能退缩，更无须退缩！相信自己的选择，相信自己的明天将更加美好。

龟缩的安逸与蜕壳的苦痛，退缩的乐土与前进的远方，抉择或许困难。如果我们选择了一条更为艰险的道路，那么我们就要用信心、恒心与精心来等待更为璀璨的将来，来创造更为夺目的人生！

请将你软弱、柔弱的外壳蜕去，不畏风雨险阻，走向远方！

人在旅途

□张涵之

[2016年“全国十佳小作家”]

张涵之，女，获奖时为江西省南昌外国语学校初三学生。当时已在《四川文学》《读写舫》《全国优秀作文选》等三十余种杂志上发表文章七十余篇，在全国各类大赛中获奖十余次。

人生就如同旅行。我们从生命的起点出发，在一个个十字路口选择不同的路线，遇见不同的旅伴，走过一程又一程，驶向未知的未来和旅程的终点……

从一出生，我们就登上人生的第一列火车——家庭。这时与我们同行的旅客并不多，但他们恰好是将陪伴我们走过生命大半旅程的最重要的人。他们会在第一列火车上照顾我们，教会我们在以后的旅程中如何自己买票乘车，如何照顾自己，如何面对困境，如何做出选择……在旅程中的许多站点，在我们花光了旅费、遗失了行囊、迷失了前进方向的时候，我们可以回到这第一列火车，寻求他们的安慰、护佑、援助……尽管如此，他们却不能像我们起初以为的那样，陪伴我们直到旅程的终点，他们也有自己的路要走。因此，在不可避免的分别之后，我们不得不带着他们传授的经验，以及塞满行李箱的叮咛、指引和爱，继续自己的旅行。

随着火车开动，一些人会陆陆续续地上车。这些人将成为我们的兄弟姐妹、知己好友。我们因血缘关系而相亲相爱，因志趣相投而彼此欣赏，在朝夕相处中学会互相关爱、互相包容、互相珍惜，成为彼此在某一段旅程中的重要同伴。也许在不久的将来，他们或者我们会在某个站点下车，换乘另一列车驶向另一条线路。虽然走上不同的轨道、过着各自的生活，但我们会永远彼此挂念。

家庭、学校、社会，是旅途中必须乘坐的不同列车。我们在每一个人生的转折点、每一个重大事件形成的站台更换列车，启程，再启程。不同的站点，不同的列车，我们或稍作停留，或继续前行，会遇上各种令人欢喜或悲痛的事，也总会有各种同行的旅客相伴随。

有些人在旅途中总是忙忙碌碌。他们时刻期待着尽快赶到下一个站点,烦躁地抱怨何时才能到达终点。在火车上,他们除了吃饭睡觉,其他时间也一直忙碌着。每到一个站点,他们总是迫不及待地拍照、购买纪念品,留下一点自己来过的证据之后,又风风火火地再次启程。他们就是那些追求物质的人,总是忙着奔向下一个目标,而错过了享受沿途的风景和乐趣。

另一些人在旅途中则比较悠闲。他们会兴致勃勃地欣赏窗外的美景,时不时停下来和身边的旅伴聊天畅谈,或者主动和刚上车的陌生人打招呼、交朋友。每到一个站点,他们会下车好好玩上几天,感兴趣的地方就干脆住上一段时间。他们去过的地方或许没有那么多,也拿不出照片和纪念品,但当你问起他们都去过哪儿,他们一定会眼睛一亮,津津有味地拉着你讲起旅途中所有美好回忆,琐碎却令人回味无穷。他们就是那些对生活没有多大追求却乐在其中的普通人,没什么伟大的成就,却过得轻松、快乐、自由。

有些人在旅途中陪伴你很久很久,结下了深厚情谊。因此,当他们下车离开时,你会感到无法接受,并一直不能释怀,甚至动了和他们一起下车的念头。但每个人都有自己的路要走,很多事都无法强求。

另外一些人匆匆而来又匆匆而去,几乎没留下任何曾与你相遇、同行的痕迹。当你回想起他们时,似乎也没有值得回忆的事件。但我确信,每一个曾经在旅途中与你相遇过的人,与你同行过的旅伴,都或多或少对你造成了影响。有些影响或许只是潜移默化的,却在我们身上留下了不可磨灭的印记。

有时,我们在旅途中会得到同伴的帮助。在我们晕车、生病、弄丢东西的时候,他们向我们伸出援手。因此,我们渐渐地也会学着帮助他人,给予他人支持和包容……

有时,我们和同行的旅伴分别;有时,我们又和久别的旅伴意外重逢。生活中充满了未知的因素——相聚、分别、重逢,都是未知中蕴藏的可能。我们所能做的只有等待,并在相聚的时机来临时,紧紧地拥抱它。

人生旅途最神秘、最奇妙,同时也最令人伤感的是,我们永远不会知道我们中的任何一个接下来会往哪个方向,什么时候会抵达终点。我们甚至无法知道,哪一程会是自己的最后一程。我只知道,当最后一程到来的时候,我必定会难过。生命的终点意味着,我们将不得不和旅途中遇见的所有朋友告别。但我同时又一定会很高兴,因为我知道我们所爱的人就是自己旅程的一部分,而我们也是他们旅程的一部分;和我们在一起的回忆丰富了他们,正如他们丰富了我们。

当我们到达人生旅途的终点站时,随之而来的又将是什么呢?或许是另一个新的起点吧!

我的考试日记

□许 非

[2016年"全国十佳小作家"]

许非，1999年生，获奖时为浙江省永嘉中学高二学生，学校摇篮文学社社长。当时已在《中学生》《新作文》《同学少年》《作文点评报》《语文世界》等报刊发表作品三十余篇，出版作品集《谁的年少不梦幻》，获浙江省作家协会"少年文学新星"称号等。

我讨厌考试！

即使心中曾涌现无数个用来咒骂考试的形容词，也远不及一句"我讨厌考试"简单明了。

开考前一天晚上最过匆忙。晚自习后整理考场，我努力将自己的桌子向中央移动，毕竟位置偏僻，考出的成绩就会"偏僻"。摆完后匆匆忙忙回到寝室，趁着宿管没熄灯，翻箱倒柜找出尘封的红色"战衣"，所谓考试一路红火。我再从阳台上扯下提前洗好的校裤，修过裤管。所谓本校考试，就要身着本校的衣物，接接地气，而修了裤管，由原先的宽松肥大修成贴腿合身，便又占了"人和"。

剩下一切都要从旧。我的笔没用一个月，绝对不敢上"战场"。哪怕旧鞋再脏再破，穿出去惹人发笑，也要老老实实地穿着……只有在自己最熟悉的事物庇佑下，才能找到考试最好的状态。

我始终贯彻着。

开考前老师总是苦口婆心："该舍弃就舍弃！考完后一定不能校对答案！"其实考得好不好，心里都有数。

每当我考得焦头烂额时，便希望广播传出："考试时间到，请立即停止答题。"出场后，我又忍不住问几个竞争对手难易，最怕他们一致风轻云淡地摇摇头说："不难。"

若是考试时答得行云流水，出场后我早早把老师的劝谏丢在脑后，见人便一把拉过，故意装出一副请教的模样，像一根针往他肉里一下下刺，之后便扬长而去。

考试结束后的晚自习最痛苦。学校把试卷一一奉还，看着卷面一片雪白，便学穷酸诗人，一遍又一遍吟叹："如果……那么……"没过一会儿，学校又大方地递上答案。有的人立即校对，或喜或悲，有的人结成"不校对联盟"，塞着耳机享受难得的清闲。一开始我也是"不校对联盟"的一员，但偏偏我的同桌爱校对，还是个热心肠，把他的成果一一述与我，说得我心里发痒，也忍不住"快活一声，悲哀一声"。

等到排名出炉时，就是我抉择是做一个真实的凡人，还是做一个虚伪的圣人的时候了。

考得好了，巴不得把成绩印成传单，站在教学楼门口，来一个人发一张；考得差了，便摸摸自己不长的胡须，叹息："不以物喜，不以己悲哉！"心里却一直打鼓，回家后，怎么哄我暴躁的老母亲，都免不了一顿臭骂。

转过头再想想考试期间，桌子没摆错，衣服裤子搭配得当，鞋子圆珠笔全是旧的，细节上并没有差错。估计是晚上睡太早，平常寝室里聊一个小时才睡，考试也不能"开绿灯"。

百密一疏。

考试啊考试，如今记下来，为的是多年后好回忆起，青春就是在一次次考试。

远方

□马知行

[2017年“全国十佳小作家”]

马知行，出生于2000年，获奖时为广东省深圳市高级中学高一学生，中国少年作家协会会员，中国少年作家班“十佳学员”，第七届“文心雕龙杯”全国优秀小作家，第五届深圳市“校园十佳文学少年”。当时已在一百多家报刊发表作品，在全国、省、市征文活动中获奖四十二次。

小夏上大三，一周的社会实践，选题得到老师肯定后，他独自搭上了开往老家的高铁。

父亲在“朋友圈”发的打油诗在小夏脑海里翻涌：“白帝彩云间，脐橙遍地山。天下奉节有，硬是比蜜甜。”这分明在为肥美的脐橙打广告，他会心一笑。

从小夏开始记事起，他就住在爷爷奶奶的老房子里。

老房子有些陈旧，但比起周围的小土房，又十分高大气派。爷爷喜欢抱着年幼的小夏，搬把老藤椅坐在房门前乘凉。心情一好，爷爷就打开了话匣子，给小夏讲那些陈年旧事：“夏，你知道不？这房子可是爷爷我自己建的！当年费了老大劲呢……”“这故事你都讲了多少遍了！整天跟个小娃娃一样！”戴着老花镜，正在织毛衣的奶奶总想找机会说爷爷两句。爷爷也不生气，嘿嘿一笑，仿佛在闹着玩。

老家的脐橙远近闻名。老房子附近，就有一片茂密的脐橙林——这是爷爷多年精心打理的。每年十一月下旬，橙林便挂满了饱满的果实，远远望去，仿佛披着一件黄金色的外衣。爷爷经常给邻居送些脐橙，因此得了个“果叔”的美称，他也欣然接受。

乡下生活融洽而安宁，小夏在这里度过了一段美好的时光。

小夏上一年级时，父亲突然决定到S市去打拼，一方面为了让小夏接受更好的教育，再说，父亲也想走出乡村看看外面的世界。

初到城市，一切都变得十分陌生。马路上咆哮的汽车，肆意闯红灯的行人，见面却形同路人的邻居……飞快的生活节奏让他们感到很不适应。

城市对三个乡下人并不友好。因为没有足够的学历与经验，父亲找工作四处碰壁，还险些被拉去做传销；不过，凭着骨子里的那股韧劲，父亲硬是咬牙挺了下来。

电视新闻里，“扶不扶”“苏丹红”等话题，在这个城市仿佛成了司空见惯的事。爷爷奶奶身体也不再硬朗，有一天晚上爷爷肾结石复发，痛得在床上打滚，硬撑到第二天才去医院看病。“什么时候回老家啊！”小夏不止一次问父亲。父亲总不说话，以沉默作答。如愿以偿过上憧憬的城市生活，小夏心里却仿佛罩了一层浓浓的愁云。

春节，小夏随父母回到老家。爷爷奶奶早就准备好暖炉，做好一大桌菜肴，一家人享受难得的欢聚时光。时常有邻居来串门，送来许多美味——香肠、腊猪脚……儿时玩伴也没有忘记“孩子王”，听说他回来了，跑到老房子外大喊：“小夏，快出来玩啊！”熟悉的乡音、质朴的人们，为小夏平添了几分暖意。

美好时光总是很短暂，转眼间，又到了离开的日子。小夏望着车窗外爷爷奶奶蹒跚的身影渐渐远去，一阵心酸激荡开来……

小夏上大学后，父母辞去城市的工作，回到了乡下。

父亲将几年打拼的积蓄倾囊拿出，和爷爷一起办起了果园。改良土壤，嫁接果枝，培育新苗……短短一年，生意越做越好，“果叔农庄”的名号就在十里八乡传播开来。父亲充分利用城市的人脉和互联网新媒体，成功地将脐橙推广到全国各地。

前不久，父亲快递一箱脐橙，还有一封信：“当初为了生活，我们离乡背井去远方……为了求学，你又去了远方……橙子熟了，回来尝尝吧，爷爷奶奶想你！”小夏拿起一个橙，剥开表皮，橙汁顿时迸射出来，一直甜到心里。

列车稳稳地停靠在脐橙之乡——奉节站，小夏跳下车，心情大好，明媚的阳光下，那些儿时熟悉的景色还在。

的士车开得很快，不一会儿就远远地望见爷爷的老房子了。在房前拐了弯，司机径直开向了不远处的果园。

“果叔农庄”门口，已经能看见满树沉甸甸的脐橙。饱满的脐橙仿佛一个个小皮球，顽皮地垂在枝头，阳光下，反射着金黄色的耀眼光芒。

看着这一切，小夏突然感触良多，一句话反复在心里翻腾：生活不只有眼前的苟且，还有诗与远方。父亲就是从远方回归故乡创业成功的杰出代表！尽管小夏早已选定了调研课题，这一瞬，他仍然激动不已。

小夏轻轻踱进果园，他想给“果叔农庄”庄主们一个意外的惊喜。

今夜我不关心人类，我只想你

□戴彬媛

[2017年“全国十佳小作家”]

戴彬媛，获奖时为浙江省永嘉中学学生，学校摇篮文学社名誉社长。当时已在《新作文》《作文通讯》《中国校园文学》《中学生天地》《美文》《钱江晚报》等报刊发表作品数十篇，在国家、省级作文大赛中获奖十余次，获“温州市小文学家”等多项荣誉称号。

我一直感动于《当你老了》的深情：“多少人曾爱你青春欢畅的时辰/爱慕你的美丽/假意或真心。”亲爱的“文科”，我不敢说，独我一人爱你神圣的灵魂。但是这一刻，我的桌上素笺陋笔，诚如海子的抒情：“今夜我不关心人类/我只想你。”

认识你的时候，我还是学前班的小女孩。你蹦蹦跳跳地从《安徒生童话》里走来，一双住着星辰的眼睛眨巴眨巴的，看着我笑得像一团粉色的棉花糖。你偏着头，掰着细嫩的指头，讲述着紫罗兰色的故事。你为至真至善而喜，为无疾而终而悲。我为海的女儿（那个像阳光一样明媚灿烂却幻化为漂浮泡沫的人鱼公主）落下了半箩筐的眼泪。

我读小学的时候，你穿着绿叶点缀的碎花裙在阳光下踩着影子玩耍。我把两朵雾蓝色的鸢尾花插在你发间，你莞尔一笑，停了蜜蜂，惊了蝴蝶。在飘忽的花香中，你长出一双洁白的翅膀，一只叫“诗词”，一只叫“歌赋”。我坐在翅膀上，你轻盈地起飞，犹如天空的守护天使。我们来到京城欣赏“真国色”的牡丹，它们层层叠叠开放，寄予着文人墨客的情怀。我们寂寂飞到西塘，“轻狂饮下醉的酒/漫谈对酌魏晋的茶”。

时间抚过你我的眉眼，我成了背着书包的初中生——青春电影的摄像头聚焦在女主角秀色可餐的脸蛋上，我是草草几帧的人肉背景。恰恰此时，我重新认识了你。我发现无论是纯洁无瑕的真善美，还是那些皎皎的梦幻与诗意，都只是你很小很小的一面。你也有悲壮和无畏——是“风萧萧兮易水寒，壮士一去兮不复还”，是古往今来千峰过后为日出献出血肉的志士仁人。你更是有沉重的叹息——南京大屠杀时，秦淮河的血泪曾湿透你的衣襟。

当然，生活的烦恼不管不顾地叫嚣而来。母亲对我的规划目标和我对梦想的追求顽固对峙，我不遗余力的付出与我寥寥无几的收获成为常态，我争强好胜的炽热之心和我与世无争的平凡外表不和谐地交织……幸好，有顾城为我开启一扇窗——“希望/能在心爱的白纸上画画/画出笨拙的自由/画下一只永远不会/流泪的眼睛”。幸好，有食指为我唱响一首歌——“当我的紫葡萄化为深秋的露水/当我的鲜花依偎在别人的情怀/我依然固执地用凝霜的枯藤/在凄凉的大地上写下：相信未来”。幸好，有北岛为我点亮前行的一盏灯——“走吧/我们没有失去记忆/我们去寻找生命的湖”。于是，我重新呼吸到了新鲜的空气，重新获得了不急不躁的心灵，重新汲取了勇往直前的养料。并解读出生活这一文本的核心价值——活出尊严！如同树的尊严是在风中不要倒下去，草的尊严是在春天绿起来。

我想，上了高中后，我才更像个合格的“读者”，更像一位“文科”的“铁杆粉丝”。“理科”是一个讨人喜欢的姑娘，大家大多愿意和她交好。可就像亦舒说的，人缘太好的人不适合做知己——“理科”追求绝对的公平，却无视由此带来的不公平。对就是对，错就是错，标准答案似乎永远是没有灵魂的符号、数字。和她谈过程是徒劳无功的，因为哪怕一个小数点站错了位置，都是谬误。可是对于生活来说，这又何尝不是过于极端呢？我和“理科”的友谊宛如一棵摇钱树——功利的果实虽然丰硕，然而意境全无。

亲爱的你似乎更通透：很多时候，不公平才是公平，不尖锐才是尖锐，“夫唯不争，故天下莫能与之争”。在无数个我觉得自己被生活欺骗的时刻，都是这个理念支撑着我继续蜗行摸索。

前不久的一天，我因为体育不好被押进了学校的“体育后进生集中营”！接连三天挤时间写出来的文章被全盘否定！和闺密闹翻成了“压死骆驼的最后一根稻草”！我觉得生活像一块半碎的玻璃，它静立着，我被无法遏制的力量“啪”地一下拍在它身上，鼻子嘴巴似乎掉了下来，碎渣刺入皮肤和眼睛。那天的晚自修我边写作业边落泪，直到你捧着历史书陪伴在我身侧。在真正的厚重面前，那些渺小的忧伤自惭形秽。

分科后，我放下了和“理科”牵起的手——她容貌精致美艳，为人真诚和仗义，坦白说，拥有她这样的朋友是件值得骄傲的事。但是我只想和你做知己。我和理科两两相忘，没有亏欠，没有辜负。

我亲爱的姑娘，我想和你聊聊星辰大海，聊聊春天和一个会开花的吻，甚至谈谈云朵转瞬即逝的丰硕。我也愿侧耳为你听，让那飒飒的来自远古的风拂过耳畔，让热兵器时代的轰鸣给我以恒久的警醒。我亲爱的姑娘，快来我的怀里，或者住进我的心里，我想和你一起把一艘艘小船，推入浩瀚的银河。

一千遍晚安。

致亲爱的少年

□何赟儿

[2018年“全国十佳小作家”]

何赟儿，女，笔名云河，2000年出生，获奖时就读于浙江省海盐元济高级中学，是校涵芬文学社创作部部长、浙江省少年文学新星、浙江省作家协会少年文学分会会员、嘉兴市作家协会会员、中华少年作家学会会员。当时已在国家、省级写作大赛中获奖二十余次，在报刊发表作品四十余篇。

你还记得吗？那个狂风肆虐的午后。

天桀骜地阴沉着，见不着一点日光的影子。狂躁的风猛劲地拍打着窗户，发出撕心裂肺的咆哮。它静静地躺在课桌上、刺眼的白炽灯下，是那张只考了60分的数学试卷。那时你的脑袋大概是蒙的吧？你们班是文科班，在全年级算是数学成绩中下的班。可你的分数居然比班平均分还要低9分。整个下午，你都是惭愧郁闷的，沉默着接受这无声的审判。可就在那时，你已在心中立誓——绝不低头。

你还记得吗？当你不被看好的时候。

月考综合排名出来后，大家都在互相询问成绩。你捧着厚厚的书回来。走廊上的同学叫住你，问你考得怎样。你说你的数学炸了，转身欲走，他们却仍旧不依不饶。“真的，刚及格。”你淡淡地回答，“但下次，我要考90分。”“90分？”隔壁理科班的男生像是听到了个笑话，提高了一个音调，“一个月，你想提高30分啊？做梦呢吧？我们赌你考不到。”“绝对考不到。”

接下来的一个月，每次经过隔壁班，你都会被他们拿“90分”来开玩笑。似乎没有人看好你，似乎所有人都觉得那不可能。但你——不甘屈服。

我知道，你想过放弃。但还好，最终，你撑了下来。

你还记得吗？那个冷暖交织的夜晚。

那道压轴题你显然做得非常吃力，已经算了整整两页的草稿。可能是脑中太乱，你打算稍稍歇息。你伸手轻轻撩起桌边的窗帘——预报中，今夜有雪降临。这是你第一次去瞧午夜的雪吧？可是夜太深了，玻璃上又雾气霭霭，你最终什么都没看清，只有漆黑的夜幕似在无声地嘲笑着你。你重新拿起笔，熬红的眼里涌出了泪。我听见，在迷茫无措的雪夜，你告诉自己，也告诉我：人生中总有黑夜，遮住了纷扬的雪的影子。可再等一等，天就会亮的，所有美好都会呈现在我们的眼前。

你一遍遍重复——我不怕、我不怕、我不怕。得出解的那一刻，你如释重负，趴倒在桌上，号啕大哭。哭吧、哭吧，把所有的压力都释放，明早还有更多难题等你去攻克。

你还记得吗？期末考的前两天。

午自习时，数学老师特地来找你，叩了叩你的课桌，递给你批改好的数学作业，无奈地说："为什么'弦长公式'你还是没有掌握呢？都说了设而不求，你偏要求解。"

你沉默地望着她。"弦长公式"被你工整誊抄在便利贴上，贴在数学书的扉页。可就算每天都背好几遍，你还是做不到灵活运用。你将那道错题又磕磕绊绊地从头演算了一遍。然后抬眼，渴望地找寻她的眼神。她欣慰地摸了摸你的头："这次是对了，但还是有点生疏，还要再加把劲。"你抿了抿嘴，在那道题的题号旁打上一个星，坚定地告诉她："老师，还有两天。这两天足够我再进步一点儿了。"

你还记得吗？期末考的数学战场上。

你的心几乎要跳出来，于是你一遍一遍地深呼吸。拿到卷子的那一刻，你的手紧张到发抖，你又一遍一遍地告诉自己你可以。你相信，努力的人总会有回报。你也愿意拼尽全力，做那个"足够努力"的人。

看着你答题，我的心也提到了嗓子眼儿。慢慢地，你开始找到了节奏，解题也越来越有章法。我突然想到了你和同学的赌约，想到了那个因热泪而不再冰冷的雪夜，想到了最初你咬牙立誓的决心。然后，又想起我陪你跑过一趟又一趟老师办公室的经历，度过一个又一个放弃午睡的中午，塞过一顿又一顿仓促解决的晚饭。我和你在一个又一个浅眠的梦里拉钩约定。我知道，作为一个文科生，你有多不容易。

你最喜欢那句话——其实我们都还没有那么努力，努力到只能和他人比拼天赋。你知道，你的脑子没有那些理科生转得快，你在数学方面一直都不开窍，别人听一遍就懂的题你可能要听三遍。但你也知道，你可以通过努力去弥补这些不足，你愿意一直奔跑在奋斗这条路上。你在坚持的，我都坚信着。

所以，你还记得吗？你获悉期末考数学成绩的那一刻。

那是一个大晴天，前阵子下了好几天的大雪还没完全融化，在阳光的照耀下，如纯白色的星星，闪着漂亮的光。面对隔壁班男生的盘问，你挺直了腰板，依旧用淡淡的语气告诉他们："我做到了。"

没有什么事是不可以做到的，久，或者不久。只要我们足够敢想，足够努力。哪怕别人质疑，哪怕别人讥讽，我们都要坚持，勇往直前。

永不放弃真实

□张天娇

[2019年“全国十佳小作家”]

张天娇，获奖时为天津英华国际学校高三学生，担任学生会副主席、编辑学部部长、班级学习委员，河北省作家协会会员。当时已在《作文与考试》《作文周刊》《衡水晚报》等多家报刊发表文章数十篇，在国家、省、市级作文大赛中多次获奖。出版有《愿我们时光依旧不负相遇》《青春最美梦想最大》。

“天娇，你知道吗？班里好多人都说你是去国际高中享福了，就是去上那种不用刻苦，不用努力，花些钱就能考上优秀国际大学的高中了。”这是我转到天津英华国际高中后，衡水中学的朋友聊天时告诉我的话。

好朋友，我谢谢你在意我，谢谢你留意别人对我的评价。那些揣测我未来的同学，我也谢谢你们，短短两个星期的同学情谊，我能够有资格成为你谈论的对象。不过，我很抱歉，对这些，我真的已经毫不在意了。当我再次回想起听到这些评论时平静的心情，我笑了。张天娇，你真的长大了，我很喜欢现在的你。

现在回想，离开衡水中学这个决定，真的不是轻易做出的，我想它完全有资格成为我人生中的一个重要的转折点。绝大多数人看到的是我离开衡水中学时的毅然决然，看到的是我没有落泪，看到的是我平静离开的表象。可你们不知道，连续一个星期的夜晚，我望着窗外洒入的皎洁月光，躺在宿舍的床上，一次又一次地询问自己离开的理由。

我并不是一个冲动、任性的女孩，在没有完全说服自己之前，我是不会轻易放弃自己奋斗好久才获得的珍物的。在离开的前一天晚上，我望着窗外依稀可见的繁星，问了自己最后一个问题：你，还记得自己最初的梦想吗？

电影《无问西东》中有一个片段，我印象尤为深刻。清华学生吴岭澜很擅长文科，他当时正面临选学科的问题，因为别人长期的误导“最好的学生都念理科”，而选择了自己不擅长甚至于不喜欢的理科。为什么电影中那么多经典的片段，我却唯独钟爱这段平淡的叙述？因为，这跟一个月前的那个我，真的很像，很像。

很小的时候，当别家孩子的家长在给孩子灌输着“学好数理化，走遍全天下”“好好学习考清北”的思想时，我的爸爸在引导我写作，在鼓励我读课外书。我心仪的大学不是清华北大，而是哈佛，是耶鲁。在别的孩子被他们的家长逼迫着徘徊在语数英辅导班的时候，我的父母选择给予我一个纯粹快乐的童年：当别人拿着笔在纸上一遍遍计算公式时，我在拿着画笔描述我心目中的美好；当别的孩子闷在屋子里背英语单词时，我在午后的阳光下手捧书卷，细细阅读；当别人在寒暑假的辅导班里接受着即将到来的知识时，我的父母选择让我走出国门去探索外面的世界是否精彩。

从小到大，父母都选择让我听从自己的内心，去寻找属于自己的一片小天地。可是中考前夕，一直坚持的出国梦终抵不过外界的声音：“学习好的都去衡水中学了。”“考上清华北大才能证明自己。”“出国留学？你是不是崇洋媚外？还是贪图安逸？”……也许，是没有足够的勇气去面对这些质疑；也许，是自己在成长的过程中不再一如既往地坚持最初的理想；也许，初心随着时间的流逝有些淡忘……最终，我屈服了。

当时，考上衡水中学的同学开学前几乎都对自己理想的高中有着期待和兴奋，都憧憬着自己想要的未来。而我迷茫地踏进了衡水中学的校门，还在不断质问自己：这是不是你真正想要的未来？最终，现实的挫折重新唤起了我的初心，那内心深处的渴望一次又一次冲击着我：如果重新来过，你是否有勇气在一开始就不惧怕别人的“流言蜚语”，毅然决然地选择自己的路？如果时光能倒流，我想我会对当时那个迷茫的自己毫不客气地扇一记耳光：你曾经拥有的最珍贵的东西哪里去了？纵然长路漫漫，纵然世间纷扰，你都不可以失去你的真实，记住了吗？

何为真实？电影《无问西东》中反复颂赞的真实，到底是什么？人生的真实、生命的真实、本性的真实，在这个“崇尚谎话”的社会，真实，又能有什么意义？这些问题，没有确切答案，每个人都有自己的理由，每个人都用自己的观点去解释去认识这个社会，每个人都没有错。理想与现实的这杆秤，你要用多少勇气与智慧去平衡？

我是一个刚刚步入高中的十六岁少女，豆蔻年华的我只是个稚气未脱的小女孩。没有人会在意我的见解，但我也不会强求别人的赞同，只是想我所想，说我想说，生活，一吐为快才是真。相比于同龄的其他女生，我想我的经历或许比较多吧。从时光老人那里借走了一些时光去经历人生，借走的是时间，偿还的是青春。那些痛和伤与其说是代价，不如说是时光老人对我莫大的恩惠。

真实，“真”与“实”，两个看似毫无关联的字放在一起便构成了人性中最宝贵的美好。

何为“真”？真诚、真相、真心，与“真”有关的词似乎都是美好的、积极的，而我们所想要做到的“真”应该就是听从我心，无问西东。“真”是一种单纯，它让人们不去用恶意窥探这个社会，揣度他人。单纯的人最快乐，不是因为他们什么也不想，而是因为他们坚定地认为这个社会美好而善良，他们相信世界和平。“真”是一种纯粹。记得爸爸曾经跟我说过，纯粹很难，不撞南墙不回头的是普通人，撞了南墙不回头的是倔强执着的人，哪怕真的撞死在南墙上也不会回头的人，是纯粹的人。很多人会说，那这样看来，纯粹就是缺心眼儿呗。其实不然，纯粹的人往往很善良，他们不会伤害你，也不会伤害这个世界，他们只是用尽一生去坚持自我。世界以痛吻我，我却报之以歌，我想这就是纯粹的人所具有的品质。“真”是一种生活态度。真诚面对这个世界，坦诚面对不完美的自己，我过我的生活，对自己负责就好，对于别人恶意的揣测通通不在意。

有人说做到“真”，很难很难，那就试着去做吧，朋友。生活本就是一次又一次的挑战拼凑而成，勇敢面对挑战吧，当你渐渐放下你的防备心，不再去过分在意别人对你的看法时，你会感到，原来生活还可以这般轻松。我希望你可以坚持自己，千万不要为了任何一个人去变成你不喜欢的样子。如果快乐很难，那我希望你可以“真”，以“真”来护你一世周全，看遍世间千山万水，归来仍是少年。

何为“实”？结实、实在，与“实”有关的词，都会给人一种有力量的感觉。比起“真”，“实”或许相对简单，只要足够勤奋，只要你准备好了。我想，“实”也许是一种处事方法。去想去梦，这般简单的事，有点想象力谁都会。你需要足够的勇气要迎接的，便是“实”所代表的——去做。你要尽自己最大的努力去实践，你不去为梦拼一把，有什么资格说你曾有梦。也许你一时半会儿做不到“真”，但是在追寻“真”的路上，你一定要坚定地去实现“实”，去闯去做，不顾时光，哪怕荆棘塞途，也请你保持实践的姿态。

朋友，如果你是跟我年龄差不多的花季少年，那在成长和青春的课上，我们便是同学。

亲爱的女孩们，不要去尝试整容。相信我，你真的不丑，你笑起来，很可爱。为什么会有美丑之分？我很好奇，到底是哪位神人有资格去划分美丑。至今，我并不觉得容貌有太大的实质性用途。我不会去同情那些长相上有缺陷的人，因为他们用不着同情，美丑又怎样？你要记住，亲爱的女孩，容颜终抵不过岁月，你脸上所注射的玻尿酸，终会成为时光使你衰老的催化剂。重要的是你的内涵，永远不要忽视真实对一个女生的重要性，真实会让你遇见更好的自己，让你不去在意别人，让你做自己的高贵公主。

喜欢就告白，不舍就挽留，难过就奔跑，心塞就去吃。生活不易，别太为难自己。愿生活不拥挤，愿笑容不刻意，愿真实带你领略世间美好！

亲爱的男孩们，你们往往更容易真实。我一直很羡慕男生的世界，朋友间有什么不愉快就会明说，这样的感觉也许就是真实的最初定义吧。遇见喜欢的女生，就去表白试试啊，这个时候㞞什么。别说什么早恋影响学习，你来到这个世界十几年，应该具备这种权衡自己的学习和感情的能力了，无论怎样，都不可以影响学习。去做一个真实的男生，做出属于自己的选择，不要总是依赖你的妈妈，你知不知道，没有女生会喜欢一个“妈宝男”。

相信我，亲爱的男生们，你们真实的姿态，真的很帅。

人啊，唯真实，才奋斗；唯奋斗，才优秀；唯优秀，才可爱。所以先爱己再爱人！光明正大和喜欢的人在一起，一个人就照顾好自己。够成熟，再去触碰爱情，你终会遇到你的他（她）。在这之前，继续你的真实，继续你的理想吧。希望阳光很暖，微风不燥，时光不老，你我都好。

真实，大抵就是那陈年清酿，那春风十里，那七月急雨。不要去刻意迎合别人的喜好，做真实的自己就好，如果那个人惹你不开心了，那就请他滚出你的魔仙堡，离开你的青青草原，以后也不许来你的快乐星球。做一个真实的人吧，听从自己的内心，永远有勇气重新来过，只因为足够真实。

如果有机会提前了解了你的人生，知道人生也不过这些日子，不知你们是否还会在意那些世俗希望你们在意的事情，比如占有多少才更荣耀，比如拥有什么才值得被爱。等你们长大，你们会因绿芽冒出土地而感到喜悦，会因朝阳的升起而欢呼跳跃，也会给别人善意的怀抱和温暖，但是却会在赞美别的生命的同时，常常，甚至永远地忘记了自己的珍贵。

愿你在被打击时，记起你的珍贵，抵抗恶意；愿你在迷茫时，坚信你的珍贵，爱你所爱，行你所行，听从你心，无问西东；愿你一生被爱，一生可爱，三月拾花酿春，六月流萤染夏，九月稻陌拾秋，腊月丛中吻雪。

一年四季，四季最好都赠予真实的你。

我的心灵花园

□赵静好

[2019年“全国十佳小作家”]

赵静好，获奖时为山东省实验中学高三学生，任《齐鲁晚报》等报刊学生记者。当时已在《全国优秀作文选》《中学时代》《解放军报》《大众日报》等报刊发表小说、散文、议论文等十余篇，在国家、省级写作大赛中获奖六次，其中含第十三、十四届中国中学生作文大赛一等奖。

这是一个美丽的花园。

拱形的天空像一块大大的蓝色水晶，澄明宁静，透着丝丝清凉，闪着微微的光。雪白的云块时而像鸟儿展开翅膀飞翔，时而又像羊群在慢吞吞地游荡。花园的中央是一泓清浅的湖水，湖边的湿地绿草如茵，宛如幼兽的皮毛，柔嫩而清新。湿漉漉的绿色顺着墙角、石径和树干匍匐蔓延，爬上凉亭的飞檐，钻进假山的缝隙，攀上摇荡的枝蔓，娇嫩的树叶仿佛婴童卷曲的额发，俏皮而可爱。

在柔和的蓝色和涌动的绿色中间，到处点缀着一团一团的金黄、粉红、浅紫与雪白，那是各色的鲜花，像是盛放在莫奈的油画里，热烈而沉静，仿佛饱含喜悦又羞答答的姑娘。成群的蜜蜂忙忙碌碌，扑闪着翅膀，嗡嗡作响。长着鲜红脖颈的鸟儿停在最高的树枝上，出神地瞭望着天际。远处隐约的笛声传来，空气中弥漫着沁人心脾的芳香。

这是一个神奇的花园。

这里的每一朵花都能感知温度，当你用温暖的双唇去亲吻它们的花苞，它们便会“啪”地绽开，像是发出欢快的笑声。这里的每一片叶子都会唱歌，当你忧伤的时候，它们会和着悲鸣的风声，唱起失落的歌谣，甚至慢慢暗淡、枯萎。这里不受大自然四季的影响，当你穿梭在冰天雪地，它依然可以春意盎然，花朵芬芳。这里可以瞬间云雨，瞬间天晴，花朵可以在一念间凋零，也可以在一念间怒放。

是的，这是我的心灵花园。

我第一次感受到它的存在，还是在童年的时候。每当嘴巴里弥漫着棒棒糖甜蜜的味道，手里抱着心爱的娃娃，都会感到心底有一个柔软的地方涌动着温暖和快乐。后来，在弹出第一首完整钢琴曲的那个傍晚，兴奋和骄傲的我忽然清晰感觉到那个柔软的地方发出了一个嫩嫩的小芽，它摇摇摆摆地长出颀长的枝干，冒出卷曲的叶子，抽出硕大的花苞，一层层舒展着粉色的花瓣，散发着暖暖的香气。

那是我心灵花园的第一朵花。后来，一朵、两朵、三朵……我又交到了一个好朋友，我的文章发表了，我第一次给父母做了饭，我考上了重点高中，我完成了人生第一次独自的旅行……我的花园渐渐变大，有了草木繁茂，有了花团锦簇。

当然，也有了青春的沼泽地，层层的迷雾。

“啪——！”“B-”的数学卷子被拍在书桌上，“就知道看小说，多做做数学题吧！”懊恼和委屈中，我的眼泪掉了下来。校园里那只瘦弱的流浪猫没有熬过寒冬，我放在老地方的猫粮成了对它最后的祭奠。教学楼拐角处终于不见了那个男生等待的身影，可是她们的议论却还不时传入我的耳中……

每当这时，我的花园就开始凋零，天空成了令人压抑的灰色，湖水也变得混浊而阴暗，花朵低下细长的脖颈，树叶吟唱着悲伤的歌曲。我躲在这衰败的花园里轻抚伤口，仿佛一个跋涉很久、疲惫至极的旅人蜷缩在一个安全的角落，不愿意面对那个烦扰的世界。

昏沉沉中，一阵清亮悠远的笛声从花园深处传来。这笛声时而如朱雀轻鸣，婉转悠扬，时而如松涛阵阵，低沉回响，仿佛知心好友安慰时的轻声细语，又好像睿智师长的谆谆教导，轻轻叩击着我的心扉。我的心随之激越，随之平静，随之悠远，仿佛干裂的土地被雨水滋润一般，渐渐舒展。哦，下雨了，是笛声抖落了雾霾的灰幔，化作丝丝细雨纷纷飘落。枯败的花园在这笛声和雨雾中生动起来：天空渐渐清澈，花草挂着晶莹的水滴，吮吸着生命的甘露，努力抽出新的苞芽。爬到高处的藤蔓，纤细的枝条艰难又顽强地抬起，它的目标依然在更高的地方……

我被深深地打动了，一股温暖的力量涌入心中，顷刻间化作煦暖的阳光洒进我的花园！于是，蓝天澄明起来，绿色开始涌动，花朵重绽芬芳，那只红脖颈的小鸟终于又唱出了婉转的调子——我也找回了快乐和自信的自己。

经历过风雨洗礼的花园越发繁茂与清新，花香更加甜美。经过风雨洗礼的我越发从容和坚强，笑容更加自信。或许，今后还会有更大的风雨侵入我的心灵花园，甚至试图摧毁它，但是，再冷的寒冬也封冻不了种子发芽的力量，再多的挫折也摧毁不了青春跌倒再爬起的倔强，只要那神奇的笛声传来，阳光就会穿破乌云。

漫步在心灵花园，绚烂的花朵像一群老友，簇拥着我，仿佛轻声诉说着什么。放心吧，我的朋友们，我会用一颗勇敢而温暖的心，守护着属于我们的芬芳，走过人生的每一个季节。

第二辑

那些他们说过的话

这是爱构筑的屋檐，遮风挡雨，飞越时间的局限，没有极限也没有缺陷。

苹果花开

□李 娟

[2005年"全国十佳小作家"]

李娟，女，出生于1986年，获奖时为宁夏回族自治区西吉中学高三学生，校月窗文学社社长。2004年被评为自治区"三好学生"，并加入中国共产党。获奖时已在《六盘山》《中学生》《中国校园文学》等发表作品十余篇，多次在全国作文大赛中获奖。

"待到苹果花开的时候，我就看到长大的你们了！"奶奶坐在苹果树下，漫不经心地说。

苹果树光秃秃的枝丫莫名其妙地晃动了一下，像受了惊吓似的，我的心也莫名其妙地跟着颤动了一下，是莫名的奇怪还是莫名的紧张呢？

苹果树在萧瑟的秋风中站立着，像一帧永不褪色的风景。我站在院子里，看了看满脸秋色的奶奶，又看了看那棵一直在这寂寞的小院里陪着奶奶的苹果树，嘴唇动了动，想说些什么，可又不知道该从何说起。

苹果树在这幽静的小院里不知生长了多少年，也许几年，也许几十年，它永远和现在一样地站立着，守护着奶奶的绿荫。只是现在的它老了许多。它陪着奶奶从青春走向衰老，从旭日走向夕阳，就这样一直走下去……

总是盼望夏天，看奶奶笑盈盈地躺在树下的椅子上纳着"千层底"时的那种慈祥。阳光顽皮地挤过树叶的缝隙，斑斑点点流淌在奶奶的脸上，那生命的沧桑便在一瞬间融化了，幻化作一朵雏菊。

秋风乍起，落叶像漫天的蝴蝶一样飞舞，只有苹果树甘守着寂寞，甘守着寂寞的小院，甘守着寂寞的奶奶。今儿，奶奶冷不丁说出这样一句话。她希望我们快快长大，不是在祈求真主让她老去吗？岁月在我们面前汩汩流淌，却在奶奶的脸上索取流逝。我打了个寒噤，正好看见苹果树的枝丫晃动了一下。

奶奶说："果树是有灵性的。你和它相处久了，自然就会明白的。"

我想，奶奶和这苹果树大概是有感情的吧。总之，奶奶爱这树，胜过爱她自己。尽管到了秋天，别人家的树枝上总是桃红杏黄，而奶奶的苹果树上却只有几点青涩——没有累累的硕果，只有随风飘舞的枯叶，像是冬天之前下的一场雪。我不明白，奶奶为什么在树的世界里活得那么开心，那么满足，难道是春夏秋冬的轮回中，唯有这时是最开心吗？

奶奶不明白什么“落红不是无情物，化作春泥更护花”的哲理，她只知道当漫长的索取开始变得有价值时，生命被浸泡在劳动的喜悦之中，这才闪现出纯朴的美。

这里的冬天总是给人一种蔑视万物的萧索，小院的冬天凄清得像奶奶的一生，有太多的无可奈何，太多的伤感落寞，太多的牵挂和回忆。

苹果树像失去了生命似的，再也没有了春天里嫩绿的新叶，再也没有了夏日里喧闹的小鸟，再也没有了秋风中舞动的叶片，只剩下光秃秃的枝丫，伴着那冬日里漫天飞舞的雪花……

冬天就这样不知不觉地敲打着奶奶的银丝，降临在奶奶愈加苍老的脸上，那岁月的车轮碾过的沟沟壑壑，便愈加清晰地刻在岁月的风里。苹果树上翩飞的蝴蝶已经落尽，这位饱经沧桑的老人，使幽静的小院弥漫在孤独和凄楚中，在冬日的怀抱里瑟瑟发抖。

今年的冬天异常寒冷，奶奶的苹果树能在风雪中站成猛士吗？它能在这异常寒冷的冬天，守护奶奶凄美的一生吗？

可是，奶奶还是病倒了，在这个异常寒冷的冬天。“天空没有留下痕迹，但鸟儿已飞过。”时光流逝着，一点一点啃噬着奶奶的生命。我原以为时光只不过是一个顽皮的孩童，在不经意的戏耍中给世界涂抹几笔沧桑。可奶奶的生命，却在它不经意的戏耍中渐去渐远。

这一夜，雪很大，苹果树苍老的枝干终于承受不起这沉甸甸的重量，啪的一声，一根树枝断了，那么决绝。我的心头浮起一片阴霾，内心深处，一场奇寒的雨落了下来。这究竟预示着什么？一种生命的结束还是另一种生命的开始？

于是，我整天盼望这黑色冬天的逝去，因为奶奶说过，苹果树花开的时候，她要睁开眼睛看看我们，看看长大的我们。

可是，春来了，春，又去了，苹果花却再也没有开过，再也没有……

读懂父爱

□严诗喆

[2006年"全国十佳小作家"]

严诗喆，女，出生于1991年，获奖时为广东省佛山市华英学校初二学生，任广东省佛山诗社少儿诗会常务副会长。当时已在《澳门日报》《佛山日报》《羊城晚报》等报刊发表文章二十余篇，并出版诗集《放飞幻想的女孩》、散文集《亮丽的日子》。多次在全国各级作文评选中获奖。

她手拿行李，兴高采烈地走出家门，要到一座远离家乡的高等学府读书，去追寻心中的梦想。当她转过身，准备跟父亲道别时，却惊奇地发现，父亲眼中闪着泪光，似乎有说不出的千言万语。她不由得心中一颤，回忆起高考前的某一天，她与父亲一同放风筝的情景，她这才发现，自己以前从未读懂过父亲。

那天天气晴好，为了减压，她与父亲到城郊放风筝。他们来到一片开阔的草地，父亲忙着准备风筝，她则悠闲地坐在草地上，享受难得的轻松和愉快。很快，父亲将线轴交给女儿，让她去放。她手持线轴，一边放线，一边在草地上奔跑。她望着手中的风筝越飞越高，越飞越远，难掩心中兴奋之情。只见风筝在高空中自由而畅快地飞舞，迎着蓝天，伴着阳光。女儿高兴地对父亲呼喊："爸，高考我一定会考好！我会像这风筝，不断地向高处攀登！"父亲望着充满自信的女儿，脸上露出了一丝微笑，却并没说什么。

半小时后，风突然大起来。原本飞得平稳的风筝不停跳跃着，不听使唤地来回旋转，似乎要挣脱什么。忽然，一股风狠狠刮来，风筝终于挣脱束缚，疯狂向远处飞去。女儿并不因此沮丧，反而向远去的风筝放声呼喊："飞吧，风筝，放心去追寻你的梦想！"女儿得意地望望父亲，却惊异地看到，父亲脸上的笑容消失了，取而代之的是一种不易察觉的忧伤。女儿不解，却又没问。后来，由于学习紧张，她便把这件事抛在了脑后。

她一直认为，父亲与她一样，希望她能越飞越高、越飞越远。如今，她如愿以偿，正满心欢喜地去追寻自己的梦想，才顿悟父亲对她的依依不舍，对她的这种如小溪细流般默然无语而又充满温情的爱。至此，她才真正读懂了父亲，读懂了父爱……

枯藤树下

□何洁溪

[2007年“全国十佳小作家”]

何洁溪，女，出生于1993年，获奖时为安徽省马鞍山市第七中学初二学生。当时已在《皖江晚报》发表习作十五篇，出版长篇童话《高菲寻猫记》，并在全国性的科普知识、书信文化等比赛中多次获奖。

那时外婆家住在一条深幽的小巷里。即使岁月榨干了巷的痕迹，可当手滑过长着青绿色苔藓的院墙时，清凉还是萦绕在指尖。

从那个砖头塌下一半的庭院里，突兀地伸出一根枯藤，末梢带点泥腥味儿。它勾起了我对屋主的回忆。从前，这根枯藤是很收敛的，从不向外支棱出歪斜的枝条，仿佛怕占了这本就狭窄的巷道。

庭院屋主是一位年近七旬的老妪。打我记事起，那棵枯藤便病恹恹地立在那儿了。树纹的烙印一圈一圈紧紧缠绕在树干上，像极了老妪干瘪粗糙的皮肤，甚至有些骇人。枯藤后是几间衰败的土坯房。几只食不果腹的鸡叫唤着，这时方见老妪身着垂至膝盖的深蓝棉布大衣颤巍巍地出来，慢慢探身将一把米均匀地撒在地上，再迈着蹒跚的步履回屋。

那时对老妪是鄙弃的。那棵枯藤的歪斜与邻院的姹紫嫣红格格不入，仿佛一勺晶莹的大米里混入了一粒沙子。满院的衰颓败落，自然让老妪本就苍凉的晚年又增凄厉。玩耍时，从门缝往里看，便总见她呆坐在枯藤下，泛黄的手抚过枝干，低声絮语。不懂事的我们，就攀上墙头，用脚踹着耷拉在半空的枯枝，一边辱骂着她：“滚出去吧，滚出去吧……”老妪满是豁齿的唇动动，终究还是低下那颗令人悲悯的头颅，搬起小凳回去。

我们骂她是有缘由的。街坊邻居没事喜欢拉家常，老妪从不参与，那间庭院冰冷地空着。四处便传开了：她是见不得人哩！后来从外婆嘴里得知：老妪先前是结过婚的，丈夫去县城打工，一去就没再回来。老妪带着两岁大的儿子，日子过得很清苦。后来不知怎的，老妪一狠心把儿子卖给了学堂教书先生，自己则拿着卖儿子的钱到处逍遥。

老妪从那时起名声就臭了，可她却总不愿搬离那间种有枯藤的庭院，多年来一直忍受着街坊邻居的冷嘲热讽，后来干脆足不出户，整日对着枯藤傻笑……

在我上五年级时，老妪死了。她吊死在那棵枯藤树最粗的枝干上，她远房亲戚根据她死前的遗愿，将她埋在枯藤树下，立了个土坯方子。

从此小巷里便清静许多，老妪和那棵枯藤的记忆在逐渐淡化。直至一日，一位西装革履的中年男子寻到巷里，茫然地望着残败的枯藤下的那个土坯方子。而后，突然用手抱住方子，号啕大哭，泪眼蒙眬地呼唤着：

"妈——您别走呀——我不恨您！我回来了，您的儿子事业有成，回来了！您看看我呀——您为我忍受了多少苦，儿都知道！您的心纵然再痛，也不希望看见我的前程毁于一旦呀——妈——"

街坊邻居良久无言，愣在原处。那棵枯藤上似乎浮现出老妪深凹的双眼，还有她那一直忍受着被人嘲讽的伤痕累累的心！她呆坐在树下的傻笑也在此刻诠释！街坊邻居都垂下头，默默地听着男子如泣如诉的呜咽。

此后的几天，男子托人将老妪的骨灰挖出，移葬到附近的乱岗上。奇怪的是，老妪的骨灰移走后，枯藤便萎谢了不少，本就灰暗的树干越发地无生气了。

那年我十一岁，在那个灰暗的枯藤下，我见证了一个儿子对一位母亲爱的追忆。

手

□姚思宇

[2008年“全国十佳小作家”]

姚思宇，女，出生于1991年，获奖时为辽宁省大连市育明高级中学高二学生。在《大连日报》《大连文艺》等报刊发表多篇作品。诗集《清月流光》由中国文联出版社出版发行。

冰封荒凉黑暗
不能忘记你的手
你的
苍白的爬满了创口的手
拨开如刀割般凌厉的碎霰
拖着
像土地般沉重的电缆
一步一步地
攀登在倾损的高压塔上

冷寂凄清酷寒
不能忘记你的手
你的
冻裂的渗出了鲜血的手
融化如凌汛般刺骨的风雾
挥着
像墙垣般敦实的铁锹
一块一块地

击碎封锁了高速公路的坚冰

荒芜衰败空旷
不能忘记你的手
你的
通红的干枯了神经的手
挖走如阴云般冗厚的硬雪
挺着
像山峰般伟岸的肩膀
一担一担地
将蔬菜挑往饥饿的城邦

不能忘记你的手
你的
坚实有力的手
在这没有春风的春天
用自己一点一滴的温度
一点一滴地
化成了温暖中国的春风

家里的花

□袁音

[2008年“全国十佳小作家”]

袁音，女，出生于1994年，获奖时为广东省深圳市龙岗区实验学校初二学生，任校青蓝文学社社长。当时已在《深圳晚报》《新课程报》《深圳青少年》等报刊发表多篇文章。参加各级各类作文大赛，多次获奖。

天气好像不怎么好，大团大团的云在空中，将雨未雨。

家里的电话响了起来，一个机械的女声一字一顿地报着来电号码。是爸爸的手机号码。

然后，是刺耳的急促的铃声。

我在看着电视。妈妈正坐在沙发上看着报纸。她伸手去接电话。

“哎，你在哪里啊？”

“嗯。是啊。”

“又不回来吃饭？”

“好啊！那你就不要回来好了！”

妈妈怒气冲冲地摔掉了电话。报纸随之“哗啦”一声掉在地上，我默默地捡起来收好，也不敢说什么。

妈妈几步走到厨房门口，“砰”的一声打开门走进去，又“砰”地关上。

等妈妈出来的时候，端出来一碗米粉——我今天的晚餐。我什么也不说，只是坐在饭桌面前很快地吃着，什么也不说。

然后，洗碗，刷锅，回房间。

过了一会儿，电话又响了起来，一个机械的女声一字一顿地报着来电号码。还是爸爸的手机。

妈妈伸手去接。

"不去。"

"都说不去了。"

"都这么晚了,不去散步了。"

…………

妈妈轻轻放下电话,对我交代了几句,就出门了。

等到妈妈和爸爸回来的时候,妈妈手里捧着一束花。

那束花很漂亮,纯白的花瓣,粉嫩的花蕊,大片深绿的叶子上面还有几滴透明纯净的水珠滴溜溜地滚着。

爸爸找出一个花瓶,细心地把它洗净,妈妈在一旁耐心等着。

妈妈小心翼翼地把花插进去,整了整花瓣。两个人都看着那束花。然后又看着对方,无声地笑了。

两个人脸上那一点点细小的皱纹都舒展开来了,就像那花一样。

我就喜欢这样。

你我之间

□李雪静

[2009年“全国十佳小作家”]

李雪静，女，出生于1996年，获奖时为山东省青岛市第三十九中学初一学生。当时已在《中学生报》《中学生·初中作文》《青岛早报》《半岛都市报》《大众日报》等报刊发表文章三十多篇。

2002年。你34岁，我6岁。

你穿米色长风衣，身边跟着戴粉红发卡的我。九月的枫树郁结了整个夏季的赤与金，那些渗透了阳光的叶子的影，洋洋洒洒地落在你的发梢上。我们穿过灰色的柏油马路，穿过挂橙黄招牌的糖果屋，穿过拓印了光影的公交车站，来到了有着红屋顶的高楼面前。你蹲下，拉过我，伸手理好我额前的碎发，用发卡别住，起身。然后拍拍我的肩膀。我像快乐王子身下的燕子一样，忠心耿耿地跟着你，完成了我的小学报名。开学第一天，进校门的一刻，你叫住我，替我整理好书包带，温柔地摸摸我的头发：“要听老师话喔？”上扬嘴角，美丽的弧度。我们相差28岁。可在我心里，你就像校门口发气球的大姐姐，掌心像烙进了糖，握我手的温度我至今还能记得。

2005年。你37岁，我9岁。

你开始留一些微卷的长发，我开始梳起了刘海儿。冬月轻浮的寒冷像冰封的白雪皇后，那载着小加伊的马车肆意地奔走在空中。我的刘海儿就这样自顾自向上飞扬，筑起纯黑的城堡，隔断几生几世的渊源，当然也隔断了——我手中的成绩单上鲜红的两位数。68分的成绩。我难以启齿。

那一天，寒冷。你第一次打我。我摔门，你怒视，桌上的饭菜冒着热气观看这场冷战。我以为你会关心我，请求我的原谅，但是你没有。那一夜，我抱着伤心的心情哭红了双眼。

第二天回家，见桌上摆着大盒木瓜糕。冷冷的声音传来，我买了你爱吃的木瓜糕，洗手再吃。那一刻我明白，原来你的关爱，一直都在。我们相差了28岁。我终于懂得，就像年龄差一样，我们间有些东西，是一成不变的。

2008年。你40岁，我12岁。

又是九月。一样的天气，一样的时间，一样的枫树郁结着夏的气息。不一样的是，你望着这个已经一米六七的少女，没有为她别发卡，也没有为她整理书包，只是淡淡说了句："看你快乐的，上初中了，性格也好好改改了，别像以前那么活泼了，女孩子，要稳重。"

我点头的瞬间，猛然瞥见你鬓角的白发。我感到心痛。我在心里发誓我要改掉我浮躁的性格，做个稳重的女孩。但可惜现实永远同幻想背道而驰。或许是骨子里带来的疯疯癫癫，我虽表面文文静静，内心却一片躁动。

原谅我，妈妈。下午放学，看见我霜打茄子的表情，你一下子读懂了我的心。"没关系，做回自己好了，只要你快乐。当生活成为你负担的时候，请试着找回自己！"明媚的笑容。哦，妈妈，天空好蓝！

我们相差28岁。不管时间怎么轮回，你会变老，我会长大，我们都永远相差28岁。就像我们之间永远隔着代沟一样。

但，有些东西，像母爱，像默契，是剪不断的。也正是这些东西，填平了你我之间那道深深的沟壑，并在上面生根，发芽，绽出绚烂的芬芳，勾画出一幅幅暖意浓浓的爱的简笔画。

就像年龄差一样，它们也是永远的。

思念延长的温暖

□魏菡

[2010年“全国十佳小作家”]

魏菡，女，出生于1993年，获奖时为山东省沂水县第二中学高一学生。当时已在《诗刊》《中学生》《满族文学》《中华少年》《中国小作家》等报刊发表小说、诗歌、散文五十余篇，多次在全国作文大赛中获奖。

父亲的眼眸里，总有一种消散不去的思念。那是对曾祖母的思念，带着眼眶里打转的悲痛，缓缓延长，触及我本已旋转的那份温热咸涩的感动，仿佛是曲折回巢的鸟儿，记忆中的温暖在任何季节都是那么馨香。于是，我常梦见死去的曾祖母，在一片安静的花园里微笑，和父亲在深深思念她时的模样那么相像。

两年前，记得是农历正月二十二日的凌晨，天上没有月亮，星光似乎也一直暗淡着。守在曾祖母的病床前已经两天两夜没有合眼的父亲，眼睛红得吓人。一直轮班守候曾祖母的叔爷爷们担心他的身体，极力劝他休息一会儿，父亲便去三爷爷家的小西屋里躺下了。挂在房梁上的那盏电灯，在多年的灰尘下摇曳着，而父亲则在这种摇曳中进入了恍惚。缺电的挂钟无力而缓慢地摆动秒针，像曾祖母的脚步声在父亲的耳边回响。昏晕的光线里，曾祖母似乎真的走来了，她的目光柔和，浑身充溢着夕阳般的温暖。她轻抚一下父亲的脸，让两颗滚烫的老泪洒落一地悲伤，然后就倏忽之间消失了。父亲激灵一下醒来，猛然觉得这是曾祖母在向他告别，就鞋也顾不上穿，含泪跑向了曾祖母久居的老宅。此时，众人正在为曾祖母穿寿衣，或许是用力过大弄痛了曾祖母，原本昏迷中的她竟痛苦地“啊呀”了一声。父亲泪如泉涌，声音哽咽着叫道：“你们慢点给她穿不行吗？没看都痛成什么样了！”寿衣刚刚穿好，曾祖母就只是呼气不再吸气，然后驾鹤西去了。父亲上前抱住她不停地呼喊“奶奶”，但是她的眼睛紧紧地闭着，再也没有睁开。

曾祖母走了，她走了。父亲的感情便变得异常脆弱起来，就像当年曾祖父去世时一样。我和母亲谁都不敢在他面前提起曾祖母,因为一提曾祖母,他的泪水就会决堤。父亲的悲痛,就像老家山峪里那条马莲河一样不停地流淌着,我也被这河流的凄凉冲出了深深的酸楚,并在酸楚中不时地想起与曾祖母有关的戳痛父亲记忆的东西——老家院子里那棵挺拔粗壮的香椿树,破旧的老屋里那张破旧的高脚桌,还有一把掉了许多齿儿的桃木梳子。

老家院子里那棵香椿树是父亲出生那一年曾祖母栽下的。在父亲五六岁的时候,香椿树长起来了,曾祖母时常抱着他坐在树下,用自己的坚韧与柔软带给他明媚的温暖。那时候,我年仅三十岁的爷爷因胃出血过早地离开了人世,奶奶也改嫁了,而我的曾祖父则命运多舛、遭际不顺。悲痛与压抑没有让曾祖母绝望,她依旧那样慈祥,在高高的香椿树下,在有阳光洒落的地方,给父亲背诵《三字经》《百家姓》,唱优美动听的歌谣,还讲童话一般告诉年幼的父亲:"等你长大的时候,这棵香椿树也长大了,那时候,奶奶就让爷爷把它刨了,给你做一张香椿木的床娶媳妇。俺孙子的媳妇呀,一定是天上的仙女,会纺纱,会织布,会不动烟火就能做一大桌子好菜好饭,让俺孙子一辈子都有享不完的福。"曾祖母的话,像春风吹走黄沙那样,掠去了父亲失去父爱母爱的心灵伤痛,让他对未来产生了最为美好的希冀。我想,那时的香椿树旁,一定有株轻盈的植物,似蒲公英却比蒲公英要深沉得多,它沿着悲伤的草垛划出的弧线,去了一个很远、很有希望的地方。

破旧的老屋里那张破旧的高脚桌,是刻满了慈爱的纪念碑。在我小的时候,因为父亲在部队当兵,母亲在工厂上班,没时间照顾我,我曾在曾祖母身边待了好长一段时间。那个时候,我总见曾祖母跪在那张高脚桌前烧香磕头,为远在东北的父亲祈求平安与顺利。我平日里是最顽皮的,但在这个时候,便会安静下来,看那些烟雾柔柔软软地在空中飞舞,乖乖地等曾祖母做完一切后扶她起身,让她对着我满足地微笑。后来,我回城了,父亲也从部队转业了,曾祖母的香却依然在高脚桌上烧着。而且在她想念父亲的时候,她也会燃上香,让她敬奉的神仙转达她的信息。然后她就拄着拐棍,颤颤巍巍地走到老屋后面的土崖上,等待弯弯曲曲的山间小路上出现父亲的身影。不管寒冷的冬天,还是炎热的夏季,她都在那里等。她有迎风流泪的毛病,常常用忘记去洗的手帕一遍又一遍擦拭混浊的眼睛,而满头的白发则在微风的吹拂下如同旌旗,让人的心灵为之战栗。奇怪的是,每一次等待都不会落空。或者中午或者黄昏,她总能看到那个她从小背着抱着长大的孙子从弯曲的山路上向她奔来,总会听到父亲泪流满面地拉着她的手说:"奶奶,你这是咋了呀?你在家里等着,孙子就会回来看你的呀。"这是多么珍贵的景象啊,它在我的小小心灵里扎下了根,成了最值得我珍藏的宝物。后来我才知道,在父亲的心灵深处,也藏了这样的宝物,而且不止一件两件呢。那都是曾祖母留给他的。

曾祖母用过的那把掉了许多齿儿的桃木梳子，在我们家阳台上的梳妆镜前，在最明亮、最温暖的地方。曾祖母活着的时候，从部队转业后的父亲经常把她接到城里小住。

八十多岁的曾祖母总喜欢坐在阳台上的暖阳里梳头，她微微泛黄的手指在阳光底下打着战，自己梳完了就会小声喊我父亲："森啊，来，奶奶给你梳梳头。"四十多岁的父亲就会孩子一样安静地坐在曾祖母面前，温和地闭上眼睛，任曾祖母在梳子上吐了唾沫给他梳（这是曾祖母的习惯）。虽然父亲的头发由清香的"海飞丝"味变成了难闻的怪味，但是父亲的表情却与阳光契合一起，那么惬意，那么幸福！

曾祖母去世后，父亲天天用这把掉了许多齿儿的桃木梳子梳头，家里有再好的梳子他都不用，只用这把梳子梳头。每梳一下，眼睛里的泪水就会溢出，与阳光契合成思念的颜色；每梳一下，就会透过泪光看到老家院子里的那棵香椿树，看到破旧的老屋里那张破旧的高脚桌，以及看到老屋后面的土崖上那个弯曲而执着的身影。

不知从什么时候起，我也开始用那把掉了许多齿儿的桃木梳子梳头了。每梳一下，归鸟就会在云间回旋；每梳一下，轻盈而纯亮的植物就会在充满希望的远方闪烁奇光。

我明白，那是思念延长的温暖紧紧将我包围，使我跟随那条温暖的曲线走向没有悲伤的地方，那里，曾祖母的慈言善语，旋律般回荡着，回荡着。

如今，两年多的时间过去了，思念延长的温暖已经更加绵长和深刻。我想，它会在年轮也不旋转的时候，继续使年幼的心灵远离贮藏寒冷的空间。

我和爸爸的秘密战争

□邱雨晴

[2010年"全国十佳小作家"]

邱雨晴，女，出生于1993年，获奖时为江苏省无锡市旺庄中学初二学生。当时已在《语文学习报》《大江南北》《升学指导报》《无锡日报》《家教周报》《全国优秀作文选·无锡版》发表作品十篇，四次在全国作文大赛中获奖。

盼星星，盼月亮，终于盼到了国庆长假，乐得我连睡觉都合不拢嘴了。刚放学，我就迫不及待地赶回家玩电脑。

可是，老爸似乎未卜先知，早料到我会回家迷恋电脑，提前就把我的书房锁了。我怒发冲冠——可是，我没帽子可冲。好在，我还有点小聪明，爸爸的厂房里面有间卧室，说不定钥匙藏在那里。待爸爸一走，我便一路小跑地直奔他的卧室。果然功夫不负有心人，我在柜子夹层的小抽屉里找到了它。看到钥匙，我恨不得亲死它啊。

我悄悄地打开书房，乐滋滋地打开电脑，心里还想：邱雨晴，你真聪明！我得意地玩着《劲舞团》，一直到下午一点。

这时，爸爸夺门而入，把我吓得手足无措。于是爸爸开始对我演讲他的"鸿篇大论"，振振有词，滔滔不绝，我当场就晕了过去。

第二天，老爸把钥匙换了个地点，我找了一上午，也没找到。我喝了杯牛奶，深吸了一口气，又开始找钥匙，边找还边唱道："钥匙，钥匙，我的宝贝！钥匙，钥匙，我的宝贝……"看来是苦心人天不负，我还是在客厅的花瓶找到了钥匙。我心里喜滋滋的，心想，老的终究斗不过小的。我拿来面包、饼干和咖啡，美滋滋地坐在电脑前，边吃边和我五湖四海的兄弟姐妹聊家常。那日子真是贼舒服。

突然我听到楼下汽车的鸣笛声，我猜定是爸爸那只"老狐狸"回来了。果不其然。于是，我以八秒时间搞定电脑房门钥匙。爸爸回来了，见我正在看书，脸上乐开了花，拿了一些"洋河经典"就走了。爸爸刚走，我就又蹦又跳，还唱着"哦咧哦咧……"结果，妈妈回来也要上网聊天，见电脑桌上全是吃的，心里就有数了。我实在经受不住妈妈的苦口婆心，当场口吐白沫晕死过去。

后来，老爸藏钥匙又换了地方，他借我去帮他买包烟的工夫就藏好了——这“老狐狸”真狡猾啊。爸爸放心地走了。我在家左翻翻右翻翻，就是找不到那宝贝钥匙。藏哪儿了？没办法，只好回房间看书，却被书包带子绊了一跤，把我房间的吊兰打翻了，里面冒出了一个金属玩意儿，不用看，是我那宝贝钥匙！要不是太脏了，我真恨不得亲亲它。

我打开电脑，乐滋滋地练级。可还没练满一级，爸爸回来换鞋子，看见我在书房，怒容满面，我差点儿就吃了他的“金刚拳”，还是我使出了“迷踪幻影”，才躲过此难。

这时，爸爸突然“扑哧”一声笑出来，说道：“不管我藏在哪里，你都能找得到，真不愧是我的女儿！只可惜咋就只会鬼机灵呢，这机灵要是用在学习上就好了。”

本以为这场无硝烟的战争会就此结束，可没想到老爸设置密码了，尽管我用家里的电话号码、门牌号码、手机号码、生日全试过了，可都不行。一气之下，我输了“110”，竟然开机了！我一蹦三厘米高，生怕惊动爸爸，心想，我真是太聪明了，以我的智商完全可以打破“迪士尼”记录了啊。

我打开电脑，到拍拍网站去购物。才买了两件公主裙，爸爸就回来了。我无奈啊！啊，不，这应该是爸爸的台词。他苦笑了几声：“我无奈啊，你怎么就这么鬼呢，看来你爸比不上你这小机灵丫头。你好自为之，我也不锁了，就靠你自觉。”

我听了，脸唰地红了，低下头，向爸爸道歉，并与爸爸约法三章，还请妈妈做监督人，以后一星期我只玩四个小时电脑，双方盖下手印，即刻生效。

终于，这场无硝烟的秘密战争结束了。

那些他们说过的话

□ 涂馨予

[2011年“全国十佳小作家”]

涂馨予，女，出生于1995年，江西黎川人，获奖时为福建省厦门第一中学高一学生。当时已在《厦门日报》《厦门晚报》《厦门商报》等报刊发表散文、随笔等习作数十篇，八次在全国及厦门市作文大赛中获奖。

母亲节、父亲节都快到了，谨以此文献给我的父母，表达我平时一直未说出口的感谢。爸爸、妈妈，原谅女儿有时的任性和不争气。祝天底下的父母节日快乐！

——前言

屋外的蝉鸣一声高过一声，从敞开的门伴着热浪席卷到屋里来。热浪里，他们在忙进忙出。

他们，是我的爸爸妈妈。

那是为我而租的房子，只为了能让我早晨多睡一会儿而毅然决然租的房子。房子租了，却累了他们。自始至终，忙忙碌碌。

她站在阳台上洗刷，水龙头大开着，哗哗的水流溅起的白沫沾湿了她的衣衫。我透过开着的窗户看扶着水池的她的背影，因四月以来的病，长期的超负荷辛劳，原本挺拔的背开始佝偻，与她的年龄极不相符。她的鼻子上，以及我可以看到的侧脸上，都已经挂上了饱满的汗珠，亮灿灿的。我踌躇了一下，走过去问：“需要我帮忙吗？”她转过脸，“太热了”的表情活现在她的脸上。手一挥，说：“进屋去，阳台太晒了。”然后她又扭过头去，伸手关掉淌水的水龙头，提起满满一桶的泛着泡沫的水向那积满灰尘的房间蹒跚走去。

我于是讪讪退回收拾好的房间。

我又看向他，他正费力地扛起一张书桌。我知道那张桌，那么沉，我曾费了九牛二虎之力也不曾将它抬离地面半寸。他钻到桌子下面，偌大的身躯忽然弯成虾米一般，沉重的书桌压着他的背！我一下子忘了我是来帮忙的，木了一样瞠目结舌地看着他。他瞟了我一眼，眉毛竖起来，嚷道："你过去！挡道了。"我如梦初醒，木木地往后退了一步，看他沉重而缓慢地运着这个陈旧的东西。待他终于放下那桌子，从桌子下爬出来时，我才回神，问出那一句："需要我帮忙吗？"他打着赤膊，背上红色的、桌子压出的痕迹鲜明地耀武扬威着，汗水淌过那被书桌粗糙的木质角擦出的小伤口。他看都没看我，丢出一句："你能帮什么？一边去。"

于是我又一次退回到了房间，心有不甘地窝着。

我是真的很想帮忙，但他们一挥手，一句话，就把我如细尘一样轻轻地拂开了。在他们眼中，我是干不得这些活儿的——无论是粗的还是细的。我不是他们的大家闺秀，也不是他们的小家碧玉，我只是一个有些任性又不懂事的孩子，会言辞激烈地与他们争吵，会把他们多年的经验总结当成束缚我个性发展的框框条条，会把他们的好心当成驴肝肺……

可是，他们还是一如既往地爱着我：她会在我把她气哭了的第二天清晨，依然红肿着眼睛替我温好牛奶，烤好面包，泡好茶水；他会在我与他争吵后摔门而去的下午，跑去他工作的地方为他初长成的女儿取回第一张身份证。我从没想过，在我与他们争执之后，当我躲回小房间里满腹委屈地哭泣时，他们，在客厅白亮的灯光下，又会是怎样的情绪呢？是在为我的忤逆而生气，还是在担心女儿这样的性格以后要怎么样在社会上立足？

我便突然想起他们曾经说过的一些话。

他们说，你去做自己的事情吧，这儿没你什么事。

他们说，你要相信，是金子总会发光的。炭灰也有发热的时候。

他们说……

我于是明白了，他们不说我也明白——

这是爱构筑的屋檐，遮风挡雨，飞越时间的局限，没有极限也没有缺陷。

"……有了你的出现/占据了一切我的视线/爱你一万年……"轻轻地，歌声响起。

我的妈妈

□牛杰

[2011年“全国十佳小作家”]

牛杰，女，出生于1997年，获奖时为甘肃省嘉峪关市第二中学初二学生。九岁开始发表作品，至获奖时已在《雄关周末报》《嘉峪关广播电视报》发表作品二十余篇，三次在全国作文大赛中获奖。

只有一个词语可以形容我的妈妈。

挎包里永远藏着巧克力和糖果，房间里贴满了和我一起“淘宝”来的明星海报，床上躺着她买来的《长江七号》，最喜欢的明星是陈慧琳，试着做新菜可失败了会赌气砸锅摔碗……

朋友都说这样的妈妈很可爱。

可爱的妈妈，可以让很多人羡慕的妈妈：每顿饭都绞尽脑汁变换搭配，每次出门前都无休止地叮咛嘱咐，午夜时分帮我盖好蹬掉的被子，发烧时通宵不眠地在我滚烫的额头上敷冰枕……除了母亲，还有谁能拥有这般的慈爱与耐心？

妈妈，你是世界给予我的最大的幸福。

可是妈妈总觉得我不爱她，总是对我心怀内疚。妈妈总是说：“妈妈对不起你，总是打你骂你。”

繁重的劳累过早地拖垮了你的身体，你的坏脾气大多是病痛引起的。在很多时候，是你的打骂板正了我偏移的方向。那些疼痛早已在我的记忆里消弭，却在你的心里产生了千百倍的反噬。我知道伤得最重的是你。

妈妈，该说对不起的人是我。

电影院散场。拥挤的人群向出口汇集，我走在妈妈的背后。从指尖的缝隙中，看着妈妈的背影。只有模糊的线条，糅合着阴影，覆盖住我的眼眸。我下意识伸手，抓住了妈妈的衣角。那是一种多么巨大而单薄的依赖啊！

妈妈牵紧我的手，慢慢挪向那一抹光亮。伤痕、漫长的岁月镌刻成妈妈手掌上错乱的纹理。这些真实哀伤的触感，透过皮肤，穿过血液，在我的心脏处汇合。扑通，扑通。

置身在去参加北京比赛的途中。

“宝儿，妈妈想你了。”话语被话筒带过了千山万水，抵达我的耳畔。

只有距离能把思念拉得悠长，只有逆光才能感受到阳光的温暖。

火车轰隆的鸣声也阻挡不了我跨越千山万水的思念。我知道，终有一天我会羽翼丰满归来，成为她后半生的依赖。我拿起笔，将从未表达过的温柔与爱凝聚成这些文字，献给远方对我最重要的人。

妈妈，我爱你。

上坟

□于瑶

[2012 年“全国十佳小作家”]

于瑶，女，出生于 1996 年，获奖时为广东省深圳第二外国语学校高二学生，任校阳光文学社社长。七岁开始发表诗歌，十一岁在《中学生报》上连载小说《黑猫精灵》，十二岁在《中国校园文学》上发表小说《光辉岁月》，至获奖时已有十余万字的小说、三十多篇散文在报刊发表。

一旦回了老家，有件事就不得不做——给外公上坟。

多年不回老家，关于上坟的记忆自然也淡得不能再淡了。外公走得早，他去世的时候我不过八个月大，但听妈妈说，因为我是外公的第一个外孙女，他当时是很喜欢我的。

记忆中第一次给外公上坟是在七年前，当时烧了纸钱、蜡烛和香就走了，并没有待很长时间。而这回外婆告诉我们，外公墓碑上的字已经很淡了，此番上坟，要买油漆去把那些字重新填一填。

要做的事情多，自然要早起。我与睡魔斗争了半天，最终还是一个鲤鱼打挺，走进洗漱间。

公墓在县城郊外的山上。路途不算很远，郊外环境也不错，但心情莫名地就凝重起来。大抵在给先人上坟时，总有这种感觉。

墓园很安静，只有蝉趴在树上叫个不停，似乎永远不懂人世间生老病死的苦。放眼望去，黑色的花岗石墓碑与白色的大理石墓碑交错，静默地昭示着死亡的恐怖。每一座墓碑下面，都是一个沉睡的灵魂。

外公的墓在老墓区，算是比较老的一批墓了。白色大理石上还带着深深的刻印，唯独红色的油漆已经脱落得差不多。我和妈妈拿出备好的毛笔和油漆，准备开始填字——我填墓碑后面，妈妈填墓碑前面。

很难言喻那是一种什么样的感觉。墓碑是冷的，可下面分明又有一个曾经存在过的人。我填得很慢，也很认真。说起来，家里和我一辈的孩子每年都要来，唯独我，一直都在外地长大，上次上坟后就没有回来过。我是幸运的——我是真正与这位老人接触过的、他的第一位外孙女。可我又是不称职的——这么多年，我一共才来上过两次坟。

蝉的鸣叫，墓碑周围的杂草，斑驳的树影，太阳的光芒，油漆的味道……一个小时过去了。这一个小时，生与死是如此靠近。

妈妈跺着脚，抱怨蚂蚁咬她，我边填字也边撵去几只蚂蚁。这些小动物大概是与死者离得最近的生物了，虽然死者在它们眼中，不过是一堆灰。

开始在焚烧炉里烧纸钱。我有些笨手笨脚，不断把火往边上引。纸灰扑了我一鼻子，呛得我直咳嗽。妈妈环顾四周，说道："平时可真是冷清，这里就清明节的时候热闹些吧？"

外婆回答："是啊，谁平常来这里啊。陈阳上次还说清明的时候来填字，人那么多，他要怎么填哦。"陈阳是我舅舅。

"所以我们的选择是正确的。"妈妈在火堆里燃上了三支清香，朝外公的墓碑作了三个揖，"爸爸，保佑我们。"

我虽信灵魂，却不信保佑、命运等事。命运掌握在自己手里——想必所有人都知晓这个道理。只是不知为何，每每来上坟时，人们还是爱这么说。

外公墓碑的后面有块墓碑，已经不知多少年没人来打理过。不仅墓碑上的朱漆掉光了，连刻的字也淡了。"风雨梨花寒食过，几家坟上子孙来？"我的脑海里霎时闪过这两句诗。

该下山了。我们穿过墓碑，走出墓园，徒步下山。想来中国人对神鬼是信得少的，上坟同信仰一般，主要是为了从死者那里得到些力量，以此激励自己继续好好活下去。不知哪篇文章里说过："死者的位置生者永远没法代替，但是生者永远比死者重要。"现在想起来，上坟的一切意义，竟都包含在这句话中。

迎着太阳，我发现山路还很长。

神奇牌的妈妈

□薄睿宁

[2012年“全国十佳小作家”]

薄睿宁，男，出生于2000年，获奖时为山东省东营市河口区实验学校初一学生，任班长兼团支部书记，是东营市《黄河口晚刊》及山东电视台小记者。当时已有两百多篇作品在《中国少年报》《语文报》《少年文艺》等数十家报刊发表或被结集出版，并获得过多项全国作文大奖。

早晨，妈妈照例喊我：“起床！”她口中两个字刚喊出，我已经坐直，穿好了衣服。

妈妈瞪大了眼睛：“怎么，平时不是叫你两三遍才起床吗，今天怎么这么勤快！”

“我也不知道呢！怎么回事呢？”我摸了摸头回答。

妈妈去做早饭了。她边做边嘟囔：“好慢啊！”她的话刚出口，菜就飞一般摆上了饭桌。

我和妈妈都惊讶地呆在了那里，怎么也不相信眼前的事实。

更离奇的事情还在后面呢！

妈妈中午下班回到家的时候，我也刚放学进屋，只见拖鞋自动飞到了她的脚上，拖把也自己动了起来，锅和铲子更是如同有人操作一般，配合得相当默契，正在快乐地炒菜呢……

“这只有超人才能办到吧？”我提出了自己的质疑。

妈妈想了一会儿，也认可了我的看法：“看来我是有一些超能力了！”

吃罢午饭，我在一本杂志上看到了有关火星的介绍，羡慕极了：“真美啊！要是我能去火星该多好！”

说者无意，听者有心，妈妈激动地说：“我怎么好像去过火星呢？”接着，她讲了很多有关火星的前沿知识，甚至书本都没有介绍过呢。我听后，直感叹妈妈的博学。

接着令我更惊喜的事情发生了，妈妈一挥手说：“走，我带你去火星玩玩！”只是一眨眼的工夫，我和妈妈就飞一般地来到了火星上。

原来火星上并不是没有人烟,这儿有许多的火星人呢!而且环境也不错。不过美中不足的是,到处都是火红火红的颜色,时间一长,我和妈妈的眼睛都不舒服了。

在火星上游玩了一阵,我们返回地球。刚回来,就看到马路中间出了一起交通事故,原来是一个孩子被撞了。他的腿在流血,哇哇大哭着。妈妈立即上前,握了握孩子的手,孩子停止哭泣,腿也不流血了,甚至看不出有什么地方受了伤。孩子快快乐乐地回家了,我们也悄悄回家了,只剩下惊得目瞪口呆的人们站在那里。

又过了几天,一种流行性病毒在人群里传播开来了。一时病毒肆虐,人们没有好的应对措施。面对受煎熬的人们,就连医学界的权威人士也束手无策。妈妈知道后,立即口中念念有词,一会儿后,就把所有的病毒都杀光了。

妈妈变成超人后,又做了很多有意义的事情,但是麻烦也接踵而至。先是小报的记者蜂拥而来,把我家的门都给堵了。而我也是"受害者",走到哪里,都有人认识我,他们对我指指点点:"这是超人的儿子!"还有,妈妈对我的思想动态了解得一清二楚,我再也没有了秘密。

就这样,我天天处于矛盾之中,有时候希望妈妈回到原来的样子,有时候想,妈妈这样下去也挺好。

哎,有个神奇牌的妈妈,有喜也有忧啊!

为你泡过一杯茶

□张　薇

[2012年"全国十佳小作家"]

张薇，女，出生于1995年，获奖时为广东省深圳市红岭中学高二学生。当时已有多篇作品发表于《羊城晚报》《特区教育》《深圳青少年报》等报刊或选入作文集。曾获深圳市"十佳文学少年"称号，多次在全国作文大赛中获奖。

想起父亲。似乎每次关于父亲的文字都是敏感而沉重的，或许因为在我的印象里，他就是这样一个男人：严肃，不苟言笑，谈吐间让人不由自主地敬畏。

在幼年的我看来，他于我的距离好像"从这里到月球，然后再绕回来"——这也是他自我记事来为了"取悦"我而讲的唯一的笑话。父亲留给我另一个印象是他总爱强迫自己做些所谓"没他不成"的伟大事业。但人的精力毕竟是有限的。晚上熬不住了，他就会去泡茶、冲咖啡，这让我觉得他很极端。在我的印象中他不是一个善于享受生活的人，相反，他被生活强加了太多，或者说他将生活全部的重量活生生压在了自己的肩膀上。但他是习惯于这种生活的，也有点常人难以想象的自得其乐的味道。我是无法理解此类生活方式和价值取向的，或许是因为童年期他对于我的空白，也或许是我最需要他的时候，他去了另外一个更需要他的地方，完成他的梦想——祖国的梦想。

我恨，我抱怨。我羡慕甚至嫉妒别人常常偎依在父亲的怀抱里，但其实在我的心底一直以有这样一个父亲而感到骄傲。因为在我的眼里，他早已成为男人的代名词，我是说，真正的能撑起一片天的男人。

张爱玲说她像拜火教的波斯人，把世界强分成两半——光明与黑暗，善与恶，神与魔，而属于她父亲的那一半必定是不好的。看诸如此类的话，读张爱玲的童年，让我觉得自己很幸运。如果说我的世界也有两个部分，父亲，一定在光明那部分——是高高在上的光明的引导者。他让我相信人生在世总是要有信仰，他信仰的是祖国的未来，我信仰的是人世间的真情。

写到这儿脑海中不由得浮现出他的脸。是有多久没见了呢？两个月？四个月？半年？久到他在我脑中的印象还停留在我满地撒欢乱跑的年代。这让我又会忆起他细微的无法言语的好，不禁笑了。

他总觉得自己比别人“高雅”，却也一直用保温杯喝茶。除非有重要的朋友来，至少也要是个多年不见的知己或中学时“同桌的你”之类的人物，他才舍得让他的高档茶具们见见光。与其说是晒晒，倒不如说是无比深厚的感情埋藏了太久，在适当的时候终于找到一个宣泄口，就再也抑制不住了。

写到文章结尾，心里突然很遗憾，转而又无比害怕。尽管我深深地明白在你眼里生死淡如云烟，稀薄得会瞬间没了踪迹。但当我在想到你，或母亲，在某天会给我留下一堆的眷恋，然后去到那个我触碰不到的世界，我就心堵。

纵使我没有你们在身边，也可以把自己照顾得很好——因为我习惯了你们在远方的，浓烈而深沉的爱。

可我怕。

我怕过那么许多年，我真的连一杯茶都来不及泡。

蓝色向日葵

□余明静

[2013年“全国十佳小作家”]

余明静，女，获奖时为浙江省乐清中学高二学生，任乐清中学丹霞文学社社长。曾获第十届“叶圣陶杯”全国中学生新作文大赛一等奖等。多篇文章发表在《萌芽》《读写月报》《少年文艺》《中学生百科》《作文新天地》《温州都市报》等报刊。

很多年以后我才明白，那奢靡高贵的蓝于他才是最灿烂最温暖的金色的慰藉。

——题记

那时候我被寄养在老人家。

老人喜欢作画，湛蓝银蓝粉蓝晶蓝天蓝墨蓝，他总是用墨如泼，让散发着奢靡而高贵气息的各种蓝色尽情地蔓延，而我对于这段生活的唯一记忆便是弥散着霉腐气味的漫长雨季以及大片大片的蓝。

我见过凡·高的向日葵，灿烂的金黄的花瓣肆意伸展开来，凝固成一种决绝的竭尽全力的姿态。可他的向日葵永远都是蓝色，他像个孩子一样固执地说凡·高的向日葵太过哀伤，他的向日葵才是真正的向日葵，他说他的家乡有很多这种向太阳膜拜的植物，可他总不明白为何如此美丽的植物却拥有那样颓败的色彩。

再次回到小镇是在几年后的一个清晨，我一个人冒着细雨走了很长的路去寻他，旧式砖墙，木质大门上爬满了青苔。听到声音，老人瘦削的突出的肩胛骨随着他回头的动作变得更加夸张，他眯着眼打量我许久，一副极力搜寻记忆的样子。

墙上，大片大片的向日葵远远近近、高高低低地绽放着，如同燃烧的生命一般，一直蔓延至世界的每一毫厘，烙刻在时光深处。它们竭力伸展着，撕裂成膜拜太阳的姿态，虔诚而又决绝；那是一片浓重深切的蓝，缓缓凝固成静默的海，波澜暗涌，高贵而又深沉。在幽微的晨光中，老人高耸的嶙峋的肩胛犹如一面迎风而立的风帆，被撑得鼓鼓的，缓缓前行。在这一片蓝色汪洋之中，他如一艘探梦的小船，前方是不见边际的幽蓝，他不知前方可有尽头，不知风暴何时来临。他的船身被常年雨季腐蚀了原本的模样，他的风帆补丁叠过补丁，像饱受风霜的树的躯干。

那是多么深沉忧郁的蓝色的海啊，在那里，老人一直做着他金色的梦。一直……

一直到低沉厚重的唢呐声划破这辉煌的近乎凄凉的梦境。

云层压得很低，雨细细密密地落着，宛若连接了天地众生。地平线深处，那一道几不可寻的幽蓝也病恹恹的。有人将纸钱撒向雨幕，白色的小纸片只打了几个简单的圈儿，就贴在地面上，三三两两送葬的村民穿行于漫山遍野的向日葵花海中，璀璨的金色又一次蔓延开来，如被打翻的颜料伸展到远山。我看着老人的画像，我又一次看见那面风帆，在深沉的海洋中踽踽独行。

唢呐声陡然拔高，在低沉的鼓乐声中显得分外激昂，如同要冲破所有枷锁直冲云霄。他的眼中有一抹几不可寻的蓝色，我极目望去，那是花海与天交汇的地方，缓缓衍生出一抹蓝色，迅速绽放，蔓延，连成一片蓝色花海。天渐渐放晴。

唢呐声与那蓝紧紧纠缠在一起，缓缓地飘向天边。

我笑了，这忧郁深沉的蓝，定会在他的世界里汩汩流淌成一条金灿如阳的暖流。

没有人知道，老人是第三色盲，黄蓝不分。

『戏迷』奶奶

□申屠涧桥

[2013年"全国十佳小作家"]

申屠涧桥，女，获奖时为江苏省无锡市侨谊实验中学初二学生，任校学生会团委书记。当时已在《下一代英才》《青少年日记》《扬子晚报》等报刊发表作品十九篇，其中有《牛和狐狸》《我当话剧导演》《听阿炳的二泉映月》等。

我是听着奶奶的唱戏声长大的。她可是一个典型的"戏迷"。奶奶最爱唱越剧《天上掉下个林妹妹》。每当音响里放起这出戏时，她就变得很兴奋，脸上洋溢出幸福的微笑，眉头舒展开来，鼻子上的皱纹消散，嘴角微微扬起，露出她那快掉完的牙齿，咿呀咿呀地唱。

你看，现在爸爸替她点了一曲《黛玉葬花》，家里的气氛瞬间活跃起来。姑姑毫不犹豫地抢过话筒，如诉如泣地唱起这段荡气回肠的戏，那声音可好听了。奶奶这时坐不住了，她双手相握放在腿旁，跟着音乐情不自禁地哼了起来。唱着唱着，她突然站起来了，从姑姑手里拿过话筒，她那充满沧桑、有点衰老的声音一下子格外响亮。

奶奶说起她年轻时的事。家乡小街上有个露天戏台，经常演戏。奶奶没钱去戏院，就带着篮子，边卖水果边听戏。在那里摆摊的人说话都是轻轻的，生怕因为声音太响，听不清戏文。能远远听见唱戏声，那时的她已经非常满足了，觉得自己似乎是天下最幸福的人了。

如今，信息时代，电脑普及，随时能放音乐。这下，奶奶像得到宝贝了一样，一定要叫姑姑教会她开关电脑。她一个人常常躲在房间里一遍一遍地听，一遍一遍地唱。直到我们都睡了，她还在电脑前，看着屏幕唱戏。唱着唱着，她被贾宝玉和林黛玉的悲剧故事感动了，眼角滴下晶莹的泪珠。

不知什么时候，奶奶睡着了。突然，她哼出一句"金玉良缘将我骗，害妹妹魂归离恨天"。在梦里，她还是一个"戏迷"！

老人与田

□肖一笑

[2014 年“全国十佳小作家”]

肖一笑，出生于 1999 年，获奖时为湖南省冷水江市第一中学高一学生，湖南省作家协会会员，中华语文网推荐小作家。八岁开始发表作品，获奖时已在《诗歌月刊》《语文报》《小溪流》《年轻人》等发表作品一百六十篇。作品入选中央电视台《开学第一课》。出版个人诗集《短发夏天》。

老人站在阳光下洒下一地的影子
那影子显得那样矮小
她理了理自己苍白的头发
她摸了摸皱纹爬上的双手
她眨了眨自己暗淡的双眼
她陪着田就这样静静待着

“奶奶，你在干什么啊？”
一双稚嫩的手拽着老人的衣角
“奶奶正在听这田的心跳呢”
老人抱起小孩
小孩趴在老人的胸前
“嗯，奶奶我听到了它的心跳”

拨浪鼓

□萧惟丹

[2014 年“全国十佳小作家”]

萧惟丹，出生于 1999 年，获奖时为山东省寿光世纪学校九年级学生。当时已多次在报刊发表作品，出版长篇小说《女孩，不哭》。曾获得“全国校园文学新苗奖”等荣誉。

又是一个百无聊赖的下午。一个人慵懒地蜷缩在没有阳光的房间里，周围安静到足以让耳朵对钟表的机械声敏感，安静到连自己深深浅浅的呼吸都觉得是种嘈杂。

我倒了杯热水，放在桌前，随手拾起被妹妹丢在一旁的拨浪鼓，搓捻着——“咚咚咚、咚咚咚……”低沉的共鸣在耳边回旋，像凝成的一股洪流，深幽、厚重。这声音，似曾相识一般，既熟悉，又陌生。像是几年前的那只拨浪鼓，细看却又觉得哪里相差甚远。

鼓皮震动，鼓声绕梁，回忆随之愈积愈深。

“咚咚咚、咚咚咚……”鼓声悠长——“来追我，追到就给你……”熟悉的声音，从脑海深处涌起。那时我四岁，堂姐也四岁，虽说她比我大几个月，个子却不及我高，我很不心甘地叫她声姐姐。我们俩同样稀罕拨浪鼓，就因为她总追不上我，那只唯一的拨浪鼓就总是归我所有，为此我曾扬扬得意过好一阵子。

“咚咚咚、咚咚咚……”鼓声强劲——我记得，家里总是被我俩倒腾得一片狼藉。我们两个的性格反差极大，她做事总是认真，一丝不苟，而我却是懒懒散散；两个人喜欢的东西也常常不合拍，印象中基本没有过像其他闺密那样穿一样的衣服，扎一样的小辫儿。她想向东时，我偏想向西，自然而然的，我俩翻脸比变天还快，闹起来就叽叽喳喳地吵上几句，然后各走各路，大人拉也拉不住。不过就算这样，我们还是天天都黏在一起。那时候，我们两个就是彼此的影子，是彼此的左手右手，拆也拆不散。

“咚咚咚、咚咚咚……”鼓声空响——说实话，我个人并不喜欢“天下没有不散的筵席”这句话。然而越是不喜欢的，就越是会来到。我俩八岁那年，因为家庭变故，她只得跟她母亲回南方老家。我是在她走的前一天才得知消息，已没有时间去埋怨谁，也来不及去挽留什么。那是我生命中第一次感觉到了时间的珍贵。临走前，我把那只拨浪鼓送给了她。她开心地笑了，我却红了眼眶。送走她后，曾有一段时间格外烦心，总觉得做什么事都少了点什么。以前，我并没有用心珍惜过两人在一起的日子和友情，但不知从什么时候起，她的存在已经成为我生活中无法改变的习惯。

“咚咚咚、咚咚咚……”时隔几年光景，还是会常常想起旧事，接着在五脏六腑间涌起一番酸楚，往事还历历在目，哪能如此轻易地忘却。拨浪鼓声不知何时已经停了，眼角也已留下了泪的余温。桌前的热水还泛着白气，氤氲了她的模样。

我闭上眼，诚心祈愿这悠长的拨浪鼓声能携着我的问候送入她的耳边：姐，你过得还好吗？

留鸟

□周端端

[2015年"全国十佳小作家"]

周端端，获奖时为江苏省泰州中学高二学生，学校梅苑文学社社长，江苏省优秀学生干部。当时已在《书摘》《西北军事文学》《语文报》《语文世界》《江苏教育报》等报刊发表作品约三十篇，在国家、省级作文大赛中多次获奖，其中获特等奖两次。

在东城河的一座桥旁，一个小小的村落依偎在城市的脚下。

穿过村落里长长的巷子，看到一户人家，白墙黛瓦，墙上的石灰有些许的剥落，裸露出红色的砖头，那堵墙的旁边总是停靠着一辆老式的永久牌黑色自行车。

那是祖父的车，或许在我出生之前就有了这辆车，它被制造出来的时候应该是在一个老旧的厂房里，我想象着那时它正被刷上黑漆——而如今的黑漆早已剥落。

日子还年轻的时候，我常常坐在车后座的篓子里，祖父载着我去城里买菜，"吱呀——吱呀"，车轮的转动声消磨了不知多少年岁。祖父和他的车总是摇摇晃晃而不紧不慢。有时，年幼的我就坐在巷口的那棵银杏下等着祖父，那车铃声远远地传来，穿过狭长的小巷，从村子这头传到那头，我和巷子便一同雀跃起来，以清脆的脚步声迎接祖父。这时，祖父怀里揣着的收音机也响起来了："过往君子，且听吾言……"

岁月在车轮的转动中终于磨出了褶纹，祖父骑着车的背影也日益佝偻，他常定定地站在那巷口，抚着一块块掉了漆而裸露的车皮，轻轻地、轻轻地叹息。

"扔就扔了，没什么可惜，现在还骑这自行车，多不方便啊。"

祖父瞪了两眼拿着汽车钥匙的父亲，硬生生地别过脸，转过身进了院子，留下破旧的自行车，在风中默默地站着，垂下了它的车龙头。

"爸啊，别不听劝，以后进城我载你去，以车代步，你这身子也禁不住这破车的折腾了。"

看着父亲，祖父轻轻摇了摇头，又默默地垂下眼："想你小时候，我也是这么载着你，慢慢地骑，骑到那城里去。可自从有了汽车这东西，便把人越养越肥，人也越来越懒，连走个路，骑几里地都不行了，这人，还能健康吗？”

接着，是长久的静默。

是的，当物质条件越来越优越，在汽车中的我们，犹如走进了一个牢笼。物质的滋养下，我们以车代步，甚至失去骑行的心态与能力。坐在汽车中“远行”的我们，是否还是那一只在远行中寻找生命规律的候鸟？

一只留鸟，失去的，也许不仅仅是飞行。

根

□夏璇

[2015年“全国十佳小作家”]

夏璇，1999年出生，获奖时为山东省北镇中学高一学生。当时已有数十篇习作在《中学生》《中学生读写》《作文周刊》等报刊发表，多次在全国作文大赛中获奖。

林拖着行李箱在街上缓缓地走着，广场上的白鸽扑棱棱地从他面前飞过。他感觉，自己的心情就像这群白鸽一样无拘无束。大学毕业，他终于能一展宏图了。

林父接林回家，把儿子从头看到脚，又从脚看到头，越看越爱，打心眼儿里爱。想起自己的儿子是大学生，眉宇间顿时骄傲起来，走路也昂首阔步的。村里人也纷纷夸林有出息，拉着林问这问那。这一问，林父笑得更灿烂了，咧着嘴，都看见后槽牙了。只是林羞涩得很，在父亲后面，红着脸，像个大姑娘。

回到家里，林母看到许久不见的儿子，竟抹起泪来。

林父一边递行李，一边呵斥道：“女人家的，孩子回来了，你哭个啥。”说罢，便招呼林去吃饭。

林父喝着酒，翻来覆去地说着一些陈芝麻烂谷子的事。吃到一半，林父笑眯眯地问林：“找着工作了？啥时候去上班？”

林微微一滞，目光有些躲闪，不敢看父亲的眼睛，小声地说：“我想……回来……教书。”

林父微微一愣，看怪物一般地看着儿子，满脸疑惑地问：“为啥不留在大城市，你刚才是说真的？”

林微微点头，说：“村里条件太落后了，必须得有老师，不光我回来，还有好几个同学也回来。”

未等林说完，林父的脸已气得发红，啪地把筷子一摔，从沙发上站起来，拿起枕头向儿子身上抡去，边打边骂："我供你四年大学，花那么多钱，你还是给我回到这个破地方，争不争气啊，你？"

被父亲劈头盖脸地一顿骂，林也急了，说："从小您不是叫我不能忘本吗？这里是我的根，我当然要回来了，您能不能不那么虚荣。"

林父愣了，但嘴里仍是不停地骂着。在外面做饭的林母听见了动静，搞清了来龙去脉，也数落了儿子不识大体。

林只是坐在沙发一角，默默地，不吭声。

过了几天，村主任在村头开会，请林上台发言，让他给孩子们做个好榜样。林谈了谈自己的大学生活，在台下的孩子们，睁着大眼，屏气凝神，生怕漏了任何一个细节。看到孩子们专注的模样，林更加坚定了自己内心的想法。

当他把回村当老师的想法告诉大家时，林父的脸顿时红得像茄子一样发紫。

林在台上说："我小时候学的第一件事便是不能忘本，村里是我的本，我的根，无论走到哪儿，都不能把根忘了。我知道，培养一个大学生不容易，父母都盼着我有出息，能留在大城市，为家里人光宗耀祖。但我觉得真正的出息不光是我一个人走出去，是要让更多的孩子走出去。所以，我要扎根在这儿，只有根扎牢了，枝叶才能茂盛。"

说罢，台下先是一阵静寂，而后，掌声雷动。林父的脸再次不争气地红了。

玻璃雪人

□付一凡

[2015年"全国十佳小作家"]

付一凡，获奖时为山东省济宁市汶上县第一实验中学初二学生。当时已在各报刊发表文章四十余篇，并多次在各级征文比赛中获奖。

窗外，洁白的雪花如小巧玲珑的精灵般妖娆地飘舞，我迎来了十二岁生日。

妈妈在给蛋糕淋奶油，白璐坐在沙发上小心翼翼地捧着一个绣满蕾丝花边的心形小盒子，不知道在鼓捣什么。爸爸陪我趴在窗台上看那些飘飘扬扬的雪。即使在夜里，雪依旧白得耀眼。路灯下，雪仿佛笼罩在了一掠鹅黄色的雾中。

餐桌上放着爸爸妈妈送给我的长方形卡片，卡片上有着我所熟悉的笔迹："祝愿我们的白雪小公主永远健康、平安、开心。生日快乐！"二十二个小小的字，温暖了我的心。爸爸妈妈是爱我的，我也爱我的家人，除了白璐。

"蛋糕好喽！"妈妈手拿着一个均匀涂抹着奶油与五彩缤纷果酱的小蛋糕。那正是我的生日蛋糕。妈妈经营一家蛋糕店，每次我和白璐过生日时她都拍拍胸脯："蛋糕由我来做！"四个人坐在餐桌前，六只眼睛齐刷刷地盯着戴寿星帽的我。十二支细细的蜡烛被点燃了，摇曳着，烘托出一片温馨与祥和。

"祝你生日快乐，祝你生日快乐……"我默默地在心中哼着歌，吹灭蜡烛，双手合十，闭了眼许愿：我希望白璐在我的生活里永远消失！

许完愿，我被自己恶毒的想法吓了一大跳，怎么能这样想呢？虽然她处处都把我比了下去，把表扬从我这儿抢到她身上，但她毕竟是我的亲姐姐，有血缘关系的！

正发呆，白璐怯怯而又清脆的声音使我回归到现实："白雪，喏，我送给你的生日礼物！"是那个白璐回家后就坐在沙发上鼓捣的绣满蕾丝花边的心形小盒子！我打开它，只见一串晶莹剔透的玻璃雪人静静地躺在盒底。小雪人戴着红帽子、红手套，巧克力豆似的乌黑的眼睛，别提多可爱了！

“喜欢吗？”白璐期待地问我，她的双手不安地搓动着。这时爸爸妈妈卧室里的电话铃叮叮当当地响了起来，爸爸急急忙忙进了卧室，妈妈寸步不离地紧跟其后。

寂静。

“喜欢吗？”白璐又重复了一遍。她的声音依旧清脆，不过这次略带些失望。我当然喜欢，这么可爱的玩意儿哪个女孩子不喜欢呢？可白璐送的意义就不同了。

我不作声，直直地走到窗边，开窗，踮脚，挥胳膊，麻利干脆地把那串玻璃小雪人扔了出去。玻璃雪人落进了无边的黑暗之中，落在了冰凉的雪堆上。紧接着，我又把那个绣满蕾丝花边的精美小盒子扔了出去，关窗，完成了一系列的动作。

白璐难过地走进自己的房间。她一跛一跛，踉踉跄跄，肯定是被我打击到了吧。

恰好爸爸妈妈接完了电话一脸严肃地走出卧室，然后妈妈开始收拾行李。“干什么？你们……”我紧张地问，“你们去哪儿？”“不是我们，是白璐。”爸爸叹口气说。“她……她怎么了？”“唉……没啥。白璐昨天去街上发宣传单来着。不小心被摩托车撞了一下腿，倒没什么，上了药膏。但她走路时却一跛一跛的，我和你妈妈决定把她送到省里的医院查查去，因为刚才你叔叔打来电话说，不及时治疗，可能留下后遗症。”爸爸紧锁眉头，勉强地对我笑。

“白璐发宣传单干吗？她没事干呀，这么闲！”我撇撇嘴，任性道。其实我已经预感到了什么，莫非白璐发宣传单是为了……

“你说呢？还不是为了你！”妈妈一边用抹布擦行李箱上的灰尘一边插嘴，“小璐在你生日前几天时就嚷嚷，说她要买一个特别的礼物送给你，给你一个大惊喜。她为了表示自己的诚意，决定用自己发宣传单挣来的钱给你买生日礼物……”是玻璃雪人！“明天早上我们就出发。白雪，你在家要好好照顾自己，早晨别忘了戴红领巾，中午别吃那些校门口的炸串啥的，都是垃圾食品，吃了会拉肚子……”

天哪！没等妈妈叨唠完，我便冲出了家门。从口袋里掏出迷你小手电，寻找着玻璃小雪人。在哪里？在哪里？我后悔得要死，真不该丢掉它！找着，找着，我哭了。我没想到白璐为了我甚至“不顾脸面”地去发宣传单，换作我，说什么也不会去做的。

冰凉的雪冻得我颤抖得牙齿打战。我想，我一定要在白璐去治疗之前，对她说：“对不起，谢谢你，我非常喜欢这份礼物。”

我在雪地里深一脚浅一脚地找着，一不小心撞到了一个圆圆的东西，是今天下午和白璐一起堆的雪人。我哭得更凶了，给了那雪人一个大大的拥抱，继续寻找。迷你手电打到墙角处，我找到了，找到了，在那里！

玻璃雪人就静静地躺在墙角，柔软的雪花如梦幻一般起起伏伏，起起伏伏，在它的身边飞舞……

最美好的气味

□ 薛诗瑶

[2016年“全国十佳小作家”]

薛诗瑶，女，获奖时为浙江省乐清市嘉禾中学高一学生。当时已在《视野》《美文》《作文评点报》《青少年写作》等刊物上发表作品二十余篇。曾获得第十三届“叶圣陶杯”全国中学生新作文大赛决赛一等奖等奖项。

我一生下来，就带着一股特殊的气味，那不是母亲的血液与羊水交杂在一起的味道，也不是戴着口罩、穿着一身隔离服的医生所发出的消毒水气息，更不是手术台上簇新的一次性塑料床单所发出的使鼻子有些刺痒的气味。总之，是一种使每天与各种气味打交道的爸爸也为之震惊的美妙味道。

于是，人生第一次当爸爸的这个男人从主刀医师手中接过这个奇异的婴孩，手略有些颤抖，却按捺不住心中的喜悦以及一种混杂在莫大自豪感中的恐惧。他怀中的孩子不停地哭喊着。可当爸爸的，却贪婪地吮吸着孩子散发出的香味，他觉得自己已得到了这世上最芬芳的气味，他甚至不愿将孩子给他的已快虚脱的妻子看一眼——他不愿别人同他共享这世间最为美好的气味。

他笨拙地摇晃着我，我看见他的身旁有好几个年龄较大的女人，她们的脸上都充满着欣喜和好奇。她们急急地想要一睹我的容颜。原本沉醉的爸爸忽地被她们的一拽给拽醒过来，他将手中的我向下一沉，极为自信地展示我的真颜，心中充溢着满足。

身旁的声音突然多了起来，其中的一个女人说：“这孩子眼睛是睁着的，还有一副清秀的五官，比别人都要特别。以后一定能成器。”

“您还有什么发现吗？”爸爸欢喜地问。

“啊？对了，他天庭饱满，鼻梁直挺，体重六斤二两，恰恰好，长大了一定是一个一表人才的少年。”

“还有吗，还有吗……”爸爸着急地问，他觉得她还没说到点子上，有些迫切，“您没觉得这可爱的孩子身上的味道很独特吗？”

“可并没有什么特别的呀。”

“您再好好闻闻，一定有的。”爸爸有些急了，他怕只有自己发现了孩子的独特之处，怕他会像自己一样不被人赏识。

“好啦，好啦！你说有就有了。”

爸爸听出了这话语间的敷衍之意，有些颓然地坐了下来，手中抱着我，冲我嚅动着嘴唇，想要说些什么，却什么也没说，仅是从喉咙里发出一声低沉的呜咽。但他坚信，自己的孩子由骨子里散发着一种与众不同的味道。

许多年后，我踏上了同父亲相同的道路，成为一名香气调制者。奶奶和姑婆说，父亲就是因为这份工作而疯的，在我出生的那年，他不停地说我有一种独特的气味。

又过了几年，我也喜得一子，我觉得他的身上有一种独特的气味。也许这就是当年我的父亲闻见的那种味道吧。

我不停地和母亲说，我懂得了父亲。母亲以为我疯了，她说这份职业到底对我们的家族下了什么魔咒，使得我们一个个都陷入了魔障。

但我确定闻到，这世上最美好的气味——做父亲的气息。

灵感的土壤

□ 孙思杰

[2018 年“全国十佳小作家”]

孙思杰，女，山东省淄博人。获奖时就读于山东省桓台第一中学，任学校惠风文学社社长。自幼热爱文学，坚持阅读，更坚持写作。至获奖时已发表文章七十余篇，累计写作约十万字。作品多次得到顾晓蕊、凉月满天、朱成玉等散文家的指导点评。多次获得全国性作文赛事奖项。

月圆，纸和笔。

拉上窗帘，只许一线月光透进来。四周簌簌，望见的，只是落在笔尖的月光。月光有些暗，却更衬出那双眼睛里的星子——我的写作，到底是从哪儿开始的？

面对童年，与那个孩子对视。穿越时间的重重迷雾，唯有那双眼睛如影随形，恍若隔世，却又近在咫尺。

如果说，环境造就了人的性格，那么，故乡的土壤便是形成血肉筋骨的脉络。

幼时住在农村，深谙那风土人情里的粗犷和细腻。童年的记忆，早已随着时光颠沛在成长的路上，依稀记起的，不过是些绿叶红花的影子。可尽管如此，村庄人性格里的热烈、朴实，仍开成了一朵又一朵鲜艳的花，使我至今不能忘却。

祖父的镰

弯月形的，像下弦月，镰把一动，又是上弦月了。它是沉默和喧嚣的集合体，木头下恋着的，是磨亮了的镰。那时觉得，最好的搭配或许本该如此，一个欢喜，一个内敛，两相结合，总能生成一种东方的美。

记忆中，祖父总握着这么一把镰。许是西坡的草密了，又或是东边的庄稼可以收了，祖父一直忙着。他忙着打理和收割，忙着弯腰和抬头，渐渐地，他和镰似乎相依为命了。

我用过这种农具。挥手扫过，杂草认错似的躺下来，似乎带点儿委屈，所以根一直抓着土，抓着记忆里的温存。我问祖父，为什么先人要把镰打磨成月亮的形状？在那个快要黑天的傍晚，我第一次看见他将镰扛在肩上，望向前方，又或许是根本看不见的远方。他说，月光照在锄头上，你就是扛着一个月亮在行走。

后来我想，人们之所以能熬过一个个动荡岁月，挺过一次次人生里的绝望，大抵是因为有了信念的存在——它是平淡生活里的英雄梦想，是艰难岁月里的不死希望。

也正是因为有了祖父的镰，才让我明白，活下去，有月亮在，有月亮的影子在，夜再黑，也不会黑得伸手不见五指。

外婆的苦瓜

苦瓜，苦瓜，大地的娃娃。

土地是受了太多的苦的，土地心里藏着太多的苦涩。外婆爱种苦瓜，这是外婆告诉我的，也是苦瓜告诉我的。小时候不爱，总觉得吃苦瓜是一种痛苦，甚至连苦瓜的生长，都是大地的错误。可是后来，外婆告诉我，这世上是没有白受的苦的，苦是良药，苦是大哲，苦有大用。

小时候，觉得外婆是很苦的。年幼丧母，父亲那儿也不能捞得关心，生在那样的年代，男尊女卑，一颗诗意的心无处安放；好不容易熬到结婚生子，本以为可静心生活，却又遇上大饥荒、大革命，风欺霜压，冰冻雹砸，可唯一没有改变的，是外婆脸上的笑容。

她受了无尽的苦，又把心里的苦转化为苦药和苦瓜，来救世上的苦。外婆是大地的孩子，也是苦瓜的姊妹。

苦瓜，苦瓜，亲爱的菩萨。

母亲的顶针

它不是装饰，虽然很像装饰。

远远地看，在日光或灯下的颜色最为温暖，是跳跃着的，带着情感的光斑。

母亲做针线活时，就戴上它。缝衣、补衣、绣花，甚至纳鞋垫时，我们就能看见在母亲指尖上轻盈飞舞的光斑。你能想象，那些坚硬且细腻的细节，需要母亲来回几次的穿凿？从线，到面，到布，再到成型，顶针上密集的针孔，是金属的伤口，也是母亲灯下所有的哈欠。

这沉默安详的金属，因藏纳着如此密集的痛点，如此密集的目光和心情，而具有和大地一样的本质：沉默、博爱、包容。

那不是母亲的首饰，却是母亲一生的戒指。

作家的根

说起村庄，总会第一个想起刘亮程，想起他的那本《一个人的村庄》。

“心地才是最远的荒地，很少有人一辈子种好它。”这是刘自己一个人的村庄，静谧、安然，一切都充满了重生与轮回，他所写的，是他眼中的、心中的、生于斯长于斯亦必葬于斯的这一方土地。

而同刘亮程一样，“东北乡”是莫言的文学地标。那里有一望无际的庄稼地，有大片血海一样的高粱；有静谧的河水，肃静地、温婉地从村前庄后流过；还有很多管姓高姓张王赵李姓等皮肤黝黑、乡音朴实的老乡……所以他的作品里，总蕴藏着一种野性的力量，一种尚待雕琢的自然美感，一种蓬蓬勃勃的生机。

“故乡是一个人的羞涩处，也是一个人最大的隐秘。我把故乡隐藏在身后，单枪匹马去闯荡生活。我在世界的任何一个地方走动，居住和生活，那不是我的，我不会留下脚印。”

奶奶的家园

□刘一骄

[2019 年“全国十佳小作家”]

刘一骄，获奖时为四川省成都市石室中学高三学生，四川省青少年作协会员、理事。当时已在《人民日报》《四川日报》《四川经济日报》《成都日报》《华西都市报》《成都商报》《参花》《青少年作家精选》等报刊发表作品近四十篇，在写作大赛中获奖五次。已出版个人作品集《心中的净土》。

奶奶住在乡下，我们常盼着奶奶到我们的家里玩。

成都的条件，无论如何都胜过一个偏僻的乡下小村，何况住在成都的还是一个三世之族。不论奶奶何时有了闲心决定“出山”走一遭，都能享受着胜似神仙的待遇——儿女多嘛，家中子孙兴旺。一家待上三四个月，优哉游哉，一年也就这么没了。虽说宅子不如乡下的宽敞，土地没有乡下的广阔，但总有一群子孙能把自己收拾得“服服帖帖”，赖着就行了。但每当奶奶好不容易来“视察”几天，过不多久，总止不住地想往回跑，让我们笑着要挟要将她绑在此地。别说各家待上三四个月，住在我家最长的两个月还是汶川大地震留住的。似乎是苦惯了。奶奶的父亲，年轻时给人房上盖瓦，不小心摔下来没了，那时她仅仅八岁。一路来，农活苦活累活重活没少干，现在八十多岁的年纪，腿脚早已落下了毛病。也许是恋家。人常说老人都有乡土情结，乡下是奶奶的家园，这是她总想待在老家的原因吗？

奶奶在乡下的家园，是我们众多小家上的那个大家，是无穷无尽的翠绿之后那炽热的殷红。

五月，我随父母到遂宁，顺道去看望十几公里外的奶奶。我从未在这个时节回过老家——它既没有重要的节日，也不在寒暑两个大假之内。“奶奶给你捡好了鸡蛋，专门说拿给你吃。你爸就吃鸭蛋，可以治头痛。奶奶这么大年纪，爬一次三楼就要腿疼，还专门去捡……”妈妈对我们说。奶奶在老家三楼养了六只鸡，当鸡冠变得鲜红，就说明要下蛋了，她总会捡好鸡蛋留给儿孙们。当奶奶还能轻快地和我们一起爬山时，她就已经在老家的三楼上养鸡了；我再小些，她还养了两头猪。如今腿脚越发不便，猪没有养了，没想到竟然还是亲力亲为，摆弄着那些活蹦乱跳的动物。

如今是农忙时节，隆盛镇的田野里绿油油的，老房子门前的土地上，也正热闹着。远处绿树合绕，枝丫上生着一个个乒乓球大小的小柚子。近些，红棕的泥土上，一垄一垄，高矮错落，长满了各式各样的农作物，仿佛盖上了一张厚重的绿毯。初夏的农村，果真生机盎然，没想到老家现在仍然种了这么多东西，真是一项了不得的壮举。

奶奶正坐在门前的篷里和邻里摆着龙门阵。这大篷子，是地震时摆在成都避灾用的。现在，奶奶把它放置在路旁，供路人和朋友们歇息用。奶奶的精神一如既往地饱满，谈笑间也颇能见得几分"叱咤风云"的神色，只是腿脚不太灵活，拐杖已成了个随身之物。趁他们正在周旋，我径直奔向生机盎然的田里，感受这一个别样的天地。

映入眼帘的，是一大片松软的玉米株。方正的田地中，一列列高耸的绿叶井然有序，张张晶莹的叶片包裹着那初生的精灵，齐刷刷抬头看向天空，恨不得冲破大地的束缚。玉米方阵旁的，是低矮的红薯方阵。与前者相反，它们的形状更加圆平，紧紧贴着大地，仿佛与之融为一体，默默地借大地的温暖生养己身。红薯地的旁边，整齐地立着许多齐人高的架子，那是属于四季豆、豇豆和西红柿的乐园。蜿蜒的青藤缠绕其上，朵朵亮丽的黄花点缀其中，更有轻盈的白蝶翻飞回舞。目光平移，另一处暖红的肥沃土壤上，翻垦的痕迹清晰可见，这片裸露的红土却不知孕育着什么奇妙的生灵。

"大娘，你们种了这么多东西啊！"我不禁感叹。"是哦，这些基本都是你奶奶一个人种的。"奶奶一个人种的？看着这一片没有边际的绿意，大娘的回答让我深深震撼。奶奶，上三楼捡鸡蛋会腿疼，走路要拐杖的八十多岁老人，竟然能开辟出这么广阔的一个天地！这实在是她的"家园"。

我忽然想起，从前每每回老家，我们从不会空手而归——或是蔬菜，或是瓜果，车的后备箱总是"满载凯旋"，奶奶恨不得我们都回去拿她的菜。每到返程之际，奶奶总会把事先计划好的蔬果一一分配，有时甚至还要让大家到田里去采摘。不论是我们家，还是其他亲戚家，看着蔬菜放进后备箱，奶奶总会露出无比开心的笑容。

原来，她是忙着侍弄她的菜，打理她这个洋溢着温馨的"家园"，才不愿在儿女的家中多停留。奶奶把自己的爱深种于她钟情的土地里，生出的温暖，茂盛了她门前的那片家园，也浸润了她身后的那个"家园"。

不顾小家，无以顾大家。中华民族绵延五千年生生不息，离不开对家的赤诚，离不开对家的热爱。有了奶奶的"家园"，才有了对国的担当；有了无数个"奶奶的家园"，才有了一国的兴盛。

奶奶用爱孕育了这个"家园"，我辈亦应立一家之小，兴一国之大。

与不老的岁月相遇

□金凯歌

[2019年"全国十佳小作家"]

金凯歌,获奖时为山东省桓台第一中学高二学生。当时已在《意林》《经典美文》《少年先锋报》《语文周报》《中学生学习报》等报刊发表作品二十篇,在写作大赛中获奖两次。其作品《跨过去,有风景等你》在"语文报杯"全国中学生作文大赛现场决赛获得一等奖。

那是村里一个普通又古旧的地方。

我在乡下上学时,每天都要经过那里。那个地方的转角处,是一面低矮的土墙,上面布满了细细密密的裂纹。土墙里面,充满了欢歌笑语。

那是些老人搬了窄窄的木凳,挤在墙角晒太阳。那时父亲生意做得大,所以他们一群老人中,只有爷爷拥有一台来自城里的小巧随身听。他们喜欢紧紧地围在爷爷身边,抄着衣袖听评书,唱京剧。常到了中午回家吃饭时,他们还蹲在那里,眯着眼,侧耳倾听,很享受地微笑着。温柔的阳光在他们银白的发丝上跳跃,还有沙沙的清风,真是惬意又舒适。

小小的我从他们面前经过时,总会被这和谐的气氛感染,心里觉得美好。我常常想,他们又不上学,听书做什么?我一边想着,一边听着风携来的评书声。阳光静静地流进土墙的泥缝间,耳畔絮絮地低响着评书声,什么宝钏、林巧儿,那时也不懂。

土墙的路旁长着一排垂柳,每到秋天,柳叶凋零,就落进小清河里。小清河是我家乡的一条大河,东西横卧在广袤的华北平原上。然后分支再分支,一直流过村子,我才能在转角处看全粼粼的水面。常常在深秋的清晨,薄雾袅袅,就有阵阵粗犷而不失节奏的声音在华北大地上飘荡:"一二三!拉——一二三!拉……"

听爷爷说,那是村头的李大爷准备出河。别看李大爷年纪大,到现在为止他都腰板硬朗,走路生风。我喜欢趁这时,走到河沿上眺望。隔着老远,都听得清楚他督促年轻人的豪迈嗓门儿:"你们这几个小伙子使劲儿呀!还比不上我一个糟老头子哩!"那年富力强的号子声却故意反驳他似的，喊得更响亮了。

秋风习习，满天地撑满芦花的苇子，齐齐地，朝着河工们致敬。大团大团的苇花，如轻柔的丝絮絮出来一般，碰撞在一起。苇子沙沙的浅吟低唱隔着朦胧的雾气，裹挟着铁锹砰砰的挖土声，在周围飘来荡去，唤醒远远近近的人家。

想必此时，牛筐已装满淤土，被河工们麦色的臂膀挽起来了吧。他们的身边，定还停着一辆低矮的、锈迹斑斑的推车。也只有它，喜欢用自己小小的铁躯，载起人们恬静的生活，喜欢俯首，朝向大地。

彼时，定有牵着老牛，踩着朝阳去饮水的农人从转角处走出来，面带笑容，把声音拖得老长老长，在河沿上喊："老李——出河哪——？"河那头忙忙碌碌的身影就应声停下，朝河这边挥舞臂膀。

一筐筐淤土被挖出，送走。而我，也在这样的清晨踏上了求学的班车。

待我大幅度提升了自己，迫切地想要与村人们分享时，一切，却不再是记忆中的模样。它们被小高楼所取代。

正值深秋，本应是硕果累累、丹桂飘香的季节。小清河旁，柳叶却随着秋风飘落，铺满了泥泞的小路。周围一片狼藉。

我再次从那条小巷前经过，看见古旧的阳光，慢慢悠悠，斑驳地散落在转角处。幸好它还在！我满怀惊喜地走过去。可是，待我走过去，墙角空无一人。周围没有河工豪壮的号子声，没有老人们低低的絮语。

我望着向西的汩汩水流，忽然意识到，这个转角，藏着的那些单纯的快乐，那些人，可能再也回不来了。

我缓缓蹲下，靠在墙角上。霎时间，墙上的温度通过后背，在四肢间蔓延开来。那温度，不温不火，不急不躁，仿佛已在一面矮矮的土墙里沉睡千年。是因为被阳光照耀得太久，还是因为它的根基在这炽热的黄色土地？我想都是的。

我将脑袋靠在土墙上，眯着眼，感受太阳的暖意，渐渐地，坠入了梦乡。

蒙眬间，我感到一双苍老的温暖的手，轻轻捋了捋我额前的碎发。低低的声音在头顶响起："金家老二都这么大了呀。"

然后，声音的主人极慢地搬了马扎坐下，靠在墙头上。再然后，她轻轻地叹了口气。最后，随身听开始咿咿呀呀地唱了。

"游子思故乡/梦回小河旁/梦中唱儿歌/牧歌醉牛羊……"

我没醒。梦中，我打小巷经过，在转角与河工齐心协力的豪壮号子声相遇，与老人们低低的絮语相遇。然后，与温暖的世界，撞了个满怀。

在那个转角，我只需一个转身，便能与不老的岁月，顿然相遇。

第三辑

生命如树

在一次次痛楚中，熠熠生辉的是我的华年。

鹿·狼·人
——谈人与自然

□魏古月

[2005年“全国十佳小作家”]

魏古月,女,出生于1989年,获奖时为湖北省襄樊市第三十六中学高二学生。有《黄山印象》等多篇文章在报刊发表,多次在全国作文比赛中获奖。

看了美国阿拉斯加涅利英自然保护区发生的鹿与狼的事,我不禁想:所谓的“自然保护区”,一个让人“能够回归大自然”的地方,原来并不是那么“自然”。

古人虽一直被认为总体上是落后的,但没有把自己的意志强加给大自然。他们认识到“人是大自然的产物,应该顺应她”,他们的信仰尽管不科学,但在某些方面却体现了对大自然的虔诚。他们留给后人一个原始的大自然,真真切切,没有污染。

可是自从自认为进步文明的现代人主宰地球开始,人类就凭着“高智慧生物”这五个字在自然界确立了“霸主”地位。大自然渐渐失去了原有的面貌,严重的环境污染和自然资源的无节制开发使她对人类不再那么友好。人类不知因此吃了多少苦头。文明进步付出了沉重的代价。

那么“高智慧”究竟体现在哪呢?恐怕不仅仅是能够驯服其他动物,创造出普通动物没有的人类文明,还应该包括对待大自然的态度。我想,恰恰在这一点上,今人难道不是比古人退步了吗?

前几十年,人类并没有掌握多少自然科学知识,却呐喊着大自然有很多不合理的地方需要我们去改造,于是,与天斗,与地斗,其乐无穷!虽说这种不肯屈服的精神是好的,可是,人类到底也没有改造出什么名堂来,反倒搬起石头砸了自己的脚。

砍伐森林砍出了沙尘暴,一次性饭盒用出了白色污染,汽车尾气和矿物燃料的燃烧引起了“温室效应”……一次又一次惨痛教训不断警示我们:那些气势昂扬的“改造大自然”的口号是否早就应该改一改呢?

涅利英自然保护区里的狼回来了，鹿却恢复了从前的生机。这一铁的事实有力地证明：起码在这件事上，人被大自然改造了。

大自然的规律是客观的、严谨的，更是极其复杂的。在短短几百万年的人类文明中，人类究竟掌握了多少自然知识可以去对抗被验证了数十亿年而毫无差错的大自然规律呢？诚然，自信是应该有的，敢于实践的精神也是应该有的，但这都必须是在有正确、严密的理论指导前提下的，与不够或不能负责任的“试一试，看看后果”完全是两回事。

人类拥有比其他动物更高的智商，但这并不意味着人类是大自然的主人。我们没有任何资格控制大自然，也就更谈不到“改造”了。

地球上的生物都处在同其他生物同等的位置上。我们应该维护大自然的秩序，在不违反自然规律的前提下，谨慎合理地利用大自然，提高自己的生活质量，发展自己的科学事业。我们的古人以其智慧创立了中医，造福世代；二十世纪四十年代电子计算机的发明决定了今天信息社会的到来；太阳能、风能、水能等绿色能源的应用又在很大程度上缓解了令人头痛的能源问题……这些以大自然规律为本，结合人类智慧合理利用大自然的事例，都说明只要人类能尊重大自然，她依旧是人类的好朋友。

在匆匆流去的历史长河中，人类因对抗和改造大自然而遭到的损失已无法用金钱来衡量。如果人类的每一次进步都伴随着巨大的、无法挽回的损失，岂不是代价太大了？

大自然用事实教育我们——自然，绝不是无足轻重的实验品！

信念

□张怀利

[2006年“全国十佳小作家”]

张怀利，男，笔名源源，出生于1987年，获奖时为河北省涉县光华中学高一学生，任学生会主席、校新星文学社社长。当时已在《21世纪中学生作文》《初中生周报》《语文报》等报刊上发表作品一百余篇，在全国各类作文比赛中获奖二十余次。出版有个人作品集《初升的太阳》。

他迈着沉重的脚步
带着软软的身体
一把凝聚
全身的力气——
伸不展一只胳膊的力量
咬咬牙
慢慢又一次伸去
又急速垂下
头抵地
手猛力打在
另一只手上
紧紧握在了一起

从一份令人遗憾的答卷谈起

□刘 欢

[2007年“全国十佳小作家”]

刘欢，出生于1990年，获奖时为湖南省岳阳市岳化第一中学高二学生，任校云梦文学社社长。当时已有十篇习作在《作文报》《作文评点报》《出彩作文》《中外教育》等报刊发表，多次在省、市级作文竞赛中获奖。

据报道，上海市某区为选拔三好学生、优秀少先队员，从两千八百名中学生中精挑细选了十七名候选人。可是，这些在时政、演讲、音乐、体育等各项测试中过关斩将的佼佼者，却在一项不知不觉进行中的道德考试中全军覆没，集体交上了一份令人遗憾的答卷。或许，有的人听了该则消息还会不以为然，不就是没有扶起横陈门口的拖把、抹布嘛，不就是没有将削下的铅笔屑包好扔进垃圾桶嘛。有什么可大惊小怪的！那么，我只得一声叹息，当代人的道德观念已经退化到了如此不堪的境地！

道德素养，并非是一件可有可无的华美外衣，而是关系你、我、他的重要的精神组成。可以毫不夸张地说，道德素养深刻影响人的一生走向。

2002年，“刘海洋事件”发诸报端。刘海洋当时就读于清华大学，可谓从小到大都是标准的好学生，学习成绩是尖子中的尖子。可就是这位好同学却干出了一件令人意想不到的“好”事情——用硫酸伤害北京动物园黑熊。恕鄙人愚陋，实在不知道硫酸这玩意儿的化学结构，可我也明白硫酸这玩意儿要是泼到熊身上是会引起严重腐蚀的。“刘海洋事件”发生后，引起社会舆论的一片哗然，在一项网络调查中有56%的被访者认为刘海洋应被开除学籍。刘海洋成了一条被痛打的“落水狗”，成了人们口诛笔伐的众矢之的。刘海洋怎么了？不谈理想，不讲抱负，就是连对一个生命起码的尊重都没有了，他还配做个人吗？人都不配做，更何以在象牙塔里钻研学问，坐而论道呢？“缺德”的人，哪怕再有才能，也只是社会的残次品，难以为社会所用，甚至会严重威胁社会。

随着时间的流逝，“刘海洋事件”慢慢淡出了人们的视野，上海复旦大学研究生张亮亮虐猫的事件又一次引起了人们的关注。同样是学生，同样是就读于最好的学校，也同样是令人发指的“好”事情。小猫咪是可爱的，也是无辜的，而受到人类虐待的唯一理由就是发泄情绪。不禁令人疑惑，受了这么多年的教育，怎就成了这样的人？怎么就给社会交上了这么一份令人遗憾的答卷！且不论该生的专业水平如何，就说所干出的这号事情，保不齐流入社会后又是一个危险的不定时炸弹！

常言道：“一屋不扫，何以扫天下！”道德素养的建立，绝非朝夕之事，是长期不懈以成的。这些所谓优秀的学生交出令人遗憾的答卷，并非偶然，而是基于其道德教育的缺失与道德自觉的脆弱。众所周知，道德，是法律的参照系。违背道德，就很有可能发展成为违反法律，以至危害人类社会。现今，道德的缺失，业已成为影响我们社会发展的巨大瓶颈，我们应当对此引起足够的重视。公民的道德素养，影响着民族的未来，保证着民族的复兴。可是，这些既不爱自己，也不尊重生命，道德素养约等于零的人能让我们看到什么希望呢？借用领导同志常说的一个词——任重道远，我们的思想道德教育任重道远，我们的教育改革任重道远！

任重道远的工作，还是要从现在开始，从实际出发。我们的道德教育应该以“构建和谐社会”为契机，以“八荣八耻”为标杆，写在纸上，记在心间，落实到实际行动中去，深入地贯彻于我们教育的每一个细节。但是，在开展思想教育的时候，我们绝对不能生、冷、硬地板起脸孔教训人，绝对不能讲些不着边际拖沓冗杂的大道理，绝对不能实行量化考核，大搞形式主义，而是应当人性化地生动活泼地开展一些形式新颖、主题鲜明的教育活动，寓教于乐，使思想道德教育在潜移默化当中落到实处，牢牢扎根于每一个被教育者心里。换言之就是要德才并育，两条腿走路，全面化发展。中国自古以来提倡这么一个观点——要为学，先为人。只有在大力抓好思想道德教育的同时，文化智力教育才能有效地开展起来。

对这些令人遗憾的答卷，每一个教育者和被教育者都应好好思考一下。或许，当每一个教育者与被教育者彻悟于斯的时候，我们的教育也就迎来了新的一天，也就可以为社会交出一份令人满意的答卷了！

多点微笑又何难

□李　婧

[2007年"全国十佳小作家"]

李婧，女，出生于1991年，获奖时为河北省张家口市宣化第四中学初三学生。小学二年级时开始在《中国儿童报》上发表习作，至获奖时已在《中学生优秀作文》《作文导报》《中学生语数外》等报刊发表习作二十余篇，其中《李宇春=时代英雄？》入选《2006中国年度优秀初中生作文》一书。

最近的一个星期日，我在大门口等一个远方来的亲戚，看见一个手推车里坐着一个小宝宝。小宝宝很是可爱，我情不自禁地逗他笑笑。这时，我发现孩子的母亲正在旁边注视我这个逗她宝贝的陌生人，我同样对她微微一笑，向她有这样可爱的孩子表示赞意。令我吃惊的是，这位少妇并没有接受我的好意，她唰地一下拉下手推车上的挡风板，表示拒绝我的欣赏。

我一阵尴尬。怎么也想不通这位母亲为什么要拒绝微笑。

良久，我才悟出，这也许就是某些人心中的"冰点"吧。在这位母亲的眼里，我不仅看到了她拒绝微笑的举动，而更多的，是她那颗排斥关怀、排斥欣赏、排斥友好的冷漠的心！

我进而想到，在我们的城市中，除了汽车和楼房，恐怕最多的就是一颗颗冷漠的心了。在日益繁华却日渐冷漠的都市里，许多地方被"冷空气"充斥着，被我们这样那样的欲望充斥着，被灯红酒绿充斥着。一些人行色匆匆，拼命追逐着功名利禄，却忘记了身边美丽的风景，忘记了身边需要他关心和帮助的人。

有这样一个笑话，讲的是乡下蚊子请城里蚊子到乡下做客。晚上，他俩在一户无钱挂蚊帐的农家里饱餐一顿。第二天，城里蚊子带乡下蚊子到了都市，乡下蚊子没过两天就跑回了农村。别的蚊子问他缘由时，他说："城里人不是安着纱窗就是挂着蚊帐，不好找食物。即使找到了，也是干涩涩的。城里人没有人味儿。"

好一句"城里人没有人味儿"！这虽是一则笑话，却有着辛辣的讽刺意味；虽有点以偏概全，却道出了人性的某些弱点。的确，在钢筋水泥筑就的城市里，一些人的心不知不觉就会麻木，他们只关心自己，仿佛整个世界是真空的，温热的气息从此销声匿迹！至于那车祸后伤员横卧马路十余小时无人问询；自杀者站在高楼上，下面人起哄要求快跳；在街上有人被抢劫，路人冷眼旁观等一个个活生生的事例，自然也就不足为怪了。

还记得美国巨型豪华客轮“泰坦尼克号”吗？当年，在它撞上冰山之前，有二十条救生艇载着七百多人预先离开客轮逃生。在余下的一千五百多人掉入大海时，二十条救生艇都还没有走远。然而，二十条救生艇只有一条回来救人。一条！多么令人寒心的数字。在这一千五百多人之中，只活下来六人！而那小船上的七百多人就在大海上等着，等着活，等着死，等着做忏悔，好像等了很久，却没有等来原谅的声音。他们留下了生命，却丢失了灵魂。长眠在北大西洋白令海峡的轮船残骸以及那一千五百多个冤魂曾翘首以望，望着救生艇上的亲人来救他们，可没有等到，却冻死在冰冷的大西洋中。正如小说《泰坦尼克号》作者所言：“灾难会使人们看清民族陋习和人为所创造的悲剧！人类社会在某些时刻总是留着它的谜，对于智者，这些谜变成了财富；对于愚者，这些谜只是野蛮和暴力；而对于哲学家，则总是迟疑着不敢谴责和回忆……”

人性像一张蜘蛛网，触一丝而动全局，我们的活动、待人接物的态度是仁慈、冷漠，还是恶毒，种种行为交织成一张巨大的蜘蛛网。我以善或恶的行为触动一个人的心弦，这个人又以同样的行为触动另一个人，这样传递、扩散开来，不正是整个世界的态度吗？我们既做不了伟大的“泰坦尼克号”船长，也没多少机会去当见义勇为的英雄，更不可能一下子救助天下所有有难的人，可我们可以做到的是，别人需要帮助时，多一份关怀；别人需要搀扶时，多一份爱心；别人需要鼓励时，多一句夸赞；别人需要认同时，多一点微笑。这，又有何难呢？

束缚

□马小翔

[2008年"全国十佳小作家"]

马小翔，男，出生于1992年，获奖时为辽宁省沈阳市第七中学学生。当时已在《沈阳今报》《沈阳晚报》《辽沈晚报》《中学生》等报刊发表多篇文章，多次在各类作文比赛中获奖，其中在第四届"叶圣陶杯"全国中学生新作文大赛中获一等奖。

低头看去，影子被拉着很长很长，仿佛要脱离地心引力一般，看上去很自由。可是一旦没有了阳光的束缚，影子就消失了，不，应该说是没有"影子"这个概念了。因为整个空间仿佛都是黑暗的天下。

想想看，其实我们的命运和影子差不多——或者说是一样的呢。人生和影子一样，总是有各式各样的束缚：责任的束缚，能力的束缚，信念的束缚，感情的束缚……太多太多了，我们被各种概念束缚，几乎透不过气来，于是乎我们开始寻求自由，寻求超脱有限的极限，又妄图从极限中获取无限。仿佛正因为有了束缚才有了超脱一样。

没错，事实正是如此。

鸟儿有了天空的束缚而得以自由地飞翔。

花儿被大地禁锢才能够吐露芬芳。见过蝴蝶破茧涅槃那一瞬吗？那是束缚和超越的完美结合。束缚是挣脱的一个必要条件，和企鹅沉潜然后冲出冰层一般，束缚是为了帮助被束缚者激发潜能。束缚使有志者、有勇者和敢于奋进者成功。束缚有时亦是帮助鲁莽者冷静下来的一剂良药。

有人会说束缚是保守，是畏惧，是使人类丧失机遇的罪魁祸首。他们其实看得很片面。束缚有时是出于人类对自身的保护。例如理性的束缚、谨慎的庇护，可是它们不能过了头，否则束缚就真的只是"束缚"了。

束缚，有时亦是生活中最珍贵的条件。失去水的束缚会使花草枯萎，失去爱的束缚会使心儿尽碎。人生不该有超越自身能力的盲目自由和放纵。而我们又总是愿意去追求那所谓的无限，殊不知没有了“极限”的束缚，那“无限”的存在还有意义吗？所以我们更需要外界的束缚。

人类，其实永远都是小孩子，如果没有周围的束缚，也许不知道哪一天就会像脱缰的野马，去追求某些不着边际的，没有意义的自由。

所以我们要认真对待周围的束缚，既不要反感更不要安于其中，要时刻记住，束缚是为了维护，束缚亦是为了超越。

我们在束缚中慢慢成熟。

面具馆

□刘辰辰

[2008年“全国十佳小作家”]

刘辰辰，女，出生于1994年，获奖时为安徽省马鞍山市成功学校初三学生，安徽省散文家协会会员。当时已在《皖江晚报》等报刊发表文章近二十篇，曾在第五届“叶圣陶杯”全国中学生新作文大赛中获奖。

华丽的内室。

一排排面具安静地贴在墙上。浓墨重彩，神色各异，安详地等待着。

“哗……”晃动一阵门帘，一位膀大腰圆的中年男子跨了进来。亮亮的皮鞋与地面不停地摩擦着。

脚步声渐渐向面具靠近，空气中似乎添加了一丝兴奋的气味。墙面上出现了轻微的碰撞声。

一直背对着来人的黑色靠椅突然转了过来，一位黑衣男子低着头歪倚着，额头上方一绺头发往下贴着眉毛遮着脸。

“钱老板此次前来，又所为何事呢？”低沉的男声慵懒地响起。

“您这不是明知故问吗？”钱老板咧开了嘴，露出一口闪着亮光的金牙，“到您这儿来，除了这面具，还能要什么啊？”

“如此看来，您又需要添一副面具了？”椅子上的人饶有兴趣地掠了掠头发。

“呃……不瞒您说，您上次的那副助升官发财的面具还真是实惠啊！这不，我顺利登上了局长的位置，周围是金光闪闪，莺歌环绕。可是现在上面抓得紧，要是少一副阿谀奉承糊弄上司的面具，我是举步维艰！”

碰撞声已经是越来越激烈，任何一个面具随时都有掉下来的危险。男子摘下一个面具，钱老板急切地想去抓，男子却将面具收回，放在手中把玩。

“这可不是无偿的，钱老板。上次你付出了良知，这次要更贵重的，我要——你的灵魂。”

金牙咧了更大的弧度:“为了爬上去,怎么能吝惜自己! ”说罢,迫不及待地抢过面具,急急地走出了大门。

“欢迎下次光临。”这声音夹杂着些许得意。与此同时,一直震动不停的面具们也停了下来,恢复了等待的安详。刚刚取掉面具的空档处,又补上了相同的一个。

黑衣男子又倚回靠椅,顺手拉开身旁的抽屉。那一格格的空格里,放着不同的东西,有天赋、智慧、美貌,也有纯真、美好的回忆和对周围事物的感知。这些都是顾客们为得到“帮助”自己的面具,而自愿付出的代价。

钱老板那一格里,两团微光渐淡的东西正在跳动着,正是他的良知和灵魂。

突然,门口又传来一阵响动。男子将抽屉推回,转回身子,隐藏在巨大的黑色中,嘴角漾起诡异的笑。

沉寂着的面具们又开始不停地撞击,噼里啪啦地在内室里震动。

“欢迎光临……”

聪明的乌龟

□周石奇

[2008年“全国十佳小作家”]

周石奇，男，出生于1994年，获奖时为湖南省桃源县文昌中学初二学生。小学四年级就发表了第一篇文章，至获奖时已在《快乐童话故事》《常德日报》等报刊发表十余篇文章，并多次在写作类竞赛中获奖。

池塘边的灌木丛中，一只刚经冬眠的小青蛙在捕食，一只蚊子飞了过来，停在池边，没多久，哇的一声，就被青蛙吞进肚子里去了。青蛙休息了一下后，又到原地方静静等待猎物到来。

可这一幕让一只狡猾的秃尾巴狐狸看见了，狐狸想：“一只青蛙吃掉了一只蚊子，我再吃掉一只青蛙，哈！太合算了，我不愧是天才。”狐狸埋下脑袋，慢慢地前进，尽量让自己不发出声响，十米，八米，五米，三米……要到手了，狐狸猛地一跃，啪！狐狸摔了一跤。青蛙赶紧蹦跳到了塘中心的荷叶上。

狐狸气急败坏地往后一望，原来是一只乌龟打搅了它，就说：“你这个小乌龟，敢打搅我，罪该万死！”说着说着，狐狸一口咬向了乌龟。说时迟，那时快，乌龟猛地一缩，缩到了城堡里。“唉！”狐狸抱着脸叫道，狐狸想：这壳真硬，咬得我牙齿都酸了，不行，要想办法干掉他，吃不到也罢。狐狸对乌龟说：“乌龟你再不出来就把你烧死。”乌龟说：“我才不怕了，我还想暖和暖和呢！”狐狸又说：“不出来就摔死你。”乌龟说：“怎么，想吓我，跟你说，我还正想去天空旅游呢！”狐狸又说：“出来吧，不要硬扛了，不然我把你扔到湖里去。”“别！别！千万别！我最怕水了。”狐狸笑道：“我才不管你怕不怕呢。”说完就把乌龟向水里扔去。

乌龟被扔到了河里，又快速地游向河中心，青蛙乌龟两个好朋友又聚在了一起，嘲笑着狡猾的狐狸。狐狸气急败坏，往湖里一扑，从此再也没游上来。

生命如树

□韩雨

[2010年“全国十佳小作家”]

韩雨，女，出生于1994年，获奖时为山东省曲阜师范大学附属中学高一学生。当时已在《中华文学选刊》《写作》《中学生》《读写天地》《读写月报》《全国优秀作文选》等全国七十多种报刊发表文章三百七十余篇，在全国各种写作竞赛中获奖四十多次。

假如生命可以选择，那么我愿做一棵树。

当大地上传唱着雪的白色恋歌时，我会在冰雪下欠伸，静静倾听生命的种子萌发的声音。而当烟雾在晨光中飘散，当春天已描画出了花的颜色时，我就会从生命的胚胎中破壳出来，仰望天空，呼吸着自由的空气。从此朝饮木兰之坠露，夕餐秋菊之落英。在交替到来的阳光和风雨中，慢慢积蓄着自己的力量，在漫长的周期里，等待着来年的花开。

或许，在长大的过程中会有挫折。或许，新芽刚刚萌发便会遭到风雨打击。但如果不经风雨的洗礼，又怎能见到彩虹的笑容？也许，在这无星无月的夜里，每一场大雨都是一种挣扎，每一场暴风都是一种蜕变。在这一次次痛楚中，熠熠生辉的是我的华年。

当风雨再次来袭时，会发现我已亭亭玉立。无忧，亦无惧。

等到有一天，我会惊喜地发现我已有茂密的绿荫。到那时，我会尽情地舒展开浓荫，回报这个美好的世界。烈日炎炎，就让我撑起一方小小的绿色，带来一份清凉。藤蔓柔弱，就让我以自己的身躯为它铺好前进的路。床上的婴孩，你可听见我树叶拂动时的沙沙声？那是我为你唱出的摇篮曲。楼内的学生，你可看见课本上不停交错闪烁的光斑？那是我兴奋的舞蹈。过路的行人，你可望见隐藏在我片片绿叶中的美丽小花？那是我含笑的眼睛。就这样一天天、一年年，我在日月交替中享受着奉献的快乐。这些快乐会随岁月深埋在土中，成为晶亮的琥珀。

当落花铺陈了一片红色地毯时，我已硕果累累，而滚滚东去奔腾不息的河水，已把我的青春带走。而我会安详地接受这一切。或许在落着细细小雨的一天，我会平静地倒下，化为泥土，去呵护新的树苗，除了回忆，什么也不带走，除了芳香，什么也不留下。

我们人类，常把树看成一种没有思想的卑微生灵。然而，树却是永远以自己的实际行动来诠释生命的价值，回报给予自己生命的大自然，使自己卑微的生命不停放射着光芒。

人类对于大自然，不也只是沧海一粟？可是，只要我们珍爱生命，在日常生活中为社会做一些力所能及的贡献，那么原本有涯的生命也会变成无涯，卑微的生命也会变得伟大。

假如可以选择生命，那么我愿做一棵树。一棵没有太多智慧，却完整地体现了生命价值的树。

信仰的力量

——写在「5·12」汶川大地震周年之际

□魏廷屹

[2010年“全国十佳小作家”]

魏廷屹，女，出生于1992年，获奖时为四川省宜宾市第一中学校高二学生。当时已在《宜宾日报》《宜宾晚报》等报刊发表作品五篇，散文集《黎明的星空》由中国文联出版社出版。多次在全国作文大赛获奖。

2008年5月12日14时28分，就在此之前的那一天、那一小时、那一分钟……都显得那么平静祥和，可是此刻一场突如其来的灾难，给中华儿女，留下了一道不可愈合的伤疤——四川省汶川县特大地震。

大地剧烈地抖动着，那巨大的痉挛让原本安静美丽的县城，顷刻间化作一片废墟。

电路、交通全线瘫痪，整个县城连带周边地区仿佛与世隔绝，任何人都来不及反应，他们昔日的家园，已变成挖土机下的沙石瓦砾。那张保存于他们脑海中关于梦想和未来的美好蓝图，化为灰烬。

我们守在电视机前，看着巨大的石板七零八落地叠起，看着预制板下伸出的一只只满是创伤的手，看着白色担架上痛苦的躯体，看着孩子们惧怕、伤心、惊魂未定的眼睛和废墟上那因失去亲人而痛苦万分的表情。我强忍着泪水，心却在滴血！这场突如其来的灾难，仿佛一夜之间让我长大，让我思考，让我重新感悟关于生命与亲情，关于爱与坚强，关于珍惜的种种含义。那台曾经带给我多少欢乐的电视机啊，却把一组组悲情的画面定格在我十六岁的记忆里，挥之不去。

悲伤在时间中流逝，痛苦在坚强中褪去。当人们渐渐从噩梦中醒来，眼前涌现的是那么多关于感动和爱的事迹。

还记得受灾最严重的北川吧，整个县城几乎夷为平地，90%以上的建筑倒塌，受灾人数几乎占整个震区的70%。我不敢想象，当我踏上那片千疮百孔的土地时会遭遇怎样悲凉的气息。但是，就在这片土地上，演绎出的一幕幕竟让人热血沸腾……

最让人难忘的是，北川中学的那位校长，在受灾第一时间果断地组织人员疏散，并以最快的速度将幸存的学生转移到安全区域，在救援队到达时还积极参与救援，与子弟兵们一起挖出口，抬石板，清瓦砾，扶伤员。他用他的身躯，为废墟下那一个个年轻的生命支起一把保护伞。他与救援队始终战斗在充满危险的第一线，救起一个个奄奄一息的生命。他抱起一个个痛苦的孩子，用父亲般的慈爱，抚慰他们受伤的身心；用温暖有力的臂膀，告诉他们，亲人没有离去，他们就在他身边。他一直坚守在孩子们的身旁。可是，他的亲人却没能守在他的身旁——他的亲人全部遇难，无一幸存。

命运将他孤身一人抛在这滚滚红尘里，像一只孤帆漂泊在苍茫大海中。他说，他也是个脆弱的丈夫和父亲，当他请求子弟兵救救他的妻子和孩子时，他感觉自己像身处大海，巨浪正吞噬着他沉浮不定的身体。当这位年近半百的汉子得知亲人全部遇难时，瘫软在地，哭得撕心裂肺。北川封城时，他对前去灾区慰问的于丹老师说："二十年前，我是一个人提着一件行李，来到这个城市；二十年后，我也是一个人提着一件行李，离开这个城市。"当我从电视里听到这句话时，我哭了，感慨生命的脆弱、命运的无情。

可以想象一个二十出头，满怀豪情壮志的青年来到北川支教时那青春的激情。来时，他除了一只皮箱和怀揣着的一份信仰外，一无所有，是这片热土在二十年里赐予了他一切。二十年后，无情的灾难又收回了这一切，留下的仍是孤零零的他和一只皮箱，只添上斑白的头发和揪心的眷恋。

他说，厄运可以摧毁他的一切，但拿不走的，是他一直不曾改变的那份信仰。于是，他将剩余的激情和所有的爱心，一并洒向他经过的每一个地方，因为他说，他的孩子就在那一间间教室里，从来不曾离去……此时此刻，我的眼泪终于浸湿我的眼睛。我终于明白，与他生命同在的，是他一直信仰的事业和一直固守的光明。

太多太多的故事感动着我们……

无情的灾难，毁掉了无数同胞的生命和美丽的家园。一年来，我每每想起，仍然心被刺痛，唏嘘不已。但那些在灾难中坚强活下来的人，却时时用他们面对灾难的勇气和顽强，用他们的博爱与乐观感动着每一位中国人，是他们让我们又一次看到了中华儿女永远不屈的灵魂！我们悲痛，但我们更加振奋！

感动中，我们学会坚强；感动中，我们更加懂得信仰的力量；感动中，我们渐渐成长！

路径

□刘宇珊

[2010年“全国十佳小作家”]

刘宇珊，女，出生于1994年，获奖时为广东省深圳市翠园中学初中部初三学生。当时已在《作文与考试》《新课程报·语文导报》上发表作品六篇，三次在全国作文大赛中获奖。

平凡是一条路径，通往幸福。

——题记

我想，也许青春期的女孩都会对爱情存有或多或少的幻想吧，无论是近在咫尺的同学朋友，还是远在天边的明星帅哥，抑或是虚幻不实的小说漫画里的男主角……

曾经看过一个调查，说现代小说的共性就是男主角帅得非同凡响，要么有钱要么有权，而女主角一定是平平凡凡的小女生，聪明美貌机智大方一条也不沾边，纯粹就是一个灰姑娘。

事实证明，这样的搭配也确实符合大众的幻想，毕竟大多数的人都是平凡的人，虽不如灰姑娘那般穷愁落魄，但我们也不是众星拱月、光芒万千的公主。谁不希望有个人，而且是个能令自己动心的人，站在彼岸递来菩提？

幻想终究是幻想。

去年冬季，适逢表哥结婚，爸爸说要让我体验下这种经历，竟让我撇下初三的紧张学业，周末赶回家乡参加他们的婚礼。

那一天，天气正好回暖了，天空搂着白云，在寒风中瑟瑟发抖。因是冬天，天亮得晚，我们便在擦黑中迎接了盛装的新娘。新娘身着雪白的婚纱，头上插着娇艳的玫瑰花，手里还捧着一束。没有庄严肃穆的礼堂与教父，也没有隆重地交换戒指，鞭炮在黑夜里响得噼里啪啦，新娘在众人的欢声笑语中跨过火盆，与新郎拜天地。大红的“囍”字和妈妈亲手绣的“家和万事兴”挂在墙上，平添喜庆。我挂上“迎宾”的牌子，端起相机，舅妈说，今天我的任务就是要把这些美好的时刻记录下来。

那一日家里来了许多人。有祝贺的亲友，也有过来帮忙料理婚宴的亲戚，还有新娘的娘家人，认识的不认识的，都挤在大厅里聊天喝茶，可忙坏了我们这些“迎宾”。新娘、新郎则忙着给长辈们端茶，长辈们按习俗要包红包，大厅里接连不断地响起道贺声祝福声。

那些道贺与祝福，就像看不见的彩绸轻轻飞舞在偌大的大厅里，添了许多温馨与幸福。一对新人在众人的簇拥下拍照留念，相机里的一张张面孔，洋溢着简单而幸福的微笑。

在一声声“咔嚓”中，我蓦然谙得了平凡的力量。那是种怎样强大而朴实的力量，让我们这些并不拥有荣华富贵金银财宝的平凡人，也能安然地幸福地生活着。平凡让我们远离“高处不胜寒”的孤独和寂寞，平凡让我们融入这个社会的各个阶层与角落，平凡让我们有愁，也有乐，懂得人情世故，也会叹世事无常。

这里的平凡，是一种心态，是一条路径。

而路径的彼岸，是幸福。

我的表哥不是王子不是帅哥，我的嫂子不是灰姑娘也不是公主，可是平凡的他们，一样能获得幸福的爱情，一样能获得大家的祝福与生动的未来。也许幸福并不能用平凡来衡量吧，但是你若幸福，你的心态，亦一定是平凡的。

如今是盛夏的季节，我的小外甥女已经降临在世界上，大家说她长得像她妈妈。我祝福她健康成长、幸福快乐。也明白，她一定会如此。

因为，这是平凡的力量。

熊猫兔

□张佳羽

[2011年“全国十佳小作家”]

张佳羽，女，出生于1996年，获奖时为甘肃省兰州市第十四中学初三学生。2010年出版《最女孩》，小说《我的绰号我的班》在《中学生导报》上连载。获奖时已在《小读者》《新文学》《中学生》《童话世界》《阅读》等报刊发表作品十六篇，被多家媒体宣传报道。

一只兔子妈妈特羡慕熊猫，她生了儿子，起名叫“熊猫”。兔子妈妈坚持每天给兔儿子画黑眼圈，还把兔儿子领到熊猫生活的竹山上，让兔儿子学熊猫的样子，抱着竹子睡觉。

不明真相的乌鸦见了，以为这只兔子是长变异了的熊猫，立即告诉麻雀：竹山上发现一只长着长耳朵的熊猫。麻雀告诉喜鹊。喜鹊告诉夜莺。夜莺告诉大雁。就这样，一传十，十传百，越传越远，越传越像真的一样。

这事惊动了一个动物专家小组，他们决定亲自上竹山考察一番。

兔子妈妈的消息十分灵通，早早地获悉了动物专家组成员的习性。

她单独去见狐狸，给狐狸准备了一窝肥鸡和一栋别墅。狐狸特别喜欢多吃多占，正中下怀，爽快地接受了这份大礼，得出的结论是：竹山上是有一只变异的熊猫，长着长长的耳朵。

她单独去见豹子，提了一大包钞票。豹子的独生女儿要出国留学，正苦于没有所需的资金。望着送到手边的大礼，他那坚持原则的底线彻底冲垮了。他也给出了一个让兔妈妈满意的结论：竹山上的确有一只变异的熊猫，长着长长的耳朵。

她单独去见野猪，拿着一份草拟好的论文稿——《从竹山上发现变异熊猫，谈环境保护对地球的杰出贡献》。署名：野猪。野猪正苦于没有像样的论文，难以跨越评职称的门槛。有了它，野猪别提有多高兴了，当下表态：竹山上发现变异熊猫，这是不争的事实。

她单独去见北极熊，带去一个电热器，把温度调得很高，隐蔽在北极熊下榻的房间。她火上浇油地说：“这里已热死过两头北极熊了。”北极熊十分恐惧，粗略地扫了一眼窗外的竹山：“人家本来就叫熊猫嘛，怎么能不是熊猫呢？”他在白纸上签下自己大名，内容由兔妈妈代写，就匆匆离开了竹山。

她单独去见斑马，拿着狐狸、豹子、野猪和北极熊的结论。斑马是个和事佬，向来以多数人的意见为意见，他附和着下结论说：对呀，竹山上应该有一只变异熊猫，长着长长的耳朵。

动物专家小组的考察报告，成为最权威的结论。

从此，竹山成为一个新兴的旅游热点。根据动物专家小组的建议，发现变异熊猫的区域，拉上了隔离带。所有的参观者，都被挡在很远的地方观望，所以，没有谁能看清楚真相。

一个大雨天，竹山的管理出现松懈。向来坚持眼见为实的雄鹰跨越隔离带，找到被雨水冲掉黑眼圈的兔儿子，他不由分说，将叫“熊猫”的兔儿子连同惹是生非的兔妈妈一起吃掉了。

『包子』的故事

□汪 炜

[2011年"全国十佳小作家"]

汪炜，男，出生于1992年，获奖时为浙江省义乌市第三中学高三学生。当时已在《美文》《语文导报·校园文学》《作文评点报》《义乌商报》等报刊发表作文十一篇，四次在全国作文大赛中获奖。

张军今年三十，家境贫寒。以前读书极不认真，高中差点儿没毕业，不过天无绝人之路，苍天让张军长得一表人才，高高的个子，还戴副眼镜，显得斯文而富有气质，虽然不是什么大学生，但对文字这东西特敏感，能写出一手好文章。凭借这个优势，高中毕业不久张军就在村里娶到了漂亮的老婆，这老婆虽漂亮，却没读多少书，咋看都带些傻气。

迫于生计，婚后不久，张军带着老婆和一群老乡南下打工。由于能说会写，进城后张军很快应聘为某家医院宣传科的报道员。说起这个，张军运气也特好，由于报道员是临时工，工资也只有千把多一个月，当地人或者大学生压根看不上，外来打工的又没多少文化，所以张军获得这个工作非常顺利。老婆很高兴，因为老公坐办公室了，而且还包住，所以便向老乡通通说了一遍。这让张军觉得很无语。

俗话说"新年新气象"。上班没两天，老婆督促张军换身好点的衣服，剪个清爽的发型。这回他老婆下了"血本"，特意去了趟商场给张军买了一件黑色长风衣和一条黑色西裤。老婆赶紧叫张军穿上买来的新衣服。一穿上，老婆很满意，说他很有气质，看上去像当官的，张军一听也十分高兴，头也都抬高了很多。

张军早就听说医院职工食堂的包子好吃又便宜，很多职工一个人买好多包子带回家。一天清晨，张军穿得整整齐齐来到食堂，果不其然，包子窗口队伍已经排得老长。

卖包子的马师傅很辛苦，每天早上都要应付这么多人。轮到张军了，马师傅习惯性地一脸严肃地转身拿包子，他正要准备刷卡扣钱，突然看了张军一眼，马上笑容可掬起来，回头又多拿了三个包子给他，并投上一种敬畏的目光，轻轻地对张军说："不用刷了。"

张军非常疑惑地看着马师傅。后面的人催了，张军来不及问，只能说了声"谢谢"走了。

张军连忙回到医院临时工宿舍和老婆一起吃包子，味道果然好吃。他和老婆说了这令他匪夷所思的事，可是老婆光顾着吃，说："有的吃就吃呗，想这么多干吗？"张军很困惑，他和马师傅素不相识，为何如此客气？是认错人呢？还是有其他隐情？

第二天，马师傅照例不刷卡，张军赶忙低声说："不行，这次一定要刷，我都很不好意思。"张军见马师傅笑着象征性地扣了一块钱，也只好装作没看到。就这样马师傅一连几天优惠张军，这让张军既高兴又疑惑，又没有机会问，因为每次准备问，后面的人总是催他快点，马师傅也忙得很。

对于张军来说，他的工作是轻松的，只是院领导开会时进去记记笔记，或是领导下去检查工作时跟在后面，回到办公室组织一下文字便在院报上发表。

对马师傅的疑惑到了极点，一天瞅准他下班，张军上前去问他，马师傅仍然用诚惶诚恐的眼神看着张军，有些兴奋："领导好！""啊？"张军大笑道，"我可不是领导啊！""哎，出入行政楼还不是领导啊，跟着院长忙前忙后，怎说也是院务成员吧！哎，现在领导都谦虚，都说自己不是领导。"张军正要解释，没想到对方却"害羞"地走了。

张军哭笑不得地回到宿舍，没想到老婆说，前几天她给老乡几个包子后个个夸好吃，老婆还骄傲地说自己和张军吃的包子很便宜，几乎不要钱，这下子附近几个老乡纷纷提出要张军多带点包子。张军虽然觉得不好意思，但想想给老乡帮忙，以后回去也有面子，便答应了。马师傅仍是每天高兴地卖给张军"一块钱的包子"，而张军也似乎习惯了。

周末，张军在办公室里加班，突然接到马师傅的电话，不知道马师傅怎么知道他的电话的，马师傅有些紧张地说："领导啊，我从老家带点土特产给您，没什么东西，就是一点心意，希望您能收下。"张军心里想：难怪马师傅这样，肯定是有事求于我，他肯定误以为我是院领导了。哎！反正我是临时工，还不知道能不能干得长。再说了，能给人家办成事情，做个人情也是好的。于是张军说："不用了吧，马师傅，有事就说嘛。""不行，领导您一定要收下，您在哪里啊？我送来怎样？""好吧，我在201。"

马师傅兴奋地拿着东西来到办公室，张军连忙叫他坐下，问他什么事。马师傅满脸笑容地说："哦，是这样的，我侄子没考上大学，现在也没找到工作。其实我来到医院做事也不久，我寻思着您是领导，能不能让我侄子在医院食堂里弄个临时工？"张军故意想了想说："试一试倒是可以，我得咨询一下医院分管领导后再说，不过你这东西先拿回去吧，我也不需要。”“不不不，这只是一点心意，领导一定要收下。”“那好吧，你先放这里吧。”张军看上去很不好意思。马师傅却心满意足地走了。

过了好几天，马师傅发现没有什么动静。是不是领导压根看不上那些土特产？马师傅狠了狠心，决定买两瓶在他们老家出了名的好酒送去。马师傅仍是先打电话给张军，张军执意不要，于是马师傅带着礼品跑到张军的办公室，见办公室门没锁，便很快把东西放在张军的桌子下面。走出办公室，他马上打手机告诉张军，说东西放在他的办公桌下了，希望能笑纳。随后“嘿嘿”两下就挂掉手机。

下楼时正好碰到医院行政楼一名后勤人员向他打招呼：“这不是马师傅吗，去忙什么了啊？”“呃……张军领导找我有事呢。”马师傅有些自豪。“啊？张军算什么领导？他不是刚招进来的临时工吗？”那人低声对马师傅说。“啊？你确定吗？”马师傅大惊失色。“呵呵，当然啦！院务成员哪些人我可都知道呢！”那人得意地说。马师傅突然沉下脸来，一句话不说丢下那人直奔张军办公室，慌忙拿了两瓶酒跑出来。

大约过了一个多小时，张军回到办公室东张西望。这时，另一个比他还新来的同事问他东西是不是丢了，因为他看到医院职工食堂的马师傅从他们办公室拿了什么东西跑了。张军明白了，说不找什么。

第二天早上医院职工食堂继续卖包子。张军排着队，他发现马师傅用阴沉的脸色对着他，也没多给他包子，打卡时还多扣了一块钱。

相信自己
——最该给孩子补的课

□劳静琳

[2011年“全国十佳小作家”]

劳静琳，女，出生于1994年，获奖时为广东省佛山市陈登职业技术学校高二学生。当时已在国家、省级作文大赛中获奖两次。在社会实践中多次采访名人，如凤凰卫视金牌主持梁文道、百家讲坛名嘴孙立群、岭南画派创始人陈树人唯一弟子刘春草等。

“天生我材必有用”，这句话常在口边，但有许多孩子少有这样的心态。放眼望去，现今社会的种种竞争成为孩子们的负担。暑假来临，各种各样的培训班人山人海，十分火爆，家长们争先恐后地帮小孩们报名。

来自家长的压力、学校的压力，种种压力成为孩子们的行囊。这行囊是如此之重，以至于把他们压得透不过气来。

有一种孩子，永远最棒，这就是别人家的孩子。长辈们的比较加上之前述说的理由，促使现今孩子普遍都缺乏自信，觉得己不如人。

自信的弹簧被拉得没了爆发力，自信之弦一条条断掉，然后呢？然后便自甘堕落，与理想中的自己渐行渐远。

孩子们，相信自己吧！

走自己的路，管人家怎么说。理想的明灯一直在照亮你的前路，不要自卑，坚信你是最棒的。

每一个驿站你们都会有所收获！不要拿自己跟别人比，自己跟自己比，每天进步一小步，你就是成功的。所以，请相信自己！

是的，你也许收获不了海洋，但你收获了湖泊；你也许收获不了彩虹，但你收获了阳光。所谓结果，其实换个角度看，总是美好而有所得。所以，请相信自己！

孩子，你们也许做不了温室的花朵，不要紧，你们已经学会在风雨中跳舞。现在的跌跌撞撞，抚平了日后更崎岖的路。所以，请相信自己！

微笑吧！因为你自信，无论成败，你都快乐而坚强着，因为你自信，连空气都洋溢着幸福。自信的微笑是发自于内心的，所以，当你微笑时，全世界刹那开满了鲜花。

孩子，年少无知的你们常被伤害，欲反击而没武器。可是，武器摆在那里，是你忽略了。没错，自信是最简单然而最强大的武器。"我相信我自己！"这样的信念一旦形成又如何能摧毁。

其实，在人生路上，有的人一举成名；有的人失败后放弃自己，终日无所事事；有的人失败后再接再厉，最终迎来了成功……这太多太多只是看你相不相信自己，并把这份自信用到恰到好处。这样，你将会改写你的人生。

相信自己，你将会得到你想要的；相信自己，你将会发现快乐幸福就在你身边；相信自己，让自己的生命充满阳光！

孩子，从今天开始，相信你自己，大呼一声：

I believe I can!

站在路边鼓掌的人

□董玥

[2013年"全国十佳小作家"]

董玥,女,获奖时为江苏省淮阴中学高二学生。四岁时发表第一篇作品,至获奖时已在《儿童文学》《少年文艺》《文学少年》《中国校园文学》《中学生》《作文》《作文通讯》等全国百余家报刊发表小说、散文、诗歌等五百余篇。

女作家刘继荣的女儿曾经说过:"我不愿被光环环绕,我只愿做一个站在路边鼓掌的人。"固然,这不失为一种淡泊宁静的入世之道。可是试想,如果我们仅仅是一个可有可无的旁观者,整日为他人的胜利而欢呼雀跃。酒阑灯炧人散后,这样的人生是否会布满怅然和遗憾呢?

答案是肯定的。

一首歌中唱道:"我就是我/是颜色不一样的烟火/天空海阔/要做最坚强的泡沫……"言辞间充满了豪迈之情。不是吗?每个人都是独特的,我们应该充满自信,昂首阔步地迎接未知的挑战。

现在功成名就的"羽毛球王子"、世界排名第一的"大满贯"得主林丹,他的成功之路坎坷重重:2004年,最具夺冠实力的林丹在初赛中便暗淡下场,被大家戏称为"林一轮"。怀疑、挖苦、嘲笑、训斥铺天盖地而来,巨大的压力可想而知。"你想过放弃吗?"事后曾有人问道。"没有,"林丹坚定地回答,"挫折面前,我为自己鼓掌。"是的,为自己鼓掌,用坚持不懈的努力激发出自身潜能,我们一定可以像凤凰般浴火重生!

与林丹的例子恰恰相反的,便是韦恩的人生经历。二十世纪七十年代,罗纳德·韦恩和他的伙伴史蒂夫·乔布斯合伙创办了一个手机公司。不多久,一场突如其来的贸易危机来临了,一度使他们食不果腹,倾家荡产。资金周转正常后,韦恩仓皇地选择了退出。而今,这家公司已然成了家喻户晓的企业——苹果公司;而韦恩当年的合作伙伴乔布斯,经过多年的磨砺和坚持,已成为商界的领军人物。"我真诚地为他鼓掌。”这是韦恩接受采访时，机械重复的话。“站在路边鼓掌”，这是韦恩式人物胆怯、懦弱、懒散的代名词，是甘于平庸，惧怕失败的借口。年少轻狂，我们何必要长别人的士气，灭自己的威风呢？

台湾女作家龙应台曾说过：“一个社会特立独行的人越多，天分、才气、道德、勇气就越多。”没错，社会的发展需要奇才和勇士的推动。那么，这些人从哪里来？无论如何，肯定不是从“站在路边鼓掌”的芸芸众生中来。爱国将领岳飞南征北战，一生都在践行着“精忠报国”的誓言；“民族魂”鲁迅先生，弃医从文，“横眉冷对千夫指，俯首甘为孺子牛”；开国总理周恩来，少年时便立下“为中华之崛起而读书”的凌云壮志；一世英杰拿破仑用兵如神，战绩卓著，他的座右铭是“我的字典里没有‘不可能’”……他们为了自身的目标，为了光荣的社会理想，都在其人生的赛道上，拼尽全力地奔跑着，坚持着，努力着，终于在滚滚的历史长河中，留下了浓墨重彩的一笔。他们知道“天下兴亡，匹夫有责”，他们亦懂得“命运掌握在自己手中”。而这些真谛，却是那些“站在路边鼓掌的人”终其一生都无法真正领略和感悟到的。

唯物史观中对人生价值的定义，分为自我价值和社会价值。然而，不论是从“自我”还是从“社会”来看，“站在路边鼓掌的人”都是很难实现其人生价值的。“有的人死了，他还活着；有的人活着，他已经死了”，臧克家老先生的话一语中的，道破了现代社会人们浑浑噩噩、沦为“看客”的精神危机。

站在路边鼓掌的人，快离开路边那舒适安逸的树荫，勇敢地踏上赛道吧！因为——

人生最绚丽的风景，在路上！

阳光的影子

□姚禹同

[2013年“全国十佳小作家”]

姚禹同，女，获奖时为江西省南昌市外国语学校初二学生。十岁开始发表作品，获奖时已在《中国少年儿童》《少年文艺》《意林·少年版》《意林·小文学》《东方少年》《初中生之友》《读写月报(初中版)》《江南都市报》等报刊发表作品三十多篇。

阳光一直觉得它是最寂寞的。

因为它没有影子。

曾经它多次问过母亲——那个炽热的火球，太阳。然而，她实在太忙了，只是草草地回答道：“光是没有影子的。”

于是，在一个冬夜，阳光悄悄地溜出了家门。

它想寻找一个像影子一样，能天天跟在身边的朋友。

只是，它再一次地失望了。每一个影子，都有自己的主人。虽然有些影子也承认它们的主人并不怎么需要它们，可影子们只能为它们原有的主人效劳。“何况，光是没有影子的。”影子们在深表遗憾后总会告诉它这样一句话。

阳光决定放弃。于是它踏上了回家的路。

一户人家的窗口透出了点点光亮。阳光心里一惊：它只见过月光和星光，怎么，这世界上还有其他的光？

那束光与众不同：微弱、昏黄，还一闪一闪的，将屋里物品的影子拉得老长。

阳光凑上去：“请问，你是什么光？”

那束光慵懒地回答：“我是灯光。”

“那么，灯光，你有影子吗？”

“嗯……可以说有，也可以说没有。”

阳光一脸茫然，对这句深奥的话并不理解。它的脑海里又浮现出那句被告诫了许多次的话:光是没有影子的。

灯光打破了沉默,不紧不慢而又语重心长地说:“的确,我们没有影子,很寂寞,但你有没有发现——”灯光指了指屋内的摆设。阳光更加迷惑了。灯光停顿了一会儿,接着又说:“所有的影子都是我们创造的啊!”阳光愣了一下,随后舒心地笑了。

的确,失去了光,影子也随之消失。

阳光谢过了灯光,回到了太阳身旁。

第二天,阳光又出了门,开始了新一天的旅程。与往日不同的是它的心情。

阳光看着周围千姿百态的影子,不禁自言自语道:“原来它们都是我的影子啊!”

爱是世间最美的信仰

□刘睿智

[2014年"全国十佳小作家"]

刘睿智,女,1998年出生,获奖时为山东省临沂第一中学高二学生。当时已在《现代教育报》《中国小作家》《临沂日报》等报刊发表作品近三十篇。曾获第十一届"叶圣陶杯"全国中学生新作文大赛特等奖。

假期里花了很长时间,终于细细地读完了《德兰修女传》。

起初,老师给我们推荐这本书的时候,我还感到很疑惑。德兰修女,一个我从来没有听说过的名字,我的同学和朋友都不知道她,学校的历史课本上也从未提及过她。我不了解,一个普普通通的修女还能做些什么可以让人们赞颂。

而当我真正走进这本书,真正走近德兰修女,我却发现这是一位多么让人敬佩的人物。她做着那么多常人看来无法忍受的事情,从这些让我初看有些讶异有些难受的描写,我看到了她身上闪耀着的那么美丽的人性光辉:

"姆姆为长满蛆虫的病人清理伤口,她把那些被遗弃的人当作自己的亲人一样细心照料,她每天在街上捡那些濒死的、腐烂的、有病的人回来,帮他们洗澡,听他们诉说自己的痛苦,给予他们想要的爱和陪伴。"

德兰修女把这世间最朴实的一种爱全部奉献给了那些穷人、艾滋病人、麻风病人,甚至是那些濒临死亡的人。她会耐心地守候在濒死者的旁边,用心倾听他们在人世间留下的最后几句话。也曾有人说,这简直就是在浪费时间,而德兰修女回答:"我希望他在生命的最后一刻,也能感受到自己是被爱的。"

"被爱",是一种多么奇妙而又温暖的感受。而对于这些穷困潦倒疾病缠身的人,他们无法感受到深切的关爱,人们面对他们往往是鄙夷不屑的目光,他们甚至无法得到作为一个"人"应有的尊重。而德兰修女做到了,做到了这些我们无法给予、不屑给予的尊重。她把自己所能给予的全部的爱,都给了这些人们,让他们体会到,这个世界上还有着可以包裹他们的善良。

曾有一位采访德兰修女的记者，亲身体会了一下照顾病人的感受。他给一位十分虚弱的老者喂了几口饭，却每一口不是多了就是少了。这段文字的旁边还配有一张照片，照片的中央是一位躺在病床上的，瘦骨嶙峋的老人，那可以明显看出来的干枯的骨架、黝黑的皮肤和一双无助的眼睛，让我隐隐有些害怕。我想，如果是我自己亲身经历这一幕，我恐怕连多看一眼这位老人的勇气都没有，更不要说悉心照料了。而这些人，恰恰是德兰修女多少年来一直坚持照料着的人。

我相信德兰修女知道自己的力量是微薄的，而且世界上需要帮助的人有很多。她能够改变、影响的也不会是所有穷人。事实上也的确有很多人不理解她这种“不太正常的善心”，在她活着的时候就曾经有人质疑过她：“全世界那么多的穷人你救得完吗？”“如果不改变体制，你这样做能改变穷人的命运吗？”而她的回答是肯定的：“一百万是从一开始的。”“总得有人去安抚那些快死的人。”

“总得有人去安抚”，相信德兰修女把自己当作了那个必须去这么做的人。正是这样一种责任，这样一种爱的信仰，让她时时刻刻都惦念着那些需要帮助的人。

对于德兰修女帮助过的人来说，他们得到的，不仅仅是一个可以遮风挡雨的住处，几顿可以填饱肚子的佳肴，更多的，还应该是得到尊重得到关爱时，对这个世界的感激和幸福。就像是一位孤独的老人说的那样：“她在我心里点燃了一盏灯，它从未熄灭。”德兰修女就是这样一盏明灯，照亮了每一个孤单无助的心灵。她给予穷人们最重要的心灵上的安慰和感动，犹如人生重新燃起希望之火。

德兰修女成为世界上得奖最多的人，成为史上最没有争议的诺贝尔和平奖得主。我想，这是她应该得到的。她很伟大，她做的事情让我们难以想象；然而，她也很平凡，她只是保留了传播了人类最原始最真切最本能的一种情感——爱。

也许我不会做到像德兰修女那样伟大，可是至少我明白了最重要的一点，相比那些濒临死亡的病人来说，我有着健康的身体，我更有着美满幸福的家庭。我不被病魔折磨，不为烦恼忧愁，可以做自己喜欢的事。其实，我应该怀着一颗感恩的心，感谢这一切我拥有的东西。

毫无疑问，德兰修女是一位虔诚的基督徒，更是一位虔诚的爱的信徒，她为心底最纯真的博爱付出了一生，让我们懂得，爱是这世间，最美丽最伟大的信仰。

民族泪

——读余秋雨《道士塔》有感

□隋雪纯

[2014年“全国十佳小作家”]

隋雪纯，出生于1997年，获奖时为山东省曲阜师范大学附属中学高二学生，任校团委副书记、校刊学生编辑。当时已在《创新作文·课堂内外》《作文》《语文周报》《语文报》《快乐作文与阅读》等报刊发表文章二十余篇。

漫长的假期，总算有机会拜读久负盛名的一些书籍，《文化苦旅》便是其中之一。

作者余秋雨先生，是我国著名艺术理论家、文化学者、散文家。其著作《文化苦旅》是其到各地走访讲学时记下的风土历史及美景，每篇文章都知识丰富、文笔优美，用典引据皆信手拈来、流畅自然。其中我感触最深的一篇文章是《道士塔》。

开篇直接对景物进行描写，夕阳下，僧人圆寂塔的破败荒凉。而后引出王圆箓的道士塔，由这个莫高窟罪人写起，铺设篇幅，展开思路，将读者引入那段二十世纪初年莫高窟的劫难中。

作者是这样描述王道士的：“他喜欢到洞里转转，就像一个老农，看看他的宅院。他对洞窟里的壁画有点不满，暗乎乎的，看着有点眼花。亮堂一点多好呢，他找了两个帮手，拎来一桶石灰……一会儿石灰已经干透，什么也没有了，唐代的笑容，宋代的衣冠，洞中成了一片白净。”寥寥几笔，没有任何的评论，可叙事中微妙又刻骨的讽刺足以让读者的心揪成一团，若一把钝刀，将作者与观者的感官与思想，寸寸凌迟。

而后穿插了几句作者的议论：“今天我走进这几个洞窟，对着惨白的墙壁、惨白的怪像，脑中也是一片惨白。我几乎不会言动，眼前直晃动着那些刷把和铁锤。‘住手！’我在心底痛苦地呼喊。只见王道士转过脸来，满眼困惑不解。是啊，他在整理他的宅院，闲人何必喧哗？我甚至想向他跪下，低声求他：‘请等一等，等一等……’但是等什么呢？我脑中依然一片惨白。”面对着已逝去却依然刺目惊心的历史，我们只能是苦笑罢了，纵有满腔怒火欲喷薄而出，可刹那间又迟疑了：向谁发泄？是无知的庸人王道士，还是那时的中国，抑或历史吗？

或许，正像作者在第一部分中写的那样："完全可以把愤怒的洪水向他（王道士）倾泻。但是，他太卑微，太渺小，太愚昧，最大的倾泻也只是对牛弹琴，换得一个漠然的表情。让他这具无知的躯体全然肩起这笔文化重债，连我们也会觉得无聊。"

有一段，我认为写得非常精彩："这是一个巨大的民族悲剧。王道士只是这出悲剧中错步上前的小丑。一位年轻诗人写道，那天傍晚，当冒险家斯坦因装满箱子的一队牛车正要启程，他回头看了一眼西天凄艳的晚霞。那里，一个古老民族的伤口在滴血。"王道士只是扮演了小丑的角色，作者隐含的意思是，导致这民族悲剧产生的，又何止是王道士一人呢！

——是二十世纪初的旧中国！无怪乎原来屹立在东方之巅傲视群雄的王者被冠以"东亚病夫"的屈辱称呼，无怪乎中华大地被西方列强瓜分剥削得体无完肤，连属于自己民族的精神内核都会被一箱箱轻而易举地运走，怎能奢望国家兴旺，不受欺凌？

值得庆幸的是，我们的民族终于在短暂的醉生梦死、浑浑噩噩中清醒过来，重新获取了自由，在发展的道路上策马飞奔。我们没有忘记耻辱，只是将泪转化成经久不息的动力。如作者在最后一部分中讲到的：

"不只是我在恨。敦煌研究院的专家们，比我恨得还狠。他们不愿意抒发感情，只是铁板着脸，一钻几十年，研究敦煌文献。文献的胶卷可以从国外买来，越是屈辱越是加紧钻研。

"我去时，一次敦煌学国际学术讨论会正在莫高窟举行。几天会罢，一位日本学者用沉重的声调做了一个说明：'我想纠正一个过去的说法。这几年的成果已经表明，敦煌在中国，敦煌学也在中国！'

"中国的专家没有太大的激动，他们默默地离开了会场，走到王道士的圆寂塔前。"

意味深长的结尾，仍没有丝毫评述，但却足以给读者以心灵的启迪，耐人寻味。我想，一个成功的作者不需要用冗长的评论性文字来诠释他的用意，若能用如此有趣致的语言来将文章构架完美，且让读此文章的人自己去揣摩深奥的哲理，讲述者只恰到好处地点到为止，那么，他就非常成功了。余秋雨先生不仅做到了，还很优秀地表现了这一点。

再者说，现在我们的民族、国家虽然昂首阔步一路向前，但历史的书页、民族曾流下的泪水还如昨般耀目，深深刺痛了每个中华儿女的心。"不忘国耻，振兴中华"需谨记，就像文章中提到的敦煌研究院的专家们，没有大肆宣扬，只有呕心沥血，用实际的行动与汗水，默默为国家、为民族撑起一片未来。

愿我也能成为这样的人。

檀香木珠

□李 倍

[2015 年“全国十佳小作家”]

李倍，1999 年出生，获奖时为江苏省通州高级中学高一学生，南通市作协会员。当时已在《少年文艺》《儿童文学》《作文通讯》《全国优秀作文选》等报刊发表散文二十余篇。数次在国家、省级作文大赛中获奖。

小镇的最东头有一座清禅庙。香火旺盛。

幼时，我跟着父母去上香。庙门口摆着一张小木桌，桌子后面坐着一对夫妇，微驼着背，整天忙着手里的活儿——做檀香珠链。据说这是他们祖传的手艺。

“大叔，给我做根珠链吧。”

男人眼睛始终盯着手里的活儿，嗓子里淡淡地应了一声，算是听见了。他用掌心托着木珠，厚实的老茧摩挲过去，珠子的纹络便牢牢锁在脑中。于是，他拿起了小刀，泼墨般纵情刻画起来。刀锋时急时缓，一会儿是刻生硬的棱角，一会儿是刻圆滑的线条。一会儿工夫就刻好了一个：观音大士手持净瓶，慈眉善目，端坐莲花台中。莲花花瓣层层绽放，袅袅盛开在七宝池上。

阳光下，男人的背还是微微弓着，眉尖微蹙，稀稀的头发丝里渗出了密密的汗。女人在一旁接过他做好的珠子，轻拭浮屑，一引一穿，便将珠子推上了一根红绳。她指尖引着红绳来回盘绕，绛色绳结便似清露初缀莲上，悄然吐露芳华。小小的我在心底暗暗惊叹。

庙里传来诵经声，我盯着刚戴上的木珠链，鼻子里嗅进了好闻的檀香，耳边的经忏久久低回。

该进庙了，我发觉父母好像忘了什么，冲着正要进门的他们喊：“钱……”然而，没等我说完，木珠夫妇忙说：“这是为菩萨做事，广施功德，不收钱！”

从此，我便爱往清禅庙跑，围在他们身边，看他们在木珠上雕出一个又一个的观音，免费给了一个又一个的香客。木珠是圣物，不能用金钱交换，幼小的我在心里这样想。

后来，我随父母搬去城里住了，一连好几年都没去清禅庙。

一个冬天，偶然从旧衣服里拾得那串久被遗忘的檀木珠链，清香扑鼻间，蓦地想到了木珠夫妇。向往云板声起、梵唱依稀的祥和，我便启程去了清禅庙。

寺庙依旧，庙门口也仍摆着那张小木桌，只是记忆中驼着背的夫妇此刻成了一个驼背的年轻人。大概是把手艺传到下一代手上了吧！

"给我做条木珠链吧。"

"先填了这单子吧，"年轻人从桌肚里摸出一张皱巴巴的纸，"写上姓名，一条十块，两条十五，刻名加收十块，当然你可以给得更多，要知道，捐多福多……"寒风中，他搓着同样布满老茧的手，微驼着背，眼中满是期待。

我愕然，但还是签了姓名，投进去十元钱，换来一条光溜溜的木珠链。

"这木珠上……"

"谁还有工夫去刻那些东西？"他顿了顿，又说，"只要心诚，不刻也一样。"他把钱锁进抽屉，阳光下，他的背似乎更驼了。

我陷入了沉思，将那木珠凑近鼻子，深嗅。果然，再没有什么檀香了。

且听风吟

[2015年“全国十佳小作家”]

司高丽，1998年出生，获奖时为河南省郑州外国语学校高二学生，河南省文明学生。当时已在多家报刊发表习作十余篇。曾获郑州市中小学作文大赛一等奖。

□司高丽

张潮有这么一段文字：“春听鸟声，夏听蝉声，秋听虫声，冬听雪声，白昼听棋声，月下听箫声，山中听松声，水际听欸乃声。”能在平平常常有时甚至艰险重重的生活中活出这般诗意淋漓的味道，确实令人赞叹。几米有这么一幅画，画中的女孩站在嶙峋的峭壁上，咫尺之外即是悬崖，然而女孩不忧不惧，轻轻踮起脚尖，迎风而立，侧耳谛听风的清啸，清风徐徐，衣裙飘飘。

人生又何尝不应该如此呢？“三界无安，犹如火宅。”面对人生中的丛丛荆棘、万丈深渊，更有几人还能从容地体味生活，以诗的心境倾听风吟？

“凌晨四点钟，看到海棠花未眠。”川端康成以他一贯的优雅打动了我。作为一个“参加葬礼的名人”，川端康成经历了数场生死永诀，然而面对残酷现实的捉弄，他仍能以他明澈的眼眸，欣赏生活中最细微又最动人的美。在命运的锻造下，他看到的不是黑夜、离别，他所注意的是诗意的时光、飞鸟和女孩修长的眉宇。

出身于医科，还曾从事过工商管理，作为麦肯锡的合伙人，冯唐大概算得上是世俗眼中的成功者了。然而身处热闹的都市，甚至喧嚣的名利场，他不甘于金钱的满溢、物质的充实。他追求的是那一缕清风，是那于世俗中荡涤心灵的清泉，少了那悬崖听风的从容与诗意，便也少了他“捡书烧烛短，看剑引杯长”的恬淡自然。

作为残疾者，她生活的艰辛是常人所难以想象的，她似乎早已被世界抛弃，注定活在痛苦与折磨之中：先天的疾病，爱情的枯涸，家庭的缺失……然而在无尽的黑暗与挣扎之中，余秀华感受到的是生命的希望，她所保有的是自由的灵魂。她在该掏出匕首时掏出花朵，在能申辩时保持沉默，始终怀抱着对世界永恒的爱，使她总能发现生活中被人遗落的诗。她在痛苦中写就的诗篇，化作袅袅春风，融释冰冻的心田。正如海子所说：“我要做远方的忠诚的儿子，和物质的短暂情人。”远方，亦是她心灵的寄托、生活的追求。不为名利所扰，不为病痛所扰，不为平庸所扰，始终在内心深处保留着一小片诗情的栖息之地，外物的好坏，早已置之度外，死生亦然。

然而如今的人们，恰恰是被那世俗的万般桎梏牵绊住了悠然的脚步，蒙蔽住了欣赏的眼睛，在物欲中浮沉。然而，树在，山在，大地在，岁月在，我在，你还要怎样更好的世界？你所要做的，便是释放自己束缚住多年的口、眼、耳、鼻，去沐浴阳光，去触摸那雨露，去体味生活中的诗情画意。

正是有了且听风吟的心境，路遥面对一碗白水、一个馒头，也照样写出了《平凡的世界》；在漫步黄沙、水比油贵的撒哈拉大沙漠里，三毛找到了自己存在的意义；汪曾祺怀着稚子般的新奇，记录下身边的一草一木……

我不禁想起苏子的《记承天寺夜游》：竹不曾少，少的是品味修竹的眼睛；闲暇不曾少，少的是秉烛夜游的兴致；诗亦不曾少，少的是那颗在世俗挣扎中还能望月行歌的诗心。

活着之上，还有诗与远方。那不妨乘一叶小舟，在人生的激流中洒脱前行，即便满天风雨，也可以欣赏沿途的红叶青山。

青山正妩媚，且驻听风吟。

高考之外

□ 郇千惠

[2016年“全国十佳小作家”]

郇千惠，女，获奖时为山东省临沂第一中学高二学生。当时已在新华社、人民网、《中学生》《写作》《阅读世界》等媒体刊物上发表各类文章一百多篇。曾获第十三届“叶圣陶杯”全国中学生新作文大赛特等奖、2016年北京大学“手拉手励志成才”作文大赛特等奖等奖项。

“每个孩子都是一颗花的种子，只不过花期有不同。有的花一开始就会灿烂绽放，有的则需要漫长等待。不要着急，慢慢陪伴，静等花开。或许还有另外一种可能，那就是你的种子永远不会开花，因为它原来是一棵参天大树！”

哈哈，昨晚老爸从短信上发我的这段话正好派上了大用场，解了我燃眉之急。我其实挺烦那个多事的老爸的，整天自以为是地不断通过短信、微信和QQ给我推送他以为的好东西，美其名曰助我高考。什么乱七八糟的，高考，高考，难道除了高考，世界就一片黑暗了吗？

从上学第一天起，高考这个高频词汇就一直冲击着我们的耳鼓，“好好学习，才能考上大学，才能上个名牌”“如果考不上大学，这辈子就完了”。网上一幅漫画，一个刚刚出生的孩子枕头边放着一块倒计时牌：“离高考6570天”。

我并不否认，高考是通向成功的一条坦途，高考的明灯照亮了很多学子的漫漫长夜。可是，难道高考就是十年寒窗的最终目标吗？就是人生的全部意义吗？如果那个襁褓中的婴儿能够有自己的理性，说不准也会有轻生的念头。是的，如同那棵不会开花的树种，事情都有另外一种可能，你也并非只有一面。高考内外，都是生活。高考之外，你真的还有另一种可能。

今年暑假，我参加堂姐的升学宴。堂姐学习成绩优秀，算得上是个学霸，以“农村专项计划”被中国政法大学录取，这在那个小城是凤毛麟角的。当我沉浸在她的幸运中时，饭桌上说起她们一小学同学初中没上完就辍学了，孩子都两岁了。我不禁茫然，想象若干年后，我的同龄、同学，身材发福，肚大腰圆，抱着小孩，挎着竹篮，在农村的集市上溜达的模样和情形。主人公一会儿又幻化成了我本人，也没什么两样，同样是抱着小孩，肚大腰圆，正为两毛葱钱跟小贩讨价还价。我吓得忽然打了一个冷战。

回过神来我不由得想，这何尝不是一种“高考之外”呢？但这种“高考之外”是你我想要的结果吗？如此这般的“泯然众人矣”的惯有宿命，你我会心甘情愿地投降接受吗？

我又想到了周浩，那个放弃北大去读技校的特立独行的男生。放着好好的北大不上，偏偏要回来做个普普通通的技术工人。他参加高考的结果无非是带来了一场空前的大讨论，更高的关注度。北大退学后，动手能力极强的他随即在技校崭露头角。未来会怎样，又有谁会知道？但周浩说他不后悔。周浩当然给了我们一个典型的“高考之外”。

周浩的经历不免让我有了一些疑惑。有的人说他是成功的，至少他做了自己想做的事。高考之外，他选择了追求自己的兴趣和热爱。但如果今天的学习是为了明天的荒废，三年高中的辛苦付出只换得一个后悔，那么高考的正当性确实需要重新定义了。韩寒说，如果为了高考，我们还要不得不将一把一把的时间掷在自己将来不可能有建树或有接触的学科上，那么拜托以后请不要再说时间是金钱银钱之类的东西。有的人觉得周浩是失败的，作为一个北大学子，他并没有实现传统意义上的理想与目标，他的“高考之外”实在算不上是一种成功。但谁又能料事如神地告诉我们，他的人生终将失败呢？

生活是丰富多彩的，社会职业也是多种多样的。周浩的“高考之外”会成为你我追捧学习的榜样吗？我看我们还是共同努力，不要学那个周浩，阻止周浩的故事重演。国家社会家庭学校从小就鼓励孩子的热爱和天赋，注重培养孩子的“学科特长”和“创新潜质”，让每个人都做自己想做的事，理想不扭曲，彼此不纠结，岂不更好？

新东方教育集团创始人俞敏洪又是一个特例，高考内外都是特例。连续两年高考落榜，俞敏洪不离不弃，第三次高考终于圆梦北京大学西语系。后留校任教，已是风光无限。但是后来，他又从北大辞职，创办了新东方。同样又是风光无限。

不论是泯然众人，还是轰动一时的周浩，都不是我们想要的“高考之外”。其实成功没有模式，像那个俞敏洪。高考内外，都有花开。墙内开花，为有暗香；一枝红杏出墙来，同样也会芳香四溢。或者不管墙内墙外，你永远都不会开花，那就长成一棵树，一棵自由的树，使劲地长啊长啊，随着季节变换，一点一点增加着年轮，给人们以绿荫、以依靠，从不着急，从不攀附，从不伤害，从不纠结。

丑巫婆

□樊芮彤

[2017年“全国十佳小作家”]

樊芮彤，获奖时为河北省石家庄市第二中学高一学生，中国少年作家协会副主席，河北省诗词协会会员，秦皇岛市作家协会会员，多家少儿杂志的小记者。七岁出版《梅花雪里香》。在多家杂志发表作品近千篇。

据说，只要集齐两千滴纯净的眼泪就可以实现一个愿望。

据说，白蛇就是喝掉眼泪之后才变得这么漂亮。

脏兮兮的丑巫婆翻遍了藏宝阁，终于找到了这样一条魔法。

丑巫婆花费了大约一个世纪那么长的时间，终于集齐了一千九百九十九滴眼泪，又将它们变成了一颗颗坚不可摧的水晶石。

丑巫婆抱着装满一千九百九十九颗水晶石的蓝色玻璃瓶，兴奋得一宿没睡着。

然而，当她再一次走出自己阴暗潮湿的小屋后，任她费尽心思再也找不到一个能流出纯净眼泪的人类。

丑巫婆伤心地走到水塘边，掏出一把鱼食扔进水中。

“扑通”，寻声而来觅食的鱼儿看了丑巫婆的脸，一个激灵钻进了水里，溅了丑巫婆一身水。她看着被吓跑的鱼儿，再看看水中油腻腻的倒影，暗暗肯定了自己的想法，也坚定了自己的梦想——我一定要成为天底下最漂亮的巫婆。

在一个黑咕隆咚的夜里，丑巫婆骑着笨重的扫帚驶向巫婆山。她要请教山里最德高望重的女巫婆，怎样才能找到最后一滴眼泪。

“咕嘟、咕嘟……”

听觉灵敏的丑巫婆似乎听见了熬汤的声音，她的肚子不争气地咕咕直叫。丑巫婆干脆掉头朝着“那锅汤”飞去。

丑巫婆拧着有点歪的鼻子使劲嗅，可在离目标越来越近的时候，她非但没有闻到任何一股香甜的味道，反而有一股刺鼻的味道夹杂着哭声由远及近。

这个味道有点熟悉，好像是有同行在熬制药水。

“我想起来了！那是‘还我漂漂汤’！”丑巫婆突然双手一拍，死命朝那锅药水飞去。

早在她刚刚学成出师的时候，为了变漂亮而不顾一切的她就曾研究过“还我漂漂汤”的做法。原本以为那是为丑女做贡献的好魔法，哪想到等她深入研究后才发现那是不折不扣的黑魔法——为了让自己变漂亮而吸取他人的青春，真是太可怕了！

“住手——”

丑巫婆大喝一声，破窗而入。屋内顶着黑色帽子的老巫婆正不紧不慢地用汤匙搅和着浓稠的汤药，在她身后躺着一大片原来是妙龄女子的老年人。老巫婆口中还念念有词：“真是可惜呀，就差最后一位药引子就能发挥出‘还我漂漂汤’的最大功效，只可惜……”

老巫婆的目光停顿在刚刚冒出来的丑巫婆身上，死盯着丑巫婆随身携带的蓝色玻璃瓶，丑巫婆下意识地用手护住她的宝贝命根子。可随即老巫婆炙热的目光又落在了她的左眼上，兴奋道：“水晶之眼，天底下最为纯正的泪水化成的宝贝！哈哈，你来得可真是时候，正好做我的药引子！”

水晶之眼？丑巫婆摸摸自己的左眼，欣喜若狂——原来自己怎么找也找不到的第两千滴眼泪就在这里。

可老巫婆嚣张的话语却将丑巫婆拉回了现实。

还没等丑巫婆说话，老巫婆就召唤出魔法棒，来势汹汹地朝丑巫婆袭来。

生死只在一线间——

丑巫婆一把抓紧腰间的玻璃瓶，拧开瓶盖，咬牙摘下左眼放进瓶子里，紧接着马不停蹄地将满满一瓶水晶融成眼泪，大口吞了进去。

霎时间，白光大盛，在道道白光中闪现出巫婆先祖的身影。

丑巫婆凝视着那道身影，许下了自己的愿望——不是那句准备了千百遍的“请把我变漂亮”，而是“请消灭这个使用黑魔法的老巫婆”！

白光又盛。顷刻间，张牙舞爪的老巫婆不见了踪影，独留下一锅盛满了青春的“还我漂漂汤”。

丑巫婆忍着眼眶中的痛感，挥舞着魔法棒打碎了盛着药水的锅，那些汤汁顺着地板重新流回到那些行将就木的老年人体内，她们重新变成了生机盎然的年轻人。

感激的泪水充斥着她们的眼眶，她们请丑巫婆收集自己的眼泪，重新集齐两千滴泪水，好将丑巫婆变漂亮。

丑巫婆婉言拒绝了她们的好意。缺了一只眼睛的丑巫婆更丑了，可人们却总说：她是天底下最漂亮的姑娘。

午睡之中的孤独感

□陈 开

[2017年"全国十佳小作家"]

陈开，2000年出生，获奖时为江苏省南京师范大学附属中学学生，系江苏省散文学会会员、江苏省青少年作家协会会员、泰州市作家协会会员。当时已在《读者》《少年文艺》《散文选刊》等报刊上发表作品四十多篇，在国家、省级写作大赛中获奖五次，出版作品集《此心安处是吾乡》。

与马尔克斯的长篇小说《百年孤独》相比，《礼拜二午睡时刻》同样是一篇孤独感袭人的小说。整篇文章从多方面将读者包围在一种"午睡"的气氛中。

午睡，这是一天中最特殊的一个时刻，与完全昏睡的夜不同，这一时刻的人依然生活在一片光明的背景下，可心中却开启了休息的"夜间模式"。在这样一个时刻，若有尚未午睡之人，一定是最孤独的。

文章的开篇便打出了"孤独牌"。"铁路的另一边是光秃秃的空地，那里有装着电风扇的办公室、红砖盖的兵营和一些住宅，住宅的阳台掩映在沾满尘土的棕榈树和玫瑰丛之间。"这样的景物描写不同于一般荒凉的戈壁沙漠，这里明显是有人烟的，只是在一个特定时刻显得特别孤寂。在地理学名词中，常把这样的景象称为"鬼城"，棕榈树和玫瑰丛不过是粉饰出来的一种假象，它们终究无法掩盖全镇人在午睡的事实。没有醒着的人，再美的事物也会失去生机，终于孤独地"沾满尘土"。王阳明的观点"此花不在你心外"，从这一点来说，也不无道理。

在如此孤独的背景下，同样孤独的母女出现了。她们的孤独是因外界的反衬。"车站上空无一人""镇上的居民都困乏得睡午觉去了"，她们可以说是唯一醒着的人。母亲此刻的孤独还包含着深深的丧子之痛。她是世俗眼中小偷的母亲，但始终在神父面前坚持"我的儿子是一个好人"。她的眼神"平静"，又很"执拗"。一条深深的沟将她与世人的理解隔开。她越坚持，便越孤独。在这样一个午睡的小镇，没有任何东西可以引起众人悲悯的情怀，这里也就名副其实是一座"鬼城"了。手捧鲜花的母女，该是对外界昏睡的一种温柔抵抗。老子曾说:“以天下之至柔,驰骋天下之至坚。”在冷酷的世俗下,母女即使打动了尚存人性的神父,可终不免被镇上的孩子嘲笑。

再回归小说的标题,“午睡”两个字可以说是对全文孤独感的一个隐喻。孤独感借“午睡”这个载体而愈演愈烈。处在午睡之中的人们麻木、愚昧,他们的精神被一种世俗的偏见禁锢。母女二人的孤独,是人性的孤独;而小镇居民的午睡,是人性的昏睡。

与鲁迅的小说类似,马尔克斯的小说并没有显示完全的绝望。这并不是永久的沉睡,当烈日收敛时,人们终会从午睡中醒来。神父是一批午睡人的先锋,他在最后送去一把阳伞,想保护孤独的母女!

“我们这样很好!”母亲回答。

或许真正的觉醒者是孤独的,但终有强大的支撑,成为他们永久的陪伴!

何必永恒

——读娜塔莉·巴比特《不老泉》有感

□郑安之

[2018年“全国十佳小作家”]

郑安之，男，2001年生于浙江省台州市，获奖时就读于浙江省新昌中学，系浙江省散文学会会员、台州市作家协会会员。曾在《中国校园文学》《语文报》《写作》《帅作文》《作文指导报》《全国中学生优秀作文选》等报刊发表作品。出版有散文集《金蝉吟秋》。

如果有一眼清泉，喝了它的水便能长生不老，获得永生，你喝，还是不喝？

我想，大多数人会与我一样，毫不犹豫地选择：喝。这想必是人之常情，永生之事，谁敢说自己一点儿也不向往？别说永生，活足一千岁，就足以吃遍天下山珍海味，足以周游各地名山大川，更何况容颜常驻，远离病痛。

早在两千多年前，秦始皇派徐福率童男童女寻访长生灵药；千百载来，多少术士夜以继日，穷极一生，只为炼出仙丹。他们锲而不舍、矢志不渝地想达到一个共同的目标：永恒。

然而，当读完美国作家娜塔莉·巴比特《不老泉》一书后，我对“永恒”有了全新的理解，掩卷思索，重新审视了自己之前对生与死的观念。

塔克一家四口因喝了不老泉中的泉水，从此远离了衰老、疾病和死亡。但他们隐瞒了不老泉的存在，告别平凡生活，开始四处流浪。他们这么做绝非出于自私，而是深知生命不竭的孤寂与无奈，因而不愿世人和他们一样，堕入黑暗的深渊。为此他们忍受妻离子散，不惜杀死想凭不老泉牟取暴利的“黄西装”。塔克一家是被上帝随手弃掷在路边的石头，好在他们依旧坚强、善良。

主人公温妮是个勇敢单纯的女孩，她甘愿为萍水相逢的塔克一家屡屡违背亲人的教诲，甚至触犯法律。为了与杰西的约定，她完全可以在十七岁时饮下泉水，可她没有这样做。温妮遵循了自然的安排，做出惊人的抉择。她怀揣着巨大的秘密，在度过了若干个春秋后溘然长逝，惹人唏嘘又不由得生出敬意。

造物主暂时的遗忘，使不老泉的故事跌宕起伏。在全书接近尾声时，不老泉和林间村一起被推土机推得干干净净，这十分耐人寻味。长生不老的人被时间抛弃在轮回之外，生命如同一条射线，只有起点，不见终点。但没有终点，该在哪里放置新的起点呢？活着，又为了什么？这般看来，“永恒”倒显得残忍了。于是造物主让不老泉永远湮没在地下，是否也暗含着深意。

正因为“死”令人恐惧彷徨，才催成了“生”的无价。我们每个人，都不是为死而生。在有限的生中，应当发掘自身存在的意义。若你是个画家，就该舞动丹青妙笔，在纸上点染大好河山；如果你是个诗人，就该铺排音律，发出来自灵魂的感慨；如果你是朵荷花，又有什么理由不散发芳香。如果你现在什么也不是，那你应该尽快找到属于自己的一席之地，不让年华虚度。

我们没法避开死，且不妨正视它，洞悉它的本质。死本身并不可怕，可怕的是“等”死。杞人忧天的故事家喻户晓，杞人担忧天塌下来自己会死去，并因此郁郁寡欢，惶惶不可终日，纵使他不死于忧虑，这辈子也注定碌碌无为。我们该庆幸自己还拥有死期，是“死”让时间变得贵重与真实，更加富有希望。要知道，死是终点，亦是起点，就像落下枯叶的枝头，在来年的春季，又会冒出新的枝叶，相比一成不变，这怎不令人振奋。

世间有生有死，就是为了荡涤善恶美丑，在周而复始的循环里，淘汰陈旧的，注入新鲜的。倘使《不老泉》里的“黄西装”真的动手售卖泉水，世界将混乱拥挤，失去平衡，最后芸芸众生都奔赴灭亡。或许肉身难以损坏腐朽，显得亘古长存，但心灵，却早已零落凋敝。到了那时，一切变得枯燥乏味，什么美，什么爱，连同自私，连同残暴，都将变得混沌。天地万物成为一片灰白，想要结束生命却束手无策，何其痛苦啊！

永恒太长，太久，分割了生命的价值。无尽的事物是一文不值的。比如说，只有一堆金子，就会有人争夺，为之流血卖命。可一旦每个人都具备了点石成金的本领，黄金取之不尽用之不竭，那金子可能还不如木头更有价值了。

当我一笔一画写下这些文字时，有生命如残烛般即将燃烧殆尽，也有一抹新绿爬上贫瘠的土地。生死无常，死生正常，众生皆须经历。道家思想中有“齐生死”的说法，若有此淡泊超然的心境，所谓永恒，不过是无穷的累赘与诅咒，倒不如大哭而来，长笑而去，把一生过得淋漓精彩，潇洒快意。

书中写到两句古老的诗：“石墙筑不成监狱，铁栅围不起牢笼。”在我看来，这实在是别有深意。新生的婴儿不知死的味道，所以不畏惧。但光阴一寸寸挪移，阅历和经验犹如石墙和铁栅，把不少人困于牢笼中。他们害怕死，渴望逃过死神的追猎。殊不知，永生的凤凰被锁进鸟笼，或会羡慕一只蜉蝣，在一个风和日丽的午后，短暂地生，迅速地死。

那么，何必永恒？

东门论道

□范开源

[2018年“全国十佳小作家”]

范开源，获奖时为山东省泰安第一中学学生，中国小作家协会会员，泰安市作家协会会员。出版有小说《十二生肖玩具机器人奇幻之旅》《蓝色危机》，作品集《相逢在黎明破晓》。作品散见于《美文》《读者·校园版》《少年文艺》等多种报刊。多次获得各种文学奖项，作品收入多种年度文集。

我看见了一个老头儿，他呆呆地站在城门外，神色落魄，这家伙的大额头最先吸引了我的注意。

尽管他只是愣愣地站着，但我仍感到一种庄严和肃穆从他身上散发出来。我摆正了衣冠，整理了袖袍，来到老人面前，用一种我认为很郑重的语气问道：“老先生为什么在这里站着啊？”

老人叹了口气，露出一副惆怅的表情：“没有国君采纳我的建议，我只有周游列国宣传我的学说，广收弟子，把思想传承下去。”

哈！我悄悄地撇了撇嘴，又是一个和我一样的可怜虫。我最瞧不起的就是这种人，人生在世就图个逍遥，何必弄得自己愁眉苦脸？

我拍了拍他的肩膀：“老兄，看开一点儿。没有这些皇帝我们也得活不是？”

“唉，现在这个礼崩乐坏的时代，需要有人站出来维护社会秩序啊。”老人看了我一眼，“世人都说周礼已废，可不兴周礼，就无法让这个兵荒马乱的时代恢复到国泰民安的昌荣国相啊。”

我皱起了眉头，这家伙的思想有问题，有很大的问题。

“老兄，我给你说，”我仍然拍着老人的肩膀，苦口婆心地说道，“这天下不是你一个人说了算，想让这个社会和平美好也非一朝一夕之事。你何必在这里孤苦伶仃如一只丧家之犬，倒不如趁着还没……还没驾鹤西去，做一些有用的事情。”说着拍拍自己的胸脯，有些得意——我觉得在这种严肃的人面前说死可能不太好，就绞尽脑汁想了个比较文雅的词。

“做……做什么有用的事？”老人默默地听着，终于用混浊的眼珠直视我，之前他一直都在望着不远处天边如血的残阳。

我被问住了，一时间竟说不出话来。我之前给许多像这个老人一样执拗的人说过类似的话，他们都是似懂非懂地点点头——从来没有人刨根问底，究竟什么才是有用的事情。

“就好像……比如说……”我支吾了半天，始终没有一个明确的答案，动了动嘴皮，挤出几个字，“享受一下美好的阳光，你看今天的天气多好啊，四处去游览名山大泽，这样才能真正体验到人生的美好。”我越说越带劲，“咱们来人间走一遭，不就是为了感受体验这个世界吗？整天把自己弄得这么累，为了关心那么多和自己没有关系的黎民百姓而痛苦纠结，这……”

老人一开始还静静地听着，后来脸色逐渐变了，大声打断了我的话：“住口！”

我茫然，不知道有什么地方说错了，让他这么生气。

“现在这个社会动荡不安、民不聊生，你竟然还有闲情游山玩水？”老人的声音逐渐大了起来，我不由得松开他的肩膀后退一步，惊愕地看着面前这个身材瘦小的老人，没想到他看似羸弱的身躯竟有如此强大的爆发力。

“尽管我不是什么高官，也不是一手遮天的统治者，可我也应该、有义务为改变这个社会尽到自己的一分力量。”老人的语调低沉，但铿锵有力，“我和我的弟子周游列国宣扬仁道，我的学说或许不被大部分人认可，也或许现在不能起到什么作用，但我仍然坚持相信，我始终坚守的道义、弘扬的仁礼之说，总有一天会对这个社会有所帮助。我执着于自己的理想，虽前路漫漫而百折不挠，虽死无悔。”

他说着说着，一直佝偻的腰背逐渐挺直，我这才发现他竟然比我高不少。说完之后老人就闭上了眼睛，显然是不想再理会我。

我呆呆地听着这个老人坚决的话语，心底似乎有所触动——怎么，难道我一直以来所做所想，都是错误的吗？

“哈哈哈……”良久之后我大声笑起来，挥动着衣袖，昂首阔步踏入城里。

我似乎更迷茫了，但也似乎更清醒了。我似乎明白了自己始终追求的是什么。

“请问你见到一个老人了吗？”正走着，一个五大三粗的汉子突然抓住了我，急切地问道，“就是一个个子很高的老人，额头很宽大……”

他还没说完我就笑着打断了他：“东门有人，其颡似尧，其项类皋陶，其肩类子产，然自腰以下不及禹三寸……累累若丧家之狗，是也不是？”

“正是，多谢先生！”那人显得很激动，再三道谢后，转头向我刚来的东门跑去。

我目送着汉子的背影离去，扭头看看天边的夕阳，余晖仍在。

“00 后”与网络舆论

□ 潘幸泉

[2019 年“全国十佳小作家”]

潘幸泉，获奖时为河北省石家庄市第二中学高二学生。中国少年作家学会副主席，河北省作协会员，石家庄市作协理事，河北省文研会会员。当时已在全国各级各类报刊上发文共计两百余篇，屡获国家级作文大赛一等奖，出版个人作品集《记忆的颜色》《心有天堂》《与逆》。

我是 2003 年 1 月出生的正宗“00 后”人。今天，我来说说“00 后”与网络舆论。

步入二十一世纪，我国人民的整体生活水平日益提高，大多数家庭逐步富足起来。曾经作为高科技的互联网，已经普及千家万户，成为每个人每日离也离不了的工具了。我们“00 后”，也必然顺着历史的潮流，自然而然地接受着互联网对我们学习、生活和成长的冲击与洗礼。

互联网很杂很乱，我们从小就徜徉在海量的信息大洋里，并汲取了不少“知识”和“营养”，至于这些“知识”和“营养”是好是坏是优是劣，却无法给出准确的定义。不过可以确定的是，大多“00 后”的三观立场是被互联网所深深影响的。毫不夸张地说，“00 后”是中国历史上第一批思想观念被网络支配得较为彻底的人群。

网络舆论的力量是极其强大的。在微博上刷两篇文章，可以在几分钟内转换两种截然不同的三观。营销号上公布了一起八卦消息，可以让千山万水以外的人捧着手机看它个昏天黑地。也许，一个人无意中的发声，会被人埋没；一小撮人呐喊，会被人嘲讽；但是，一大群人咆哮，却会被人视为正义之举。从而，“救”一个人，“杀”一个人，“救”一群人，“杀”一群人，只要你我付出几秒宝贵的时间，在手机上敲上几个字，就可以轻松做到。雪崩的时候没有一片雪花觉得自己有责任。这就是网络舆论。我们谁也不敢保证自己从来没有参与过这样的大型“救人”或“杀人”运动。作为一个亲身经历者，从五年级为了一部动画片的某个剧情在网上与人争论个你死我活，到初一与不爱国者互怼到半夜三更，再到现在与众人一起谴责文学作品的抄袭者——我们这一代，日日夜夜被泡在这样的环境中，度过人生的关键期。

当然，也不能武断地说网络舆论永远弊大于利。从我的个人阅历和观点立场来看，确实也有过不少值得肯定值得颂扬的助力文明的网络风气。比如，对于抄袭者在各个圈子里“叱咤风云”的逍遥姿态，不少人为此发出谴责愤怒之声，从而掀起了一股伸张“版权保护”的浪潮。还有一件事，我印象很深，一批酷爱汉服文化而大张旗鼓寻找新鲜感的年轻人，纷纷前去主动了解汉服，而后又延展到中国传统文化和民族精神的深入探究。也许穿汉服上街这件事，让“40后”“50后”看会觉得稀奇，甚至排斥，但在“00后”的眼中，穿汉服上街是件极其神圣极其值得骄傲的事，因为这是老祖宗留给中华子孙的宝贝。

我的一位老师说过，中学生有个很显著的特征，就是开始思考人生，但大多却又是横冲直撞、脱离实际的。因知识涉猎有限、生活经验不足，看待问题分析问题时难免片面，处理问题难免冲动。

网络舆论的良莠不齐，无时无刻不在影响着我们的身心。我们每时每刻都需要擦亮眼睛，正确对待网络舆论，明白哪些是我们应该在乎和支持的，哪些是我们应该忽略和拒绝的。同时，我们也不能排斥老师和家长在这个关键时刻给予的正确引领，帮助我们在关键的人生成长期树立起正确的世界观、积极的人生观、主流的价值观。

祖国改革开放四十年取得了可喜巨变，未来中华民族的伟大复兴等着我们去接力。所以，我们“00后”需要登高而望远，博学而明心，仰望星空且脚踏实地，走好脚下的每一步路，然后，蓄力高飞，展翅翱翔！

当代网络游戏的弊端与出路

□陈逸德

[2019 年"全国十佳小作家"]

陈逸德，获奖时为宁夏回族自治区银川第一中学高二学生，宁夏作家协会会员。当时已在《小龙人报》《新消息报》《银川晚报》《湛江科技日报》等报刊发表作品二十多篇，在宁夏作文大赛中多次获奖。出版有长篇科幻小说《豆丁历险记之新世界》《豆丁历险记之大拯救》。

很多网络游戏被喻为"电子罂粟"，毒害了许多青少年的身心。

也有不少网络游戏智趣相长，家长认可。显然，利弊各表，业界争论，社会态度不一。当今网络游戏出路何在？

"王者荣耀、阴阳师、吃鸡……"这些耳熟能详的游戏有着大量的中小学生玩家，而且游戏基础还在低龄化。"韩信 1v5""排位上钻石"等话语从小孩口中频频飞出。正如一位评论员所说："如今孩子无论大小，只一平板或手机，便可打开游戏的魔门。"另一个现实：家长与孩子之间断网线、收手机、砸电脑的矛盾，经常引发。

其实，网络游戏有利有弊，一款好的游戏是会与孩子同成长的。爱心、责任、上进，从三岁起接触，我从《摩尔庄园》这一益智网络游戏中学到的远不止这些。

反观市面上火爆的游戏《王者荣耀》，打打杀杀，扭曲历史，甚至因为错误的历史观被《人民日报》点名批评，其中的"教育意义"实难恭维。比如一代传奇刺客荆轲竟然变了性别，坑杀赵国四十万人的秦将白起竟然成了始皇帝的兄弟。

有句话说得好："看待事物，要跳过外象究其本质。"现如今不少不良网络游戏的产生，究其本质在于商家利欲熏心，不管不顾道德底线。"不氪金就不能变强""首充送超值豪礼"等标题早已屡见不鲜。而再看《摩尔庄园》，每一位玩家都是一个小角色，拥有自己的房子、田地，可以打工赚钱供养宠物，经营产业，抑或上学校答题为自己的角色提升智力。如果答题不好，摩尔主人会提醒："你这套历史题都不会做，不行啊。""这个职业不好考，加油。"况且，只是每周五晚上玩最多两小时，一分钱不充。

如今，两者的结局截然相反，《王者荣耀》越做越大，一度霸占手机游戏排行榜榜首，甚至进军多国网络游戏市场；而《摩尔庄园》运营短短四年却关闭了绝大多数服务。

曾子曰："吾日三省吾身。"优秀的厂商正是在不断自我反省、持续创新中进步发展。而现今国内游戏一批又一批推新，但真正能站稳良好口碑的少之又少，道理其实谁都懂，都是利益这把"杀猪刀"，刀刀见血，无良无品。

近两年接触世界上的超级游戏大作，大都用3D建模技术带来绝美游戏环境，许多游戏故事内容完全取自正史，即使改动，也会在游戏最开始以初号黑体加粗的形式，告诉玩家"本故事根据史料改编"。玩这些游戏，像是在体验一部极有趣的小说。

当"三国"题材的日本游戏大火，当号令天下的秦始皇出现在国外的游戏场景中，我们是否该好好反省一下。为什么"3A"大作基本都被国外的游戏公司所包揽？为什么中国不能有一批自己的好游戏？

当不良游戏厂商思考"屠龙刀应该免费送还是需要氪金""这游戏还有多少的利益可以榨干"之时，优秀的游戏商家则在想"这个故事能不能打动人""我的设计是否符合历史记载""结尾是否深刻"。真是没有对比就没有伤害。正如一位在某公司开发网络游戏的哥哥所言："我们每天的工作就是研究怎么让你们沉迷进去。"此语让人后背发凉！

确实，当今中国网络游戏与其他发达国家的相比，存在不小差距。

我很喜欢这样一句话："游戏是第七艺术。"可不良游戏厂商更多地将其当作是赚钱任务，而非艺术。波兰游戏公司CDPR制作的《巫师3》，讲述本国魔幻故事，弘扬国家传统文化。因其制作精良斩获国际奖项，公司创作团队代表得到波兰总理接见。美国前总统奥巴马不止一次表示自己喜欢NBA文化，也喜欢网络游戏"NBA 2K"系列。而在我国，大部分家长仍以"害人、不上进"等负面标签一棍子打死网络游戏，诚然是以偏概全，落后而封闭的。

万事皆有利弊的两面性。网络游戏，如乱象丛生，无法控制，只会毒害人的精神。但万万不可忽视那些存在于优秀游戏中的教育益智意义。

因此，网络游戏的出路是：研发商必须树立正确的历史观、价值观、教育观、益智观和文化观，更要从世界网络文化产业健康发展的大格局出发，兼容并蓄，推陈出新。

唯此，中国之网络游戏才能真正崛起于世界之林！

泛思

□缪浩文

[2019年"全国十佳小作家"]

缪浩文，获奖时为甘肃省西北师范大学附属中学高三学生，学校学生会主席，学校北辰话剧社骨干，学校足球队队长。当时已在《读者（校园版）》《视野》《兰州晨报》《兰州晚报》等报刊发表作品十三篇。曾获得第二十届"语文报杯"作文大赛决赛三等奖。

就着它的"名"写下这个题目，原因在于这篇本就想得"泛"。

我不知道自己何时有这些想法，但大概知道，是从数学上认识的。

当我开始想"世界的本质"时，我想，也不再像以前那么简单了。百思之下，我想世界的本质是找不到的，或者说就在脚下，换言之，我们的理论追寻的是一个循环。

首先，我们从一个概念入手——无穷。

我们从正切函数的数学图像上可以看到渐近线，曲线与渐近线无法相交，却在无限接近。但是，这看似简单的认识背后存在着最为神奇的地方，如果我们运用极限的思想来看，那么就会产生曲线与渐近线相交的点，换言之，正负无穷会成为具体数字，更加奇妙的是二者相等，也就是说正无穷等于负无穷。如此，它就是一个循环。

本着这个想法，我们再去探究世界，因为"无穷"本就是自然界神奇的、言不清的东西，所以，它与我们要寻找的"本质"有着通性——不可言明性。由此，也算是一个规律——世界是个循环过程（假定成立）。

然后，从一个抽象的"无穷"到具体的事物上，我们去寻找最大的东西和最小的东西。

很多纪录片中，都有讲述地球的渺小，这源于对宇宙的审视，那么，宇宙就是最大的吗？答案显然是否定的，那么宇宙的外面呢？我们已经想过"无穷"，那么自然知道，如果将宇宙看为无限，那么它就不能算是最大的；如果将它看为有限，那么在无穷之下，它一定不能称得上最大。如此看来，无法得到"什么是最大的"。

那么,什么又是最小的？原子？可它又可以分为夸克,那么夸克是最小的吗？很显然它可以再分,无尽地分下去,所以,也无法得到“什么是最小的”。

可是,我们可以按照之前的想法来寻找最大和最小的同一个物体。如果我们将宇宙看为最大的,但是它为什么又是最小的?如果,我们将视角无限地升高,那么,宇宙会变得越来越渺小,直到成为最小的。同理,将一粒尘埃无限放大,它会像宇宙那样丰富。

自此,我们大概可以知道宇宙的外面是什么了,是像沙漠一般的,它的周围是无限个“宇宙”。再从沙漠中不断向上飞,又是一个地球,再到一个宇宙,又走出宇宙,又回到沙漠,如此,世界确是循环的。

这样循环的例子真是有无数个。

又有人问:时代在进步,难道它是在往回走吗?它确是在向前走,但追求的,却是最本原的。我们渴望和平、绿水青山,这不就是原始无思想的状态吗？野兽的威胁看似不和平,但这是自然的和平、世界的和平,与人类文明不相干,更何况,如果人类文明的和平实现了,自然的、世界的和平却破了,那真是因小失大。我们想要的优美环境、悠闲生活正是原始的状态,况且,如果那时没有思想,也就是无知的状态,才正是最有知的。因为人们有知识才会有不知,才会再追求有知,一直有知而无知地走下去,而无知之时,是充实的,是不用追求知识的,才是最有知的。

所以,追求有知不可怕,可怕的是,人类到最后所追求来的竟是毁灭自然,最终毁灭自己,那时,人类会多么失落。

就是这样的泛思,以我十六年快十七年的处事经验和认识所想,不乏漏洞,最明显的,便是我已说过“不可言明”,却试图言明。不乏可笑,却是我珍贵的痕迹。

第四辑 自在如风的少年

在我记忆的海马区，一群自在如风的少年，一一向我笑着而来。

给点阳光就灿烂

□ 祝师恩

[2005年"全国十佳小作家"]

祝师恩，男，出生于1991年，获奖时为上海市开元学校初三学生、团支部书记。当时已有六十多篇文章在《小主人报》《中国少年儿童（小主人版）》《知心姐姐》等报刊发表。出版有个人文集《成长 online》。曾获第二届"叶圣陶杯"全国中学生新作文大赛特等奖等多种奖项。

"清清的河水不复存在，是因为污染的'灌溉'。学校的光芒不再夺目，是因为差生的存在。"很少见到有这类出口就押韵的句子，似乎这正是学校生活的写照。至于这两句话，怕是也出自"差生"之口，坦白之中带些诙谐。

所谓的"差生"，不差别的，唯独学习成绩上差点儿。也许你会说："老兄呀，作为学生，这一点儿能差吗？"回答很简单，当然不能差！那我岂非自相矛盾？其实不然。差生的苦恼并非一般人所能理解的，或是说每个人都懂，那就是——鄙视，老师的鄙视，家长的鄙视，自身的鄙视。差生的形成也许就在一个瞬间，他们或是从入学第一天起就成了"差生"，也可能是最近才被"加冕"。差生的称呼来源于一次考试、一本作业，差生的失足开始于一句话语、半点马虎。因为一次小考的失败而被定义为"差生"，这在老师看来十分正常。

小 W 被定为"差生"已有一年了，他的智商并不低，只是在进入初中后，学习成绩不太尽如人意。以前他在读小学时的成绩不错，且一度是班里的佼佼者，还当过两年大队长，小学老师个个夸他脑子灵活，学习成绩好不算，还能玩一手好琴。也许由于原来的小学教学质量过于一般，所以他被推荐进重点中学后，明显感到跟不上，学习非常吃力，成绩快速滑落。初中第一次期终考试以后，更是成了班上典型的差生，从此不见当年的辉煌踪迹。"我真的很惨。"小 W 眼中噙着泪水说道，"早知道这样我死也不进这中学！我是我们小学唯一被推荐到这里来的，当时父母和老师不知有多高兴啊！可是刚进中学，摸底考试就给了我当头一棒，老师按考试的成绩编学号，全班四十八人中我摸底考成绩最差，所以四十八号。”说到这，小W悄悄地抹了抹眼泪，“这一招可真毒啊！任何一个任课老师只要一看学号，便能迅速对班情‘了如指掌’。更可恶的是，成绩不行，我的强壮体形也成了罪过，老师私下里把我定为了班中的‘黑势力’老大。我才听说的时候很生气，以后也就破罐子破摔了，而且还假戏真做起来。有一回，一个好事者前来与我‘单挑’，我当时并无真打之意，只是下意识地挺了一下身子，可那小子快速上前抱我，准备大打一场，不料竟不慎滑倒，磕坏了门牙。由于他在老师眼里印象还不赖，所以老师相信了他的谎言，说是我用脚踢倒了他。我受了处分，还连累家里赔了不少钱。”小W终于泪流满面，泣不成声……

差生的命运似乎就是上天事先写好的剧本，你不去翻阅时，它或许会被你想象成一段笑话，但当你捧起它一读时，你或许连祈祷它是一波三折、结局美好的资格都没有了，其实不是没有资格，而是没有勇气。

说起差生缺少勇气，或许你又会说我乱下定义了。你会说：“差生缺少什么勇气，我看他们胆子最大了，没事和人打架、与人吵嘴的全是他们，他们缺少什么勇气？”没错，差生在常人看来的确很有勇气，什么好学生不敢干的坏事他们通通包办。但实际上，他们畏惧得很，每做一件事，都得担心是否有被老师批评的危险，也许是天意弄人，或许是“剧本”的失败，当差生们做错一件事时，便会招来无尽的唾弃。而在他们的内心深处，最为期盼的事就是脱胎换骨成为“优生”，因为优生即使做错了事也不会被骂得很惨。如此看来，差生更像是吸毒者，表面上看来连死都毫不畏惧，实际上，内心比任何人都空虚。

小N同学就是一个很好的例子。与小W一样，他在小学时的成绩也不赖，现在之所以被判定为“差生”的原因是经常不交作业。其实不是他不想交，只是不会做罢了。“不会做作业为什么不问呢？”“我问了，可老师要我多动脑筋，不要一有问题就问别人。邻座的‘优生’更是没有耐心教我，把他的作业本一丢，让我自己‘研究’。倒霉的是，我还没有看懂他的作业，已被班干部告到老师那里，说有人抄作业。”小N一脸委屈地答道，“我甚至连走路都在担心是否会有飞来横祸，真的！有一次，我掉了回家的车钱，无奈只得向同学借，不料，恰巧被数学老师在三楼的窗口看见，竟怀疑我在敲诈同学的钱财，大声叫我上去，还被拉到教导处写检查。虽然那同学向老师说明了事情的原委，但班主任却始终认为数学老师不会看错的，同学是怕我报复，才为我做了伪证。”小N的脸显得愤怒起来，“每次老师看到或是怀疑我做错了什么，对我说最多的一句话就是：‘你不要解释，你这种人不会进步，就是因为总在为自己找太多的理由！’”差生不但没有犯错误的机会，更没有为自己辩护的权利。

上帝啊！为什么你在写这类剧本时，只考虑了悲剧一种结局呢？难道连一个时段的喜庆也没有吗？

读到这，你准又得问了：“你怎么对差生这么了解，难不成你还有过亲身经历？”

实不相瞒，本人其实也有过一段准差生的历史！不是为了别的，只是因为几次考试的失误，我便被戴上了“差生”的帽子，所以作为同类，我可能更有发言权。记得当年的自己不善于学习，却懂得认真对待学习，不喜欢上课却仔细认真听课，或许这就是我如今没有彻底变成差生的缘故吧。“你什么时候滚呀，别老拖我们班的后腿！”小学二年级快搬家时，老师的这句话，如今我还记忆犹新。“我请求各位师长手下留情，您不经意的一句话、一个举动或许会了断学生的一门心思，让他生命的走廊中少开了一扇窗户。”这是著名主持人崔永元曾说过的一句话。的确，亲爱的师长，差生们需要的真的不多，你简单的一句赞扬、一种鼓励，已足以让他们激动许久；你淡淡的一个微笑，或许就能成为他们心中的阳光，创造出最灿烂的景色！

树与影

□许甜甜

[2006 年“全国十佳小作家”]

许甜甜，女，1989 年生，获奖时为湖北省松滋市第四中学高二文科班学生，校启明文学社社长，松滋市作家协会会员。当时已在《东方少年》《中学生》《出彩作文》《中学生语文报》等报刊上发表作品十五篇，并多次在全国作文大赛中获奖。

树我行我素，影子便飘忽不停，究竟是树移动了影子，还是影子移动了树。

——题记

我看过很多画，唯有吴冠中的《藤与影》一直在我心中兀自微笑……

一脉充满朝气而又固执的藤总是攀附在一堵南方常见的粉墙上，渴望像树一样随意生长，于是它不分昼夜地往上爬，只因羡慕墙上流动的树影的自由，悠长的岁月慢慢流淌，它好像永远乐此不疲。

树不知道藤在羡慕它，影子也不知道，树只是在思索藤为什么总往上爬呢？无论日晒雨淋，它似乎从未倒下。树有点沮丧了，它觉得自己根本就不属于这个世界。它不像藤能依靠着别人抵抗日晒雨淋，炙热的阳光下，它用自己宝贵的汁液换取生存的权利，骤雨来临时，它只能逆来顺受，任其风吹雨打；它也不像影子那样在没有阳光的日子里能躲进温室，而它只能一个人承受无助的悲哀。

一切风平浪静后，清风徐徐而来，彩虹露出笑脸，它们是来检阅，还是来探望受伤的树……

树无语，它摇摆着身躯，想说点什么，但始终没有声音。

阳光灿烂的日子，影子出来了，它笑了，笑得比阳光还醉人。树生气了，它对影子的幸灾乐祸感到愤怒，影子平静地说：“既然无法改变环境，那就改变自己！”“改变自己！”树震惊了，它一直希望环境能被改变，可从未想过改变自己。它看着藤又爬高了，看着影子依旧欢快地舞着，下定决心：对，就改变自己的懦弱。

炙热的阳光又来了，一直对世界充满哀怨的它，现在才明白影子一直在它身边。它更加振奋了，用柔弱的身躯屹立在阳光之下，它对影子暧昧地笑了，然后就看见斑斓的色彩在树影之间飞扬不息，于是它明白了一个事实：阳光好美！它要把阳光做成嫁衣送给影子，生生世世永不相离。

暴风雨比以往来得更猛烈了，但树已经不怕了，它坚强地抵抗着，丝毫没有倒下的意思，因为树明白，只有风雨走了，影子才会出来，它现在背负着一个巨大的责任——救出自己的新娘，于是它告诉自己要坚持到底。

灾难过去了，影子出来了，它看见经过暴风雨洗礼的树更加英姿飒爽、生机勃勃，脸红地接受了树送给它的嫁衣，幸福地笑了。

又一个阳光灿烂的日子，树影有情人终成眷属了，藤是它们的主婚人。树终于问道："为什么你一直往上爬？"藤笑了："我羡慕你的随意生长，羡慕影子的自由。"树影相视一笑，原来谁都没有移动谁，它们一直是合而为一、水乳交融的。

一样的，不一样的

□赵苏宁

[2007年“全国十佳小作家”]

赵苏宁，女，出生于1990年，获奖时为北京师范大学第二附属中学高二学生，担任校草盾馆文学社社长、校刊《三色草》副主编。在《中学时事报》《作文导报·高中卷》等报刊发表习作多篇。曾在全国征文比赛中获奖。

两个人一起往窗外看，一个看到了泥土，一个却看到了星星。

——题记

我想，人的心情总是随着天气在变，前几天还狂风乱作，但今天是个早春的好日子，“最是一年春好处，绝胜烟柳满皇都”的好日子。

“你是有闲心赞叹这该死的季节的。”忽然旁边传来一个并不友善的声音，环顾四周，我却迎上了一个郁郁寡欢的眼神。原来是小N。

“你怎么了？”

“你们这群读圣贤书的天才当然不会知道我们普通班的苦闷，多什么嘴！”她的语气依旧生硬。

“不，我也苦闷过。”我看着她，扬了扬头，“但是这不代表我们应该永远闷闷不乐下去！”

记得那是去年五月，中考一模结束之后的一天。尽管阳光明媚，却春寒料峭，因为我的心是冷的。兜里揣着的那张小小的纸条是那样轻，却也沉重得让我没有任何力量再去把它打开。那个刺眼的分数让我几乎感到绝望——都说一模的成绩是最准的，难道这就是我的将来？太可怕了。

“宝贝！”一个甜甜的嗓音忽然打断了我的自怨自艾。是她，我的好友小S，她总是那么个“乐天派”。可我今天可没这个心情：“你先别烦我啦。”我有气无力地推开她。

她仍然笑着，从身后拿过一幅画来：“你看，这是日出还是日落呢？”

我毫不理会，依旧暗淡地答道：“日落。”

“不，”她敛起笑容，“你看，这些鸟儿的方向，它们……”

我略微抬起头，漫不经心地瞥了一眼：“别说了，你根本不了解我现在的心情。”

推开她的手，我依然意兴阑珊地坐在那儿——这种考试的挫败感，她这种学习尖子怎能明白！

“你看，我一定要你看，这些鸟儿是向着阳光飞的！”

我极不情愿地抬起头，可是定睛一辨，却只有无语——是的，那些鸟儿是向着阳光飞的，也就是说，这确确实实是日出，是晨光熹微的清晨。

“其实是日出还是日落，并不重要。”她看着我，我看到自己颓丧的样子在她的眼神里嘲笑我自己，嘲笑我的脆弱——不是她的嘲笑，而是我在鄙视自己。

“真的，日出和日落并不重要……”她的声音依旧萦绕在我耳边。那一晚，她和我说了很多，是什么我已经记得不那样分明。但是……

我没有小S那样一张奇特的画，但是我却依然笑了：“我觉得我能为你做点什么，放学一起走好吗？”小N终于迟疑着点了点头。

我拉着她一起站在天桥上看落日，在她零散的叙述里，我知道了，她考试失利。但是我刻意忽略她阴沉的脸色，只是让她看远远的地平线上那一轮如血般火红的落日。

落日的余晖是那样绝望，但是它又是那样不屈，就算黑夜已经擦近天边，它依然不肯放弃最后的努力。被落日染红的火烧云固然凄凉，却有着惊人的美丽，因为那是它生命的颜色，没有任何力量可以剥夺。“古埃及人一直认为太阳每天都在进行着属于它的生死轮回，尽管傍晚它要死去，清晨它依旧会重生。”我站在那里，两个人一起站在落日里。她的脸上也笼上了金色的光辉，目光已不再游离。四目相望，她依旧不那么自然，却已浮现淡淡笑影。

我已经知道，小S知道，如今的小N也知道，其实日出还是日落已不重要，因为这一切的选择，在人的心里，而非画中，更不在天际。

雾遇

□邱志莲

[2008年“全国十佳小作家”]

邱志莲，男，出生于1988年，获奖时为浙江省乐清市虹桥中学高三学生。当时已在《中国校园文学》《优秀作文选评》《作文新天地》《出彩作文》等报刊发表多篇文章，并在第三、四届“叶圣陶杯”全国中学生新作文大赛获奖。

在凝重的雾里，遇见你
带着一丝欣喜，和微微的叹息
你不知道，为了与你相遇
我已徘徊了多远的距离

遇见你，在凝重的雾里
却有一种咫尺天涯的距离
我不敢走近，走近你
怕我慌乱的呼吸，扰乱了你信步的频率

在苍茫的雾里，目送你
带着一丝希冀，和浅浅的叹息
你不知道，对你背影轻轻挥手的刹那
我已用了好久的心

目送你，在苍茫的雾里
却有一种天涯咫尺的距离
我很想走进，走进你
带着我纷飞的思绪，从你的背影中逃匿

一路向北

□姚池异

[2008年“全国十佳小作家”]

姚池异，女，出生于1991年，获奖时为江苏省常州市横林高级中学学生。在《武进日报》文学副刊《现代写作》发表多篇文章。

阳光灿烂的日子里，我躺在金色的向日葵旁，呼吸的频率和它一样，心，随它温柔地激扬起波浪，绚丽的花静静开放，一路向北，不知疲倦地歌唱……

当悲伤不再逆流成河，我静静等待。夏天的中午，总能拾点零碎的落寞。心底守候的温柔，幽幽藏在阴影里面，独自想念从前。那最美的画面，是否也常在你心底显现？伴随画面的笑语，是否也常常在你耳边萦绕？我的呼唤，远方的你是否可以听到？

当第七章又被奏响，无边的灰暗中，我又涌进想念你的潮。你叫我勇敢，少了你的笑靥，我如何勇敢？你叫我坚强，少了你的支持，我如何坚强？你告诉我，北方是我们追逐的梦乡，那某一天，你是否也在终点，等待我的出现？

一光年有多远？你还没有回答，但我知道，当我面对你，那种说不出的思念，你面对我，那道不清的断点，只是相对莞尔地一笑，便向左，向右，向前走，远了，散了……

可你却安慰我，叫我乖乖的，你会永远记得当年……我朝着天空哭泣，叫它把你还给我，留你和我在一起。张晓风说：“这世上，最美的话无非就是我要和你在一起。”

我不会那么任性，那么霸道，因为我知道，你心里有我一席之地，对我而言已经是奢侈的幸福，已经足够了……

我不相信有挥不去的阴霾，走不出的痛苦，我要把心开成一朵花，不再沉沦在想你的世界，我挂上一盏你点的灯，仿佛有你的相陪，我勇敢去飞，一路向北……

偶然，抬头看见北边的云，透视着太阳粉红色的余光，我笑出声来，看到了天使的模样……

泡沫之夏

□王婧一

[2009年"全国十佳小作家"]

王婧一，笔名双雪，出生于1992年，获奖时为北京市大兴区第一中学高二文科班学生。在《中学生时事报》《校园双周刊》《中学生》等报刊发表多篇文章。曾获"叶圣陶杯"全国中学生新作文大赛特等奖。

"我还以为你只有在教育我的时候才会把饭吃得这么干净。"当我把面前的这一大盘照烧鸡盖饭的最后一粒米以及剩余的半口照烧酱全部咽到肚子里时，后面传来了这个声音。我回过头去，看见端着一大碟子肉饼的安蓦离。

"蓦离？你怎么会在这儿？""你能在这儿我怎么就不能在这儿。你已经吃完了？再去买份鸡蛋汤吧，待这儿陪我。""好，给你钱。""果然是一点儿都没变，和你一起吃饭每次都是我买……""买饭这么麻烦的事我才不干。"

安蓦离过去排队，我向后靠在椅子背上眯着眼睛看她，这样似曾相识的场景让我恍惚，开始回忆起那些我们一起度过的青葱岁月。那么那么多的日子，有万里无云的蓝色天空，有干净的白色校服，有爽口的可乐和凤梨汁，有大盘大盘美味的照烧鸡盖饭，有大朵大朵鲜艳的花儿，还有一个男子。但这些所有的事情，早就已经，成为过去了吧。我很惊讶现在碰到蓦离，她竟能如此坦然地跟我开着玩笑，仿佛那件事情根本就没有发生过一样。若是换了我，我一定做不到，但她既然这样，起初还有些惊诧和拘谨的我便也可以自然、幽默起来，我一直就是这样的人。

虽然一晃就过了一年的时间，但似乎什么都没有改变。我和蓦离有着完全相同的人生价值取向：追求世界上最好的精神食粮和物质食粮，而世界上最最最美好的事情，就是一边吃好吃的东西一边看动画片。一切都是那样单纯。每天嘻嘻哈哈地穿梭在校园里，中午总是会一起去学校周围的餐厅大吃特吃，一起开心地游戏，一起叽叽喳喳贫个不停。我们这样的二人组，谁看了，想到的短语都只会是"幸福的女孩"

吧。说到我个人的话，我是“鹿丸”人生观的追随者，我曾对着灿烂的阳光下定决心，过自己真正想要的生活，人生不过一场，最重要的是让自己有幸福的感觉，这才是对得起自己。我就是这样一个女孩，在我的世界里，永远也不会吹起忧伤的凉风。

如果不是因为李语年。

蔦离总是跟我重复着这个名字，李语年。我听得有些腻烦，觉得蔦离实在是有点夸张，要不就是沉在爱河中的女孩怎么也看不到男方的弱点，又或许是不愿意说。总之，我一度认为根本就不可能有这么完美的人。“李语年长得比梁朝伟还帅耶。”“李语年又得了英语市级演讲大赛的第一名，这是第三次耶。”“李语年人真是太好了，他每天都去帮他家对面的老爷爷干活耶。”在我的印象里，蔦离绝对不是追着男生转的小花痴，所以我有一种天倒了个儿的感觉。倒个儿归倒个儿，反正蔦离是我最好的朋友，应该不会因为重了色而轻了友，我还不至于吃那个什么李语年的醋。这是我当时真实的想法，想完后觉得有点好笑，于是用拳头轻轻砸了下自己的脑袋。

那段时间除了完成学业外还有不少空闲时间，我很迷恋码一些小说故事和写一些动漫影评。有一次在写一篇名为《泡沫之夏》的小说，与明晓溪的长篇同名。一切都构思好了，可实在是想不出男主角的名字。那样敲着敲着，竟敲下了“李语年”这三个字。也许是因为这个名字出现在耳边的次数实在太多了，它就那样不知不觉地从指间冒了出来。我用这个人名尽情地虚构着他和女主角的故事，那温暖的恋爱，发生在白光泛滥的一整个夏天。截至那时，我连李语年的面，都还没有见过。

想到这里时蔦离已经买完鸡蛋汤回来了，她鸡手鸭脚的，手一晃洒出来了不少。

又是那样相似的情景。第一次见到李语年，也是在这家餐馆。安蔦离同学十分紧张，但说实在我的紧张程度一点儿也不亚于她。所以那天我并没有像平常那样教育她：农民伯伯种粮食是很辛苦的，正所谓谁知盘中餐粒粒皆辛苦，你怎么可以这样浪费粮食……其实蔦离此行的目的是表白。虽说她已经考虑了很久，可还是怎么都觉得不好意思，于是拉我来一起请李语年吃饭，好有个人给她壮壮胆子。如果到最后实在还是不好意思说，就找个借口离开，由我来帮她说。听了这个表白计划后，我有点想喷饭，立马说这么麻烦的事我才不干啊。可是蔦离竟威胁我说，如果我不去，就不借给我《少年阴阳师》的盘了。我终于妥协。

而此刻，当真正地见到了李语年时，我惊呆了。面前的这个少年，仿佛是从漫画中走出来的一样，太过完美。白色的日光灯在他的脸庞上发生了漫反射，那透着英俊的锐气的脸似神仙一般散发着亮光。当然，那样的初印象，有一定的成分是我的幻觉。人的情感是如此微妙。虽说我和李语年只是陌生人，我根本一点点都不了解他——在李语年、安蔦离，以及所有的人看来。而这个我小说里的主角，这个在小说中与我爱恋的对象就这样地在现实中与我谋面，我竟有了很奇特的感觉，仿佛已经认识了一千年。

表白计划的结局是蓦离一不小心把汤洒了满桌，窘得整个脸都红了起来，赶忙说要去卫生间便逃之夭夭了。我一个人面对着李语年，不知道该说些什么，一边在心里诅咒着蓦离，一边低下头使劲地扒饭，不敢抬一下头。走出餐厅的时候，我发现我的衣服都被汗水浸湿了。事后蓦离并没怎么责怪我，毕竟她也理解表白这种事多么困难，即使是帮别人说。

完全忘记，这些时光是怎样荏苒，我又是怎样与李语年变得如此熟悉。唯一有的记忆就是因为毕业考试，我一改懒惰的习惯去上了合班的补习课，然后碰到李语年。他竟主动跟我打了招呼："你是上次和蓦离在一起的那个吧？我说怎么一直看着眼熟呢。"明媚的笑靥，便定格在我的脑海里了。那是我和李语年的第二次见面。往后似乎是顺其自然的，每个星期一、三、五一起上课，就这样持续了不短的一段时间。虽然没有什么，但总觉得有些对不起蓦离，却控制不了自己，因为和李语年在一起的日子，真的很幸福。没有什么吧。我对自己说。蓦离找了我之后，我才意识到自己的错误。我想象着李语年对一直深爱着他的蓦离不好意思地说话的样子，他会说，其实我好喜欢你的朋友呢，你们俩关系那么好，你可不可以帮我跟她说。

我并不清楚我对李语年的感情是什么样子的，也许那是爱。我亦不清楚我对李语年的爱，能不能与我对他的恨两相抵消。蓦离和我一样，都把彼此当成最好的朋友，她已经成为我最重要的人。如果李语年从来没有出现过，那么我和蓦离，会不会一直是那个没有忧伤和痛苦，彼此温暖的二人组呢。我很想说出这些话语，但是直到蓦离完全消失在我的视线中，我还是没能开口。我从手机里删除了李语年的号码，退出了补习课。而蓦离和我，从那时起一直形同陌路。夏天很快过去了。我一直觉得，其实也没有多么大的事情，只是年轻的心，太高太远。但这样的心，却让我们永远错过了彼此。因为毕业以后，我们将会去往不同的大学，也许毕业，就代表着诀别。

我们吃着东西，像以前一样穷吹乱侃着，谁都没有提到李语年这个名字。鸡蛋汤还是像以前一样蛋打得很足，味道鲜美。也许因为一年过去了，所有的思绪，都安静了下来。吃完以后，蓦离向我笑了笑，突然一下拥抱了我。我还没有反应过来，她便已经松开我，跳着步子走出了餐厅的大门。

回到家后，我从书柜里翻出一本积了灰尘的杂志，曾经我的《泡沫之夏》发表在那上面。白色的地，黑色的字，云淡风轻的唯美插图，依然是老样子。小说的结尾是这样的："李语年用塑料圈蘸了一些泡沫，轻轻地向我吹过来。'我要许你一个夏天。有我在，你永远不会寒冷。'然后整个世界，都明亮了起来。"突然眼角有些湿润。已经有很久，没有重新阅读这篇小说了吧。什么是真实，什么又是虚幻，我已辨别不清。那些发生在夏天的故事，连人的脸都开始模糊了起来。而我的永远，你们还在为我寻找。

『丑女』不丑

□皮　芃

[2009 年“全国十佳小作家”]

皮芃，女，出生于 1996 年，获奖时为北京市第十二中学初一学生。当时已在《北京晚报》《小读者》等报刊发表七十余篇文章，在国家、省级作文竞赛中获奖十余次。

初识“丑女”

一个星期天，奥数班的黄老师带着一个女生走进了教室，对同学们说：“这是我们班新来的张靓雨同学，大家欢迎！”

大家对新来的同学向来都很好奇，仔细打量她起来：小小的眼睛，厚厚的嘴唇，塌塌的鼻子上，架着一副眼镜，头发稀稀拉拉，又枯又黄。不知谁小声嘟囔了声：“真埋汰了像歌星‘张靓颖’一样美的名字。”紧接着有几声怪笑声。

同学们噼里啪啦地鼓起掌来，算是跟新同学打了个招呼，大概张靓雨也觉察到有些异样的情绪，红扑扑的脸上增添了一丝难为情。“哪位同学和张靓雨同座啊？”老师问。同学们你看看我，我看看你，却是无人应答。显然，没有谁乐意和一位“丑女”同座。我站了起来邀请她和我坐一起，张靓雨便成了我的同桌，也正式成为我们班级的新成员。

尽管张靓雨对每位同学都很友善，但总有调皮的同学拿她的名字开玩笑。最可气的是王勇，开口闭口就对着她叫“丑女”，还改编了首歪歌来嘲笑她，“班里有个姑娘叫丑女，长得奇怪真难看”。旁边的人听了，不由得哄笑起来。可此时的张靓雨却总是默不作声。

“你干吗不反驳呀？”我很同情她。“都是一个班的，没事。况且我长得是和‘张靓颖’没法比嘛！”看得出来，她的心情虽然不好，但却没往心里去。她的心胸还挺宽阔的嘛，我有点佩服她了。于是，我和我的朋友们渐渐和她接近了，熟悉了。

玉兰花风波

一天课间，杨欣然看见教室外面的花圃里玉兰花开了，便摘了几朵插在一个矿泉水瓶子里，灌满水，放在窗台上，教室里顿时充满了春意！

张靓雨进来了，我指着玉兰花问她："看！美不美？"

"哎呀！太美了！"她脸上现出灿烂的微笑。

"美吧，这可是我辛辛苦苦从花圃里摘来的。"杨欣然接过话茬。

"什么？这是从花圃里摘的！"她小眼睛瞪得大大的，脸色沉了下来，"你没有看见花圃旁的木牌上写了'请勿攀摘'吗？"

"就摘了，怎么啦？"顶上牛了。

"你这是不文明的行为！"她的脸涨得通红。

"狗拿耗子——多管闲事！"杨欣然摔门出去。

说实话，这是我第一次见张靓雨生这么大的气，即使是在别人冲她大声喊"丑女"的时候。

"干吗呀？这么小题大做！瞧，你把杨欣然都惹生气了。"听了我的话，她先是一怔，接着便趴在课桌上哭了。

这事不知道怎么被黄老师知道了，黄老师让杨欣然写检查，也严厉地批评了我。我简直气炸了：好你个张靓雨，这么喜欢打小报告。亏我平时还对你那么好，咱俩朋友没得做了！真没想到人长得丑，心也这么狠！人一生气，很多平时不敢说的话全说了！这下可好，激得杨欣然更是一心想着要"复仇"。

一转眼，到了第二周。上课前，得知杨欣然要对"丑女"报复，王勇主动帮忙，趁着"丑女"不在，把杨欣然用口香糖盒子带来的几条毛毛虫，倒进她的书里。不一会儿，张靓雨回到座位上。她翻开书本，突然尖叫一声，红红的小脸一下子变得刷白。看到她吓成这个样子，我心里虽然有些不忍，可又一想：给你点颜色看看也好，下次看你还敢打小报告！杨欣然、王勇也在一旁幸灾乐祸。张靓雨瞧见我们几个人的模样，顿时明白了一切，但她一句话也没说，把毛毛虫清理掉后，仍旧平静地看书，就像什么事也没有发生过一样。

后来，我了解到了事情的真相。原来，是黄老师在教室里看见了玉兰花，通过其他同学了解到了情况。显然，我们错怪了张靓雨了。可是，一想起那天的事，我对她还是"余怒未消"。我们之间的关系还僵持着。

换票显真情

早就盼望着奥数班组织听重点中学的特级教师教授数学课了,大家都希望能坐得靠前一点儿,为的是看电子幻灯投影更清晰,能够近距离地跟特级教师接触。然而,票发下来了,我一看,我在最后一排。自认倒霉!再看杨欣然的票,“37 排 16 号”。唉!也很惨,跟我是邻座。杨欣然跟我直倒苦水:“近视眼反倒坐得远远的,听不清看不见,这怎么办呀?”

正当杨欣然愁眉苦脸时,张靓雨走到我们俩面前:“杨欣然,你坐在后面看不清楚,咱俩把票换一换。”说着把票递到杨欣然手里。我用余光瞟了一眼,“1 排 4 号”。杨欣然不好意思起来,连忙推辞。

“你拿着吧,你视力不好,我戴眼镜,坐后面没关系。”张靓雨说完又笑着望着我,“芃芃,你不会介意和我邻座吧?”

看着张靓雨镜片后那双真诚的眼睛,我的脸腾地红了,火辣辣的,恨不得地上有个洞钻进去。

“我愿意和你邻座,靓女……”我伸出双手紧紧握住张靓雨的手。

这时候,我想起培根的一句名言:美德好比宝石,它在朴素背景的衬托下反而更华丽。是的,外在的美尽管能取悦于人的眼睛,但内在的美却能持久地感动人的心灵!

幸福·听成长的回声

□杨雨航

[2009 年"全国十佳小作家"]

杨雨航，男，出生于 1993 年，获奖时为湖北省枝江市第一高级中学高一学生。在《三峡日报》《楚天都市报》《宜昌日报》等报刊发表多篇作品。

时光在发生和消逝的温暖中漫步而去，慢慢地，我在长大。流年似水，一滴一滴掉落在平静的水面上，发出一声声幸福的回音……

"慢点跑！等等我！""嘻嘻……"一串串银铃般的笑声飘荡在葳蕤的花丛上，惊扰起一群小鸟。几个瘦小的身影紧随而至，充满朝气，与这片花丛交相辉映。

放眼望去，一片花海，小路两旁开着无数不知名的小花。拾起一小块石头掷入花丛中，顷刻，蜂飞蝶舞，飞花点翠。香气馥郁，沁人心脾，让人忘却了一切烦恼。

过惯了都市里快节奏的生活的我，与父母来到这里踏青，与小伙伴一起嬉戏，好不惬意！

玩累了，坐在田埂上，任凭夕阳将影子拉得老长，望着那冉冉升起的如柱的炊烟，那亘古沉默永不停息的小溪，那驮着残阳踽踽独行的老牛，忘在这和谐的景致中……

每当漫长的暑假来临，我都会叫上弟弟去农村。在那儿，没有电脑，没有电视，没有学习班让我们做作业，没有书籍让我们畅游，也没有父母的唠叨陪着我们……但我们总会找到消磨时间的游戏，乐此不疲。我们用园子里的蚯蚓钓过龙虾，用割来的稗草喂过刚出生的小鸭，让飘散着淡雅清香的荷花在青花瓷上一夜间绽放，滂沱大雨中潇洒地在雨中奔跑。

大雨过后，我和弟弟都会在雨还在滴答的时候冲出家门，去别人的菜园里"盗取"大自然的馈赠。经过了雨水的滋润，瓜果都翠绿得如宝石一般，饱满而张扬，我们小心翼翼地把它们和树枝分开,比比谁的大,谁的完整,即使脚下的靴子深陷泥洼也无暇顾及……最后在家长一遍又一遍的呼唤中,恋恋不舍地离开菜园。

而到了秋天,山谷脱掉了繁华的装饰,河滩掀开了锦帐,大地则把黑黝黝的脊梁翻过来,睡在灿灿的秋阳下。最喜欢来到山上,空旷的山头只有我一个人,漫山地奔跑,直到气喘吁吁方才停止。

对于大人们来说,在北风咆哮,雪花簌簌飘飞的冬天,蜷缩在温暖的家中是最好的选择,但每到这个时候,这银装素裹的世界便成了我们的天下:大家毫不顾及冻得通红的小手,在一起堆雪人,打雪仗,在雪地上玩耍。

“少年不知愁滋味”,无忧无虑的我们尽情挥霍着光阴,一声声畅快的笑声回荡在遥远的童年……

一晃数年,那些童年时代的记忆伴着岁月无声无息地流淌,对那个时候的感怀常常从心的湖底浮起。我一次次趴在阳台上看着远处的山峦变换着绿了黄了而惆怅!当我从城市的铜墙铁壁中面目全非地回来,还会有那趣味横生的泥水路、那青苔迎接我吗?只余下一声声美妙而幸福的回声空灵地响在遥远的天际……

老杜的经典口号

□林 奥

[2010年"全国十佳小作家"]

林奥，女，出生于1993年，获奖时为辽宁省抚顺市第二中学高一学生，任校学生会副主席。她从小爱好写作，多次在写作竞赛中获奖。2008年在《人生十六七》杂志连载发表处女作小说《藏在橙子树下的青春密语》。2010年由中国文联出版社出版长篇小说《我和老杜兵团》。

随着老杜生日落下帷幕，二十二班真的发生了翻天覆地的变化，仿若所有的一切都在老杜生日那天静止了，接着就静悄悄地改变了。

过去的年少轻狂烟消云散，似乎每一个人都成长了一大截，不努力的开始学会努力，原来就很努力的变得越发努力。老杜兵团的所有孩子都拼了，稚嫩的脸上传递着一种静静的力量，微笑中少了一份轻浮，多了一份稳重。

其实不止老杜一个人清楚，大家都明白，并不是所有的付出都会有收获，而且在这种冲刺的关口，你在学习别人也在学习，可能拼搏过后收效甚微，但倘若不拼，注定一无所获。老杜看着自己的孩子们如此地努力刻苦，他很高兴，也很欣慰，可隐隐地还有一丝的担忧，那难以言状的忧愁。

老杜不知是几夜未眠，才决定推出一款他苦思冥想的只属于二十二班的口号，他走上了讲台，轻轻地叩响了讲台两声："把手中的东西停一下，我有事情想说。"大家也期待已久，那干涸的心灵真的太需要老杜去滋润一下了。

有老杜的地方，就充满了希望；有老杜的地方，就有孩子们的力量。

老杜停顿了将近半分钟的时间，满含着激情说："我想出了一个口号，想把它作为二十二班最后两个月冲刺用的口号，不知大家觉得怎么样？"如果这话放在一个月前问，一定会有人主动接道"别乱卖关子了，快点儿说吧"，可是今天，大家都是静悄悄的。老杜充满激情地高声说道："那就是'这里只有奋斗者没有失败者'。"接着就是一阵雷鸣般的掌声。

好一句“这里只有奋斗者没有失败者”！雨晨在心里拍手叫绝，真的太经典了，短短的一句话抛开了一切的担忧和顾虑，短短的一句话包含了一股沁人心脾的力量，一种不论结果只重过程，不论成败人生豪迈，大不了从头再来的畅快，不管不顾地拼搏，没有包袱地拼了！

原本由于复习进程加快的大压力如千斤石块儿压在大家身上，“课间讨论”这一简短却又精彩的环节就省了。可是这一次，一下课又开始聚大堆了。

方晨迫不及待地发表言论：“雨晨，我觉得老杜的这个口号棒极了，你觉得呢？”

“我不这样认为。”雨晨的语气冷冷的，故意装得好像很不满意的样子，把方晨弄得一愣。

方晨大声道：“喂，林雨晨，你说什么呢？”

林雨晨扑哧一声又笑了：“嗨，何止是棒啊，简直就是经典极了！”

“你都要吓死我了！”方晨狠狠地推了雨晨一把。

王天一也过来凑热闹：“我早就说过嘛，像我们这种后起之秀，在奋斗的道路上根本就用不着那样瞻前顾后的。”

“你还挺配合老杜呢，这家伙算是聪明。”西瓜的话从不远处传来。

王天一噘着嘴：“你可真是的，吃不到葡萄就说葡萄酸，让你想口号，你想得出来才怪！”

雨晨也迎合着施展她的打压政策：“我说阿瓜你还是识时务点儿，和大家一起拼吧！”

“我一直在拼！”虽然西瓜的语调很低很低，但是雨晨听得却是非常清楚。西瓜的眼睛中有一种前所未有的杀气。

老杜的经典口号既鼓舞了像王天一、西瓜这种后起之秀的斗志，也激发了像林雨晨、方晨这样的老将发起新一轮冲刺的意志。

为了老杜，为了二十二班，为了自己，拼了！

理发的风波

□李丹丹

[2010年“全国十佳小作家”]

李丹丹，女，出生于1993年，获奖时为广东省深圳外国语学校高二学生。当时已在《深圳青少年报·中学周刊》《深圳晚报》等报刊发表作品八篇，两次在全国作文大赛中获奖。

我在理发店门口不停地徘徊，使得老板误认为天降吉兆要让他的店兴隆而准备出来迎接神灵，却不想是我在他门口晃来晃去，愣了会儿后马上挂出招牌式笑容，让我进去坐坐。

我这几天就来了好几回了，跟老板说我是来这坐坐的，当然不会告诉他我是在“实地考察”。所以老板一副“又来了啊”的表情倒了杯水给我，说：“又来玩了呀，作业做完了吗？”我仿佛下定决心又害怕反悔似的一屁股坐到凳子上，忙对老板挥手说：“快剪快剪！”老板一脸茫然，但还是笑一笑拿出他的“百宝箱”，好像了解我的心思似的，很麻利地拿出剪刀和梳子。

我紧闭双眼，鼓起勇气，对老板说：“剪短发，就一点点啊，一点点啊不能太多啊！”老板会意地拿起梳子，把我留了好久的长长的头发梳了梳，开始剪了起来。突然，我猛地抬了头，对着左手梳子右手剪刀站立着的老板说了一句：“不要太短啊！”

这一举动真是让我悔青了肠子。那真叫欲哭无泪。老板很无奈很同情地告诉我，由于我的这“一抬头”，本想剪成齐肩的头发，变成齐耳的了。我强忍着，装出很坚强的样子潇洒地对老板说：“没关系，继续！”心里早都哭成一条河了。

老板强忍住笑，继续给我剪。老板说：“我要在你刘海儿那里剪一个缺口哟！坐好了。”我连忙点头，坐得比幼儿园里得大红花的小朋友还端正。突然，有一只该死的苍蝇在我周围飞来飞去，心里正嘀咕着老板怎么不好好打扫一下，脏得连苍蝇都招来了。我自作聪明地想趁老板松手的那一瞬间把停在我肩膀上的苍蝇弹开。

可是老天不眷顾我，老板的功夫真是高深，只稍停一瞬间的一半，就开始了下一动作，导致我刘海儿的一个缺口变成两个大。这比一个头变成两个大更难受。我已从欲哭无泪达到更高境界——欲死无路。老板很同情又带点责怪地说："不是让你坐好的嘛！唉！"

老板估计不敢再给我剪下去了。怕我再乾坤大挪移，剪成的头发会吓得人不敢光顾他的店了，于是就匆匆停手，一副要赶苍蝇的样子，收好了钱就不再理会我。

我岂能受此等侮辱？哼，我自己剪。我回到家，拿出亲爱的剪刀，打算修理一下。可是我突然从镜子里看到我因为乱动而酿成的悲剧，终于爆发，抱着剪刀号啕大哭了起来。姐姐闻哭声赶来我房间，看到我抱着剪刀哭得撕心裂肺的，不禁大吃一惊，忙过来抢走我怀里的剪刀，说："哇，年纪轻轻不要那么看不开呀……"我突然停了下来，原来姐姐以为我要寻短见，于是我哈哈大笑了起来。姐姐一看，更是惊慌："这孩子怎么了，一会儿哭一会儿笑的，是不是傻了……"于是，我又笑得更厉害了，腰都直不起来，倒忘了我那头失败的头发。

后来我趁自己平静时去了另一家理发店，总算把头发剪得能出去见人了。理发的风波就告一段落了。

只记你的好

□朱昱霏

[2011 年“全国十佳小作家”]

朱昱霏，女，出生于 1993 年，获奖时为辽宁省本溪市高级中学高二学生。当时已有多篇作品在《辽沈晚报》《本溪日报》等报刊发表，三次在全国作文大赛中获奖。

当听到第一片叶子离枝的声音后，我停下了手中的笔，缓缓起身，向屋外踱去。

余光瞥到静静立在角落里的竹箫，微顿了顿，又提起了步子。那箫，虽纤尘不染，却在记忆的深处落满了灰。似乎在贪恋人世间的旖旎，夏的小尾巴始终耍着赖不肯离开。大概就是去年这个时候吧，当我看着第一片落叶任由生命中最奢侈的飞翔带它离去时，接到了你病重的消息。

握着竹箫的左手蓦然收紧，因为太过用力，指甲嵌入手掌，指缝中透出隐隐的血色，我却恍然未觉。转身，飞奔。忘记了自己不能跑，忘记了我们已经是路人，忘记了一切的一切，直到在你病房外站定，捂着已达生命禁区的心，我的眉端才微微蹙起，一丝苦笑在唇边绽开：我该不该进去呢？

良久，我阖上双眸，深吸一口气，推开了房门。白，一片萧索的白，苍白的墙，苍白的床，还有——苍白的你。然后，我们相视而笑，一如最初的相逢。

我坐在了你身边，将手中的箫凑到唇畔。呜咽的箫音在病房中响起，这让我想起了那年的夏天，我们正好时，两人也常常一坐、一卧，我垂箫而奏，而你则经常在我的箫音中释然睡去。这次，怕也不例外了。

乐音渐弱，一点点消失。我凝视着你明显憔悴的面容，心中一皱：这还是我认识的那个神采飞扬的大男孩吗？默叹一声，起身离去。

行至门边时，却听到了你风轻云淡的声音：“你不恨我吗？”

手顿在了门把手旁，我口型微动，似回答，又似自语：“我该恨吗？”

语毕，再未犹疑，拉门，离开。

一路上，脑中一遍又一遍地回想你刚才的那句话：

你不恨我吗？

是的，我不恨。

原来，无论发生了什么，你还是，能听懂我的箫的；还是，我唯一的知己。

相传虬髯客初遇红拂女时，红拂正在梳头。其实这世间男女也真有像他们一样的，非关风月，只为真心。

于是我们回到了起点，若对朋友，只活在当下，从不提起过去，也不想及将来。我们之间，似乎什么都没发生过，也似乎什么都不会再发生，可惜……只是似乎。

虽然已经有了准备，可一切都好像来得太猝不及防。

最后一片叶子落下的那天，火燃烧了你。我来到你睡着的地方，跪坐下，呜咽的箫音再次响起，是《折腰舞曲》，我曾承诺过为你舞一曲的，可如今，永无兑现之日了。

“你恨我吧。”这是你留给我的最后一句话，我明白你的意思，也许在所有人包括你看来，我是该恨你的，恨你对我的伤害，恨你不管不顾的离开，恨你的变心……

可我不恨，不愿恨也不会恨。

人说，鱼的记忆只有七秒，所以它们才能不知厌倦地在一方小小的鱼缸中住上很久。曾经的快乐不能被伤害所抹杀，我不愿我的人生被仇恨蒙蔽。如果是那些痛苦的回忆，我希望我是一条鱼，七秒后，让一切零落成泥；可如果是那些值得我珍藏一生的念想，那么我希望，我的记忆，可以是永恒。

你是明白我对你已再无儿女私情的，其实我们一直都是知己，一直都是。只是我之前没有看透，总想赋予一些更实际的内容。你说你是红尘俗人，放不下这花花世界；你说你希望曾意念消沉悲观的我可以看到人世间的华章——除了对你之外；你说你喜欢绝美的东西……

你知道吗？自你离开，我再未弄箫。知音少，弦断有谁听？

子期离世，伯牙肝肠寸断，摔琴谢知音。你说过，《高山流水》纵是千古绝唱，感天动地，可在子期的心中，他一定希望伯牙能够继续抚琴，因为那是他们友情的延续。你说，伯牙可知晓，他的琴音不仅仅是用来愉悦子期的听觉，伯牙他，终是忘记了操琴的本心！

好吧，悠悠余生，我会带着我的箫，去记录身边的每一处感动，每一朵花的绽放，每一声鸟啼，每一个新生命的嘹亮。我会看到所有事物的美。因果交错，岁月轮回，我相信总有一天我们会再见面。到那时，我可以向你细细描述这世界的美好，然后告诉你，就像我记住了一切一切的好一样，今生，我也只记了你的好。

旁边的旁边的旁边

□张 辉

[2011年"全国十佳小作家"]

张辉，男，出生于1993年，获奖时为江苏省无锡市旺庄中学初三学生。当时已在《语文学习报》《新课程报·语文导刊》《语文导报·文学校园》《全国优秀作文选》《家教周报》等报刊上发表作品二十余篇。曾在"叶圣陶杯"全国中学生新作文大赛现场决赛中获奖。

近日，取《新概念作文选》品读，又取马小跳作文中的《旁边的旁边的旁边》一读，不禁有感而发，所以也以同样的题目写下了这篇拙作。此篇谨述同桌之事。

——题记

他酷爱音乐，为人正直，心地善良。他姓王，因为有些无锡人"王""汪"不分，又被人误称为"老汪"，后来有人干脆改称他为"汪仔"。这与"旺仔"发音相同，倒也顺口。

在小学毕业前，汪仔和我同桌，彼此结为兄弟。

汪仔酷爱音乐，无论是流行音乐，还是古典音乐，都是他所喜欢的对象。尤其对现代的流行音乐最为精通，对娱乐新闻也十分了解。他喜欢成龙、周杰伦和谢霆锋之类的当红艺人，他家里收藏的CD真是堆积如山，新旧唱片一应俱全。他经常去买各种CD，而且只买正版的，可见他对音乐的喜爱。

记得有一次，我买了一盒磁带，当作汪仔的生日礼物。我扬扬得意地对他说："老弟，今天我买了一盒磁带，要不要……"他欣喜若狂地扑过来拥抱我，周围人的眼光霎时转移过来，我都被他弄得脸红。放学后，我把磁带递给他："这可是正版的哟，别弄坏了！"他扑哧笑出声来，对我说："拿这种盗版货忽悠我啊，这顶多五块钱！"我一时愣住了，一点儿不假，不愧是音乐爱好者，一眼就能辨别真伪。

汪仔心地善良，团结同学，所以班主任很喜欢他，可是班里的"捣乱分子"总把他视为眼中钉。

有一次，班里的坏小子为了给他点颜色看看，便唆使班里的几个同学一起整他。他们趁他上厕所时往他的水壶里放了一大包盐。事情可想而知，汪仔喝了几口水，顿时吐了出来。汪仔的表情让那些“肇事者”笑破肚皮，不过他们也没高兴多久，这件事就被班主任知道了。班主任正准备严惩那几个人，不料汪仔笑了笑，向班主任求情：“算了，只是盐水，不是毒药。原谅他们吧。”因为这句话，他们后来都成了汪仔的好哥们儿。

毕业后，我听说汪仔上了一所不错的重点中学，我真为他高兴。我们都开始了新的生活，彼此联系也就少了。

汪仔，最近好吗？今天，你是不是也会想起我？如果有机会，我一定会把《旁边的旁边的旁边》送给你，因为你一直是我的旁边的旁边的旁边……

听海

□陈疏影

[2011年"全国十佳小作家"]

陈疏影，女，出生于1994年，获奖时为四川省成都嘉祥外国语学校高二学生，任校新锐文学社社长、校文学社刊主编。有多篇文章发表在《华西都市报》等报刊。

两年了。她每天晚上都窝在沙发里，一遍一遍听张惠妹的《听海》，然后一次一次眼泪决堤。她一直相信，他不想见，只是因为习惯流浪，习惯不为谁停留。她一直在等，他从远方捎来的信，告诉她那头海的声音。

两年前。高考前夕，他的生日。那天放学后，很多女生都把他围着，抢着送他礼物还有情书。她在远处的树下等着他来。她红着脸，把礼物塞到他的手上。自己做的巧克力，没看相。他揉了揉栗色的头发，良久，他说，明天早上，在这里等我，带你去听海。第二天，她如约来找他。他倚在摩托车边上，一身黑色，显得修长。

一路上，她都红着脸，从未如此靠近过别人，有一点点不自在，又有一点点甜蜜，她轻轻把头挨得离他的背近了一点点，偷笑着却未尝注意到前面横冲直撞而来的卡车。那一瞬间，她突然被他紧紧抱住，没有一丝阳光，衣领间最后的薄荷香。

醒来的时候，她只觉全身疼痛，眼睛也被蒙上了纱布。从父亲的叙说中，她才知道，那天和卡车相撞，受了重伤。她不敢问他的情况，她不敢再惹恼父母。

在病床上休养的日子，不孤单，因为他总是在床边的窗外陪她聊天。以前总觉得他酷酷的，不爱说话。大抵是觉得很对不起她吧，现在总是刚好在她寂寞时来陪她说说话。因为他的陪伴，伤势好得很快，就要拆线了，就要又看到他了。

拆线前的晚上，她梦到了他。他站在那里，说她已经好了，他也要走了。她哭着想要抓住什么，却什么也抓不住。医生轻轻地拆了厚厚的纱布。那第一束的阳光，照不到他的影子。后来，照顾她的护士偷偷告诉她，他们被送来的当天他就已救治无效时，她没有哭，因为他的眼角膜正镶嵌在她的眼中，他一定是喜欢自己笑的样子的。

再后来，她参加了高考，上了不错的大学。却始终忘不了生命中的那顿痛。之后每年寒暑假，她都要到不同的海边走走，用笔在那年他送的笔记本上记录下海的声音。她也常常去看他，陪着他说说话。

2011年2月14日，她一个人在影院看了《将爱》十年新版，故事最后，杨峥一个人站在海里，空空的右手做着紧握手机的样子，听海哭的声音。出来的时候，风刮得脸上生痛，那时她想最后文慧应该也再未找到过杨峥，一切早已结束，放不下的不是十年，而是彼此给过的迁就。

那年，他把唯一的头盔给了她，在卡车面前用自己的身体把她护住……

不知道还有没有人知道，那时的他微笑着同她耳语的那句话——我爱你，很爱很爱。

吕老师出的难题

□万 亿

[2012年"全国十佳小作家"]

万亿，男，出生于1997年，获奖时为四川省成都双流中学实验学校初二学生，校春芽文学社社长，四川省作协会员，中国当代文学研究会会员。在《青年作家》《演讲与口才》《意林》等报刊上发表多篇短篇小说，已出版《暖雪》《十三岁花季》《你送我的年华我留着》等。

铃声刚落，吕老师就一脸严肃地走进教室。"下周有一节公开课，要由我们班的一位同学来上。哪位同学愿意，到我办公室来报名。我给他上讲台的机会。"

声不在高，班主任吕老师轻轻一句话，让全班嘘声一片，笑声一片。谁会站到讲台上讲课？这吕老师不是成心出难题吗？是谁都无关紧要，关键是那个站到讲台上的人千万别是我。是我？不是我？不是我！是我！这些念头在我脑子里转了无数遍以后，我腾地站起来。不会吧？太可怕了。

好多同学都在议论想报名，特别是同桌的何笑笑自言自语地说了句："我去报名，准行。"哼！绝不能落在她后面。虽然何笑笑跟我同桌，我跟她是学习上的竞争对手，也可以说是"面和心不和"。

办公室的门像一堵墙，把我的念头和吕老师隔开。只要门一动，我的念头将赤裸裸呈现在她面前。我矛盾得要命，想逃开，却不由自主地喊了一声："报告！"我的声音怎么这么大？吓得我警惕地向门两边看。里面传出吕老师的声音："进来。"我推开门，直视吕老师的眼睛说："吕老师，我想讲课。"吕老师这会儿看起来怎么会那么慈祥？她说："报名的加上你有九个了，只有一节课，我要选一个最适合的。"她眯眼笑了笑。老师的笑让我几乎以为那个讲课的人非我莫属。不过，走出办公室门时，我已经像一疙瘩揉蔫了的作业纸。老师说的可是会选一个最适合的啊。

因为我刚才偷偷看了吕老师记在本子上的前八个名字，我的头就蒙了：语文课代表、数学课代表、英语课代表、班长、副班长，最次的还是个组长，个个是班上的风云人物。想着想着，我又泄气了，不就是一节课吗？不就是站到讲台上假装老师吗？谁爱扬眉吐气谁去扬眉吐气好了！嗨……看来我是没有那好运气。尽管我心里想得要命，可那与我有什么关系呢？不是谁想要什么东西，谁都能得到手。

一个星期过去了，吕老师在班上再次提到讲课的事。她当着全班同学的面说："小雨，你准备一下，周五上午第三节的语文课，由你给同学们上。"这是多么让人轻飘飘的好消息。当时，我的身上不知聚焦了多少不同的目光。下课后，吕老师把我带到她的办公室，从桌子上厚厚的一摞书中抽出一本很厚的书，递给我，说让我参考参考，我一看是备课用的。我这才知道，原来还有备课的参考书。老师的行为让我很感激，我心里想，老师把她的书都拿给她的对手了，她也不怕我讲得比她好，那她多丢人啊。管她呢！我一定要讲得比她好，让全班同学和她，都对我刮目相看。

我讲课的时候，老师就坐在教室的后边，看着我。就像以前上公开课时，有学校领导领一群老师听课似的，吕老师边听边点头，那种神情好像是在听某位优秀老师讲课。这让讲台上的我觉得既紧张，又欣喜自豪。大约是好奇，同学们都听得认真，我讲了约二十分钟就讲完了，然后，我给同学们留了作业，让同学们在剩下的时间里做。吕老师赞许地第一个鼓起了掌。

今年，我参加中考，成绩下来时，我得了全校第三。收到A中录取通知书时，我仿佛又看到了吕老师，她正坐在教室后边，给我打气似的看着讲台上的我。这让我迫不及待地想去看望吕老师。

在吕老师家的客厅，她亲热地拉我坐在她身边。

我说："那一年，您选一个被人看不起的差生给同学们讲课，您可能不记得了，可那节由我讲了二十多分钟的课，它改变了我的人生轨迹。"

吕老师摘下眼镜擦了擦，重新戴上，笑着说："那节课我怎么会忘记呢？当年，你的父亲来见我，他一头乱发，蓬乱干燥像一蓬枯草，粘满久未洗涤的油腻与灰尘。他说他在建筑工地上给人打工，为的就是让你好好学习，可你却很叛逆。你的父亲流泪了，说你母亲去世早，你是他的希望，可他又不懂得怎么才能帮到你。你父亲求我，想办法帮你。

"我观察你很多天，发现你是一个有胆量有勇气的小男孩，于是，我想到了这个主意。我当时真担心你不会来报名，你却勇敢地来了。你是好样的，我没有看错你。"

当着吕老师的面，一向倔强还有些反叛的我，感动得泪流满面……

七秒记忆的等待

□余　瑞

[2012年“全国十佳小作家”]

余瑞，女，出生于1997年，获奖时为四川省攀枝花市三十一中小学校初三学生，校清香文学社副社长。当时已有几十首诗歌发表在《语文周报》《中学生导报》《21世纪论坛》等报刊上，多次在全国作文大赛中获奖。

鱼儿被搁浅在炽热的海滩上，她一动不动，夏日的阳光炙热地烤着她，她做好要死的准备了。一个小男孩走了过来，悲悯地看着她。小男孩将她放进鱼缸里，却没有把她带回家。于是，鱼缸木木地放在了海滩上，鱼儿瞪着眼睛，看着小男孩远去的背影。

黄昏来临，风云骤变，海潮漫上了沙滩，海浪将鱼缸打翻了，鱼儿又回到了海里，得以重生。可是那个鱼缸却不见了，鱼儿在海里焦急地寻找，她一定要找到它。“什么？你遇见人了？”海豚莫比十分诧异地看着鱼儿。“莫比，我要找到那个鱼缸，而且，我也要找到那个人。”鱼儿望着海平面折射的点点早晨的阳光，幻想着找到那个小男孩的美好情景。鱼儿后来在海里不停地游着，她不停地找着那个遗失的鱼缸，如果没有那个鱼缸，没有那个小男孩，鱼儿早就已经不能这么游弋在这大海里。鱼儿从没有见过人，那个海里几乎一大半的同类都没见过人，一些见过人的，也早已经被捕捉起来了。很小的时候，妈妈说过，永远不要游到离岸边很近的地方。当初鲸鱼大叔就是不小心被搁浅在了海滩上，最后被人无情地捕杀了。整个海洋里面，都有明确的规定，不管是任何鱼，都不能擅自游出规定的范围。可是那一天，鱼儿却游进了禁区，本来只是和伙伴们玩捉迷藏，却没想到，鱼儿自己迷路了。

鱼儿一直没有忘记那个小男孩，他是她的救命恩人，如果当初没有他，鱼儿早已经暴死在海滩上。所以，鱼儿下了决心，一定要找到那个小男孩。

“可是找到他很困难，他是人，我们是鱼啊。”莫比在鱼儿身边兜了一个圈过后，无奈地望着鱼儿。

“我想，我可以去求求奶奶，她应该可以帮忙。”鱼儿拉着莫比一起去了海的深处，那个千百年来一直安稳坐落在鱼的国度的宫殿。

“亲爱的奶奶，我想知道，怎样才能找到人类？”

“你说是那个小男孩吧。”她和蔼并且微笑地看着鱼儿，“他救了你的命，鱼儿，你是该去感激他的，但是，你要知道，你是一条鱼，他是一个人，你们见不了面的。”

“求求你了，奶奶，我一定要找到他，你一定有办法的。”

“有一个传说，大概可以让你与他见一面。只不过，太冒险了。”奶奶转过头去，用尾巴摆了两下，游走了。

“等一下，奶奶，不管有多冒险，我都愿意。”莫比碰了鱼儿两下，一直对着鱼儿摇头。可是鱼儿只是对着莫比坚定地点了点头。

“那个传说是这样讲的，在还要深的深海里，有一个魔鬼，他专门与那些要完成鱼类不可能完成的事情的鱼儿们互相交换条件。他给你想要的，你给他想要的。”奶奶接着说，“不过，这样太危险了，鱼儿，还是不要了吧。”

没有任何力量能够阻止鱼儿找到那个小男孩的决心，鱼儿独自向深海游去。

黑暗的深海里，弥漫着一股腐蚀的味道，尽管深不见底，但是鱼儿无所畏惧，她一直向着深海的危险逼近。

“谁找我？又来一个交换条件的了。”黑隆隆的洞里，传出巨大又可怕的声音。

“你就是那个魔鬼吗？我……我想要和上次救我的那个小男孩见一面，还有，找到那个鱼缸。你说吧，交换什么条件？”鱼儿闭着眼睛鼓足了偌大的勇气，她也不知道自己哪来的勇气。

“这个不难办，鱼缸可以帮你找到，但是，你不一定能见到那个男孩，我只能让你到岸上去。”魔鬼咳嗽了一声，“至于条件么，我不得不给你说，鱼的记忆只有短短的七秒，你们很多事情都是记不住的，可是，如果你们非要记住事情的时候，就要用到这七秒。你愿意与我交换你这七秒的记忆吗？交换了过后，你永远也不会有记忆了。”

鱼儿这次没有被搁浅在海滩上，而是在魔鬼帮她找到的那个鱼缸里等待着小男孩的到来。魔鬼说，等待一年换取她记忆的一秒。

时光荏苒，海滩上人们到处往来，没有一个人注意到她的存在。甚至有些时候，冷清的海滩上几日都不曾见到有一个人，鱼儿有些失望。她要等的那个小男孩，至今还没有再出现。但是她依旧无怨地等待。

不知不觉，就过了三年。三秒的记忆，已经与魔鬼交换了，可是那个小男孩还是没有来。她甚至有时候会产生错觉，那些从她面前经过的小男孩，她好多时候都以为是那个他。

只是想见他一面，可是太难了。岁月沧桑，风雨飘零，她就只想等到他，把鱼缸还给他，然后自己可能就没有了记忆。妈妈没有说，没有了记忆，鱼会变成什么样，可能只是呆呆的吧，什么事情也记不得。

太阳循环着升起，循环着坠落，星辰早已变了当初的模样。闪烁的银河，亘古的传说，鱼儿一定要等到他。

鱼儿越来越记不起妈妈的模样、莫比那滑稽的神情，还有那大海里美丽的珊瑚礁，好多朋友、伙伴自己都快记不清名字了。只是支撑着仅有的记忆，去记住小男孩的模样。

时光，静好。

忽然六年的时间到了。

鱼儿脑袋里几乎什么都没有了，连最后那个小男孩的模样都已经很模糊了。鱼儿忘了，已经过了六年了，他不再是小男孩了。

一个高大的少年来到了海滩，这是他第二次来。前几年，家里迁去了其他城市，他在那里读书，很久以前就想回来看看，只是身体一直不好，这一年，他刚好高考完。

他第一眼就看到了已经支离破碎的鱼缸，上面那个用红色颜料画的笑脸，他永远都记得，他在玻璃壁外，静静地看着已经经历过时光沧桑的鱼儿。他把鱼缸抱着，一直坐到黄昏。

鱼儿在水中望着他，还好上帝没有夺取她记忆中最后的一秒。她开口对少年说：谢谢你，当年救了我。我等了你六年，我以为我再也见不到你了。

少年只是微微一笑。

其实，鱼儿之所以这么执拗地等下去，也还因为，她爱上了他。

可是她没有说，她和少年一起在黄昏中孤单。这一刻，很美好。

过了一年，鱼儿没有了记忆的七秒。最后，她死在了当初的那个鱼缸里。魔鬼本没有给她提出那样的交易条件，只是鱼儿执意要用自己的生命来换回出车祸的他。

清晨，他在病房里醒了，而她，永眠在最永恒的故事里。

爱，无关谁的天荒地老。

燕子不懂柳条的歌儿（节选）

□吴涵彧

[2013 年“全国十佳小作家”]

吴涵彧，女，获奖时为江西省新余市新钢中学初一学生。七岁时在《小学生优秀作文》卷首语发表诗歌《我的梦》。获奖时已有百余篇作品发表在《中国少年文摘》《东方少年》《少年作家》《疯狂作文》《课堂内外·创新作文》《意林》等报刊。

“柳宜，是你吗？”一个脆生生的声音突然叫住她。柳宜有点困倦的目光向前飞去，一直落到了粉皮鞋上，她慢慢往上看，哎呀，不是以前的邻居燕荨吗？

“燕荨，你可是回来啦！”柳宜也高兴地抛下镰刀，顾不上什么，一路飞奔过去，溅起一片污水。她热情地要去抱抱燕荨，手伸到半空忽然停住了。她有点儿局促地把手放在衣角边搓搓，看着乌黑的手，说：“等会儿！”赶紧跑到那条小溪边上，洗了个手，抹把脸，她想起来她以前常和燕荨在这里抓泥鳅。

溪水清冽地向前流。柳宜跑回燕荨面前，拍拍她的肩膀。觉得有点儿陌生，她看着燕荨白皙的腿、胳膊和脸，有点儿害臊，为自己的破衣裳害臊，为自己黝黑的肤色害臊，她几个月洗一次澡。燕荨继续笑着说：“这太阳辣得很，千万别把我晒黑了。”她从车里拿出一件有点儿透明的亮色防晒服，柳宜心里想，夏天里穿长袖，不热呀？

“柳宜，你在干什么呢？”风窸窸窣窣刮过杂草，发出很大的响声，柳宜赶忙想起来，跑回去，边跑边喊：“割杂草呢！不割掉，来年庄稼哪有收成呢，待会儿我还得割猪草！”她忙不迭地拾起镰刀，快快割起来。

“对了，燕荨，你要和我一起割猪草吗？咱俩小时候常……”

燕荨快快接话：“我头晕呢！那柳宜，我先走了！”

发动机一阵轰鸣，田野一下子又空旷开阔起来，风在大山里绕啊绕，绕不出去，在柳宜耳边打转转。柳宜突然瞪大了眼睛，跑到二叔家的大草垛顶上，开始卖力地大吼：“啊——”她喊得嗓子都要破了，她也不知道为什么想喊。

山谷里久久回荡着这样的声音。

柳宜割完猪草回家，收拾收拾牲口，那只老母猪又生小猪崽了，一窝有七八只。“不多，不多，隔壁的婶子家收了十四只小猪崽呢！”娘的眉头紧紧蹙在一起。柳宜盘腿坐在炕头上：“娘，你知道不，燕荨回来了！”“燕荨回来了？好事好事啊，”娘的眉头又舒展了，“柳儿啊，去找她玩吧！”

柳宜兴冲冲地跑出去，今天晚上终于不用干活了……

“孩儿她爹，你记得不，那件事？”

“当然记得了，咋能不记得，燕荨他们家当初问咱们借了两百五十块呢！”

月亮高高挂上梢头，柳宜特意去小溪边上洗了个澡，才去找燕荨。

她轻轻叩了叩燕荨家的大门，燕荨披着头发，打开门，对柳宜招招手，柳宜会意地悄悄进来。她们坐在葡萄架子下面悄悄聊天。

“燕荨，你咋又换了裙子呢！”

“哪里换了裙子？这不是睡裙嘛！”

“哦，原来城里人还分平常穿的衣服和睡觉的衣服啊，讲究！”

“是呀，”燕荨的笑有点儿尴尬，“算起来，我离开有四五年了吧，这几年村里有什么事儿没有啊？”

“没没没，”柳宜小声说，“就是有一年发山洪，大家的收成全没了，我们家的茅草屋都被冲了，娘都哭了。”

“是吗……我倒也没什么大事，柳宜，你干活干得真辛苦啊！”

“没啥没啥，习惯了就好啊。燕荨，咱们是一辈子的好姐妹吧?”

“是，是的。”

柳宜欣然握住了燕荨白嫩的小手，然后和她来了个大大的拥抱，随即，从衣兜里掏出了一颗大白兔奶糖，她存了很久很久都不舍得吃，是去年来支教的一个女老师给的。她给了柳宜两颗，可来了几个星期就哭着回去了。那一颗奶糖，柳宜每天舔一点儿，几个月的时间终于吃完了。这颗她怎么也不舍得吃，终于派上了用武之地。

“我会好好收下的。”燕荨露出了奶糖一样甜甜的笑容。

月色皎洁时，柳宜开开心心地跑回家了。

燕荨有点儿无奈地把黏糊糊的奶糖扔进垃圾桶里，小心翼翼地洗了个手。

从燕荨家传出一阵对话：“燕荨，你怎么身上有股汗臭味……柳宜怎么找你来了……说了少跟她玩，我们是回来收拾以前东西的……去，洗澡！”

一阵哗啦啦的水声后燕荨大叫：“妈，刚刚的睡裙帮我洗了，我要穿那条真丝的！”

书与你，在哪个频道

□ 韩星鹭

[2014年“全国十佳小作家”]

韩星鹭，出生于1998年。获奖时为广东省广州大学附属中学高一学生，广州市作家协会会员。当时已在《中学生》《新作文》《作文通讯》《初中生写作》等报刊发表作品七十余篇，出版个人文集《年华是奔跑的花》。

“哎，你说为什么有那么多被很多人推荐的书，我看了却觉得一点儿意思都没有呢，我有那么笨吗？”朋友在网上问我。

“可能你们不在一个频道上吧。”我回复道。

“什么……频道？”

在我看来，就像每个电视节目都有各自的频道一样，每本书也都有所属的频道。读者可以按照自己的需求，找到感兴趣的书的频道的类，从中挑选自己喜欢的书来欣赏，这就是我们平时说的所谓“阅读”吧。

可是，并不是每一位拿着书的人都在认真“阅读”。就好比一个心情郁郁不乐的少年，从忧伤频道上找出一本悲情的书来看，那么他会因为产生共鸣而流下泪来。而倘若此刻是一位刚中大奖的中年人翻开这本书，他则会因为书不合自己的胃口皱起眉头，像看乱码似的一目十行，那么他这就不能算作“阅读”，充其量只能算“浏览”了。

因此，如果只是应付式地浏览，那还不如不看。

记忆里，好像从很小的时候起，我家就有个属于我的大书架，是带有年轮的醇厚感的木制品，外层镶有防尘的玻璃门，似乎要把书呵护成艺术家的藏品。书架有三层，被我踮着脚尖一本又一本地码上去，从下往上依次排列，也是从“最对我胃口”到“实在意兴阑珊”。这是件有意思的差事，多少次，我站上板凳奋力地在书架上寻找，“什么样的书适合什么样的情绪和天气”，觉得这就像一门快乐的学问。

可也不是没遇到过选错了频道的书。为一场突发的考试，为一些荒唐的冲动。于是开始把书翻得哗哗响，连同脑子里的声音也一起躁动不安地尖叫，“看不进去啊”“还是看不下去”“算了我不看了”，仿佛那书页上乌压压一片的都是条形码。纵使那故事再充满刀光剑影、尔虞我诈，我也不过是个跷着二郎腿旁观的看客。

我在平时虽然很想按照自己的兴趣，多看相应频道的书，但是在繁忙的学习中，要想挤出点时间来谈何容易。于是我慢慢变成了时间的吝啬鬼，无数个堆砌出来的下课十分钟，看书；右手拿筷左手扶书的吃饭二十分钟，看书；“午睡半个小时就够”的观念省下的午觉三十分钟，看书；晚自习后宿舍熄灯前的三十分钟，看书……

去理发店时，我也要显摆似的携上一本喜欢看的书，然后在吹风机呼呼地吵闹时头也不抬，屏蔽一切干扰，依旧顽固地与作者沉溺在同一片阳光下。以至于我进理发店，总能被店里的师傅们一眼认出，调侃着问我：“嘿，今天又带什么书来啦？”

牢记这样的小法则。遇到灿烂的阳光天气，带一本愉快的书出门，坐上秋千笑得摇摇晃晃。或碰巧是倒霉的阴雨天气，那就把自己锁在湿漉漉的房间里，看一本悲伤的书，然后小哭一场。这些时候，被适宜温度助长的细腻的情感，缓缓地把我推向作者内心那片澎湃的海。手指滑过粗糙的纸页，或许还能触碰到两个频道间疑似磁性的东西。

虽然在我阅读的大部分书中，书的作者与我并不是同龄人，有时连相仿也谈不上，但我读起来仍然兴趣盎然。就像我最喜欢的一位青年女作家，她与我至少有十五岁的年龄差，但她的书却泛滥着少女般的柔情，以至于完全吞没了我与她之间的代沟。甚至会让我产生错觉，仿佛写这本书的人，只是一位如我一样十六七岁的敏感青涩的姑娘，她就拽着我的胳膊坐在我的旁边，时而轻皱眉头时而又笑容欢快地喋喋不休，说她全世界最帅的老爸，说某个不善言辞的黑发男孩，同时倾倒她的委屈、她的冒失，还有她无穷无尽的幸福感。而我用大半时间惊喜地叫道：“我也是这么想的啊！”所以我甚至从来没有想过要去参加她的签售会，我怕看到这位美丽知性的女子待我如普通读者般的亲切，因为在她的书里，我们早已是更亲密的朋友。

还有这样的记忆，放学后下午悠闲的五六点钟，我和朋友去图书馆消磨时间。有一本书我兜来转去找了很久，朋友也帮我一起找。我们分头找了近乎一个小时，肚子都饿了，也没有找到。我有些沮丧，回头看朋友还蹲在地上朝着书柜不罢休地观望，她眯着眼睛几乎一本也没有放过，夕阳把她微曲的脊背染成橘色。我说“走啦”，她却又固执地继续吃力地找着，终于在书架最底层一本厚书的后面，把我想要找的书喜出望外地提溜了出来。她可怜兮兮地朝我伸手：“快拉我起来，我蹲得太久腿都麻了。”

初中毕业后的回忆总温暖得让笑容发酸。

“这样啊，那我就到我感兴趣的频道找书去咯。”听完我的解释，朋友在网的另一端敲击键盘，“不过你在哪个频道呢？”

“我啊，我在想念频道。”

那抹琥珀亮色

□刘子茜

[2016年“全国十佳小作家”]

刘子茜，女，获奖时为湖北省襄阳市第四中学高二学生。当时已在《中国校园文学》《文学校园》《美文》《意林》《语文报》《楚天都市报》等报刊上发表习作多篇。2013年被评为“全国校园文学社优秀社长”。2014年出版红楼感悟著作《入梦》。多次在国家、省、市级作文比赛中获一、二等奖。

岁月的脚步总不停歇，时光流年似水，转眼间江南已是稻黄时。伴着微凉的风斜斜的雨，站在紫藤架下，遥遥回首，思绪夹着感慨于虚空缱绻而来。

该怎么说？高一的军训生活，那一腔在骄阳细雨中始终沸腾的热血……千言万语欲说还休。回到那个时间，那个地点，和那些人不期而遇。因为有您，生命又增添了几分亮色。

报完名，来到班上。一张张陌生青涩的脸庞，头都普遍低着，似在看书，又似在冥想。教室气氛略显凝重，但偶尔又有那么一点儿悸动，可能是都有所期待吧。当然我亦如此，虽然拿着笔练着字，但还是忐忑着什么，笔尖却恣意地飞舞，一时着了迷，竟没发现身边的一切已在不知不觉中变化，直到一阵由远及近的脚步声响起。

抬头一看，五十来岁的年龄，微胖，几绺银发，个头高高的，镜片后面的双眼却睿智有神，略显羞涩，因而脸微红。身着一黄白相间的POLO短袖，搭配一米色长裤，低调中透露着浓浓的书生气，言语亲和温暖。

他就是我们的老班王老师。之后，王老师又和我们拉了许多家常：他极爱狗，养了一只拉布拉多犬，几乎每天都要陪它去散步、训练，狗取名曰：孙子。

渐渐地，我们都开始喜欢上了这个幽默风趣没有架子的老师，也习惯并乐于和他交流聊天，对于我们正处于青春期但因求学不得不离家的孩子而言，是一种莫大的奢望与满足。

军训过程中，学校要求办走读证，以班为单位组织学生照相。为了节约我们的时间，王老师“倚老卖老”地想插队，在同学们一片惊愕的眼神中，他眉间一紧，喃喃自语又像是和人家商量：“我们班办证的人少，先给我们班这几个照可以避免拥堵。”乍听这话看似蛮不讲理甚至有些霸道，但这种直率，不虚假不掩饰，倒有些真实可爱。

队伍的长流缓缓前进，而王老师却始终斜靠在门框旁陪伴着我们，并不时瞥一眼照相室内。“下一个——”我正准备迈进去，王老师眯着眼睛端详了一下，然后伸出手帮我把耳边几绺已经松散了的头发，整齐地挂在耳后，再次端详后，才轻轻拍拍我的肩示意我进去。

王老师接到军训歌咏比赛通知后，火速赶来与我们商量。当然，众口难调，最后只好他老人家亲自出马，百般无奈中代选了两首，用其原话说就是“还比较贴合我们的标准”，好在我们也乐于接受。在练习《歌唱祖国》时，有些音律，大家唱得不太标准，甚至有些跑调，但王老师并没有发话，听了两三遍的原唱后，他便要求我们停下来听他唱。

随着节拍，和着旋律，王老师一展他那天生的男高音歌喉，音调由低沉渐转高昂，而他的脸颊也由最初的微红，涨得通红。坐在台下的我们，瞬间被他的这种真性情感染，齐声高唱。这一遍的合唱，音也准，声也齐。然而更为难得的是，他当起了我们临时的音乐指挥，激动地挥舞着双臂，随着音乐摇着头晃着脑打着拍子。

这一刻，点燃了我们的小宇宙。

唱累了，吼疲了，晚餐后，细心的王老师把空调打开，拉上窗帘，在教室里给我们放电影，先是满足我们看《勇敢的心》，然后在他的强力推荐下，又看了国防宣传片《歼十出击》。为了不影响大家的兴致，中途王老师也只来了一两趟，但纪律却异常好。

军训汇报演出那天，天空一直飘着小雨。九月江南的秋雨，连空气中都氤氲着凉，加之地上又很潮湿，在同学们纷纷吐槽不愿盘腿坐地上时，我偷偷地用眼角余光扫了眼王老师，从他那淡定无痕的脸上依旧看不出什么特别的信息，我别过头来，心想无望。

在周围同学的惊叹声中，王老师已随我们一起坐在了湿漉漉的地上。他用率真博爱的情怀照亮了班上每一个学生的内心，这，何尝不是一种庆幸！

有些人是一直会被刻在记忆里的，他的声音、笑容总在不经意间将你包围。

一切看似结束，但在我心里，那段时光依旧还鲜活着、明亮着、跳跃着，如琥珀般，从此，青春便不再单薄。

感谢你，放开我的手

□朱芸菲

[2016年“全国十佳小作家”]

朱芸菲，女，获奖时为江苏省南京市第二十九中学初一学生，江苏省青少年作家协会会员，石城文学社社员。当时已在《家教周报》《中学生》《江苏教育报》《扬子晚报》《初中生世界》等十余家报刊发表作品四十七篇，出版文集《菲忆锁思》，在国家、省级写作大赛中获奖十八次。

“来嘛！”好友楠招呼我过去，糖果色的帽子跳跃着，火辣辣的阳光下，让人有些眼花缭乱。

这么热，谁愿意出来啊！我伸手试图挡住太阳，万般无奈地跟着她向前跑。来到桥世界公园的中央，楠停下了，背影微微颤动，看得出她的急切和喜悦。顺着她的视线，我好奇地望过去，腿顿时发软：上下两根光秃秃的麻绳突兀地横在视野中，底下一张灰色的护网浸在水里，若隐若现。原来，这就是桥世界公园最有名，也最考验胆量的“悬索桥”。

“我还是算了……哇啊！”话音未落，一个趔趄，就被楠拽了上去。情急之下，我赶紧抓住头顶上的绳索，身子剧烈地摇晃了几下才站稳。我心慌地想要退回去，却发现有人跟上，走在我后面了。已经没有退路，我只好硬着头皮往前挪。

楠朝我微微一笑，伸过手来握住我的手，我僵硬地向她挤出一丝笑容。那只温暖的手，此时无疑成了我的救命稻草，我紧紧地抓住它，急速的心跳缓和了不少。

现在的我，好像正浸在冰冷的水中慢慢下沉，周围满是浮藻和昏暗的光，黑暗中蛰伏着未知的东西。我悬在空中，碰不到底，也无退路可循，而楠的手就是安全索。我颤悠悠地挪到了绳索中间，向下一望，只见灰绿色的水面离我足有三米高，而我就像一块腊肉，挂在摇摇欲坠的绳子上。窒息感又攀升上来，眼前的景物开始微微扭曲，一股寒意顺着后背爬上我的脖颈。

突然，那只手毫无预兆地松开了，轻轻一挣，就从我冰凉的手里脱离了出去。

我一下子像只断线的风筝，没了着落，紧张地抬起头去找她。

楠看见我惊恐的眼神，调皮地眨眨眼，对我喊了一句。可耳边嘈杂的吵闹与尖叫声淹没了她的话音，我只能辨别她的口型：“别怕！”

她转过头去，不再看我，勇敢地向前走着。

脚下的绳索似乎重重地坠下去，汹涌而来的恐惧像要把我淹没，心已随冷汗坠入深渊。

此时，心底响起一个声音：现在你已无所依赖，也不会有人一直牵着你的手。那么自己来吧！有些事，只能一个人去扛；有些关，必须一个人去闯。

我艰难地咽了咽口水，倒吸一口凉气，空着的那只手无措了片刻，重新抓住头顶的绳索，像握着楠的手那样，紧紧地抓着。另一只手松开来，将乱发拨到耳后。然后，双手用力攥住头顶的绳索，一步步踩稳了，慢慢向前走。行进中，我的双手还在不停地抖，心也在怦怦直跳，但我却不会因害怕而止步不前。

终于，我坚持着走到了绳索的尽头。已上岸的楠向我伸出手，我抓着她的手跳上岸。楠扬起脸，嘴角勾起可爱的弧度，我俩相视一笑。

自在如风的少年

□张羽佳

[2017年"全国十佳小作家"]

张羽佳，女，2000年出生，获奖时为山东省泰安第二中学高二学生，山东省青年作家协会会员，泰安市作家协会会员。当时已在《北方文学》《鸭绿江》《牡丹》等省级以上文学杂志发表文章二十多篇，多次在全国性作文大赛中获奖。

槐树喑哑，开满岁月的童话。在我记忆的海马区，依旧存在着一群自在如风的少年，他们如站在走马灯上，一一向我笑着而来。

比如朋友L。

我们一起腻歪了整整四年，怎么说呢，你会包容我的所有，偶尔也会发脾气，却从来不超过五分钟就会很有默契地一起笑场。你喜欢迈克尔·杰克逊，你喜欢他唱歌的样子，喜欢他跳舞的姿态，喜欢他笑起来时微微挑起的眉梢，喜欢他的自信喜欢他的善良喜欢他的一切。就像我喜欢你一样。

记得去年冬天，每逢上体育课，你都从后面拽住我的脚踝将我往后拖，试图绊倒我，可每每都是我定如泰山，而你因为重心不稳扑腾倒地，我在一边笑得哈哈哈。

你一向都是很有个性的一个人，但也像我一样慢热。新的环境你应该会适应得很好吧，毕竟你一直都是那么受人欢迎，只是希望你不要忘记我。

可能会很自私的一个要求，如果做不到就算了吧，毕竟我们都是要继续前行的人。

比如朋友D。

你是一个唇红齿白的圆脸小傲娇。很高兴与你同桌了一个学期，我们彼此之间也影响了很多，大概你也是我最好的异性朋友吧。你喜欢孙燕姿，疯狂而又理智地喜欢。姿妈唱歌真的很棒，干净又不张扬但是又有自己的骄傲在里面，而且也是很励志的一个人呢。有一个这样的偶像，你应该也不会差吧？

最开始我是很烦你的，真的很烦你，觉得你聒噪得像一只小麻雀。后来因为一次矛盾，你冲我发了脾气，我也因为最近的种种不顺积攒一起而爆发。可能你毕竟还是男孩子，骨子里的谦让使我们和解，并且从此再也没有闹过不愉快。

我们的共同语言也蛮多，比如《红楼梦》、孙燕姿、贾斯汀·比伯、小破团、东野圭吾……你会把自己的困惑讲给我听，我也会把理不顺的人际交往抱怨给你，大概我们两个在一起，就是会忽略彼此性别的那种感觉吧。

不要随波逐流，不要丢掉自己，希望下次见你时我们还能一起开心地聊东野圭吾新书，一起调侃娱乐圈八卦。

比如朋友J。

虽然你是一个已经为数不多的、很乖的小男生，但这也改变不了我一看到你的名字，脑海里就浮起你拿水杯时微跷的兰花指，以及走路时的“一”字猫步。你是一个古风粉，我们的共同语言也不是很多，但不知道为什么，跟你一起聊天相处，让我觉得很舒服。这大概就是朋友的意义吧。

还记得刚开学，我跟你半开玩笑半认真地说：“我现在在班里面就是一个高冷，感觉自己已经变成另外一个模样了，没有朋友好难受啊！”

你很认真地思索了一会儿，告诉我说：“可是你所表现出的每一面，都是最真实的自己啊！”

我顿时醍醐灌顶。

科学上说，每个人的大脑里都有一个海马区，它主要负责记忆，而我们日常生活中的短期记忆都储存在海马区中。尽管我们如今正在各自的前程中奔赴，渐行渐远，可我大脑中的海马区，替我储存着所有你们的信息。

日本茶道有一个词叫“一期一会”，意思是一个人的一生对某人、某事、某物都只有一次相遇的机会。

记忆中的你们，自在如风的你们，如在荆棘中奋力前行的你们，一期一会，世当珍惜。

阿楚姑娘

□吴宇菲

[2017年“全国十佳小作家”]

吴宇菲，女，2000年生，获奖时为安徽省马鞍山市第二中学高二学生。当时已在《美文》《中学生》《中学生博览》《语文报》《作文周刊》等报刊发表文章四十余篇，《今日教育·读写舫》“写作达人”栏目推出个人作品小辑。曾多次在全国性作文大赛中获奖。

眼下这就是水城。

我仿佛又看到阿楚站在水城的夕阳下，朝我宁静地笑着，眼里映着光。小小的身影却渐渐被远处浓厚的黑烟吞噬，带着岁月悠悠的冷漠与疏离，再也不见。

十年前，我六岁，第一次遇见阿楚。她对我说，她叫阿楚。楚，是楚楚可怜的楚，是楚楚动人的楚。多少年后我忆起，只觉那像是美丽的谶语。我能感到她用小树枝一样的细手指紧张不安地抓着我的手，平生第一次，我感受到了被依赖的感觉，天地都变得神圣且庄严起来。

很快我们就成了朋友。

可水城的孩子们并不像我一样喜欢她，他们改叫她“阿丑”。被喊“阿丑”，她一点儿也不生气，仍快乐地笑着。我感到厌恶，凶巴巴地对阿楚说：“你以后别跟他们玩了。”

于是她一个人在路上跟自己玩，低头找着什么东西。然后我看见阿楚的妈妈从阿楚嘴里抠出她在路上捡的肉皮子，背过身去，忍住眼中汹涌的泪水。

阿楚的家里很穷。那时整个水城都觅不到一户宽裕人家。正在长身体的阿楚要吃肉，她已经好久没吃过了。

我暂不知道别人是怎么看的，反正在我眼里，乡村的贫穷中，并没有什么美丽。

不记得是在哪一个有清脆蝉鸣的月夜，父亲突然问我，想不想去城里读书？

我没有什么犹豫，说，想。

许是女儿的渴望更加刺激了他。次日他就跟水城最有权势的六个人，筹划起了办钢铁厂的事。没有钱，怎么可能送女儿去城里念书。父亲是个很有胆识的人，万丈高楼平地起，铁厂的筹建竟异常顺利。从此，铁厂免去了水城村民所有的水电费，还按月发给每户人家几百块补助，以此让他们不向上级举报那远远超标的、未经处理的废气排放。

铁厂每日冒出浓浓的黑烟，黑色的小颗粒粘在青菜叶子上，怎么洗都洗不掉。我莫名不安，不过我安慰自己，我和阿楚家的生活都在慢慢变好吧，我又能看见阿楚的笑容和眼里的光了。我们是幸福的，不是吗？

不料，不久后阿楚患上了哮喘。她的小脸越发红了，粗粗地喘着气。水城开始有传言说阿楚的病全都是那个铁厂的污染所致。阿楚的母亲要向铁厂的人讨个说法。工头怕出事，开始每次都是好脾气地安抚，说阿姨您别急，阿楚一定会好起来的。次数多了，终于工头也不耐烦了，心想当初拿钱的时候怎么什么都没说，冲她发了火："别人都不得病，怎么就你得呢？"接着我又看到了记忆深处的那个动作，阿楚的母亲什么也没说，只是背过身去，忍住眼里汹涌的泪水，继续给阿楚喷治哮喘用的进口喷雾剂，阿楚张大了嘴很配合。阿楚很乖。

我的阿楚，一言不发地在世上忍受着同情、困顿、焦灼、病痛。

彼时我家里的境况因那个钢铁厂发生了巨变。后来的我，来到城里最好的高中读书，学钢琴，去欧洲，在青春期里，一个女孩所有的虚荣都得到了满足。时至今日，我想起那个夏夜父亲问我时我自己做的选择，仍不敢说后悔。

我很惭愧，我没有一个高贵的灵魂。

十六岁时，我去了英国。曼彻斯特工业博物馆里，笨重的机器已落了灰，我却偶然看见易卜生的诗句："英国令人窒息的煤烟/慢慢散落到乡间/玷污绿色世界/扼杀所有生命/毒烟蔓延/遮天蔽日，翠谷失色。"

记忆像潮水一样涌来。我想起水城，想起阿楚，心里满是疼痛。我想要控诉，可我自己又何尝不是这罪孽的一分子。接着我脑海中却又浮现阿楚在路上捡肉皮子嚼的样子，那贫穷不堪的样子。贫穷的样子太令人恐惧了，我永远也不想再看见。也许那时水城的人们不知道理想的生活是什么样，但知道一定不会是贫穷，于是他们选择了建铁厂，于是他们就这样牺牲了阿楚和曾经的那片青山绿水。

我想要追问，难道这就是我们的命运吗？苦难为何这般深重，令人难以逃脱？究竟哪一种生活才是幸福的，哪一种选择才是正确的？我追问，可是没有回音。于是我在这不断探寻又不断否定的红尘间，继续不眠不休地寻找，那永恒飘荡在风中的答案。

穿越铁栅栏的青春味道

□俞天一

[2017年"全国十佳小作家"]

俞天一，获奖时为浙江省衢州第一中学高一学生，衢州市作家协会会员。当时已在《中学生报》《中学生天地》《新作文》《中国少年儿童》等报刊发表作品一百多篇，获各类作文大赛奖项三十二次。古筝表演获得过全国金奖；书法获得过全国银奖；绘画获得过省级奖。

我就读的初中学校大门两边是栅栏式围墙，铁栅栏旁有许多小吃摊，铁哥烧烤、退伍兵烧烤、福建瘦肉丸、章鱼小丸子等，不同的香味混杂在一起，总是肆无忌惮地穿越学校的铁栅栏流入校园，和大家的嗅觉缠缠绵绵。

学校明令禁止学生购买小吃摊上的小吃。但禁归禁，想买的学生总是管不住，小吃摊周围的卫生照样糟糕，打扫卫生的值日生也因此经常背黑锅。学校还专门为此加高了铁栅栏，但偷买小吃的依然可以通过铁栅栏的缝隙塞进塞出，只有瘦肉丸是由摊贩大妈用晾衣竿叉起来送进校园的，很考验学校领导的智商。

这些学生中，有一个长得特高的被哥们儿叫作"德玛西亚"的男生，很是引人关注。他长得估计已经超过一米八，每到饭点儿来这买小吃时，好像我们不知何为"鹤立鸡群"似的。

一般来这买小吃的人都有点心虚。一天，听说有校领导要来检查，挤在铁栅栏旁的大多数同学都落荒而逃，唯有德玛西亚一副淡定的样子，捧着瘦肉丸蹲在栅栏墙旁静静地吃完。后来，的确有校领导来，但也只是路过了一个快退休的爷爷级老领导。德玛西亚把泡沫塑料碗往垃圾桶里扣的时候，他一甩头发，我发现他长了一脸的痘痘。于是，我们相识。

"德玛西亚"是《英雄联盟》（简称LOL）里的专用术语，放大招用的。我咀嚼他的诨号，猜他是个沉迷于网游也许还玩得不错的少年。那段时间，我们都埋在中考习题里。有一天空闲时，同班同学聊起了LOL，我就问娘炮同学小桃认不认识德玛西亚。

小桃说了一个词“号贩子”，顾名思义，就是贩卖游戏账号的人。这么说德玛西亚打游戏技术很好，并且开始赚钱，没准儿还是个土豪呢。

一个周末，德玛西亚问我新华书店怎么走。我意识到这也是我放松的好机会，因为我已经被堆成山的中考题困了好久没出门了。我当即和爸妈请假出门给他带路。在新华书店买了几本教辅书后，我问他：“你买这么多有时间做吗？”“买着装样子给老师看呗。”德玛西亚立即受到了我的白眼攻击。他又说：“谢谢你给我带路，没钱答谢你，要不我请你去我家玩游戏。”我笑着回他：“不不不，我回家还有作业呢。”他又一甩头发，坏笑着问：“真不去？我家电脑超大屏哟，XBOX 要玩吗？有手柄哟，你要 VR 也行啊！”“我觉得你这样带坏一个乖学生会遭天谴的，德玛西亚，我们走吧。”我在内心狠狠骂了自己“口嫌体正直”一百遍。

到了德玛西亚家，我感叹自己认识了一个游戏技术大佬。他家的其他房间久不收拾，只有游戏设备房里纤尘不染。他得意地扔给我一个手柄，我们开始了 XBOX 大战，但我只能跟在后面捡装备，毕竟我跟不上他的手速，这也绝不是一朝一夕能练成的。

我问起德玛西亚卖号的心得。他坦白告诉我，他自从小学三年级第一次出售自己的《赛尔号》账号赚了二十元钱后，对边玩游戏边卖号的执着就一发不可收拾。他用二十元充了一段时间的游戏 VIP，玩了一段时间后又将账号出售，如此循环直到现在。他说他认识校内绝大多数玩游戏且钱多人傻的少年，最多的一个月他做游戏代打同时卖号挣了将近一千元。

“你这么牛，你妈知道吗？”我惊呼。德玛西亚别过头去：“我爸妈分居，我妈每月给我零花钱，这是我爸给我租的房子，我妈住在上班地方不太回来，这个家大多数时间是我一个人。”我同情他的遭遇。“顺便说一下，我妈给我的零花钱连吃饭都不够，我卖号得来的钱除了添设备，就是用来吃饭。”我终于明白他为什么常来买小吃，除了比学校食堂的饭菜好吃外，价格也便宜，省钱。因为临近中考，打游戏挣来的钱少了。难怪我从未见过他穿名牌，也从未见过他慷慨请客。

之后的一段时间，我还是经常和德玛西亚一起去铁栅栏旁买瘦肉丸，还每次要他仗着身高帮我点餐。我问他中考的目标，他说上中专就可以了。因为中专学校的时间相对自由，而且玩游戏的人也多。他低着头害羞地说今后想做游戏职业玩家，脸红犹豫的样子差点儿让路过的老师以为我们在谈恋爱。

一碗价廉味美的瘦肉丸，不只是用来填满少年饥饿的胃，还是用来给予追逐梦想的心一点儿可怜的鼓励。我的心里很不是滋味。

亲爱的白蛾

□ 贾思倩

[2017年“全国十佳小作家”]

贾思倩，获奖时为重庆市巫山高级中学学生，县作协会员。当时已在《知心姐姐》《学语文之友》《疯狂作文》《创新作文》《中国少年文摘》等报刊发表二十余篇文章，多次获大赛征文奖。2014年被中华少年作家名博评选为“少年作家十大新锐”，文章被多家网络平台编辑收录。

“苍苍。”

“苍苍。”

我在被濡湿的枕头上安静地睁开了眼睛，发丝汗津津地紧贴在鬓角。我老是反反复复梦见那个女人，卷席而来的浪潮般的青丝，墨水晕开的深眸，苍白的五官，眼角却激荡着扼腕的欲望。

在梦里，她什么也不做，只是沉寂地盯着我，用指尖慢慢撩过我的耳角，呼吸冰冷如寒风，指尖涂满了妖冶的凤仙花，勾起衣角轻盈的白纱。

“你为什么老是叫我？”有一天，我在梦里问她。我抚摸着一只白色的蝴蝶，它疲倦地摊在我的手心里，翅膀上覆着奶黄色的绒毛。

“如果有一天你像手心里的白蛾一样死掉，我就不叫这个名字了。”她含笑地看着我。

“我以为这是蝴蝶。”我看着手心里沉寂的它。

“有什么关系呢？”

“蝴蝶，听起来，好像会讨人喜欢一些。”

“也许吧。”雾色融进了她的苍白里，鲜红色花汁晕染开她的神色。

“苍苍啊。”我听见她亲吻我额头的声音，好像是夜风循走的声音，决绝而壮烈，恍若裹挟奔流的星辰，陨落在一个安静的岛屿，袅袅升起，一股乌有的悲凉。

我叫苍苍。我长大之后，落荒跑丢到尘世以后才改的名字，十四岁，终于有一对笑脸夫妇问我叫什么名字,我告诉他们,我叫苍苍。

苍苍是我自己取的名字,苍耳的苍,我说苍耳是一种有趣的植物,将生命依附在另一个生命上,以此来希冀生命永恒的延续。同院的姐姐说,苍耳是一种有毒的植物,含义是偷偷喜欢。她厌恶苍耳,从她每一个细微抽动的神情里,我想她应该是习惯了被喜欢。她精致而孤傲的五官使很多夫妇喜欢她,但她总是在等待,外面很多愣头青也常常对她吹口哨,她总是一副高傲的样子,眉毛挑得很高。

我钟情于做一只小小的苍耳,喜欢拉着我手的那对笑脸夫妇。很多逐渐长大的女孩羞怯于再去拉大人的手,可是我贪念那丝毫的温存,在孤独的童年里将我拉起的那只手,没有理由抛下。

等待笑脸夫妇和院长妈妈聊天的我,那天乖乖地坐在门外的长椅上,摇晃着腿,就像奔跑在空气里的苍耳突然有一大被善良的人接纳, 一个小小的种子不安地埋下,有所依附。同院的姐姐经过时看见了我,慢慢坐在我旁边,问我,你要走了吗?

我紧巴巴地拽着那条白纱的新裙子,颤动而艰难地点点头。

她拍拍我的手说,别紧张。

我惊异于她的亲密,与她讲话很少,大部分是因为她总是一副高高在上的样子。仰起头,不禁感激她的亲密,但她没有看我,恢复了沉默,低垂的瞳像一汪盛满冰碴的冷水,寒气逼人,却如埃及艳后般惊艳。我鼓起勇气说,为什么不和其他夫妇离开这里?

“我只是在利用我的美貌。”她依旧没有抬头,灼热的指尖离开了我的手背。

她起身走了,我又开始低着头,闭上眼睛,慢慢地,睡意像薄纱轻轻地覆盖了我,我又梦见了那个女人。

“苍苍。”她轻佻地扶弄我的脸蛋,我眼睛瞪得大大地看着她。

“我要离开了,还会再看见你吗?”

“你死之后我才会消失。”她扬起脸笑得无比张狂,然后慢慢地,她扭曲的眼角滴落鲜活的泪花,“只是,我会以另一种形式。”

醒来时,发现自己躺在一张如羽毛般蓬松轻软的床上。夜已至,我打开桌子上那盏橙黄色小小的台灯,昏黄的灯光像是一种眩晕的状态,橙黄滴入黑暗,继而彻底交融。我爬到窗户那里去看星星,天空糊满干净而浓稠的黑暗。泪水突然汹涌而猖狂地奔流在我的脸颊,原来苍耳也会流泪,我突然觉得孤独,无论如何都无能为力的孤独,原来喜欢并不可以解决一切问题。

我理所当然地长大了,依旧贪念那也许转瞬即逝的温存,爱一个人,卑微而深情。白蝴蝶和白蛾的区别只是它们对爱的方式,一个选择被爱,一个选择爱。我爱白蝴蝶,可是我选择了白蛾。

我的生活平淡如一杯无味的白水，有一天，我从报纸上看到同院小姐姐成了大红大紫的导演，国外的名校，孤傲的外貌与超群的学历。我笑起来，我知道她不只是一只沉寂的白蝴蝶，她还是一只有着轻翼的绝色蝴蝶，冰冷的，却灼人，永远只会在云端上飞翔。

我放下报纸，往浴缸里放水，下午还有一个与他父母见面的聚会。

水汽覆盖在对面的镜中，我一点点用手划弄乳白色的迷雾，泡沫融化在上面，热度融化进我的体内。我好像一直在紧紧拥抱什么，去填补内心那一块没有爱的空白，水滴充盈了我的发丝，我的表情因为一些东西而膨胀。指尖从头顶一直慢慢地划弄到发尖，不知什么时候，我的指尖也涂满了鲜红的油彩，恍然才发现，原来我的青丝也如此漫漫。

“苍苍。”我紧紧地盯着镜中的那个人。年少的苍苍，看见了吗？

风哗啦啦随着落叶迎面向我而来，三月的春光，我一身轻纱，踩着奶黄色轮廓的高跟鞋，嗒嗒声轻快。这样的女子很多，人间，到处都飞着亲爱的白蛾。

青春里的秘密

□李纳米

[2018年"全国十佳小作家"]

李纳米，女，2001年生，获奖时为江苏省南京市金陵中学学生，江苏省作家协会会员，江苏省青少年作家协会会员，《中学生》《少年博览》等杂志校园记者。当时已在《儿童文学》《少年文艺》《中学生》《中国教育报》等全国报刊发表文学作品三百余篇，六十余次在全国性写作比赛中获奖。

快到家了，高若悬先停下脚步，冷漠地望着蒋思明道："思明，我们分手吧。"说完，就转身走了。

蒋思明紧跟几步到她身边，但并没有拉住她，只是喊道："小悬！"

高若悬没有理他，离他越来越远。

蒋思明望着她的背影，喊道："小悬！你别信李崇安的话！"

眼看着高若悬一个转弯就要消失，思明紧跑几步，喊道："小悬，李崇安说的是假的，我没有和林芷彩好！你别信她！"

思明隐约听见高若悬被掩盖在风里的声音："你走吧。"

思明在想，自己究竟是什么时候喜欢上这个女孩的？

她太贪心，什么都想要最好的。她想当班长，就大张旗鼓地捧着零食在教室里转悠，见人就给，一双眼睛弯弯的，忙着拉拢她那些小姐妹给她投票，那么势利。她想考第一，就用功学习，连老师讲笑话的时候手上也拿着笔，忙得连眼镜滑下来也来不及扶，就那样微微仰着头看黑板，那么傻。

她可能没有注意到，她收作业的时候嘟哝一声"蒋思明你卷子没写名字"，然后提笔帮他把名字补上的动作很可爱；她拼尽全力参加运动会跑八百米，在最后二十米左右看到一个一个人从自己旁边超过去的难过样子也很可爱……

他一直不信一见钟情，因为钟情是不自知的，当发现时，你早已看她看了很久。

“崇安，我担心小悬会找你问我之前的事。别告诉她，好吗？”“凭什么？”“求你了，真的。”“老规矩，两百块。”“凭什么？”这个小狐狸掉钱眼儿里了，暂时还摆不平。

高若悬把林芷彩约在操场。长椅湿漉漉的，也不能坐，她们就站着讲话。

“林芷彩，上次你说有我的照片对吧？”高若悬尽量让自己做出理直气壮的样子。

林芷彩一脸茫然地看着她：“嗯。”

“我也有你的照片。”高若悬怕她告密给老师，也反击回去，等她做出慌乱的表情。

林芷彩反而笑道：“我可没谈恋爱。”

高若悬胸有成竹地说道：“你骗人！我都拍下来了！你和思明……”

“我和蒋思明？”林芷彩露出诧异的表情道，“高若悬，你糊涂了吧？现在和蒋思明谈恋爱的人是你，被拍下照片的人也是你，我和蒋思明那都是几百年前的陈年老黄历了，你还兴致勃勃地跑过来跟我说什么！就这么点儿事儿的话，我可走了。”

高若悬一下子愣在原地，但是她不甘示弱地回击道：“你自己说了，你以前和他谈过恋爱！”

林芷彩露出好笑的神情道：“是，我们初三时谈过，现在想想，只是很好的朋友罢了。我们那是深厚的革命友谊，你不要胡乱猜忌。话说回来，你手里的照片哪儿来的？”

幸好高若悬早早想好答复：“跟你一样。”

“得了吧！”林芷彩笑道，“你俩的照片是我拍的，你的也是吗？咱们初中可不在一个中学。”

“啊？你手里的照片是自己拍的？”高若悬感觉自己就像站在女厕所里夹紧双腿等了又等，结果看见来了一个人试探般地拉了拉自己面前的门，然后泰然自若地进去了那样，吃惊又难过。

“是呀！我去上课，顺路看见的。”林芷彩看高若悬脸色不好，又道，“你怎么了？不舒服就回教室休息一下，要不要我扶你？”

高若悬知道自己是输了，如果林芷彩向老师告密，自己会失去班长的职位。她像个泄了气的皮球，缓缓坐在长椅上，低着头摆摆手道：“不用了，你先回去吧，我想一个人待会儿。”

林芷彩点点头走了。没走几步又拐回来说道：“高若悬，你不用担心我会把照片交给老师，照片我早删了，我不会拿这件事情要挟你。”她又狡黠一笑，“不过你要是想知道我把你拍得好不好看，虽然没照片了，但是我想告诉你，你和他很般配的哟！”

高若悬猛地抬头望着转身而走的林芷彩，微笑着对走远的背影说了声“谢谢你”。她的头上，一片叶子轻轻颤了两下，滑落下一滴雨水，刚好落在她的发间，细小的水珠串在漆黑的头发上，闪着亮晶晶的光。

报复

□王翊朵

[2018年“全国十佳小作家”]

王翊朵，获奖时为浙江省乐清中学高一学生。当时已在《中学生》《写作》《语文周报》《山东教育报》《作文成功之路》等报刊发表作品三十余篇。曾获第十届“文心雕龙杯”全国十佳校园小作家，第十三、十四、十五届“叶圣陶杯”全国中学生新作文大赛决赛一等奖等奖项。

这是我第一次觉得维持一段友谊是如此累人。

我一边靠在门框上等待慢悠悠整理发型、往脸上抹芦荟胶的她，一边这么想着。

“快点走吧，要迟到了。”我有些不满。

“你什么意思？不想等我可以先走啊！”我还没回过神来，她已怒气冲冲地跑开。

我无奈地擦擦额头上并没有的汗，心想：唉，又来了。其他从寝室里出来的同学早已见怪不怪，同情地拍拍我的肩，说：“别往心里去。”

怎么可能会往心里去呢？我脾气可好了。她就是爱生气嘛，忍忍也就过去了。自打我们认识，我们之间的关系就异常亲近，平日里都形影不离。每当她因一些小事无理取闹，我都忍着她让着她，等她气消了，又小白兔一般跳到跟前来。而这次的事情也只不过是小打小闹，我这么想着。可她已经整整一个早上没和我说话。

说不生气是假的。我正郁闷着，同寝室的一群女孩子跑来找我。她们指指她所在的位置，压低嗓音说：“我们看她不爽很久了，你怎么看？”回想起她的“斑斑劣迹”和今早的所作所为，一股无形的力量操控着我同她们握了握手：“英雄所见略同。”

于是，“抗战统一战线”建立。我们“声势浩大”地孤立她，甚至以此为乐。

许是久积的怨气来了个一次性的爆发。面对她震惊、不解、如受伤小兽一般的眼神，我无动于衷。我们在寝室里开起了“批斗大会”数落她的种种缺点。即使她本人就在旁边，还无所顾忌地开着恶意玩笑，丑化模仿她说话或是做事情的样子。

她本就是一个傲气的人，不会低头服软。但人总是需要陪伴的，她被全体女生孤立，便去和男生打交道。

但我们这点机会也不给她，迅速营造起流言，班里盛传她和某某男生不正常交往的传闻。终于，这传闻流进了班主任的耳朵里。“好消息，她被班主任叫办公室里去了。”一个女孩喜气洋洋地跑来报告。我们便纷纷跑去，躲在办公室的窗下，听班主任唾沫四溅地批评：“早恋？这对你们没有好处。把家长叫来，立刻，马上！”看她红肿着眼睛出来，我们窃窃地笑。

这样的情况持续了一个多月，心头的怒火也烧得差不多了。有人说，差不多收手吧，看她怪可怜。我又鬼使神差地给出了与本心相违的回答：“想想她以前，这是一报还一报，她活该。”

女孩子的心，再怎么坚强也总有脆弱。我正在看书时，她流着泪走过来：“我们之前那么要好，现在，为什么？从前是我不对，我一直在改……”我故作高傲地念出书上的一段话：“不愿向看不起的人低头，与她成为朋友。”她咬咬下嘴唇，转身走了。我听着她低低地抽泣，心中亦有后悔，只是话已出口，无法挽回。

时间很快过去，转机终于来了。

那是一次大考，全市排名，其严肃性可想而知。我和她，还有另一个女孩分到一个考场。一门考试即将结束，我答完了卷正准备放松一下神经，一个纸团飞到我桌上。抬头迎上那个女孩焦急的目光，打开纸团，上面是几个题号，我把答案写上，丢回去。但我却扔偏了。另一个女孩在地上寻找着，发现纸团竟落在她的脚边。正想去捡，监考老师闻风而动：“想作弊？去办公室！”监考老师一转身，又看向我：“是你吧，我看到了。”说着去寻找地上的“证据”。我的心一下悬了起来，若找到了证据，再怎么狡辩也无济于事。而这时，她突然抬起脚，踏住了那个纸团，装作没事一样地写着试卷。

考试结束，我和另一个女孩被带到办公室，一群要好的同学担忧地跟过去，在门口看着。面对老师询问，我固执道：“我没作弊。”“有谁能证明吗？”正想回答没有。她竟走进来，说：“老师，她们没作弊。”老师冷笑一下：“那我分明看到一个纸团。”她愣了一会儿，闭上眼，又睁开时，眼神变得无比坚决。像是做出了什么重要决定，她说：“那是我带的小抄，考试的时候掉了，她只是好心帮我捡回来，不知道里面是什么。”

我惊愕地瞪大了眼睛，她竟然……

老师走后，外面的人全都挤进来，担忧地询问着情况。而这时，那个作弊的女孩忽然哭出来，一把抱住她。其他人简单了解了情况，纷纷走上前与她拥抱。

轮到我了，她无言，只是望着我。深吸一口气，张开双臂，忍住即将涌出的泪水，抱住她：“谢谢你……对不起。”

为什么要偏执报复，明明彼此深爱，何不放下骄傲，各退一步。

那时年少

□赫淏琨

[2018年“全国十佳小作家”]

赫淏琨，女，获奖时为河北省石家庄市第一中学高二学生。喜欢读书，爱好旅行。当时已在《看天下》《万象》《作文成功之路》《快乐历史地理》《雨花》《七彩童年》《语文周报》《河北青年报》《燕赵晚报》等报刊上发表作品五十余篇。

我想，在青春中，每个女孩的心中都有一个“你”，可望而不可即。而我在初二那年，遇到了你。

那时的你，是年级第一，是校汉字听写队的主力，是新任的物理课代表，而我是不折不扣的学渣。

有一天早上，你来收作业，我支支吾吾地解释着我还没有写完，回头再交。其实，我上课根本不听讲，从来不交作业，一般的课代表都不会搭理我，可你对我说：“我大课间才去交作业，你写完了记得给我。”

此时，窗外阳光正好，洒在你的身上，如同金子一般。我呆住了，木木地点点头说：“好。”于是，那天我第一次拼命补完了作业，交到了你的手中。

后来，当听到初三要分AB班时，我的心中便闪过一个念头，我要去A班。那时年少，从未想过是因为你，才会立下去A班的誓言。我说到做到，从此夜宵灯火为伴，挑灯苦读，已不见了当年厌学的样子。付出终归有了回报，我名正言顺地去了A班，而帮我的，正是我年级第一的理科成绩。当我的照片与你的一起贴在单科状元的表扬牌上时，我突然觉得，那几个月不眠灯火的夜读，真的值得。

在A班，我是化学课代表，你是物理课代表。每天早上，我和你搬着作业，走过长长的走廊去交作业。清晨的阳光铺在地上，鸟儿在树枝上唱着晨曲，那是我一天中最快乐的时光，因为可以走在你的旁边。后来，学校举办了“校园文化讲坛”，第一次课是你讲的，讲纳兰词。你讲“一生一代一双人”，讲“暗怜双继郁金香”，讲“何事秋风悲画扇”。你说你最佩服纳兰容若，你说他的词凄艳。你在讲台上讲得沉迷，我在台下听得陶醉。因你一句“他的词有李后主的遗风”，之后轮到我讲时，我便讲李煜，说“春花秋月何时了”，谈“玉树琼枝作烟萝”。你在台下鼓掌，眼睛亮闪闪的。我觉得，这是我收到的最大的奖励。

你物理极好，我便苦读理化；你文采好，我就练一支生花妙笔；我听说你要去浙大，我便加紧努力备战中考，为三年后的高考埋下伏笔。

中考之后，我拿着同学录请你填写。其中深藏着我小小的心思，我想要到你的电话号码。可终归，一如当时差了一年的拼搏，我未曾考上你所在的学校一般，这次，我还是差了一点儿，有了你的电话，却始终没有拨通。

那时年少，那时的你白衣胜雪才冠三梁，我一直记到了现在，毕竟那曾是一束光，照亮了我两年前兵荒马乱的人生，由此记在了心间。

“喜欢你”这句话，我从未对你说过。但今天，我想告诉你，我喜欢过你，喜欢了整整两年。谢谢你让我明白了，所谓暗恋，是为了值得的人，成为更好的自己。

第五辑

寻常巷陌不寻常

文化履印在巷陌里层层叠叠，
每一块砖瓦都被赋予了深度和厚度。

在春天，美丽地向国旗致敬

□陈安琪

[2005年“全国十佳小作家”]

陈安琪，女，出生于1989年，获奖时为黑龙江省大庆实验中学高一学生。当时已在《中学生》《中国中学生报》《青年文学》等报刊发表作品三十余篇，获得十六项写作征文奖。爱好扬琴，在比赛中也获得佳绩。

春天，回归绿色，草长莺飞。万物，经历过沉睡的雪季，又复苏了成长的理想。一切的一切，特别是心灵深处那份圣洁、崇敬的国旗情，又浓得令我眺望、怀想……

春天，是绿色的家园。

绿色，是春天的象征，是春天的标志，也是春天的回忆与歌唱。而就是这铺展在心扉上的绿色思绪，点点滴滴地在心灵深处描绘着往事，畅想着未来，成为一份最爱——因为，在我年少的生命里，绿色绝不单单是春天的色彩，它更是军队和士兵所拥有的颜色。那个让我离别时泪流满面的北京，那个让我磨破了双脚追赶着军歌的夏天，我小小的心灵与他们神秘邂逅的情景，的确让我回味终身，那就是——天安门国旗护卫队。

是的，就是那个驻在红墙里的连队，一队队的“绿色士兵”。他们让我难以忘怀的，不仅仅是敬仰、钦佩，更多的是狂喜和狂喜后的难舍难分——

很偶然，那天我们本是要早起到天安门广场看升国旗，因集合得太慢便错过了升旗的时间。虽然我已是三上北京，却还从未经历在天安门广场上仰望国旗在激昂的国歌里徐徐升起，不知是否应该感到惋惜。但有幸的是当我们一行刚从历史博物馆里出来，听说还有降国旗的仪式，真是天助我也！机会难得，来不及多考虑，我们便拔腿冒着淅淅沥沥的细雨向国旗跑去。尽管是雨天，而且距离降旗的时间还有一个多小时，但此刻护栏周围早已有执勤的士兵列队守卫，四周的人们围着国旗静静地等待。我心想，降国旗仪式真的能和升国旗仪式一样壮美？随着秒针的转动，我不知道命运的指针已在为我小小的心灵划定热爱和思念的轨道。降国旗的时间临近了，在人们焦急期盼的眼神中，绿色的国旗护卫队，终于从天安门城楼下大红的正门里列队走来。天哪！威武的军容、响彻天地的步伐、英姿勃发的神采，不容置疑，我的眼睛被这组如移动的雕塑一样的英雄所征服。一刹那，我的那根命运的指针悄悄地移动到在雨中看不清面容的士兵身上，我多么希望地球停止转动，时光止步不再向前，让这个天地间只有他们傲然屹立的身影、清爽英气的面容。

降国旗仪式结束了，“绿色的士兵们”列队走过天安门长街，在霞光里与红墙和金色的琉璃瓦融成最美的画面，我的心狂跳不止，脑海中总是刚才离我最近的那个士兵的脸，虽然雨水打湿了我的视线，但是我的胸怀里只有满满的思念——如果，时光能够再让我面对他看一眼！

诗意、朦胧、崇敬、迷醉，在离开天安门广场的时候，我决定第二天一定早起看升国旗仪式，看国旗下最可爱的士兵。

第二天凌晨，我们早早地来到了天安门广场，在宁静的凌晨里，星光下密集了来自祖国各地的人。我当时虽然还没有从睡梦里清醒过来，可是一想到马上又要看到国旗护卫队，立刻神清气爽。经过一段苦苦的煎熬，终于把国旗护卫队盼望了出来：他们在自己整齐踏步的回声中徐徐走来，像青翠的松柏一样在日出前分布在旗杆底座的四周。升国旗仪式开始了，随着国歌的奏响，只见升旗手有力地甩旗，国旗在国歌的音乐里庄严地向上！国旗向上升起来了！我的心被这伟大而美好的仪式陶醉了。北京的一天又开始了，祖国的一天也开始了。然而更令我感动的是身边一个年轻的盲人，他与女友手牵着手，和许许多多的人一样站立在人群中，喜悦地“看”着国旗护卫队肩扛着国旗来临，“仰望”着国旗的升起，“欣赏”着那暖洋洋的太阳照耀着祖国大地。在他的脸上我没有读到一丝的悲哀与失望，在他的眼中我没有读到一丝的焦虑与心痛，相反却真实地读到了无限的欣喜与希望、赞美与祝福。我想，他看到了，他和我一起看到了国旗在升起，他和我一起看到了祖国的春天正繁花似锦、香飘九州。

感谢又一个春天来临，感谢春天的绿色唤起了我心中那份沉甸甸的情感。手捧着与国旗护卫队护旗手的合影以及厚厚一大本在天安门国旗护卫队营房前拍摄的照片，我真的很想念这些忠诚地守护着国旗、日夜与国旗相伴的“绿色士兵”，想念他们刚劲的绿色身骨中青春的阳刚之气，想念他们严整的队列，想念他们雄壮的军歌，想念他们日出一样温暖的眼神……

当然，在感谢春天的同时，我的内心也感谢和祝福这些永远的“绿色大哥哥”，他们为国旗而生，国旗也因为他们的相伴而更加壮丽！

在这个春天来临的时刻，我想念北京。

在这个绿色萌芽的时刻，我经常美丽地向国旗致敬！

静听回声

□潘 韵

[2005年"全国十佳小作家"]

潘韵，女，出生于1988年，获奖时为江苏省徐州高级中学高三学生。当时已写有小说、散文、随笔、日记等三十余万字，在各级报刊发表作品二十余篇，多次获奖。2004年11月由中国文联出版社出版个人文集《静听回声》。

第一次走进二中，见到大成殿，我就被震撼了。那宏伟的建筑立于石基之上，越发显得高大，黄色的琉璃瓦顶，四角燕尾般上翘；红色的墙体，中间是两扇古旧的木门，古朴、浑厚，带着历史的神秘与沧桑，静静地矗立在那儿。

我每天都要走在"庭院深深"的二中校园里，每天都要见到大成门和大成殿，随着时间的流逝，最初的震撼感消失了，大成殿对于我而言，充其量是座有些历史的遗迹。我仅知道，大成殿建于明代，是一座儒家学府。又听同学说，在革命时期，大成殿曾是救治伤员的场所。除这些以外，并无更多的了解。

一节早自习，老师讲起了孔子和大成殿。孔子是春秋末期的思想家、政治家、教育家，被后人尊为"圣人"。他创立的儒家思想，崇尚"礼乐"和"仁义"，提倡"忠恕"和"中庸"之道，重视伦理道德教育。自汉武帝罢黜百家之后，儒家的经典理论一直为封建统治阶级的最高教条。他的学说统治了中国封建社会学术思想，成为中国封建文化的主体，他的思想渗透了整个社会，影响至今，并几乎成为中华民族传统文化的代名词。老师讲到大成殿的历史时，我才详细了解到大成殿曾经的辉煌。徐州，古称彭城，地处要道，因为便利的交通、中心的区域优势，自古以来便商贾云集。而大成殿则是这地带最有名望的学府。无论是本地，还是外省外埠，无论是富家子弟，还是寒门学子，都慕名前来，拜师求学。大成门外，门庭若市。老师说，明代时，大成门和大成殿之间是一片莲花池，上面架起一座石桥供人往来。大成门旁，更有小河蜿蜒而过。

从窗口俯视大成殿，晨光中树木复苏，鸟声啾鸣，越显得古朴沉静。这景合着想象，竟在我脑海中浮现出一幅淡雅的泼墨画来，色泽清淡而意蕴深厚，我不禁沉浸其中，任思绪飘飞至六百年前——就是这样一个晴朗的早晨，古人们提起长衫跨进大成门高高的门槛，晨风拂过光洁的发髻，拂过虔诚的面孔。布鞋走在石桥上，未对池中的鱼儿有丝毫惊扰。跨入大成殿，对着孔圣人的挂像拜了三拜，又对端坐于前的先生深鞠一躬，坐到自己的位子上，于是"知之为知之，不知为不知"的读书声，响彻整个大成殿……

从那以后，我就特别希望能走进大成殿，推开那两扇古旧的大红木门，跨进那高高的门槛。然而大成殿的门却总是紧锁着，有时我从门缝里望去，隐约可见一张巨大的孔子挂像。

初三将毕业时的一天，老师忽然通知我们去大成殿照相。我就这样意外地、真真切切地走进了它。推开木门，阳光溢进，照在孔子挂像上。我抬头，正迎住孔圣人温良的目光，这智慧的目光，已是静静注视了人类几千年。青石铺地，四根木柱支撑着大梁。大成殿里空阔阴冷，空无一物。而我并不感失望，因为我听到了它想要说的一切，用我的心听到的。其实，它早就已经告诉了我，它的存在，就是一种默默的诉说。

这样一座学府，经历了六百年的风雨、六百年的沧桑变化、六百年的世事变迁。它听到了古代学子的读书声，看到了革命战争的连天炮火，见证了中华人民共和国的成立。它矗立，它不倒，它是要告诉我们：求知与读书，是亘古不变的真理，是人们永远不会忘记并一直努力追求着的！

隐隐地，真的听到了古人"知之为知之，不知为不知"的读书声，由遥远渐渐清晰，继而回荡在整个校园。我知道，那是历史的回声。

擦亮生活

□杨念念

[2005年“全国十佳小作家”]

杨念念,女,出生于1988年,获奖时为湖北省松滋市第三中学高二学生,任学校开拓文学社社长。当时已在《读写天地》《全国优秀作文选》《创新作文》等报刊发表小小说、散文、诗歌、童话近三十篇,并十多次在全国作文竞赛中获奖。

学校门口有位擦皮鞋的妇女。每天上学放学时我都会看见她提着一个木质工具箱,扛着一把破旧的椅子,在校门口站着。我最怕看她的脸,学美术的同学说她简直是尊天然雕塑,毫无表情,冷冰冰的。听说她才三十岁出头,可看上去似有五十岁光景。

她有个女儿,十岁,伶俐乖巧,时常会对我们说悄悄话:“我妈妈下岗了,她偷偷哭了好几夜。”“妈妈擦皮鞋供我读书,说这个月赚的钱要给我买件新衣服。”“我没有爸爸,很小的时候他就不在了,我已不记得他的样子了。”小孩子的眼里是没有忧愁的,但我们听了,心里总忍不住有些黯然。于是,也不再计较她的表情了,经常拉一帮同学去她那儿擦皮鞋。

一个雨过天晴的下午,我去擦皮鞋,来擦皮鞋的一个接一个,看来她今天的生意还不错。

她给我擦皮鞋时,我问:“生意不错吧?”“看情况,有时一天擦三四十元,有时一天只有几元钱。”她说道。擦完后,我笑着说:“你擦得很亮!”她终于露出了淡淡的微笑:“那以后常来啊!”

来擦皮鞋的人越来越多,她常忙得不亦乐乎,脸上也有了笑容。不久,她在校门口租了一间小屋。每次去擦皮鞋她都会带着笑容迎接我们。又过了不久,那小屋门上挂上了“亮亮擦鞋店”的牌子。

她用勤劳的双手擦出了一片天地,擦亮了生活。

黄山记忆

□刘般实

[2006年“全国十佳小作家”]

刘般实，男，笔名灵彝、完颜渡，出生于1991年，获奖时为陕西省咸阳市道北铁路中学高三学生。当时已在国内外报刊发表文章两百余篇，共计四十余万字，并数十次获得各级征文大赛奖项。除写作外在游泳、摄影、电脑游戏制作等方面也颇有特长。

应是烟淡雨疏之季，那片灵动的古老竹林，那条覆满落英的小径，那潺潺的泉水从不知所终的山中杳至。应是暖雾夕照的刹那吧，斑驳的镂花窗棂在晶莹的湿雾中透着仙气，隐约的林中传来隐约的天籁之声，倾听雪落尘埃的我，任时间如此那般地划过皮肤，多少年后，又漫步在通幽曲径，物是，人非。

这个时节，众山的清泉自磨得圆润的岩壁流下，聚成一条清浅的溪，一路不设险滩，倒有十分恬静的青石挡在其间，一阵缱绻的搁脚后，欢快地东流去。偶见几片花瓣、一缕树叶悠闲地浮过家门，耳畔便起了那醉人的词：“流水落花春去也，天上人间。”这溪名曰逍遥溪，里面的鱼儿兀自潜泳，岸边的人们日出而作，日落而息。方圆七十二公里的翠山之内，人与自然偎依生存，花草与动物自谋其乐。这乐想必是外人所不能解的，就像陶渊明梦里的世外桃源，只是这一处乐土因汤显祖“一生痴绝处，无梦到徽州”，徐霞客“登黄山，天下无山”的偏心择断，因那飞扬跋扈的定判“五岳若与黄山并，犹欠灵砂一道泉”而扬名天下，千百年来伫立在山巅那伟岸俊朗的迎客松便不再是一棵普通的松，而脱化为一个象征，一个里程碑。

一时间，寂寞的小道沸腾起来，昔日被“第四纪冰川”侵蚀得千奇百怪的石头蔚然成奇观，那一轮千娇百媚的薄日竭尽憨态踏上重叠的云海之上时，闪光灯和众多双眼睛的期待便有了下文，周身披着海拔一千八百七十米的寒意，惊叹却是真正在心底蔓延。美，秀美，壮美；峭，峻峭，料峭。用再多的形容词也不偏颇，书再大的感叹号也不失礼。生于斯，长于斯，春挑起蠢蠢的暖意弥漫在幽谷，夏匀来一丛清凉罩住依山傍水地，秋悬着朗朗乾坤绘一幅万籁俱寂图，冬钻入精雕细琢的仙境织就雾凇和雪石，实可谓：桃花坞里别有洞天。

桃花坞里还住着我的童年。黄山深处有一方芬芳烂漫的景致被人称作“散花坞”，小时的我假以此任性地将整座山冠名以“桃花坞”，事已经年，偶尔拎起零碎的光与影，却织不出潋滟的全景，每一次记忆偶然的转身，都犹如平静的水面掷入一枚石子。那搁在阁楼上无人问津的泛黄日记里一定记载着许多趣事吧，就让那些稚嫩的表达成为痕迹隐没在成长的历程里，成长的秘密随秀竹须草一同吐纳生息。年幼的我只知丛林有漫山遍野的野樱桃，只恨野草莓一开苞便被懒蛇窃了去，稍大一些才知那里还有一丛被人看好的野茶林，盛产着醇香的特级毛峰，还有一小拨调皮的短尾猴时常会光顾居民区的电线杠，手捧着野果吆喝众人，尤喜逗孩童，那活泼窈窕的逍遥溪在山洪来临时也会幻化出另一副耀武扬威的面孔，还有日落时母亲在桥头对孩子的一声声呼唤，那是世界上最温暖的声音……竹林间，童年曾嬉戏的地方却是寂寞长长，长大的我们不再去打扰它，新的孩子们开辟了新的游乐场，林间长尾锦羽的红嘴鸟儿忘情地嘶鸣，想必已经忘了，那年那月的一群孩子，如何欢叫地绕着这青葱奔跑，简单的快乐、纯粹的幸福啊。

似在昨天，十岁的我在河边亲手插下孱弱如己的柳条，刹那间，芳华猝然老去。一段烟的距离，一草一木见证了我的成长，而我无能为力地目睹着父辈们的衰老，岁月轮回，似黄山的一举成名，有所得，必有所失。

而黄山终究是静穆的。哪怕人声再鼎沸，都不过是沉淀在万年中的惊鸿一瞥，过客流连的仅是山腰和山顶悸动的美色，住在山脚的我们，阅览了风霜，饱经了四季，才是它地道的追随者。一辈子的知己，注定相濡以沫，像相见于江湖的侠客，允诺大悲大喜、不离不弃的传说。我们爱它的，不光是那盛世的绚烂，连同绽放后的凋零，也一并霸道地爱了。

记忆是个喜欢偷梁换柱的家伙，它会嫁接的魔术，会令我迟滞在思维的空当，怀疑自己的眼睛，那一尘不染的究竟是路还是景，处处有出路，处处是风景。一时我竟不能分辨，我想不起许多年前风起时，这条进山的大道是否也是在两旁摇曳的白桦间这样生动起来，矮绿的草坪茸茸的，婴孩毛发一样可爱，记忆里它一直守在这吗？那遗落在风中道上天真的童音呢？白桦树干上的眼睛深邃了些，看我这个游子一年年“近乡情更怯”，怕是它们，也不想匆匆老去吧。

别唤醒她
——千年的古镇

□徐尚斐

[2006年“全国十佳小作家”]

徐尚斐，女，1990年生，获奖时为广东省深圳中学高一学生。当时已在《深圳特区报》《特区教育》等报刊上发表作品十余篇。爱好广泛，2005年获国际中学生美术创新一等奖，2006年代表深圳中学参加了在北京大学举办的全国中学生模拟联合国大会。

去了一趟婺源。

汽车在重重的山路间蜿蜒前行，远远瞥见她的倩影，她隐隐约约伏在远方的山坳——颇有些桃花源的味道。

站在蓝天之下、芳草之上，静观周遭，不得不为“造化钟神秀”而惊叹。这里，没有通都大邑的喧嚣，终日萦绕耳边的是阔别甚久的鸟鸣声、溪流声……一切声音彼此融洽，和谐自然，浑如天籁；这里，没有穿流蠕动的人群，映入眼帘的是青山绿水、白墙黑瓦……人与大自然已充分融合，眼前的一切都成了大自然乐章里一个个跳跃的音符。

清晨，农家小院雾霭氤氲，薄薄的，轻轻的；朝阳透过婆娑的树叶，星星点点地散落在房檐上——这里，一切都沐浴在大自然的造化之中。

“你们这儿真好！”同行的城市人忘情道。

“哪有你们城里好，到处是高得见不着顶的房子，还有满地乱跑的汽车！”

我们无语。

那位老乡说的是实话，城市看起来是比乡下阔气得多，然而，殊不知鳞次栉比的高楼无情地遮住了远眺的视线，楼外还是楼，倘若视线可以转弯也会被它们拉扯得疲惫交加；推开窗户，一股混凝土与柴油的气味交织在一起，扑面而来，每一次呼吸都是对身心的痛苦折磨；天很灰，地很暗，人很多，树很少……这一切，组成了一个浮华的名词——城市。

我一直在想，婺源能保留今天如此古朴的建筑、如此清新的环境，是不是与她长期以来未曾被开发有关？

很难想象开发后的景象：商人来这儿淘金，高楼大厦拔地而起，被砍得光秃秃的山上修起盘山公路……

别唤醒她了，这千年的古镇。这里，才是大自然灵魂的栖息地。这样的地方，现在的中国还有多少呢？

想到这里，我有些愧疚，愧疚我们胶皮的汽车轮胎践踏了这古朴的土地，愧疚我们带来的城市的污浊气息弄脏了空气……城市人，别再伤害这些古镇了！我想，我不会再随家人“驾车”去诸如婺源这样的古镇了。清晨，我推开乡间的门扉，听着喔喔的鸡鸣，和煦的阳光笼罩着整个村庄，如薄纱般的轻雾蒙眬了视线。恍惚间，我仿佛瞥见了那个已逝去多年的桃花源——那个未有污秽的、纯洁的地方。

提起箱子，我轻轻地走了，悄无声息。

远了，远了。

我驻足回望，她已隐在雾霭深处。

秋忆

——寄给文森特·威廉·凡·高

□张羿

[2007年“全国十佳小作家”]

张羿，男，出生于1990年，获奖时为贵州省贵阳市第一中学高一学生。当时已在《贵州都市报》《贵州日报》《语文报》《全国中学优秀作文选》等报刊发表习作二十余篇。多次在全国性作文大赛中获奖。

深秋的奥维尔小镇，寒意袭来。当苍蓝的天边郁郁沉沉的晚云逶迤而来时，夕阳沉沦在一带远山远水中。时间渐渐消散了它的光芒，天边的云也渐渐褪成凝重低沉的阴影，与广袤的天宇构成一幅深沉缥缈的背景。满地的落叶昭示着深秋的到来。

难以想象，在巴黎这座浮华城市旁，竟有如此宁静的景致。不远处就是瓦兹河。微风荡起阵阵涟漪，寂寞的瓦兹河流逝着亘古不变的忧愁。

沿着奥维尔教堂旁的小路向前走，此行的目的地——奥维尔公墓终于到了。

这里长眠着一个人，一个终身落魄的画家——文森特·威廉·凡·高。他的一生似乎是一个秋天，关心与理解不眷顾于他，鲜花与掌声与他无缘。而寂寞与忧伤却与他如影随形。

他的作品在他生前从未被人瞟过一眼，他爱过这个世界，但这个世界却不曾施爱与他。直到他怀着满腔怨愤结束自己的生命若干年后人们才注意，才开始理解他的作品。世界终于承认了他。人们在他的作品前赞不绝口，而一幅《凡·高自画像》竟拍卖出七千一百五十万美元的天价！长眠在地下的凡·高再已看不到这一切。可怜的凡·高，他一生唯一的梦想，就是能在一间小小的咖啡屋里展览自己的作品，而这个梦想对他而言却是一个永远无法补救的遗恨。他多么希望能得到别人的关注，哪怕是一个眼神。甚至他希望能像莫奈、高更一样在得不到掌声的时候可以得到唾骂，因为至少，那可以说明有人知道他。但他得不到，就像一颗一瞬即逝的流星，被遗忘在无垠的天空。

凡·高的一生是在贫穷与孤独中度过的，除了他的弟弟提奥让他在黑暗中望见一丝光明。提奥默默地支持他，凡·高一生只卖出过一幅画——《粉红色的葡萄架》。而这幅画却是提奥雇人买下的，凡·高至死都不知道这个秘密。在凡·高最后的日子里，苦难仍没有结束，提奥由于经济紧张而对凡·高的资助也窘迫起来，并且也无意中向凡·高流露出不满的情绪。凡·高不愿再连累弟弟，他预感到命运就是要他这样苦难孤独至死。于是，在一个月黑风高的夜晚，年轻的凡·高独自踉踉跄跄地跑到原野，举起手枪对准自己的腹部扣动了扳机……

凡·高并不只是一位杰出的画家，他更是一股在逆境中奋起的最伟大的力量。他忍受孤独和世界对他的排斥，一个人在他的艺术生涯中搏击，在冷暖色调中荡涤着灵魂，彰显着生命最本质的色彩！

有人说春天是生命的初始，是最具生机的季节，当深秋来临后，一切皆会枯萎。而我认为，秋天是生命般凝重的季节，凡·高就如同深秋的化身。在他的笔下，秋天并不只是一个怀古感伤的时节。我见过他的作品《有乌鸦的麦田》，惨淡的天空，浮云万里，低沉压抑，令人窒息。广阔的原野上，寂寥一片，但分明感受得到其中蕴藏着隐隐的悲哀，一股脉脉的忧伤。凡·高的线条勾勒出孤独。

孤独，我也曾为这个字眼困惑。人，赤手空拳而来，经历世间沉浮，悲欢离合，又空拳赤手而归。到底是什么使得人们在明知一步步接近死亡的过程中，仍能如此义无反顾？就像片片飘飞的秋叶，坦然地将自己葬入大地。但人们却惧怕孤独，于是人们聚在一起，于是有了“主流”方向，于是有了迎合与妥协。正因为如此，年轻的高更“聪明”地将自己的绝世才华融入大众，有了“方向”。而凡·高，一个天才的灵魂，一个精神上的贵族，死守着自己心灵的疆域，除了让命运对其一波三折，但丝毫不让命运背叛心灵。在世界抛弃他之后，他毅然将自己放逐于自然，寄情于山水。他捡拾山的雄浑，捕捉风的耳语，集成一幅幅本真的画作。于是我看到，“向日葵”绽放着生命的华彩，“星空”回旋着斑斓的冥想，一个人的孤独终于幻化为不加任何杂质的思想。在凡·高寂寞的背后，我感受到的是对生命如火如荼的眷念和超越生死的心灵的追忆。

我终于明白：珍惜生命的最好方法就是“挥霍”，而不是吝啬。

暮色已至，深秋的风裹挟着寒气。远方的小提琴声余音绕梁，像是郁郁沉沉的云霭，像是久久不散的幽思，沾着暗香，在奥维尔公墓上空低婉地回荡。依旧是千年的月光，朗照着微风拂过的瓦兹河，流逝着亘古不变的寂寞与忧愁……

梦中天地

□李皖琪

[2007年"全国十佳小作家"]

李皖琪,女,出生于1991年,获奖时为广东省广州市铁路第一中学高二学生。当时已在《羊城晚报》《现代中小学生报》等报刊发表习作十余篇,在省、市级作文竞赛中多次获奖。

我生活在北回归线以南的城市,却痴迷江南的一切景致。于是,我向地图上方看,仰望江南的水和如水的江南。那是我远方的一个白日梦。

但一个偶然的机会,我的江南之梦竟成真了。我有些激动难耐,抑制不住飘飞的思绪。柳永曾经驻足的章台路,或是周邦彦"少检"时必到的十里秦淮,灯红酒绿、歌舞升平;十指如葱、呵气如兰的女人们抱捻着琵琶坐上雕梁画栋的大船,桨声灯影,低吟浅酌。朱华翠掩风不动,雨打芭蕉几时休。她们凄凄切切地一诉衷肠。云山已作歌眉浅,山下碧流清似眼……而这一切,都属于此行的目的地,属于祖国版图北纬三十度的那个省份,属于那被水滋养了的江南文化。

我远远地跑到这里,其实是为了忘掉学业压力重重包围之下难以驱散的倦意,忘掉"以物喜,以已悲"的心境。我会自然而然地爱上他乡,爱上这淌过纵横交错河道的流水和烟雨蒙蒙中的小桥、人家,以及烦恼随水流逝后我的散淡。

"昨夜月明江上梦,逆随潮水到秦淮。"一条阴阴仄仄的青石板路,两旁低低矮矮的老房子,粉墙黛瓦,阴郁霉潮,带着些青苔的味道。这便是此番千里之行的终点。我要在这里住下来,是小住。这里有夹竹桃掩映的柴扉,有墙缝中青苔的洇漫,蕨类生长在井栏,有环佩叮当裙裾妖娆,处处是能滋养人心的水盈盈的恬适。

出了巷子,是座很有些古意的石桥,桥下,是曲折的河水。这里是水构筑的天堂,早在京杭大运河开凿之前就和水联系在一起。蜿蜒的河道沟通着大小不一的城市,一衣带水,它们以最为温柔的方式相互联通,却毫不松散。有了流水,这里便有了生命，有了无穷无尽却并不张扬的活力。

这里的时日是缓慢的，夹杂着雨丝的日脚沉沉地移动着。从清晨到薄暮，从黄昏到日出，它们的距离似乎比我所生活的那座城市要长了许多。那浸在鸟鸣中的安静，那枕河入睡的安恬，似乎在这里，要做好多幕的梦才能把晨曦盼上窗帘。在这个高速的时代，仍然有着这样涓涓细流的速度。

这里的人有如同这里的时间般温和柔美的性情，大概是被潺潺汩汩地流淌的水所培养的。在巷子里散步，在河埠头徘徊，我听着人们操着吴侬软语交谈，那是一种独特的人文气质，一种类似水的隐忍与风度。

我爱上了这里的每一样食物。枣团、荠菜肉丝豆腐、炒青蚕豆、麻酱油香干拌马兰头、东坡肉、鲈鱼莼菜。在这里，我第一次吃到荠菜馄饨。皮薄馅多，用荠菜和虾仁做馅，佐以高汤，味道清醇的水淋淋的荠菜带着苦香，和着虾仁的鲜美。那是所有北方煎饼火烧、南方咸菜与粥所不可比拟的味道，那是只有在这水的启发下才能诞生出的智慧结晶。还有那晶莹剔透、盛在紫砂小罐里的东坡肉，香甜软糯，大概是文豪也被这江南的水和如水的江南所打动，才会有如此美妙的创意罢。

正值春雨时节，这里的植物都笼罩在雨水烟雾中。在这里悠闲地漫步，我放缓了呼吸，甚至难以区分出我的呼吸与这个古镇的呼吸。空气中弥漫着熨帖的潮湿气息，使我真正地安静下来了。这个古镇似乎能读懂我的全部心思，明白我在这个春天所承受的种种压力，它静静地抚慰着我，对我起着镇痛的作用。在这里，江南人如水般和谐的性格，升华了我的全部思维。在这里，我谛听水流的声响，遐想着那每一扇门和窗里千百年的故事。在这里，我愿意扶着斑驳的桥栏，向流水诉说我的全部想法。在这里，我愿比那小河上的波纹更寂寞。

那缠缠绵绵的雨丝，落在我身上，我甚至感觉它们是在用文白交杂的汉语在跟我交谈，从秦汉到魏晋，从唐宋直至明清，这江南的雨从来没有忘记过自己的母语。

就这样，我以这里湿漉漉的空气为屏障，间开了我的烦躁与不安。溪涧纵横，景色清幽，人也跟着氤氲起来。如果我在这儿一直住下去，大概也会变得像这里的人一般词气从容，语调徐舒吧！也许我会赋着“蒹葭苍苍，白露为霜”“雨雪瀌瀌，见晛曰消”“参差荇菜，左右流之”，踏过一座座石桥，走过桥与桥之间的小路，坐在船头，在水中悠悠地徜徉，细细地品味这被水成就的江南文化。

然而我还是要走了，受到这种水文化的滋养，我恢复了平和的心态，重新树立起一个人应有的自由的精神。我将带着这片天地所给予我的，再次开始我的旅程。这里的景色，这里的人们，这里的水文化，这如水的江南的一切，又何尝不是一场梦呢？那些相挽的桥和堤，送了我一程又一程。

在天的那一边

□徐箐梅

[2008年"全国十佳小作家"]

徐箐梅，女，出生于1992年，获奖时为山东师范大学附属中学高一学生。当时已在《齐鲁晚报》《家庭生活报》《前卫报》《山东青年》《中学生优秀作文》等报刊发表数十篇作品，先后四次在国家、省级写作竞赛中获奖。

小时候，因父母工作忙，我一直住在乡下的姥姥家。那时印象最深的是每到夏日的夜晚，躺在铺在院子地上的凉席上，听姥姥摇着蒲扇讲牛郎织女的故事，看泛着白光的银河和点点繁星，或者在夏日的午后，躺在树荫下的凉席上看天上变化无穷的云……

上学后，利用暑假的机会，我跟随着父母四处旅游，游遍了大半个中国。那些优美如画的自然山水、庄严壮丽的人文景观，令我惊异不已。

仰望孔子的画像，心中充满无限的敬仰。踏在故宫的宫殿中，耳中回荡着历史的声音。抚摸着古长城，胸中激荡着冲天的豪气。这时，我就有了若干充实，就有了说不出的自豪！于是，到"天的那一边"去，看更多更新更美的风景便成了我总不能满足的愿望。

去年六月，中考结束了。我竟有了一次出国旅游的机会——跟着爸爸的朋友一家去德国——一个遥远的欧洲国家。它秀丽的山川风光、灿烂的文化古迹以及独特的生活风貌都散发出巨大的魅力。我是兴致勃勃地开始德国之旅的。在北海海滨，夹杂着咸味的海风从身上轻轻拂过，头顶上盘旋着大群洁白的海鸥。面对着那一望无垠、令人敬畏的大海，我有一种孩子回到母亲怀抱似的感觉……

这里最有名的建筑是科隆大教堂，它位于莱茵河畔，是世界上最完美的哥特式教堂。当我站在科隆大教堂前，注视着那笼罩着一片金辉的哥特式建筑，望着那高耸入云的塔尖时，我感受到了一个民族积极向上的灵魂。

每到一处，无论大海、沙滩、草地、天空，还有民俗、建筑以及西方人的真诚、热情与豪爽我都认真感受，一时间，我有点流连忘返了。然而，就在这种种情感涌起时，另一种更为强烈的情感倏地一下充满了我的心间，令我感到了一阵确确实实的悸痛！

那天，我登上阿尔卑斯山脉，眺望远近那洁净的天空时，心中忽地生出一种恐惧：我来到了什么地方？我的家在哪里？我还能回到我的家吗？我环顾四周，一片陌生的风景，一些陌生的人。我一下子清醒了。这儿不是我的家，尽管它风景如画，但是它却不属于我。看看周围的美景，再看看周围的蓝眼睛白皮肤，我忽然觉得他们是那么陌生，离我是那么遥远！哦，我多想按照我小时候的方法回家去，立刻！哪怕是让我从蓝天白云穿行而过，哪怕是心怀恐惧，哪怕是穿过地心从地球的另一面钻出去，只要我能立刻回到我的家，回到我可爱的家！是的，我要回家！

因为在我的家里，有我的父母亲人，有我的美好童年……有我关切的现实与历史，自然，也有我关切的情感与学业！

此后的日子，特别是随着返程日期临近，我的脑海中竟会经常地涌起姥姥在场院、在树荫铺下的凉席，闪现出我家附近的柏油路、铺面、酒店宾馆、趵突泉，还有那古老而有趣的民族风俗、美味的济南名吃……这时所渴望的还是“天的那一边”，不过，这回的“天的那一边”，却是“天的这一边”了！是的，我是属于天的这一边的，这个“属于”，包括了生活、爱好、习惯、学业以及跟我生命相关的一切，它们都是属于我的！而我也只能属于它们！

进而，我更清醒地发现，属于一个人的，不只是自己本人，还包括了与之相关的全民族与国家的历史与现实！

当我带着翻腾的心离开德国，从飞机上几万米的高空俯视，祖国就像是一颗刚发芽的种子，在沃土中努力伸展着自己的新绿。这过程也许是漫长的、痛苦的，但它却意味着新生，这是一个崭新的希望！而我们将会为这一新生不懈努力，奋勇不息！

现在，我仍会常常想到我不曾去过的地方，并渴望一睹其真颜。那些地方，却都在天的那一边。只是，我已确定地知道，天的这一边，不论曾经是欢乐的痛苦的，成功的失败的，顺畅的坎坷的，美好的丑陋的……总之，不管我喜欢的还是不喜欢的，它们却都是属于我的，而我也是属于它们的！是的，天的这一边，才是我的生命之所在！

让我们行走在千山万水间

□张元方

[2009年"全国十佳小作家"]

张元方，男，出生于1992年，获奖时为陕西省咸阳市实验中学高二学生。当时已在《华商报》《咸阳日报》《中学生》等报刊发表数十篇作品，是陕西省咸阳市作协会员。

人常说："读万卷书，行万里路。"不错，读书让人知而获智、志达高远，游历让人胸襟开阔、见地广博。倘若将这二者有机结合起来，做到王守仁所说的"知行合一"的境界，就能领略到书籍与现实中自成一体的碧海蓝天、大漠驼铃、蓝海帆影、草原牧马、雪山冰封……在书中我们看到了一片凌风出尘的仙境美景，配以鲜艳的图片，更引起我们对这一幅壮丽山河巨大画卷的艳羡与惊奇，神驰向往。那么我们走吧！

行到草原，眼见牛羊点点、碧草连天，耳听纤歌牧笛、牲畜低吟，微风吹过，一番美不胜收的景象尽收眼底。当我们走进蒙古包时，庄严的成吉思汗像首先映入眼帘，这位武功赫赫的君王，其影响力令其后人无不对他顶礼膜拜。这位草原之子率领着蒙古部族的铁骑冲出草原，建立了一个横跨欧亚大陆的亘古未有的大帝国。他以马奶乳酪骑马射箭起家，以马背民族的铁血和武力告诸世人什么是拔木转石的力量，什么是超脱凡人的霸气！直到今天，依旧令人震撼。结束了历史的思索，好客的主人会准备一大桌香飘满屋的食物招待你，敬你一碗盛情的白酒，用真情点燃你的心胸，奶茶乳酪酸奶任你大口吃大口嚼大口喝，切下一块厚重的烤羊腿，再次表明对你的欢迎。蒙古族姑娘们热情地舞蹈，让沸腾的欢声萦绕帐中，热情的火焰充斥彼此的心胸，直到夜空布满星辰才算结束。

告别了辽阔的草原，来到了柔情似水的江南。"江南好，风景旧曾谙"，江南的美景不全在物，也在于人，细嚼慢咽似的吴侬软语勾起你心底那一种熟悉的江南——小桥流水人家，姑苏的乌篷船载着水乡的历史和风物，悄悄驶入你的心田，用最亲切的言语让你依偎这天堂般的怀抱中，说什么也不愿离开。明珠似的西湖镶嵌在余杭的现实和梦境中，梦醒时分，西湖依在，让人满意无穷。湖中的琴社弹出了千百年的风霜雨雪、春花秋落，也留住了过往云烟的美景画面，留住了诗匠词家的千古吟哦，为这儿的一切都平添了几分留念。然而，江南也有硬朗的一面，在苏州，五位不屈的英灵为这江南锦绣之乡增添了坚硬如骨的一面，让“至柔莫若水”的说法显得那样苍白无力。水不仅可以育人，也可铸剑铸魂。那无数出鞘的青锋剑，就是在这乡这水的滋润中发挥了杀敌破百的神威，这水同样为这似水江南贡献了无数铮铮铁骨的侠义男儿。

豪放是陕北人的性格，执着是陕北人的信条。面朝黄土背朝天的人们在这天地昏黄中不禁打起了奔放激情的陕北腰鼓，诉说这样一群人的不羁和顽强。羊肚肚白头巾是陕北人的标识，信天游是陕北人的天籁。从《走西口》到《山丹丹开花红艳艳》，唱出了一部浸透人心的奋斗史，人们从背井离乡到顽强拼搏，用血与泪水铸造了一个崛起中的新陕北。黄河向东奔流而去，七十年前这里曾红如火。无数志士仁人奔向圣地，奔向延安，陕北成为红色的代名词，烧红了中国半边天，让中国共产党走向了时代最前列，建立起充满希望的中华人民共和国。不仅仅是延安，整个陕北就是中国革命的圣地，是中华人民共和国的摇篮，哺育了这些开辟了光明道路的人。

行走在千山万水间，依稀认得过去的容颜，用挚爱的心拥抱生活，荡起一片心灵的白帆。朋友们，特别是我的同龄、同辈的兄弟姐妹们，让我们走出家门，共同在这山水大地自然间去沐浴心灵，锤炼筋骨，陶冶情操吧！祖国的明天需要更加优秀的我们。

少了一个乞丐

□周　蜜

[2009年"全国十佳小作家"]

周蜜，女，出生于1995年，获奖时为甘肃省天水市逸夫实验中学初一学生。当时已在《作文阅读个性化平台》《天水晚报》《小螺号》《丑小鸭》等报刊发表多篇作品，出版个人作文集《飞翔的翅膀》《花开的声音》。

在大千世界里，每天都有许多真善美的故事发生。而许多时候，一个偶尔流露的真情或善意，往往就能感动一个人，改变一个人。

我家小区门前有一个工地，很多农民工天天在这里辛勤地干活。我每天上学、放学都经过这里，看到他们总是满身泥土、满脸汗水地不停干活。在施工队里有一个脸庞黝黑、鼻子高高的农民工格外显眼，每次路过时我总看到他格外卖力。

就在寒假的一天，凛冽的寒风呼呼地刮着。我外出回来晚了一些，路过工地时正好看见农民工们已收工，他们各自端着碗去简易的厨房打来简单的饭菜，"一"字排开蹲在路边吃着。这时，从街的西头走来一个冻得瑟瑟发抖的乞丐。那乞丐身穿一件破破烂烂早已分不清是什么颜色的衣服，被寒风吹得十分散乱的长发遮住了他的脸庞。乞丐来到这群正在吃饭的农民工面前，伸出了粗糙而微微僵硬的手……

在众多的农民工中，我一下子看到了那个高鼻子民工站起来，他只是稍微地犹豫了一下，伸手递了一个馒头给乞丐。乞丐连忙说："谢谢了！"高鼻子叔叔说："看你年纪不大，做个自食其力的人吧！"他露出憨厚的微笑。乞丐无奈地说："我能做啥呢！谁愿意要我？"大鼻子说："只要你不怕吃苦，就跟我们一起干活吧！"那个乞丐黝黑的脸上露出了难得的笑容，高兴地说："那就太好了，老哥！""高鼻子"起身去厨房又拿了两个馒头，大步流星地走来，又给了乞丐一个。

我看到这里，迈着碎步往家走，心里默默地想：世界上还是好人多呀！高鼻子叔叔虽然只是个普通的农民工，但他的行为令我感动。他今天偶尔与乞丐相遇，一个关爱的举动，几句善意的话，就使世界上多了一分和谐，少了一个乞丐！

海滨漫步

□谢然

[2009年“全国十佳小作家”]

谢然，女，出生于1994年，获奖时为广东省深圳市田东中学初三学生。爱好读书写作，对国画和钢琴也颇有兴趣。当时已在《作文与考试》《深圳青少年报》《深圳晚报》《深圳商报》等发表多篇文章，多次在国家、省级作文竞赛中获奖。

初秋。夕阳。海岸。凉风。赤脚踩着沙子，沙子粗粗的，调皮地钻进我的脚趾缝里。沙滩上满是大大小小的活泼的脚印；习习海风迎面扑来，带着海的气息，潮湿而爽朗，蕴藉而明媚。

向海走近，越靠近海水的沙子就越细，踩在脚上就越舒服。乍一看，海是海，天是天：海水漾动着，泛起层层白浪，天空上满布金色的晚霞。可定睛再看，海与天分明是完美地浑然一体了，鳞浪层层，层层都泛着夕阳和晚霞的影子……

两个五六岁的孩子，一个小光头，一个梳着羊角辫，手牵着手一起向海里冲去：一个浪涌来，他们惊呼着往回跑，边跑边欢笑着，浪退了，他们又转身笑着冲向大海的怀抱……

有这样一家五口：母亲抱着已熟睡的婴孩，一脸恬静地走在最前面；父亲扛着婴儿车紧跟，步履并不轻松——这显然是件体力活，婴儿车在沙滩上不好走，孩子躺在上面也会受颠簸——可是父亲脸上分明写满了幸福；两位老人互相搀扶着走在后头，一边喁喁私语。

远处，有个女子独自坐着，专心致志地用手机发信息，她的发丝被风吹乱，而我却能看见她的心一定很宁静。她的世界是静谧的，正好与周围的热闹相映。也许她正陷于某种甜蜜的烦忧，或者满怀幸福的牵挂。

接着漫步。前方的是一对青年情侣。男的正在给女的照相。她摆弄各种姿势，利用风给她做造型师，长发飘起，丝巾舞动。这情景让我突然联想起一首老歌：“微风吹动你的发梢/就像风的线条……”真美！其实她长得一般，但她在尽情地展现着自己的美，又是在这样一个美丽的海边。向往美的人，本身就是一种美。

在人群中还有来自异国他乡的旅人。金黄的发丝，大海一样蓝的眼睛，自在放松地躺在浅水滩上，享受着来自大海的快乐。也许我们与他们之间因语言障碍而疏隔，但是人们对大海的那份热爱是无国界的，不需要语言的。

夕阳已回归了海的怀抱，此刻的天空竟满满地都映着大海的深蓝。远处的小宅高楼已是万家灯火。

海滨之夜，正在拉开帷幕。

这也是一首诗

□颜炜钰

[2011年"全国十佳小作家"]

颜炜钰,女,出生于1994年,获奖时为江苏省姜堰中学高二学生,任江苏省少年作家学会副主席。当时已有多篇作品发表在《中国少年作家》《语文之友》《泰州晚报》等报刊上。

"我打江南走过/那等在季节里的容颜如莲花的开落/东风不来,三月的柳絮不飞/你的心如小小寂寞的城/恰若青石的街道向晚/跫音不响,三月的春帷不揭/你的心是小小的窗扉紧掩/我达达的马蹄是美丽的错误/我不是归人,是个过客……"轻轻地吟诵郑愁予这首诗,缓缓地走在西湖畔的青石板上,阵阵凉意袭入全身,阳光从天宇透过香樟揉碎一地的忧伤,淡淡的温柔下,泛着旧时的昏黄,映照在西湖及湖畔之上。

西湖在唐诗宋词里吟唱了多少遍,在历史的画卷里着色了多少回,让人仿佛能听见远古时代从脚底深处传来的马蹄声,细腻犹如绣花针落地。单是那满塘的莲,也只有"水光潋滟晴方好"的江南才能滋养出这般绝世的容颜。足以让一茎缥缈的秋歌,任百年又百年的白露,在你的瞳仁深处,开成两朵亭亭的白莲花。于是,清寒的季节轻愁的你,携着一本诗集,在同样诗般的西湖,孤雁斜飞的水中央,寂寂拭泪。

西湖的诗意远不止那满塘的莲。在"绿树枝头一线红"的清晨,走在孤山,你会不由得感受到白居易钱塘湖春行时的淡淡喜悦;漫步在柳浪闻莺,不住惊叹,顿生"一片古今愁,但废绿、平烟空远"的感伤;平湖秋月更是弥漫着"万顷湖平长似镜,四时月好最宜秋"的雅致,还有闻名遐迩的苏堤白堤,其中回荡着的更是数不清的千古绝唱。

沿着幽静婉转的湖堤行走,像是流淌在西湖生命的脉络里,厚重的诗意也膨胀开来。

细雨轻轻地飘，一个女子穿着花式旗袍，踩着碎碎的步子，撑着靓丽的绸缎伞，轻悠悠地走过你的面前。脚步很细很匀，氤氲着江南湿润的诗意。你若是招呼了她，她便回过头来冲你莞尔一笑，果真是“巧笑倩兮，美目盼兮”。如花般的笑靥便似一种绝美的舞姿，舒袖展颜，将西湖弥漫着的浅浅寂寞，化为最令人心颤的温柔，演绎出最宁静醉人的诗情画意。

西湖的天，西湖的水，西湖的景，西湖的人，都透着绵绵的诗意，于是，整个西湖便是一首诗了。我旋转着身体读诗，诗近在咫尺，又似远在天边，确是“远近高低各不同”。青葱的树丛边有了思想在舞蹈，青涩的情愫，青色的诗意，在浅褐色的泥土和波光粼粼的水网交织的诗集封面上苏醒荡漾，西湖满满的诗意也喷薄欲出了。

天色渐黑，月光被轻烟托起，薄雾环绕；湖心的清莲，似笼着轻纱，朦朦胧胧，缥缥缈缈。倘若在清冷的银色中唱响一段彩色的歌谣，吟诵一曲斑斓的小调，何等美哉，却还比不上咏一首韵味无穷的西湖诗，或手挥五弦，或目送归鸿，或放歌于水边，或行吟于山间。脉脉清莲，吸纳天地万物的精华，濡染着诗意无边的风雅，用生命的丰盛与甜美，诠释着西湖的美。

我打开一朵莲花，把这样一种和谐美好的情思夹进去，心里涌上来的，只是一种淡淡的宁静，将空灵幽静的西湖水，悄悄萦绕进一种淡泊安然的人生境界。

于一望无际的视野里凝视着自然的纯美，聆听着自然的谐音，感受着天人合一的美妙，我轻轻地对融化在月光里的西湖说：这——也是一首诗。

玉兰怒放的城市

□江 锦

[2012年“全国十佳小作家”]

江锦，女，出生于1996年，获奖时为安徽省安庆市第一中学高一学生，校向未来文学社社长，市作协会员。当时已有百余篇作品在《中学生》《中国校园文学》《语文报》等报刊发表或收入作文集，出版长篇小说《镜中人》。曾获全国校园文学“新苗奖”及多项全国作文大赛奖。

梦里，我回到安庆。

梦里，我看到记忆中那条青灰色犹如水墨画的小街。

梦里，我听到那百转千回的柔唱——“比翼双飞在人间……”

那是我的家乡，是华夏大地佛教禅宗的发源地，是五大剧种之一黄梅戏的发祥地，是妙女郎大乔小乔的故乡，是国内数量首屈一指的阴沉木发现地，是长江水深情孕育出的、一曲古筝一杯茗茶说不尽的城。

在梦里拥抱我的家乡，我站在迎江寺边。

檀香的味道幽幽冉冉弥散在江风里，远处一声江轮深沉的低鸣，仿佛流淌在安庆这座古城里的岁月一样悠长低回。而安庆的古意，在那庄重的迎江寺体现得最为淋漓尽致吧！

迎江寺里香火很盛，平日里已经是人来人往络绎不绝，每逢过年过节更是人头攒动摩肩接踵。除夕夜，迎江寺的上空漫天都袅袅升腾着孔明灯。那一盏盏代表了安庆人祈愿的暖黄色小灯，照亮了深邃的江水。迎江寺里，钟声倾倒众生，一柱柱朱红的香，一张张微笑的脸，这是安庆这座古城最真实而又朴素的画卷。大雄宝殿、毗卢殿、藏经楼……在钟声中虔诚地游览着，乾隆、慈禧留下的“善狮子吼”“妙明圆镜”等至今依然为人瞻仰叹观。迎江寺，我想它不愧被光宗帝御赐为“护国永昌禅寺”。

迎江寺的守护者——振风塔像一个沉默的巨人、寡言的智者，塔底镇守江涛，塔尖遥望苍天，塔身的棱角指向四方无限风光好。四百年的迎江寺，四百年的振风塔。

在梦里触摸我的家乡，我站在一张木桌前。

用指尖捻起一簇墨绿色的岳西翠兰，残留着淡淡茶香的手指勾住瓷白色茶杯的柄，小心地倒入水，茶香立刻从茶杯里喷薄而出，搂着白色的雾气缠绕在面前。微微闭上眼，茶杯送至唇边，一小口，只需一小口，便是满口氤氲的香气。那叶黄色茶水里，打着转儿的，沉至杯底的，不单单是翠兰茶叶，更是安庆的初春，是安庆人在一杯杯茗茶里度过的时光。

除了岳西翠兰，安庆茗茶还有天柱剑毫、太湖天华……冲泡一杯茶，让往事如烟化作茶香，滑进心里酝酿成琼浆。茶水的倒影浮现的是谁？那袖舞如水巧笑倩兮的是大乔，那云鬓轻绾顾盼生辉的是小乔，那目光坚毅睿智的是邓稼先，那肃穆话禅意的是赵朴初，那满怀雄心壮志的是陈独秀，那凤眼里藏着千古悲喜的是严凤英……喝着那茶水的是谁？是勤劳简朴偷得清闲的安庆市民，是挑灯奋战喝茶提神的安庆学子。

在梦里凝望我的家乡，我徜徉在山水旖旎曲声多情间。

天柱山高耸入云，花亭湖烟波撩人，小孤山清秀绮丽，天仙河流淌神话……我相信我的家乡是一片福地，要不，七仙女怎么偏偏选择在这里下凡呢？这里怎么还留下了一段“牛郎织女”的佳话呢？我相信我的家乡因地灵所以人杰，要不，那一曲曲黄梅调谁人还能唱得如此婉转？

“树上的鸟儿成双对……”“为了那多情的李公子……”黄梅戏的曲声曾多少次回荡在这城市的上空，勾起了多少人悲悲喜喜的思绪。安庆人是热爱黄梅戏的，大街小巷里，那一句句亲切随意的安庆话，都是黄梅腔，抑扬顿挫，莺啼燕哢。黄梅戏是符合安庆这座悠悠然的城的，想象那样一幅画面吧！

顺着倒扒狮街缓缓行，蜿蜒曲折的青石板路渐远，融化在同样是青灰色的烟雨朦胧里。古色古香的徽系建筑，屋檐只那么妩媚地微微一翘，便迷住了路过这小街的雨珠。雨珠留恋那黛色的屋檐，滑落檐角时多情地化成一串忧愁的碎玉。心情被打湿，手扶着粉白的墙，这时，何人不思黄梅调？何人不思宜城？那轻盈的城，那沧桑的城。

安庆处处是玉兰，“刻玉玲珑，吹兰芬馥，搓酥滴份丰姿”。梦里千树万树碧色连城，枝繁叶茂里像是保护一颗颗游子思乡的泪珠一般，噙着几朵饱满清雅的玉兰。玉兰，不似别的花，花朵小于是便碎碎开成一树。玉兰树开花不多，一棵树上寻寻觅觅，都能数得过来有几朵，但每一朵花都极尽了生命辉煌。花开，比我两个拳头还大，清香怡人。玉兰树不易患虫害，树姿优雅中又有种英气勃发，四季常青，是优良的行道树。

梦里，我看见青灰色古老的城墙，墙头，玉兰盛放，我看见烟灰色隐忍的石级，级外，玉兰怒放。玉兰，正似安庆这座城，正似那永不言弃的安庆人。

梦里，我回到安庆。它正如梦一般美丽。

我梦着安庆，那玉兰怒放的城市。

憾许江南

□张维肖

[2013年“全国十佳小作家”]

张维肖，女，获奖时为山东省实验中学高二学生。小学三年级开始公开发表作品，至获奖时已在《中国煤炭报》《大众日报》《山东青年报》《齐鲁晚报》《山东大学报》等报刊发表作品近二十篇，其中有《赤子苏轼本纯初》《美丽心情》等。

“江南好，风景旧曾谙。日出江花红胜火，春来江水绿如蓝。能不忆江南？”

小时候，曾经这样轻轻吟咏，隐隐琢磨，一声叹息。

墨客的留恋处，袅娜的吴侬软语，秀丽的鱼米之乡，我怎么舍得不迷恋呢？

江南的主旋律是雨，自古如此。是雨，赋予了江南独一无二的格调。雨是江南的诗人，而诗人的雨，是江南的容颜。雨和水乡，是密不可分的。雨是江南的魂，是文化，是灵气，是韵味，是独属于江南的一份朦胧，造就了江南的锦绣，而江南，则最能衬托雨的妩媚。

“朦胧中，雨如绸，如一帘幽梦，轻轻润着，淋着，吻着水乡素面朝天更胜于浓妆淡抹的别致脸颊”——这样的话实在是听过太多遍了吧？

这使我恨不得天天待在传说的黄昏雨幕中，信游姑苏古镇，踏着斑驳坑洼的青石板路，穿过似羊肠般的小巷，撑一把曲院风荷的油纸伞，身侧是青砖黛瓦的古老民居，轻抚磨损的雕栏玉砌，寻觅依稀的岁月痕迹，看几世沧桑沉淀……后来这俗套的句子就真的生出来几分爱意和快意。

隐约谁在唱？“旧巷青砖留不住从前/孑然凭栏听谁诉当年/一江秋水说东风太晚/桃花到彼岸，不见……”帘外骤雨惹芭蕉，门环惹铜绿，而我路过，那江南小镇，惹了你。

那雨也不再单调了，更是鲜活起来。在西湖看，直觉得唐婉题诗西壁的泪都砸了下来，砸得人揪心。在年轻的千岛湖极目，只是微笑这雨珠儿很像新生婴儿的垂涎一般温湿却令人怨恨不得。晨曦岚雾，漫步西塘古迹，聆听雨水亲吻大地的呢喃，登上青苔幽幽的石桥，擎一枝沾满露水的杏花，远离尘世的喧嚣，是件美事，常思索，长相忆，魂牵梦萦，我的江南情结。

可惜，叹息，无可惺惺相惜。

北方的雨不温柔，一阵蹂躏后，春花变为残红，归来的燕亦不敢在雨中呢喃，所以，北方人伤春，叹春，念春，溢满春愁，如易安前辈。所以，作为北方人，尤其是和易安前辈一样的济南人，我不怜惜，不喜欢，甚至憎恶北方多风的春。本来，忘了谁曾宽慰过我一句生不在江南，生在济南这也算北国难得有水色的城阙了。可是济南的春每每总让人失望，不温柔的雨像是大家闺秀拙劣的复制品，让我更加恋着，忆着，念着江南的雨、江南的春、江南的梦。

北国榻上，做着无数次江南的梦。

梦中，风流才子，温婉佳人，伫立窗前，风细细，绸带飘逸，含笑凝视烟雨中亭台楼阁。风吹宣纸，镇纸也压不住被扰乱了的心事，绝世丹青，泛黄朱砂，寒凉墨色在纸上，随着云毫笔晕开，描绘着江南……

忆江南……

多情明月笑苏轼，笑他故国神游的悲叹。

无情落红应笑我，身在北国，情思却缭绕他乡。

但恨不生于江南。

无尽的思念，在我吟哦的惆怅中，已如往日淡烟消散，足为此生憾事。

怀抱着恨憾的我，终会被江南梦拒之门外。

憾而不恨，许与江南。

雨中即景

□宋和煦

[2013年"全国十佳小作家"]

宋和煦，获奖时为山东省济宁市第十三中学初一学生。当时已有多篇作品发表在《作文周刊》及当地报刊，多次获得全国及省市写作竞赛奖。和其母亲共同完成出版了《大记者妈妈教小记者女儿写作文》。

狭小的房间中仅有的一丝罅隙也被夜的黑色充斥着，凌乱不堪的木桌上的书本高过木桌上趴着的人的头颅。这小人正看着对面半开的老窗，可那老窗却默默注视着窗外红楼黄楼之间的小院。

小院中有几棵树，但树干上，那被似碎石般坚硬的豆大的雨珠打得四下逃窜的树叶，正可怜巴巴地哆嗦着，更有一些被连根砸落且无力挣扎便趴在地表黄土上，绿绿的树叶曾经风光一时，但此刻却狼狈不堪。

一阵凛冽的风刮过，风中雨中，叶又乱舞起来。她们一点一点地挪挪身子，终于在用青石板铺成的尚未褪色的暂时的避风湾停了下来。树被风吹得东倒西歪，狰狞地摇摆着绿枝。

又有几片叶子顺势贴上红楼的漆面，旋即滑落了下来。顿时，小院地面上的黄泥，眼见着深黄又加重了几分，却又没有叶的光顾，只得不时像火山里的岩浆般翻滚，如同久未嗜血的野兽。

年久的老窗迎接过风的刀子后，连原本的锈迹也被磨得铮亮。木桌上一如既往，怎奈房间中暮色又加深了几笔。

滴答滴答，从房檐上滑落下来的雨水，不紧不慢地打在窗外安装的空调机上方，像是受到爱德华王子邀请而与之共舞的爱丽丝姑娘一样，按捺不住内心的惊喜。

停留在老窗上观望萧郎的飞鸟也看见了这一幕，也在私下暗自期盼萧郎外出觅食后快快归来。上方，又有几只杂鸟在嘲笑铁窗上等待的飞鸟，但我相信她是不会在乎的，爱丽丝，你说呢？只要她不屑于它们的嘲讽，那么，Who cares？她冻得四下窜着，尽管这样能增加几分热意，但还是驱赶不走骨子里的冷感。

远处，又一只飞鸟披荆斩棘，过了许多危险的隘口才飞抵于此。他似乎是发现了她，不顾一切地向她飞了过去。他们彼此取暖般地紧紧相拥，正如此刻爱丽丝与爱德华的激情共舞。他们彼此依恋，共同相信并信守着承诺直到永远。

蓦地，他们看见有几个不明物体从上方的房檐上掉落了下来，摔在地上绽放成一朵美丽的红花，而后与周围的黄泥融为一体。

那是刚才嘲笑过他们的一只杂鸟。他或许是嫉妒他们相聚，一时血都涌上大脑，一个踉跄倒栽了下去；也可能是想下去继续嘲笑他们，但翅膀沾上的雨水过多，以致想飞却怎么也飞不起来，惨叫了两声，落在房檐下避雨。

他会被冻死吗？抑或是他被冻死后，受到了风雨的压力，就变成了像落了的红花一样，去肥泥？去和泥化为一体？

片刻，有几分微光缓照向地面，抚向树干上伸出的绿枝，洒进被老窗牢牢禁锢着的黑色，将房间里的黑色撕裂开来。鸟儿飞向别的房檐，不留一丝眷恋，连爱丽丝和爱德华正在进行的舞曲，连同那快活的舞步也戛然而止。或许他们就不会回来了，正如他们不曾来过一样。

五更天，雨未停。

草木清明

□逢杭之

[2014年“全国十佳小作家”]

逢杭之，出生于1998年，获奖时为山东省实验中学高一学生，济南市作家协会会员。当时已在《文艺报》《中国校园文学》《中国少年报》《课堂内外》《山东文学》等报刊发表作品两百余篇，2011年获“全国校园写作才艺之星”称号。

每年的清明，似乎总是雨天，从来不辜负杜牧那句“清明时节雨纷纷，路上行人欲断魂”。本意气风发地说淋小雨多舒服啊，可后来想到自己正在感冒中，况且前面打伞同学的伞尖常成了“凶器”，而且也没有很好的雨刮器来擦拭眼镜——因此，我也开始打起伞，在雨中跟队伍一起跑跑停停了。

风很大，我们随着伞一起东倒西歪。一路听着同学在唱很安静的歌曲，看着路边的树，发灰的樱花，在树根的草丛里都会长出来的粉红小花，还有黑色栏杆围起来的像秘密花园一样的树丛草木。

然而最没有想到的是，烈士墓园里的树木，远比路边的要多许多。草木的谐音就像是“扫墓”。我曾一度怀疑，是不是每一个想念烈士的人都会买下一包草木种子，撒在土地上呢？我一直相信，草木们承载着人们忘却的记忆。烈士们的英灵，在树叶儿上，低头望着我们，像夏达画中的白蛇守护灵一样，他们深爱着这片土地。这些亡灵，沉默地守护着我们，像守护有金色麦田的秋天。我似乎能感到他们慈爱的眼光，甚至于在那很遥远的地方就已经开始想象他们，该是什么样的音容笑貌。

我们走在土路上，走在碎石路上，走在街道上。小雨将停，我们把伞放下。雨，是又清又明的，洞穿我们的思绪和想念。一切变得雾一样潮湿。同学在唱《雨樱花》《星月神话》，忧伤的曲调。我剥开一颗巧克力，看着像瞳仁一样漆黑的它，悄悄地想。糖是微苦的，慢慢融化。我的体力开始透支，有些后悔为什么平时没有好好地练体育。如果那些解放军是我的话……我羞愧地想着，低下了头，默不作声地吃着糖。快些补充体力吧，快些走，快些去看望。

到了烈士墓园的时候，世界，很安静。将近一千个人，连呼吸声都听不到。主持人们动情地说着，英灵们在天上看着我们。这时候就本能地感觉，应该有风，把这片森林吹响。然后在沙沙声中，聆听前辈的耳语。他们在祝福，在祈祷，让他们的声音，被我们感到。他们是存在的，一直存在着的。在诵词的朗读中，真的有微风。当开始向他们的墓碑走去的时候，沙——沙……我仰头，看着这片无声动着的树林。那么苍翠、郁葱、坚韧。松树，向我们挺立着它们常绿的枝丫。听得见吗，听得见吗？那是呼唤啊，他们在微笑，他们在说，你们好啊，我们在看着你们呢，知道吗？

是的，我知道。你们，一直爱着这片土地，无声息地。这些松软的泥土，打湿我镜片的雨水，都是你们对我们的问候和抚摸。

当我站在墓前的时候，睁大眼睛仔细看着墓碑上的字迹。想着多少年前，人们哭着把一位鲜血染红了绿色军衣的战士轻轻放在现在我站着的地方的下面。然后填土，看战士一点一点被掩埋。红色的大理石上用金色刻着他的名字——金国诚。在我凝视的时候，他墓旁的草木微摇。我默默地用眼神与他的草木打着招呼。然后蹲下身子，把攥握已久的白花轻轻放在他的墓前，然后用纸巾擦拭。他的名字早已不甚清晰，沾上了厚厚的泥土。我突然觉得，也许他并不怎么太希望我们去擦拭。因为，他喜欢被祖国的泥土包围。

很快，同学们起身。然后离开。

又去了一些展有功绩突出的战士的相片及事迹的展览馆。刘雪琴、罗俊、鲁伯俊……并没有金国诚。那么多的人，无名地躺在土地里。他们睡着，像那些黑白照片上的人一样安详。

在这个有些偏僻的地方，我们班解散。然后，渐行，渐远。

清明的草木和风，我想，我是不会忘记了。

布苏里兰岛（节选）

□吴百川

[2015年“全国十佳小作家”]

吴百川，获奖时为浙江省乐清市乐成寄宿中学高二学生，温州市作家协会会员，温州市小文学家。当时已在《中国校园文学》《美文》《读写月报》《温州日报》等十七家报刊上发表作品二十余篇。在国家、省、市级作文比赛中获奖二十余次。

上船后我回到自己房间，费了番力气打开了那个盒子，发现盒子里有一本有些年月了的日记本。我忙翻开一看，这一看，我便对发生在布苏里兰岛上的故事有了个大概的了解。记这本日记的是一个学生，十年前他和他的父母、同学来布苏里兰岛上旅游，不巧见证了发生在这座岛上的灾难。而这个学生就用他的旅行日记，记下了这幕惨剧。日记是这样的：

2014年7月24日　星期四　阴

昨天傍晚我们初到布苏里兰岛，便撞见了海岛上难有的好天气。是上天美赐的一个阴天，并不灼人，准备的防晒霜无用武之地。

海岛的白昼拖得很长，我们到海岛时还剩有一些日光。我们就趁着天明搬到旅馆住下了，我和同学住在一起，随我同去的父母住在另外的房间。这旅馆位于一条文艺街，街上的店面都装饰得很有鼓浪屿的风格。房子都矮矮的，大多只有一两层，所以一般一座房子只有一个房间。这是布苏里兰岛的特色，也因此我和父母并不住在同一座房子里。这里墙壁都用油漆涂成很可爱的颜色，墙上更是有很多手绘的图案与文字，门扉和窗台也装饰得有欧式的格调，适当的花草更是把文艺的气质烘托得呼之欲出。

我们便在这里住下了，度过了一个愉快的晚上，迎来了我们在海岛的第一个清晨。阴天从昨晚延伸到了今天,我们走出蜿蜒曲折的文艺街,就到了一个全新的境地。眼前竟是一派小桥流水人家。河流上架着白色的石拱桥,沿河连绵着一排古典的粉墙黛瓦,视线越过这些古老的房屋却能看见参天的大厦,玻璃幕墙即使在阴天也能晃得人眼晕。我发现这是一个将多元文化完美融合的地方。

一天下来,我们走了很多地方,连同那细沙绵软的沙滩。回到旅馆,人已累得快要虚脱,便赶紧洗洗睡了,有很多东西都不去在意了。

2014 年 7 月 25 日　星期五　晴

今天发现了一些很可疑的事情,我不禁感到有点害怕,但是室友却什么都没有发觉。我预感到这布苏里兰岛上会发生一场很可怕的灾难,心里有些焦急,想尽快离开这里。可是没有人相信我,我只得继续和大家一起留在这里,但我心里却始终忐忑不安,旅行也没有心思。

那些可怕的端倪我现在没有时间一一讲述。在这里提一下的是,我听说布苏里兰岛医院中有一名产妇在产下一对连体婴儿后,便开始肤色泛红,浑身肿胀,大叫了几声就死去了。死去的姿势极为难看,她因为肿胀而变得肥肉横身。医生触摸那名产妇的皮肤后,发现产妇的身体几乎已是黏稠的液态了。而医生在触摸产妇后没多久,就像那名产妇一样泛红肿胀,大叫着死去了。目前死因尚不明确。

我只想尽快离开布苏里兰岛。

看到这里我不禁有一点心寒,觉得恐怖的事情要发生了。而此时也已近夜,气氛有点诡异的安静,我一个人蜷在自己的房间里看着这本老旧的日记,回过头来可以看见窗外的甲板和海上渐次暗淡的天空。说实话,我觉得现在船上确实有点太安静了,只是间或传来几声叫喊,因为房间隔音效果比较好,我听不太清,所以也不去深究。不过让我奇怪的是同学们竟没有一个回到船舱,可现在我完全被这本日记迷住了,什么也无暇理会,就不顾一切地继续看了下去。

孤岛

□杨一欣

[2015年“全国十佳小作家”]

杨一欣，获奖时为浙江省乐清中学高二学生，温州市小文学家。当时已在《中学生》《全国优秀作文选》《语文报》等报刊发表作品数十篇，在国家、省、市级作文大赛中数十次获奖。

海风卷起带着沙砾的水花，避重就轻地朝一排排的海鸥身上打去。大侦探K在船上数着这群海鸥已经有整整一个钟头了，以他赖以成名的精密逻辑和缜密运算，他算出了这群翻飞的海鸥统共有着八十三道被石子裹擦的刮痕。在这个被暖阳熏烂的午后，他就着咸咸的海水味，觉得有些头晕。一个肥胖的水手走来告诉他明天将是夏至。

夏至是着陆的日子。侦探K将前往一个岛屿做一次关于刑侦学的演讲，这次前来的还有他的一位侦探学徒。他每天站在偌大的轮船上计算着海鸥的伤痕，并随着它们的伴船飞行开始每天百无聊赖的思维训练。

今天的气息特别潮重，他捏着怀表推算着到今天为止自己航行过的旅程。他的计算方法十分特别：他每天算出浪花的大小，再配以太阳高度角的运算，和匀速航程进行约减，最终的答案乘上时间和真实航程不会差之太远。在他飞快计算时，侦探学徒已经走到了他的旁边，学徒突然用平缓的声音告诉他，他们已经航行了X海里。

侦探K脸色泛起不悦。侦探学徒以为是自己的唐突让老师着恼，于是赶忙解释说这是水手告诉他的，他只是前来汇报。侦探K却哂笑说自己计算的少了一百海里。

侦探学徒的态度依旧平缓恭敬，只是一言不发地将老师带到了掌舵室。掌舵室中肥胖的水手趴在仪表台上翻阅着黄色杂志，侦探学徒用手指了指仪表盘，那里清楚地写着：已航行X海里。肥胖水手捏着杂志摇头晃脑地证实了航行计算的精确性，这让侦探K着恼起他的帮腔，继而连带地愤懑起他的肥胖。他仿佛在八十三道海鸥划过的伤痕里发现了一种藏在侦探学徒眼里的微笑，随着浪花轻轻地舞蹈着。

侦探K忽地想起了自己将要前往一座岛屿做讲演，他不知为何地突然明晓了自己的身份，并且在人生之中第一次对于自己的能力无比自信。他将怀表悄悄地塞进口袋，露出一种惊异的笑意，对着侦探学徒说："不，你不懂什么是计算，什么是刑侦，什么是侦探。我要设下一个案件，请你破解。"

第二天，在海浪的起伏中，肥胖的水手被人发现死在掌舵室。他的脖子上缠着厚厚的纸带，打开一看才发觉是一本发皱的黄色杂志。这艘轮船依旧孤楚地航行在海上，侦探K站在甲板上发现成群的海鸥已经多出了一道伤痕。他将这种八十四的计量揣在心中，慢慢地等着侦探学徒的解题探索。突然，船上的水手中有人大喊，船即将靠岸。并开始手脚并用地猛拉甲板的帆绳。

这时，侦探K发现侦探学徒已经悄悄地站在他的身后，依旧带着平缓的语气说道："你错了，你自以为你的计算精准无误，却在海鸥的翻飞中失去了最基本的参照。你总以为你的一切计算带有联系，并建立在联系之上，却遗忘了最本质的探求。你这种左右逢源的不忠实者，怎么会将答案插入事件的最中心处呢？"

侦探K听着他平缓却发冷的腔调，突然觉得异常惊异。他捏着怀表并摩擦出滚烫的热度，反驳说："不，你不懂，你这个小孩子。你不懂计算，不懂刑侦，不懂侦探。"

侦探学徒突然发狠地笑道："你哪里算对了我们的航程，我根本就在起航的那天便开始了一切路程的计算，你这自以为是的家伙，你本就不该自作聪明地找来一大堆参照开始计算。我们的能力从来不是联系的，而是孤立的，处在你这个身份地位之上，便不能在各自独立存在的形态中，找回最准确的事物预判和计算。"

侦探K忽然觉得万分恐惧，他说："不，你没解出我设的案件，水手死了，你却没解出。"侦探学徒忽然大声道："呵，你这白痴，这两件事其实毫无联系，世界就处于各自独立之中，你的计算从一开始便错了。一个事物的性质所展现的一切能力和作用，不都是孤立的吗？"侦探K双手开始颤抖，他的怀表也从口袋中掉落出来。侦探学徒最后斥声大喊："所以，我判你永远囚禁在孤岛之上！"

侦探K听完失魂落魄地走下甲板。船已靠岸，这原本是他做演讲的地方，现在他将独立存在于孤岛之上了。但此时，侦探学徒率领着一大帮水手从他后面翻过，将他一把抬到了船上。他听见学徒大喊："谁叫你去岛上的，我是让你一个人在船上！"

海浪一如既往地翻滚着咸湿的气体，这种气体一接触到陆地的厚度便不再轻薄。侦探K随着独立的航船开始漂荡在独立的海上，同他相伴的还有一具肥胖的尸体，一块摔烂的怀表，以及一本充当了杀人工具的黄色杂志。

在银色的波浪中他忽地发现纷杂的海鸥开始飞散，它们的身体洁白无比，像一块干净的丝绸，没有一丁点伤痕。他用双眼观测着失魂落魄的海面，在孤立的太阳照耀下获取了一丝奇异的角度。他发觉明天就是夏至了。

一个人的瓦尔登湖

□马珮文

[2016年"全国十佳小作家"]

马珮文，女，获奖时为江苏省扬州中学高二学生。当时已在《美文》《语文报》《中学生优秀作文》《创新作文》等报刊发表多篇文章，"语文报杯"全国十佳文学少年、"恒源祥文学之星"初中组全国一等奖等荣誉称号或奖项。

那时候，我在读《瓦尔登湖》，醉心于梭罗笔下幽谧自然的独居生活，常常不能自已地臆想着属于我的那一间小木屋，连时间也仿佛放慢了脚步，真静啊。

何怀宏先生在《梭罗和他的湖》中曾说："它的读者虽然比较固定，但始终不会很多，这些读者大概也是心底深处寂寞的人，而就连这些寂寞的人，大概也只有在寂寞的时候读它才能悟出些深味。"梭罗的文字是要一品再品的，我喜欢咀嚼他隐居生活的每一个细节，简单微小到一张记录日常收支的账单，复杂艰涩到无数次黎明远眺时油然而生的喟叹。梭罗将他对生活与自然不尽的思索与追问织进那干净细腻的文字中，跨越时空的限制，与这世间平等地对话。

我曾一度觉得，那样的生活对我来说是遥不可及的。我们不可避免地身处在社会这张巨大的关系网之中，"喂马、劈柴，周游世界"也只是在诗中才能够实现的美好理想。这是一个信息爆炸的时代，迅速风靡的微信朋友圈让本就拥挤不堪的空间越发纷乱，在一片嘈杂中，我们甚至无法获得片刻独处的自在，无法将追索的目光投得更远一些。

"第一个夏天，我没有读书，我锄豆子地去了。有时，我独坐在洒满阳光的门口，从日出一直到正午，出神冥想。"每当我读到这段话时，便会恍惚生出置身于那个种满山核桃树的小山坡的错觉，四下一片安谧，唯有鸟儿在近处歌唱，多么令人羡慕啊。透过梭罗隔世的文字，我渐渐发现，梭罗提倡的生活方式并不是远离尘世，相反，它与泥土接壤，扎根于生活本身，它极贴近我们的心。

这让我想起了木心，一位质朴又可爱的老人。在纽约繁华的大背景之下，他潜心美术及文学创作，在一个越来越快的时代写下了从前的慢。周遭环境越嘈杂，寻求内心的平静就越显得重要。尽管后工业化的社会阻碍重重，我们仍旧可以探寻通向桃花源的幽径。

有人将孤独等同于寂寞，我认为寂寞是内在空虚的显露，而孤独则是心灵强大的体现。我们的身边不乏那种一刻也不能放下手机，跳出朋友圈，不去猛刷存在感的人，在反反复复的点赞与转发中，他们难道就真的不再感到寂寞了吗？太多人在微信与朋友圈中找到了一点儿新鲜感与存在感，便误以为是生活的全部温度，以致沉浸在虚拟的世界里，忘记了生活的本质或者说本质的生活。孤独源于思考，而思考拓宽了我们灵魂的深度与广度。毫无疑问，当梭罗诗意地栖居在瓦尔登湖畔重塑自我心路历程时，他的内心一定是无比丰盈的。

人们很早便懂得的一些道理，这么多年来，它们依然被人反复提起，每当我想起这些，就会涌起一种深深的归属感。无论现实生活多么残酷匆忙，梭罗都不会大吵大闹，他始终是一个人，他清楚地明白，有些事情只能说给懂得的人听。他安安静静的背后，是山呼海啸的响应。

马镇没有灯

□周玉振

[2016年“全国十佳小作家”]

周玉振，1999年生，获奖时为江苏省泰州中学学生，学校梅苑文学社社长，泰州市作家协会会员。作品散见于《现代写作》《江苏写作报》《语文报》等报刊。曾获“国学达人”江苏省第一名、“中学生与社会”江苏省一等奖、“小小百家讲坛”江苏省特等奖等。

马镇只住着五个人。

镇长是个好人，除了他自己，每个人都对这点坚信不疑，他自己觉得，还不够好。镇长具有很多美德，诚实、善良、公正……可他没有用。他不知道怎么变得有用，就像他不知道，那些人怎么能仅仅因为自己有用，就不做好人呢？

镇长在读书的时候，总被评价说，这是个好孩子。这无异于是在说，这孩子，没有大用也不要紧，他人很好的嘛！那时候的镇长，总要把班上收拾得比自己桌子更整洁才舒坦。但他可能真的不是故事里的男主角，所以他并没有通过好人好事就打下自己的一片天下。

镇长来到马镇，依然是个好人。他们叫他镇长。

圈子一出生，右脚的大拇指就弯着，伸不直。他十岁的时候妈妈带他去看医生，医生说，这是一个小问题。的确，这真的只是一个小问题。只不过，圈子不能像其他孩子那样跳而已。另外，由于他不得不穿着大几号的鞋，所以走路总得用右脚画一个个小圈子，才能不让鞋掉下来。这就是为什么他叫圈子。

圈子一直在等他的十岁生日，一直等到十二岁的时候，他喜欢的女孩对他说：“残疾人，请你不要走在我旁边。”

圈子一个人来到了马镇，他这一路上不知画了多少个圈子。

梅林不好看，梅林不机灵，她什么都比不上她姐姐。没有人喜欢梅林，她被提到的时候，永远是“那个人的妹妹”，永远是被嫌弃。

梅林偷看别的女生说话的神情，她不明白为什么她那样做就要被嘲笑。她像她同桌那样，买来新的作业本认真做笔记，却被白眼。她说话的时候尝试一点点南方口音，被人问：“哎呀，你该不会是学的某某某吧？”

有人要求她友善，她就友善；有人要她倔强，她就倔强。但她做什么都好像不对。好在梅林也不知道，自己究竟是谁。

板叔很少提及他过去的事情，就好像那座海岛上的城市，那个富裕的家庭，他的钢琴水平，都是别人的事一样。把它们当作别人的事情，可能是板叔忘记的方法。

如果你不认识板叔，那我得先告诉你，千万不要对板叔说如果。如果他的家族不曾繁盛，是不是就不会衰落？如果他不是长子，是不是就不会被要求完美，甚至钢琴都要练到最好？如果他没有在决赛前知道家里的消息，他现在是不是至少是名满天下的钢琴家？

如果板叔不是在凭他小时候练的那一手好字混了十年饭，发现手上的茧子让他再也不能弹琴时被妻子呵斥洗碗声音太大，他也不会人到中年，还来到马镇吧？

和尚究竟是不是和尚，不知道，反正没有头发，他自个儿剃的。和尚说，他研究佛学，只不过他研究的方向，没有哪本经书上提到过：他研究这个世界上究竟有没有佛。

和尚说，他小时候很聪明。“我那时候就想着，我一定会出人头地。我缺什么呢？自身条件、家庭条件，能有的都有啦。”

直到有一次，和尚要去买书，没拿到钱。不仅如此，他可能连上学的钱都没有了。“我当时问自己，是不是我选择了错误的生活，是不是我不该追求太多，是不是我放弃所有，就可以成为平凡而幸福的人。于是，我求佛，让我过普通人的生活。”

后来，和尚受够了尘世里的生活，但是求佛，却没有用了。他给自己剃了头发。

马镇没有灯，这里生活的人们习惯了黑暗，不需要开灯。

即墨老酒醉九州

□江致远

[2016年“全国十佳小作家”]

江致远，获奖时为山东省即墨市第二十八中学初二学生，青岛市小作家协会会员。当时已在《中学生》《全国优秀作文选》《当代小学生》《课堂内外》《半岛都市报》等报刊发表作品四十余篇，在全国写作大赛中获奖两次。

有一座小城，它的名字叫即墨，这是我的家乡，是胶东半岛上的一座古老的城邑，载荷着丰富而沉重的历史内容，因坐落在墨水河之滨而得名。

即墨的名称最早出现在《战国策》《国语》《史记》等历史典籍中，即墨的人类文明至少可以追溯到四千年以前，而酿酒的历史也有两千多年。难忘家乡，从古至今，出门在外的游子，总会念念不忘记忆深处的一种味道，家乡那种特殊的味道，那就是即墨老酒——即墨老酒千里飘香。

我在拍摄纪录片的时候，认识并采访了一位叫袁经秀的老人，他是即墨老酒的传人，酿酒已经三十多年。

每天清晨，老人都会按时听天气预报，然后抬头观天。袁爷爷告诉我们，天气就是酒的品质，就是即墨老酒的味道，这是经历了守六法、把五关的古法酿造，才能有的独特味道。千百年来，即墨老酒习惯了师徒传承，如今袁经秀老人酿酒技术远近闻名，他带的弟子也是师出有名。拜师，看上去是跟师傅学技法、学艺，其实也是在学做人，正本清源，才能酿出千古留名的“老字号”的酒。

即墨老酒的“老”字，除了历史悠久之外，更多的是源自于酒的储存，老酒越陈越香。在我的家乡即墨，有这样一个风俗：很多人在婚姻嫁娶、题名登科、生子庆贺之时，会去老窖封存一坛老酒，放上十年，为了人生下一个重要时刻的欢聚。

走进藏酒的老窖里参观，我被眼前的景象震撼了：一坛坛的老酒陈列其中，大红的“福”字充满喜庆。袁爷爷抚摸着酒坛说：“酿酒如做人，有好水才能酿出好酒来，为啥别的地方酿不出即墨老酒这个味道来呢？主要是因为他们没有崂山水系，崂山矿泉水，水清泉冽，尤为甘甜，直接造就了即墨老酒的优秀品质。”看到我们身上背的小提琴，他大大赞赏我们能跟老师坚持学习。他说：“我酿酒的技艺，你们学琴的技艺都如薪火，生生不息，代代相传。你们这些小娃娃，要好好坚持学下去，不能放弃啊！”说完，老人拍了拍我的肩膀。我轻轻地点点头，回味老人语重心长的话，想起这样一句话：“书能化愚诗言志，酒可助兴乐怡情。”是呀，无论是甘醇的酒香，还是优美的音乐，只要我们执着坚持，它们会更加灿若星辰。

“家乡的水清悠悠/酿成醇香的即墨老酒/举千杯哪碰万盏/醉了高山大海/醉了亲朋好友/喝一口，香味浓/那是崂山泉水酒中有/喝一口，沁心扉/那是咱即墨人情意浓/四方的来客呀尽情地喝吧/酒乡人祝您事事如意，健康长寿……”伴随着这首《即墨老酒醉九州》的赞美之歌，热情好客的家乡即墨正焕发出新的青春，使它再出发的脚步比别人更加坚定，一如这琥珀色的老酒，千里飘香的味道，拥抱着游子盼归的心，也拥抱着全世界。

不见长安

□杨一凡

[2017年"全国十佳小作家"]

杨一凡，女，获奖时为浙江省绍兴鲁迅中学学生，绍兴市柯桥区作家协会会员。著有小说《魔力星球》，童话集《宠物猫出逃记》。至获奖时已在《少年博览》《童话世界》《新民晚报》等报刊上发表作品近百篇。2015年获得第十三届"叶圣陶杯"全国中学生新作文大赛决赛一等奖。

那一晚一如之前的许许多多个夜晚，他枕着手臂躺在屋顶上，听着瓦片下的厅堂里，聚在一起的人们絮絮叨叨说着油盐酱醋，也说着长安。

长安是很多人心中的梦。他知道它在很远很远的地方，因为小时候读的书里有着"举目见日，不见长安"的字眼。他知道长安城很繁华，那里有重重的楼阁，还有红妆白袖和着金迷纸醉的歌舞。人们说起长安时，总是用很歆羡的语调。

他想了一整夜，在村头那棵古树下的青草刚刚滴下第一滴露珠的时候，做出了决定。他要去长安。于是他翻身下了房顶，去自己的屋子收拾了些东西。

趁着年轻，总要做一些想做的事，省得以后老了坐在摇椅里后悔。

晨雾初起，他站在渡口回望。自小生长的村落里渐渐升起了炊烟，袅袅飘散在微明的天光里。他还有一些积蓄。他念过书会认字写字。他还很年轻有的是精力。所以他总有办法让自己到达长安。他是这样坚信着的。

至于道别，他一向讨厌那些纠缠不清的东西。而他在多年后才明白什么叫作后悔。

那时的他对未来一无所知，只是凭着对故事里长安的向往，欢欢喜喜地向前走。

那个书生，是他在路过某个江南小镇时遇见的。

那时夜凉如水，天边颤巍巍悬了一弯残月。书生坐在垂满杨柳的河岸，念一首很好听的诗。他忽然就想走过去，歇歇脚。书生见他过来，笑吟吟拱了拱手，极随意地问道："兄台面生得很，怕是途经此地的旅人吧？"他抿一抿嘴，困惑于这人的自来熟，一面又觉得这性情很是讨喜，于是默不作声点了点头。

“往何处去？”“长安。听说那里很美。”书生笑得更欢了，随后便开始念叨他从书里头看来的关于长安的故事，末了添一句：“不过是些纸面上的传说罢了，谁知道有几分真假。”他眨眨眼，不置可否。

直到晓风吹拂时，他才想起来，他还要继续向前。“难得遇到你这般知己。不考虑留一段日子吗？”书生挽留道。“你不考虑同我去看看长安吗？”他反问。“父母在，不远游。”书生微微苦笑，眼里却又有些他不懂的心甘情愿，“我的牵挂比你多。”“真可惜。”他说，“那么，再见。”于是转身离去。

很久以后他到了洛阳。也是极繁华的都市，但他就是没来由地觉得，长安一定比洛阳更好。长街熙熙攘攘，他有一瞬间觉得自己像个孤魂野鬼，没有着落。

擦肩而过的姑娘掉了一块手帕。他拾起，叫住她，把手帕递回去的时候看见上面绣的华贵牡丹，针脚细密。姑娘脸微红，接过手帕，留给他一个极恬淡的笑意。

他忽然就觉得自己很累，满面风尘，一身困顿。他已经走了很远了。

他想，他其实是可以找个地方安顿下来的，比如洛阳。他可以在这里成家立业，过另一种截然不同的生活。那个笑容一直停留在他眼前。

可他只是沉默地背着行囊，继续向前。他还没有到长安。他走得还不够远。

那是在花开了几季之后，他终于站在长安的街头，带着春夏秋冬的风。

那时阳光正好，万物正是自由生长的季节。而他站在长安的街头，站在入梦千百回的地方，却是满目的陌生。这重重楼阁，浩浩殿堂，都非他所想象。

他终于想起，他向往的，一直都只是故事里的长安，未曾以任何形式被证明的长安。

长安城忽然开始下雨，湿透了千百年的繁华沧桑。人潮不断聚拢又散开，各自向家的方向涌去，慌慌张张。而他站在街头，终于忘了来时的方向。

我想我做错了很多事。比如，将希望寄托于虚无缥缈的远方，为了到达那个地方，我对自己说：我还年轻，我还有很长的路要走，我要尽全力追求自己的梦想。所以我放弃了能放弃的一切，亲情、友情、爱情……因为我始终觉得那些错过的还可以追回。

我只看着远方，却忘记看看路上的那些风景，我本应该停留的。

所以即便最后我到了远方，依旧没有最初的欢喜。我依旧孤身一人。

如果有机会，我想重新再走一遍那条路，那条通往远方的路。

那年转身离去，水声远了河岸。村落是否依然？千万里外，我怅然回看。

夜的灯

□王恩琦

[2018年"全国十佳小作家"]

王恩琦，获奖时为山东省临沂第一中学学生，"临沂小记者团"成员，山东省青年作家协会会员。作品发表于《青年文学家》《参花》《新晨报》《齐鲁晚报》等国家、省、市级报刊。多次获得全国性作文比赛奖项。出版有个人专集《王恩琦专集》《寻见梦的足迹》。

我家住的小区不是很大，但因为是高层，人口密度非常大，又因为在小学校附近，是名副其实的"学区房"，所以小孩和老人就特别多。我就是在这里读的小学、初中，一直到高中。因为居住得久了，说不出是一种什么样的感觉，就是渐渐习惯了这儿的环境，包括自家的还有外家的，习惯了这儿的小区居民，爷爷奶奶、大爷大妈和孩童们，甚至是习惯了这儿的时间、空气，以及人与人之间交流的眼神、会意的微笑，从陌生到熟悉，都有一种淡淡的亲情在里面。更让我习惯的，还是小区大门口那一盏夜的灯，还有那一位看大门的保安叔叔。

我不知道那一位保安叔叔叫什么名字，只知大人们都喊他小李，所有的小朋友都喊他李叔叔，姑且在本文中称呼他为李叔叔吧。李叔叔四十岁左右，个子很高，浓眉大眼，精瘦精瘦的，穿一身整洁的保安服，但缺少一点儿威严感。他是属于那种浓眉大眼但是眉开眼笑的类型，脸上始终洋溢着一种微笑，一种来自心底的微笑。

我常常想，李叔叔这样的人最适合在小区门口干保安了，因为小区来往人口多，形形色色情况复杂，各种各样的要求也多，一旦满足或者解释不了，很容易发生冲突。网上、报纸上就有很多保安和业主发生冲突的负面新闻。但是，李叔叔当保安，似乎从品相上就完全胜任。一方面脸上堆满了笑意，一方面有一副典型的邻家热心肠，见了谁都打招呼。"哎，您回来啦！""噢，您下班啦！""来来来，我帮您提着。""好好好，我帮您扛上去。"类似的话我不知道他一天要说多少遍。以至于每次看见他似乎都很忙碌。除了经常看见他帮人提东西，扛杂物，打理邮件，就是小区里的好多小孩子，每每在小区的过道里疯跑，李叔叔就笑眯眯地跟在后边。“哦，慢慢跑！”“小心，抱一抱！”“放学回家啦！”“这孩子真好！”这都成了他的口头禅。并且，每个夏天，好多大爷大妈在门口打牌抽烟乘凉，李叔叔还在旁边充当起服务员的角色，端茶倒水、打扫卫生，全是他的活儿。不过，我从来没见他烦过，也从来没听说他有过“东家长西家短”的口舌，可见他心里是有数的。

去年秋天，我开始读高中，晚自习多了起来，每天到了很晚才能回家。记得第一次晚自习回家的时候，又碰见了李叔叔，我清楚地记得，小区门厅上的那盏悬灯在夜里更加亮得耀眼，他正坐在大门口的椅子上，看见我的一刹那，脸上似乎露出了惊异的眼神：“呀，丫头这么大了！上高中啦？有晚自习啦？”我背着沉重的书包，“嗯嗯”地答应着，隐约还听见他在后边一边拖着椅子一边说：“真快！真快！”于是，从那天开始，每次晚自习，走到大门口，他都会热情地跟我打招呼，嘴里又多了一句：“哦，下课了！”我回一句：“叔叔好！”或者是我先问候一句，他再回我一句，然后他缓缓地起身，拖起椅子，挪到门厅里坐去了，门厅上的悬灯依旧耀眼地亮着。

一个学期过去了，一年过去了，我似乎习惯了和李叔叔之间的这种默契，就像我习惯了这个小区的时间和空气一样。偶尔有个一两次他不在，我不见他打招呼，也不见他拖动椅子的声音，似乎心里少了点什么，因为我觉得，他应当是看见我进小区以后，才拖动椅子准备进屋休息，这种默契似乎成了我回家的必修课。

我说过，我们小区不大，李叔叔就是在这么一个平凡的地方，干着普通得不能再普通的工作。我们都说，人世间不乏亲情和真爱。但是，人潮人海中，在这个人口密度越来越大，但是人与人之间却越来越陌生的城市里，李叔叔的那种热情坦荡、乐于助人的正能量，给了我一种莫名的感动。

有时候我甚至想，门厅的那盏夜的灯就是为我而亮，为大家而亮。因为，无论是老人还是孩子，凡是被李叔叔帮助过的人，心中似乎都应当有他的位置。他就像门厅上悬挂着的那盏夜的灯，无论风中雨中，在与不在，都永远伫立在那里，照亮了多少归途，引领着多少回家的路！

我常常想，如果每个人都能够成为一盏夜的灯，那将是多么美好！

站在历史的洞口

□ 汪芦川

[2018年“全国十佳小作家”]

汪芦川，2001年出生，获奖时为浙江省衢州第二中学学生，浙江省作家协会会员。2014年获浙江省“美德少年”称号。获奖时已在《十月·少年文学》《儿童文学》《少年文艺》《语文报》等报刊发表作品六十余篇，在国家、省级写作大赛中获奖十五次。出版个人作品集《妈妈的麻花辫》。

薄薄的残雪，浅浅的洞窟。

我背雪而立，扶着洞口的石壁，感慨得泪眼模糊。谁能想到，就是这么个一百平方米左右的小洞窟，当年，居然是震惊中外的“杜立特突袭行动”发生后的一个中转站，是美国飞行员们从死亡线上挣扎回来之后的一个聚集地呢？谁能想到，当年，这里曾收留过51名美国飞行员呢？

一步一步，我踏着自己的心跳，走进了那个古代因采石而成的江边洞窟，手抚着洞壁上那一条条清晰的凿刻印痕，仿佛摸到了一条条历史的血管。我的思绪，不禁顺着那些“血管”，游回到了1942年的春天。

1942年4月18日，有16架经过改装的B-25轰炸机，在美国陆军航空队中校杜立特的率领下，从航行到日本海附近的大黄蜂号航空母舰上起飞，前往日本的东京、名古屋、神户等地实行空袭。可任务完成后，16架飞机却因种种原因没能按原计划降落在浙江的衢州机场。

16架飞机，每架飞机共有5名机组人员。有2架飞机的机组人员不幸降落在日占区，遭日寇逮捕，受尽非人折磨，其中3人还惨遭杀害，1人病逝狱中。有1架飞机的飞行员降落在苏联辖制的海参崴机场，被苏联军方秘密羁押。其余65名飞行员（有1名在跳伞过程中不幸身亡）悉数被我国普通民众救起，即使死难者，也得到了体面的安葬。其中，有51名获救人员，在当时国民政府的安排下，他们被集中在位于衢州城郊的原空军第十三航空总站的防空洞里，休养身心，等待启程返回美国。

而我今天，踏雪寻访的地方，便是这个防空洞。

最初，我是从我母亲的小说里得知这一历史事件的。2009 年的春天，我母亲从我们家乡的《衢州日报》上看到一则关于“杜立特行动”的报道后，便开始寻找历史资料，开始走访一些当年拯救过美国飞行员的当事人，经过三年多的准备和创作，她的少儿长篇小说《拯救断翅雄鹰》于 2012 年 9 月 9 日完成了初稿。

那天晚上，年近十一岁的我，第一次读到了母亲的这部书稿，也第一次与“杜立特行动”撞了个满怀，我万万没想到，这个在第二次世界大战中颇有名气的突袭行动，竟然跟我的家乡衢州有着千丝万缕的关系呢！

为了准备迎接杜立特中校和他麾下的飞行员们凯旋，我们衢州机场曾进行过大规模的整修，我们还替那些英雄请好了英文翻译，雇好了西点师。只是由于空袭行动被日军发现整整提前了十个小时，美军又没有通知我们机场，才使得空袭当晚衢州机场没有对那些经过衢州上空的机群开灯迎接。不过，在营救跳伞美国飞行员的过程中，我们衢州江山、常山、衢县等山区的农民，都做出了积极的贡献。我母亲就是以江山人民营救三号机组的奥扎克、曼奇和运送死难的法克托尔尸体的真实历史事件为创作背景写成了她的小说。

“哇，妈妈，您这部小说可与您以前的作品很不相同噢！”当时，我还小，初次在母亲的作品中遭遇了“杜立特行动”后，只觉得母亲写了一部非常与众不同的作品，但具体也说不出它好在哪里。

果然，小小年纪的我，眼力还是不错的，2015 年，母亲的这部作品获得了浙江省“五个一工程奖”。

而第二年九月，我进入衢州二中就读，成了一名高中生。一进校门，我竟再一次与“杜立特行动”撞了个满怀。因为在学校图书馆南侧的树林里，有一棵小树下方，嵌着一块大溪石，石头上刻着字，指出那棵小树就是为纪念中美两国人民在“杜立特行动”中结下的深情厚谊而种的友谊树。

难道，这学校有老师小时候也参与过营救美国“杜立特行动”的飞行员吗？带着这个疑问，我在高中生涯开始的那段日子，就进图书馆查阅了大量的资料，由此得知，我们衢州二中的潘志强校长，曾去美国友好城市雷德温进行过为期一年的访学，使得衢州二中与雷德温市的学校结下了深厚的友谊。而衢州之所以与雷德温结成友好城市，就是三十多年前雷德温市两位航空爱好者来衢州寻访“杜立特行动”的机组残骸以及救人英雄所牵引出的缘分。

啊，我的人生，就这样与七十多年前的一次历史事件再一次挂起了钩。

在衢州二中就读的一年多时间里，虽然学业压力不小，但我还是常常去那棵友谊树旁徜徉，时时收集着“杜立特突袭行动”的资料。

我最大的愿望，就是能去当年的营救地点走一走，看一看。

“别慌呀，等你考完了大学，我肯定会带着你去实地走访的！”妈妈总是这么说。虽然她是个作家，可她更是个母亲，只希望我高中三年能专心致志地做好一件事——准备考个理想的大学。

但我，却在这周末下雪的日子里，突然生出了寻访当年收留过51名美国飞行员的原空军第十三航空总站防空洞的强烈愿望，因为我听说，这个防空洞，已被某房地产开发商划进了他们的开发区。我担心，等我考上大学，那地方，说不定已变得面目全非。

“带我去吧！带我去吧！带我去吧！”我反复纠缠着母亲，并说出了我的担忧。

“好吧……”母亲终于同意了。我们娘儿俩直接打了一辆出租车，去了位于衢州柯城区东港开发区汪村社区的“九润公馆”。

没想到，那么著名的历史遗址，离我竟是那么近，离我只有半个多小时的车程。

母亲前两日还和她的几个好朋友来过这里，所以，一进入那个小区，她直接牵着我的手，咚咚咚地踩着一地残雪，来到了一个看上去像个老仓库似的石洞面前。

母亲什么也没说，只冲我做了个“请”的手势，可我，站在那个石洞门口，却觉得自己的脚有千钧之重。

我耳中响起了无数中国人的哭声、惨叫声。因拯救了51名美国飞行员，我们浙江和江西的人民，在1942年曾遭到了日寇疯狂的报复，日军发动了“浙赣战役”，在这次战役中死难的中国军民，共有25万人之多，日寇在这次战役中施行的细菌战引发的传染病——炭疽病，至今还令一些老年人痛不欲生……

51与25万，这对比也太悬殊了。

想起那段历史，我浑身战栗，不知不觉，已经眼泛泪花，迟迟不敢进洞。

母亲理解我的心情，在我身后轻轻说：“孩子，既然来了，还是进去看一眼吧！无论历史多么沉重，总需要青年人去了解并肩负，这也是我写那部书的原因！唯有勿忘历史，咱们中国人才能前行得更坚定更无畏啊！”

听了母亲的话，我重重地握了一下她的手，毅然走进了那个其貌不扬只有百十来平方米的浅浅的洞穴，同时，也走进了一段深深的历史时空，走进了一部精彩又悲壮的中美两国友谊史……

母亲花了四年多时间为它写了一本书。我的母校用了二十多年时间来纪念它。而我今天，在残雪中，花了一分钟来抵达，以后，将花一辈子去牢记，将花整整一生，去告诉各个民族各种肤色各个国家的人，在中国大地上，曾有这么一个地方，为世界的和平做出过不懈的努力，做出过应有的贡献，也做出过巨大的牺牲。

我们来探访它，不是为了猎奇，不是为了写文章，不是为了简单的纪念，而是为了使我们的世界更静好更温暖更和平地前行。

寻常巷陌不寻常

□祁佳明

[2019年“全国十佳小作家”]

祁佳明，获奖时为江苏省苏州中学高二学生。当时已在《作文通讯》《全国优秀作文选》《创新作文》《时代学习报语文周刊》《姑苏晚报》等报刊发表作品二十五篇，获得写作大赛奖项两次。在苏州市中小学生“姑苏情·诗词歌赋”创作大赛中，荣获散文组唯一特等奖。

晚饭后，我沿着古桥散步。桥的尽头是一条古巷，巷口竖有一牌，曰“蒋庙前”。霭夜古桥旧巷，不禁引人雅兴。可巧路旁一老妪正售卖纸灯笼，我便挑了一盏，乘兴夜游。

一进入小巷，身后的喧嚣便沉淀成了静谧。巷两侧是清一色百年旧屋，飞檐下依稀可见雕花的门匾，处处皆是不俗。细细研究下来，这里竟是潘奕藻故居。潘家乃大姓，苏州历史上一直有“贵潘”之说。在清代，潘家出了一状元、八进士、十六举人。而潘奕藻，正是潘家的第一代进士。

“斜阳草树，寻常巷陌，人道寄奴曾住。”故人的风华，让这小小巷陌，增添了些许人文历史的厚重。一个潘奕藻故居，就极让我惊喜了。可我很快发觉，蒋庙前的惊喜，绝不止这一个。

沿着小巷前行，一会儿便能望见一个小园子。这个小园子乍一看也没什么特殊之处，若不是“七姬园”这个石碑，我绝对不会注意到它。元末之时，张士诚在苏州称王，却终不敌朱元璋。城破之时，张士诚的女婿向朱元璋投降，而他的七个小妾却全部自尽。后人在此建了“七姬庙”。近代庙毁，只留下“七姬园”石碑和这个小园子。

我沉默良久。着实没有想到，在一条“寻常巷陌”里，居然隐藏着这么多遗迹。过往的种种被时光冲淘成了历史的尘埃，它们这样安静地蛰伏在青石板上，只在有缘人踱过时，才重扬于人们心上。

如果说在蒋庙前，潘奕藻故居是人文风华的留痕，七姬园是历史过往的积尘，那么我眼前这座石质建筑，就是一方百姓千百年信仰的见证。这座建筑远不比潘奕藻故居气派，也不如七姬园有故事，可它却是“蒋庙前”巷名的由来——这座建筑，名叫“蒋侯庙”。蒋侯庙供奉的是蒋侯蒋子文。蒋子文乃三国时期孙权的部下，职位不高却深得民心。说来也是颇有深意——太多比蒋侯位高权重的人，都被遗忘在了历史的尘埃里。可这位蒋侯却被一方百姓虔诚地铭记着、供奉着，成了流传千百年的信仰。

继续沿着这条巷子往前走，我很快发觉，在蒋庙前值得注目的，远远不止故居、旧迹、古庙这样的大型历史留痕——踏着青石板，随心而行，总会有收获——一低头便能看见一口古井，被时光无数次打磨的井壁上仍有残缺的篆书；一侧首便能瞥见一扇雕花木窗，不知是否有过一双纤纤玉手，轻轻将它推开；一抬眼便能遥见一幢极其气派的民国洋楼，想必也极有故事……

如果园林让人们觉得苏州精致，那么巷陌就让人们觉得苏州神奇。它们蛰伏于车水马龙、人影幢幢的深处，却默默牵动着苏州城的文化脉搏。

假如你经过庙堂巷，你会惊讶地发现这里竟藏着杨荫榆故居！此人乃中国近代史上第一任女校长，杨绛的姑姑。杨绛也在这里度过了她美好的童年。假如你经过马医科巷，瞥见一处小院子——这里居然是俞樾的故居！曾国藩是其老师，章太炎是其弟子，而他的书法大作《枫桥夜泊》被后人刻在寒山寺前的石头上，供万世瞻仰……

其实，每一个巷陌都这样有深度。这就是苏州巷陌的神奇所在。这就是苏州城的神奇所在。无数达官通儒、代代人杰，对这人间天堂一见钟情。他们纷纷隐于寻常巷陌，做起了“陶渊明”，潇洒的袖管里飘出一句句“江南好”“君到姑苏见”……文化履印在巷陌里层层叠叠，巷陌中的每一块砖瓦，都被赋予了深度和厚度。

在这样的巷陌里，历史文化不再是被陈列在博物馆的古董；不再是景区里被栏杆隔离的“遗迹”，而是你可以在茶余饭后，撷取细读的日常。这巷陌可以是你家后面的小巷，也可以是你常去买菜的弄堂……它让你从庸庸碌碌中惊醒，让你满怀悸动与诧异地惊觉——我居然生活在这样一个不寻常的巷陌里，生活在这样一座神奇的城市里，生活在这样深厚的文化里……

“吱呀——”我收回思绪。抬眸望去，原来是对面一扇雕花窗被推开，温馨的灯光扑面而来。一个小女孩趴在窗口，小眼睛好奇地看着我。我这才发现，这满巷的旧居，窗口都浮动着家的灯光，让人备感温暖。这让承载着深厚历史文化的蒋庙前，又多了几分寻常而温暖的红尘味。站在这寻常的红尘味里，我心中油然生出些许感动。在姑苏城“寻常巷陌”中，那依然漾着灯光的雕花窗，仍旧被用来淘米浣衣的古井，以及巷陌尽头浮动的万家灯火……这一切都给我一种蘸满生机与希望的温暖——你看：无论是人文历史，还是生活，都在蓬勃地被续写。

夜色已深。我下意识地冲那窗边的小女孩一笑，然后整理好悸动的心，提起灯笼，走向姑苏城的夜色深处，沿着巷陌继续前行……

第六辑

刹那芳华

芳华只是刹那，曾经存在过，
就是最美的风景。

火盆儿

□曹敬辉

[2005年"全国十佳小作家"]

曹敬辉，男，笔名曹灰子，生于1986年，获奖时为山东省郯城第二中学高三学生，校学生会主席、文学社社长。当时已在《中国校园文学》《中国教育报》《散文诗》等全国四十余家报刊发表习作三百五十余篇，获奖六十余次。其散文《最后一朵玫瑰》被编入高中语文苏教版《写作》第三册。

冬日夜长，乡间孩子娃们街街巷巷"野"够了，肚子里便有些空落落的，猫儿样溜进老奶奶静静的小院里，"吱扭"一声推开堂屋门，一股暖意便裹了单薄的身子。屋子里的老奶奶磕一锅旱烟灰，瘪着嘴儿嗔道："小鬼头，还不快掩了门，屋里这点暖气全让你放跑了！火盆儿里的地瓜焖熟了，扒了吃去，暖暖你那冻身子……"三两下扒拉开暗红的灰烬里一两块热地瓜，吸溜吸溜倒腾来倒腾去，揭去那层黄微微的皮儿，焖地瓜的滚热和甜蜜，让一身寒意的孩子娃好生享受着哩。

早年间，火盆儿是庄户人家冬日取暖的炉具。吃过了晚饭，灶膛里的余火倒进泥盆里，加了些许黑灰的木炭或干硬的木柴，火盆儿便旺旺地映亮了暗下来的土屋子。拾掇完碗筷，喂过猪狗，添了牛料，东邻西舍的乡亲扯了针线，摸了旱烟，相互串起门儿。一屋子人围坐在暖融融的火盆儿旁，男人们品着土罐茶，吸着旱烟袋；女人们则缝衣裤，七嘴八舌唠起乡间的奇闻趣事、家长里短。安静下来的孩娃儿盘绕在老人的膝下，一遍遍缠磨爱讲古的爷爷奶奶说上一段故事。乡间那些既有趣又骇人的鬼怪故事，常令年龄小、胆儿怯的孩子扑闪着大眼睛，看那红亮亮的火盆儿，看那黑沉沉的夜色，心儿不由得颤颤的，再不敢出外玩耍、撒欢儿了。兴致高时，老奶奶扯了孩娃儿的手，在红红的木炭火映照下，断断续续哼唱一支古老的童谣："小巴儿狗，上南山，割荆条，卖铜钱，买大米，煮干饭，老头儿吃，老婆儿看，馋得巴儿狗啃锅沿。巴儿狗巴儿狗你甭馋，火盆儿里烧着大鸭蛋……"那谣曲从老奶奶缺牙漏气的瘪瘪嘴里有板有眼地哼唱起来，绵长而悠远，极有韵味，使冬夜的火盆儿盛满淳朴的乡风民俗，清苦的庄户日子也平添了脉脉温情和绵绵爱意。

火盆儿恰似乡下孩子冬夜里一双不眠的眼睛，暗红的灰烬里烧烤的精美小零食，总让孩子们涎水泉涌，品之不尽，小小瞌睡虫儿被驱赶到遥远的夜空，与闪闪烁烁的星星捉迷藏去了。谷囤里抓一把玉米或大米，浅埋进红红的余火中，过不了多久，这儿“噗”的一声，那儿“啪”的一下，满火盆乒乒乓乓绽开了一簇簇白亮亮的米花儿。孩子们忙不迭地捡呀捡，缕缕香味儿弥漫了整间屋子，一粒一粒轻丢进嘴里，香香脆脆的，小小火盆儿给孩子带来了无穷的乐趣。果园里沟坡上拾秋拾得的几捧毛栗子、山核桃，乃至田里的麻壳花生，也可以投入红红的火盆儿烧烤，那声音远比爆米花儿猛烈，冷不丁的一声脆响，常令讲古论今的大人们愣怔片刻，而嘻嘻哈哈的孩子们，既为自己的小把戏招来几句善意的笑骂得意不已，又能品尝到美妙无比的烧干果，兴致更高了。火盆儿里的余火将要暗下去的时候，孩子们从地窖里翻拣几块匀称的地瓜、土豆，悄悄埋进火盆儿里，这最后一道烧烤，打熬不住的孩子当晚恐怕品尝不到了，一觉睡至天明，第二天一早，热乎香甜的焖地瓜、焖土豆正好下肚儿……

童年的往事总是那么温馨，那么甜蜜，冬夜的火盆儿总让我难以忘怀。而今，那种拙朴简陋、富有情趣的火盆儿在家乡已了无踪迹，取而代之的大多是造型美观、清洁卫生的暖气炉、煤气灶，可乡村的冬夜那种热热火火串门儿、唠嗑儿的情景还有吗？

遥远的年代、清贫的岁月已成为一种回忆，渐渐被人们忘却，但故乡泥土里那些纯粹的东西，那些令我们常常魂牵梦萦的乡村风情，却愈显珍贵愈令我们怀念。

爱——记卢沟桥上的石狮子

□余雪尔

[2006 年"全国十佳小作家"]

余雪尔，女，出生于 1994 年，获奖时为上海外国语大学附属外国语学校初一学生。当时已在《中国少年报》《中学生》《深圳青少年报》等报刊发表文章七十七篇，获多项全国作文大赛奖，被多家报刊聘为小记者。出版有文集《雪尔的天空》。在英语、摄影、硬笔书法等方面也颇有特长。

很小就知道一句民谚："卢沟桥的狮子——数不清。"后来从课本中才知道原来那是五百余只，还知道那五百余只狮子的形态各异，绝不重复，很是吃惊；再后来又看了著名建筑学家罗哲文先生《名闻中外的卢沟桥》里对这些雕刻精美、神态活现的石狮子极为生动的描绘："有的昂首挺胸，仰望云天；有的双目凝神，注视桥面；有的侧身转首，两两相对，好像在交谈；有的在抚育狮儿，好像在轻轻呼唤；桥南边东部有一只石狮，高竖起一只耳朵，好似在倾听着桥下潺潺的流水和过往行人的说话……真是千姿百态，神情活现。"就更是想去看看了。

今年暑假正好到北京参加"全国青少年英语口语大赛"，于是就抽时间去了卢沟桥，看看那些魂牵梦绕的石狮子。

一踏上卢沟桥，我马上就被那些玲珑活泼的小石狮吸引住了。瞧它们个个生龙活虎、朝气蓬勃，在一片艳阳高照的红光中，更是精神抖擞、容光焕发，哪像是石狮，根本就是一群悠闲自在的活狮子，在这美好的时节里，尽情地享受着大自然的关爱。我轻轻地走动着，一只只仔细地看着，就怕打扰了它们的闲情逸致。

看着看着，我突然发现这里的石狮多半是母子同行的，两三个一组。瞧这一组母子，母狮子正慈祥地看着在阳光下不停奔跑、跳跃的小狮子，母狮子满眼的幸福与调皮玩耍的孩子满脸的快乐，恰好传递出了它们之间无限的温馨、无限的爱。那边也有一组母子，看狮子妈妈紧张的神情，就知道已是大敌当前。狮子妈妈把自己的孩子紧紧地搂在怀中，仿佛在告诉世界，无论有多大的危险，我一定会保护好自己的孩子。

伟大的母爱让怀中的小石狮根本没有了惧怕，只是睁着眼睛天真、好奇地看着眼前的一切。

旁边还有一组很是特别，在一只石狮的前面有一个凸出的小点，我本以为是个刚出生的小石狮，可凑近了仔细一看，才发现那小点原来是一个人。抬头看着石狮眼中友善的眼神，就仿佛看到了远古时代人与动物和睦的情景。雕塑下还有一个小红点，那儿大概本是一个什么喜庆物品，被岁月的磨蚀只剩下一个小点，似乎变成了一个重重的加重号……

看到这里，我不由得抬起了头，放眼望去，那笼罩在一片夕阳之中的卢沟桥的狮子就如同一条爱的画廊，在静静地向后人传递着世间最美好的情感——爱。

卢沟桥的狮子很出名，是因为它的“数不清”，是因为它的栩栩如生，更是因为它传播的爱——那渗透在时时处处的温馨之爱、无畏之爱、和谐之爱……

美之三题

□曹琬珑

[2006年“全国十佳小作家”]

曹琬珑，女，1993年生，获奖时为湖北省宜昌市第十一中学初二学生。当时已在《语文周报》《语文教学与研究》《楚天都市报》等报刊发表二十多篇作品，多次在省、市级征文比赛中获奖。曾获宜昌市千名“三峡爱心少年”及“学习标兵”称号，还爱好绘画、拉小提琴等。

落叶之美

随着一阵凛冽的秋风到来，世界开始了孤独漫长却不流泪的深秋。

看那落叶一角，枯干的树枝失去了应有的生命的色泽，只有孤零零的叶片，像陈年的标本，独自领受着寒风的侵袭。

呼呼呼，风发怒了，张开血盆大口，像要吞噬那叶片。

我仿佛看到了一张苍白虚弱的脸，那快要滴坠的眼泪和即将熄灭的精神。可是，不！只见它紧紧抓住树枝，依然以坚定的神采与狂风周旋，它开始跳起芭蕾，发出飒飒的笑声，裙纱轻轻舞动，缓缓飘荡，好像是在与生它养它的树儿做着最后的话别……

我沮丧地望着它，静静地说不出话来。

悲壮的时刻终于来到了，叶儿与树枝做完最后的吻别之后，便像一只失重的蝴蝶向着土地栽落下来。

就这样，最后一片生命的恋歌消逝了！

可是放眼它的四周，你会发现有成片的叶儿安静地躺在这里——在这深秋无人知晓的角落里，准备化作希望的春泥。

落叶，创造的是一种悲壮的美丽。

音乐之美

音乐就像纯净的水源，萦绕在我们身边，滋养着我们，陶冶着我们。

一曲《渔舟唱晚》悠然飘来，一个颤音，仿佛抖落了一盒的珍珠，清脆的声音滴落到地上，悠扬地旋转。

时如山顶的一泓清泉，从高处流淌，流淌……然后轻巧地跃过山石，“啪”的一声与前面的浪花相撞，迸溅出晶莹的珍珠。

时如高悬的瀑布，从烟雾缭绕的云端滑落到深邃的平潭，流畅，痛快，婉转。

静静地躺着，闭上眼睛，把耳朵打开，你的眼前顿时出现一幅幅优美的画面，一个个美丽动人的故事。你的身体会轻松得如沐春风，你的思想会灵动得如长翅膀。

美的音乐，带给你美的感受，促使你创造美的生活。

辣味之美

望着餐桌上的这盘剁椒鱼头，上面布满青色的剁椒，细细碎碎，密密匝匝，仿佛在闹哄哄地乱吵。

我伸出筷子，一下插入盘里，撮起一小团，送往口中，闭上嘴，咀嚼起来，弄得啧啧直响。辣椒泡过的汁液溢了出来，呼啦一下，火烧一般在口腔的每个角落蔓延。这种辣味，让人想起黄土高原上火辣辣的汉子，正在有力地敲击着鼓点，敲得大快人心，敲得酣畅淋漓。

一会儿，辣椒已融入我的身心，口腔里的余辣更加劲爆。体内仿佛有熊熊大火开始燃烧，再吃一口，便燃烧得噼里啪啦作响。我的汗珠滚滚下落，脸上火烧云霞一般。

辣得够味儿，辣得够爽，辣出了体内的所有惆怅！

今天吃的是朝天椒，于是我想起还有许许多多不同品种的辣椒，但凡辣椒都是“好汉子”，外表闪着红红绿绿的光泽，圆润的线条看似温柔。可一到嘴中，天性就释放出来，不顾一切，不拐弯抹角，不会隐藏，以它诱人的香、醉人的鲜、劲爆的辣演绎着直爽的生活，把快乐而不拘小节的本性传递给爱它的人们。

做人就像吃辣椒，有辣味其实也很美！

刀削面随感

□郑祥治

[2007年“全国十佳小作家”]

郑祥治，男，出生于1988年，获奖时为湖北省宜昌市外国语学校高三学生。当时已在《中国少年儿童研究》《小小说月刊》《北京晨报》等多家报刊发表习作八十多篇，在全国作文大赛获奖十余次。

一次在外地吃到一碗正宗的家乡刀削面，看着面团的变幻顿时百感交集，脑海中突发联想，一气呵成此文。

家乡的刀削面是一绝，不仅吃着是一种欣赏，就是削面的制作也是一种享受。那是一次偶然的机会，在小街的尽头遇到了一家刀削面馆，我想，这家面馆一定不是正宗的刀削面。不过，我太怀念家乡的刀削面，便鬼使神差地走了进去。“客人好，要来点什么？”老板那句浓厚的家乡话一出，我激动得打了个趔趄。

啊，一定是家乡的刀削面，现在我可要饱饱口福了。我双手一挥，道一句：“来碗正宗的刀削面，味道要地道！”老板怔怔地瞧了我一眼，回过神来，将一条擦汗的毛巾往肩上一送，吆喝道：“好咧！”

老板做面去了，我坐在正对他的位置，仔细地观察起来。

看吧，削面的师傅右手横刀，左手把面，掀开热气腾腾的锅盖，开始削起来。那么笨重的大面团，在轻刀的飞舞下，像云雾中若隐若现的逍遥神仙，像站在跳台上的跳水姑娘，纵身一跃，有的来一个“托马斯全旋”，有的来一个三百六十度大转圈，还有的干脆和别人拉手双双跃入水中……

转眼间，沸腾的水平静了，水中的白面条儿开始了它们的水上舞蹈，有的手牵着手儿打转，有的一边独自徘徊，有的在游泳，有的把肚皮高高露在水面，还有的往水里钻潜，一副自由自在的样子。

突然，一阵气泡冒上来，打搅了它们的嬉戏，转眼间刚才还打闹的面条儿都不见了，只见蒙蒙的白雾腾起，一条条白色的蛟龙不知道从什么地方跑了出来。它们一个个身怀绝技，有的气吞山河，有的翻江倒海，还有的腾云驾雾，样子十分嚣张，我隐隐约约看到了蛟龙的胡须……

正在这些浪里白条撒野之时，一把大勺伸进锅里，将它们一网打尽。

少顷，一碗香喷喷的刀削面便放在我的眼前，刚开始还是一根根懒散的面条儿，经过大师傅调教，现在一下子变成一盘可爱动人的出水芙蓉，真让人不忍心开口吃它。

家乡的刀削面真是一绝，既饱口福，又饱眼福，也算是一种艺术欣赏。

有你相伴

□ 邓楚瑶

[2007年"全国十佳小作家"]

邓楚瑶，女，出生于1989年，获奖时为浙江省嘉兴市秀州中学高二学生，任校秀州文学社副社长。当时已在《南湖晚报》《少年作家》《语文周报》等报刊发表习作十余篇，多次在全国文学大赛中获奖。

2001年7月，当我从电视里看到国际奥委会主席宣布2008年奥运会的主办城市是中国北京时，我很兴奋，笑着对妈妈说："妈妈，等到2008年，我正好是第一年读大学，到时候我要去北京当大学生志愿者！"妈妈微笑着说："好哇，那你就要好好学习，努力考上北京的大学哟！"

我很高兴，那是我第一次有了未来的大目标。我不想说那是梦想，因为我坚信我一定可以做到。于是，我开始关注奥运会，开始了解这场体育盛事的伟大意义。

2004年雅典奥运会召开时，我每天都会坐在电视机旁的木质地板上，守着各场比赛。在夏夜，妈妈早就入睡，而我却兴奋地喊着加油，于是，那个夏天，我认识了刘翔，认识了孔令辉，认识了王义夫……

总之，我是从那时候与奥运会相连，我一直有一个目标记挂在它的身上。这让我觉得自己的奋斗很有方向，同时，面对自己的进步，我总是特别开心。然而，在不久前，我知道北京正在选拔奥运会的志愿者，我跑回家，沮丧地和妈妈说："妈妈，我成不了奥运会的志愿者了，我伤心啦！"妈妈还是微笑着，她说："没关系啊，等你考到北京，你还是可以为奥运会出力的，为路上的外国游客指路，清扫马路上的垃圾，你有好多可以做的事呢！"妈妈的话让我茅塞顿开，突然发现，其实我离奥运一直很近，我离我的目标也越来越近。

其实，我非常喜欢当一个运动员。在四年前，我去参加了跆拳道的学习，随着两年多的努力，我已经是一个可以参加比赛的小运动员了。还记得教练在第一堂课上说的第一句话："运动是一种精神，跆拳道是一种锻炼身心的运动，并不是用来打架的。"还记得当时因为进步快，单独参加升级考试的兴奋。还记得师姐为我系上升级带时那鼓励的眼神，证书上我灿烂的笑脸是那么自豪。还记得平生的第一场比赛，一个比我高一头的对手。我听着队友近乎呐喊的加油声，我丝毫没有胆怯，表情甚至嚣张到不行。那场比赛结束后，我和那位对手姐姐成了好朋友，她说，我是一个很有战斗力的运动员。我好高兴，记忆中原来有那么多值得珍藏的画面，我原来也是一个运动员。

我了解运动员的心情，为比赛紧张，为胜利高兴，那种集自豪与兴奋于一体的激情。运动员有属于自己的张扬，无论再内向的人，在比赛的某一刹那都会是锋芒毕露的。我喜欢那种感觉，那种被无数人真心鼓励的感觉，千言万语化为一句"加油"，就足够是一个运动员一生的追求。战胜一个人，并不是真正的快乐，真正的快乐在于战胜自己。一个运动员最幸福的莫过于看着自己每天进步，不让身边充满期待的人失望。

我曾经对着教练说，我以后要去参加奥运会的！那个时候，我只学了一个月，却已经疯狂地爱上这个运动。现在，四年过去了，我明白，岁月会划伤人的梦想，更会使梦想更具重量。我没有忘记当初的目标，也没有当对教练说的那句是玩笑话，我会努力，使自己更接近梦想。

奥运会，在我看来，是与运动员有着同样意义的名词。它们给人无限的力量与激情，它们充盈着我正在成长的心。

如果可以把奥运会当成一个小伙伴，我会对他说，我是你看着长大的，你知道我的小秘密。我的童年里有你的影子你的笑你的声音，这一切都会是我最珍藏的剪辑。如果我只可以把它当一本不断更新的书，那么我会和它说，你伴着我成长，我会一直保护你，我明天旅途的背包里会有你。如果我可以再找到一片空旷的草坪，我会望着繁星，将所有的希冀化为笛声传到古长城边的那个城市。那个古色古香，令人向往，魂牵梦萦的地方。

或许，某一天，我可以站在大道上，远望那座雄伟的体育馆。默默地想，我也是一个运动员，即使无法比赛，我还是可以带着无限的崇敬观望每一场比赛。

花儿绽放在冬季

□ 周亦岑

[2008年"全国十佳小作家"]

周亦岑，女，出生于1991年，获奖时为江苏省南京市宁海中学高二学生。当时已在《扬子晚报》《金陵晚报》《南京晨报》《南京日报》等报刊上发表多篇作品，三次在国家、省级作文竞赛中获奖。

你听见了吗？那是世界上最细腻的声音，在空寂的雪地上，有一朵小花在静静绽放……

雪后的一切都是安静的，人们连走路都是小心翼翼的，仿佛都不愿打破这安详的宁静。

昨晚还是风雪来袭，现在天空又已恢复了水蓝，我不顾寒冷地打开窗子，俯视这雪后初晴的一切。白色的房顶，银色的树叶，看得我的心都被纯洁的雪感染了，手中还捧着冒着白气的马克杯，思绪化在缕缕白气中，飘到很远，很远……

那天正巧下初雪，早上醒来，窗外已经是银装素裹。我向来是喜欢雪的，但南京很少下雪，突然看见真正的雪，我的心里蓦地产生一种感动，但瞬间过后就被落寞取代了。这几天我的心情就是这样，落寞得让自己都讨厌，站在窗前看着雪景，我头一次感觉雪白得刺眼。

"出去玩雪吧，这天气正好，我教你堆最结实的雪人！"爷爷不知何时已来到我身边。原来爷爷也喜欢玩雪，吃惊之余我答应和爷爷出去，算是陪他吧，顺便，自己也散散心。

这个公园本来就很幽静，加上下过一场大雪，连我们哈气的声音都能清楚听到。虽然穿了羽绒服，还是觉得有些冷，我一路走一路踢脚下的雪，爷爷则是时不时抓一团雪吹一吹或是捏一捏，很专业的样子，无趣的我也只好自己找事做。我先搓了一个雪球，又摘一片叶子吹上面的雪，看着这些纯白的小家伙在我手心慢慢融化，我竟有点儿不觉得冷了，反而觉得有暖意。

突然背后像被什么砸中，我转过头发现是爷爷用雪球砸我，我急忙抓了一把雪搓了个小雪球也向爷爷砸去，雪球大战就这样开始了。我和爷爷在小树间跑来跑去，地上的雪，树上的雪都被我们抓下做雪球了，最后爷爷说他跑不动了，算认输，我就畅快地大笑，惹得爷爷也和我一起笑，我们老小就在空旷的雪地上欢愉地笑，感觉心情一下子就升温了很多。

说好了要堆雪人的，我们选定了一块地方，这里的雪不软不硬，颜色纯洁，很适合堆雪人。爷爷娴熟地教我怎样搓结实的雪团，再把小雪球安到大雪球上，很快我就搓了很多结实的小雪球，爷爷也很认真地从树叶上取下了很多“绒绒雪”，雪人的雏形出来了，我们就去找树枝做手臂。就在一棵盖满了雪的小树脚下，我无意间看见了一排小草，还有一枝正开放着的小野花！我蹲下来仔细端详，心里顿时涌进一股感动，好温馨的感觉！

小草是枯黄的，岁月无情地给他们披上了寿衣，尽管他们还坚持着不肯倒下，但轻盈的雪花还是柔柔地覆盖下，压得他们有的已经折断了腰。小野花很纤细，发黄的叶子已经被冻得无力地垂下，但她的花瓣依然绽放着，其中有的还凋零落在地上，惊异的是她还是挺拔着的，瘦弱的茎支撑着怒放的花瓣，摇摇欲坠，感觉她的身体里有顽强的血液在流动！

我轻掸小野花身上的雪迹，用手将花瓣微微托起。爷爷在一旁，说这花和草战胜了冬天，我无声地点头，在白雪的映衬下，枯垂的小草和纤弱的小花显得分外刚强！

我们顺利找到了树枝，并且堆成了雪人。回家的路上，我沿着已被人们踏过的雪路平稳地走，此时的我心情已经舒畅了很多，我想，我遇到了这个冬天最美丽的意外。

现在还能经常想起那个冬天，那次与花儿的“奇遇”，还有慈祥和蔼的爷爷和我一起堆雪人的趣事。这些往事带给我的不仅仅是温馨的怀念，更多的是体悟和感动。

马克杯里的热气在慢慢冷却，看窗外的雪景，我知道，一定还有一朵小花在静静绽放……

废墟·残阳·柳

□马小菲

[2009年"全国十佳小作家"]

马小菲，女，出生于1992年，获奖时为山东省实验中学高一学生。当时已有十余篇习作在《儿童文学》《少年文艺》《齐鲁晚报》等报刊发表。

废　墟

废墟，是落寞的贵族。曾经炫彩的珠光宝气，曾经张扬的雍容华贵，曾经缭绕的笙歌曼舞，曾经堆砌的山珍海味，连同那些阴暗处不为人知的故事，那些剪不断理还乱的爱恨情仇，一同被时光冲刷得只剩断壁残垣，孤独地伫立在夕阳中，成为历史的注脚。

废墟，是寂寞的老者。繁华不再，热闹不再，曾经那么高不可攀的楼台庙宇，如今却沦落到人们对其不屑一顾的地步，只好悄无声息地在荒草丛中独自咀嚼那些或辉煌或耻辱的往事，再在夕阳西下之时把一切过去抛向同样无言的野草岩石，然后，枕着寂寞入睡。

然而废墟是否真的失去了价值？废墟守护着昨天的历史。而没有昨天，就没有今天，更不会有明天。废墟是一首残缺的诗，在他残缺的字句间，时时回荡着历史悲哀的叹息。这叹息有对过去的恨，却也饱含着对未来的期待。

站在面目全非的圆明园前，面对着汉白玉的瓦砾，那些早已被时间磨平的棱角，却同样锋利地刺痛每个人的心。那漫天的大火与英法联军贪婪的狞笑，刻下了一个民族最耻辱的烙印，穿越百年仍触目惊心。然而圆明园的废墟，只让人们落下两三滴清浅的泪，发出五六声沉重的叹息？不！夕阳下的断壁残垣在以最沉默却又最强烈的方式，呼唤着未来的振兴……

废墟是深刻的，它是历史的见证，从某种意义上来说，它存在于世上最有价值。时代的发展离不开废墟，个人的进步离不开废墟。如果有一天你厌恶生活之枯燥与重复，渴望更强劲的激情与心跳，那么，请在废墟旁伫立，它将使你明白生活的意义与生命的真谛。

残 阳

残阳，是个令人心痛的意象。

与残阳连在一起的，总是颓伤的景物，废墟瓦砾、大漠孤烟、江波浩渺、荒草野村，无以言说的怅然，难以言表的忧伤。而此景此物，也易触动文人墨客内心柔软的角落，细腻情感与荒凄景象一触即合，感伤之情源源而出，似幽怨的溪水，绵绵无尽向天边。于是在日暮的烟波江上、长河大漠、古原孤车旁，回响着诗人们伤感的绝唱。

记得我最受触动的那首元曲，也是和残阳有关："枯藤老树昏鸦，小桥流水人家，古道西风瘦马。夕阳西下，断肠人在天涯。"几个似零散却紧密的景物，连成一串凄美的悲凉，在古老的夕阳下，慢慢地晾干。读数遍之后，脑海中便浮现了似曾相识的画面：盘虬卧龙的老树上，萧索的枯藤在秋风中轻拂，乌鸦的叫声回荡在空中，一下一下，叩击心灵。水静流，桥无言，人家炊烟袅袅浮上天。荒芜的古道杂草丛生，西风萧瑟，夕阳残照，瘦马游子，披一身余晖，徘徊天涯，走向天边。在这幅画面中，残阳恰是最重要的景，黄昏恰是最重要的时，同样残损，才会有同样的表意，残阳与游子便成为真正意义上的一体，那浪迹天涯的思乡之情与漂泊四方的思归之感，才能最大限度地感动人们。

残阳，作为常见的景物，以它并不强烈的光芒，刺伤了人们的眼，更刺痛了人们的心。

残阳，是人们心中永远的伤痕。

柳

说到柳，人们最常想到的，便是潋滟湖光、清新荷香之旁的依依垂柳，便是田间茅舍、青蔬瓜果之旁的粗壮古柳。柳，总是被安排在温和明媚的环境中，笑对春风。而我心中的柳，是长在废墟旁的。废墟是狰狞的，柳是明媚的；废墟是强硬的，柳是柔弱的；废墟是老去的，柳是新生的——两者看来一点儿也不协调。

然而我说，有了柳，废墟才更像废墟。柳审视废墟从前的兴盛，见证废墟从前的繁荣。而今，岁月如水逝去，柳却还是柳，照样用枝条挽住清风，挽住小鸟和阳光，平平静静，似乎从一开始便是这样。似乎整个世界也从来都是于波澜不惊中运转。但柳的不变，不能掩盖废墟已成废墟，繁华已经衰败，富有已被埋葬；柳的不变，是一种美丽的隐忍，温和的残忍；柳，与废墟形成无比强烈的反差。就像阳光下的奥斯维辛，一样的阳光，不一样的历史与事物，能不令人触目惊心？

曾读过一句诗：“人面不知何处去，桃花依旧笑春风。”空宅边的桃花，与废墟旁的柳，具有同样的杀伤力。有时优美比可怖更可怖，柔弱比坚硬更坚硬，平和比剧烈更剧烈，温和比残忍更残忍。废墟旁的柳，便是最好的证明。

夕阳下，历史消散，恩怨隐去，废墟旁，柳，却在以一种比冰还寒的冷艳腔调，对时间诉说……

飘落的秋魂

□陈一鸣

[2009 年“全国十佳小作家”]

陈一鸣,男,出生于 1994 年,获奖时为安徽省马鞍山市沙封作文学校初三学生,任马鞍山市小作家协会副主席。当时已在《皖江晚报》《马鞍山广播电视报》等多种报刊发表几十篇文章,曾获第六届“叶圣陶杯”全国中学生新作文大赛一等奖。

西风横乱,枝叶凋零,心中突然想起李清照的《醉花阴·薄雾浓云愁永昼》来:“莫道不销魂,帘卷西风,人比黄花瘦。”秋日的身影竟也在冰凉的氛围中渐渐隐却了。

我轻轻穿行在寒冷的风中,行走在小路上,去寻找秋日中隐却的事物。我要寻回夏日中茂密的草木,寻回暖木中欢畅的木纹,寻回田野上富有生机的万物。我快步向前走着,终于来到了曾给予我慰藉的地方。

化作尘土的草木

我徜徉在这片熟悉的土地,静静回想着记忆中那片故土的另一景色。温暖的阳光,曾是那样愉悦,我的脚都被齐膝的绿草埋没了,索性赤着脚在草地上奔跑着。草柔软得像绒毛织成的地毯,将暖意静静涌向我的脚心……但此时我的眼却完全清闲了,脚下那片温暖的土地不复存在了,隔着一双鞋,我只能感受到尘土在脚的起落中飘扬在空中,涌起一股枯燥无味的气息,杂同干燥难闻的草沫一起,吸入身体。这是何等荒凉,草清新的香味连同记忆中柔软的土地,竟在何时腐朽了,只剩下令人枯燥的尘土,在脚下发出干燥的摩擦声。

秋魂就这样降临了这片土地,带来了久别的沉寂和安宁,记忆中的春夏气息被它无情地驱赶出了脚下的这块土地。我屈膝抓起地上的一把尘土,连同细小的碎石。它们刺着手上柔软的皮肤,我感受了秋魂,它化作了手中扬起的尘土,随风消失在这片寂静的土地，忽地落下，轻轻落在这片大地上，化作尘土的草木，又与寂静的土地融合在了一起。

阴冷的湖水

我在尘土飞扬的沉闷气息中来到了湖水旁。我记得，在碧蓝的水面上，曾有欢快的水鸟掠过，让平静的湖面扬起平缓的波纹；曾有忽来的风吹过，让平静的水面荡起跌宕的波纹……但现在，我眼中所看见的，只有一面如同死寂的大地一样无声无息的湖水，一切生命都如一夜消失一般。我的耳边，再也不曾有一丝水声和任何生物的声音。水面显得如此阴冷，在晦暗的余日下，只有几丝光静静浮在水面。我俯下身去，触动这平静的湖水，只能感受到湖水的寒冷，它往日的暖意，它往日的生命，它往日的活力，竟都被这阴冷吞噬了，只剩下手中的寒冷。终于在手的触动下泛起了几圈波纹，让我失望的心感到些许慰藉。但这波动的水纹却渐渐消失在死寂的湖面之上，放眼望去，湖面如凝住的雾一般死寂。我死死地抓住一把水，我要叫醒沉睡中的湖。但水却从我的指缝轻轻溢下，只存有一股寒冷的水汽，又在我的手掌的湿热中化作水雾，飘落在寂静的湖面，与寂静的水又落在一起。

秋魂就这样降临了这片湖水，将昔日温暖的湖水变得阴冷、冷漠了，让我的心中也不禁感受了湖水的冰冷。

一直寻找记忆中的事物，但秋魂飘落在这片土地上，让我眼中变得荒凉，甚至有些腐朽在寒冷的泥土中了。

刹那芳华

□詹佳丽

[2010年"全国十佳小作家"]

詹佳丽，女，出生于1995年，获奖时为江苏省扬州中学教育集团树人学校初三学生。当时已在《中学生》《全国优秀作文选·扬州版》《新课程报·语文导刊》等刊物发表作品五篇，三次在全国作文大赛中获奖。

幔帘低垂，透过缝隙可以看见雾气弥漫的天空。

窗外的雨渐歇，城市朦胧在视线尽头。一阵微风拂过，带来淡淡的芬芳。我搁下笔，嗅着这有些柔软的香味，悄悄地，丝丝恬美的情愫氤氲在心中。

又是一年，桂子飘香。

又是一年了。

岁月轰轰烈烈地从我的身上跨过，转眼已经历了十五个春秋。记得孩提时，我特别迷恋桂花清雅的香气，那种不算浓烈却又并非平凡到让人难以察觉的味儿，现在想来，真算是一种为人处世的姿态，既不张扬，又不萎靡。

干净得不染纤尘的年代，我非常喜欢吃奶奶做的桂花芝麻糖，清甜的味道在唇齿间荡漾，好像自己也随之融化。那份幸福感清晰依旧，盛装芝麻糖的盒子却已空空如也，恰似匆匆的流年，得到的，失去的，都不过是过眼云烟。

沧海桑田，世事变迁，我告别了彼时稚嫩的自己，开始踏上了一条叫作人生的神圣道路。物是人非，仍旧挺拔的桂树下，再没有一个小小的孩童努力摘取黄色的桂花，向一旁的奶奶欢喜地招手。想到这里，我的心微微颤抖，我情不自禁地走向了院中的那棵桂树。

枝干粗糙斑驳，像是一位垂暮的老人，以一双通透的眼眸注视着滚滚红尘。许多人从它身边经过，留下一两句赞叹，却又有谁肯为它驻留？

它是那样平凡，没有柳儿"碧玉妆成一树高，万条垂下绿丝绦"的温婉端庄，没有荷儿“接天莲叶无穷碧，映日荷花别样红”的清丽脱俗，它只有小小的花朵、苍老的枝丫和暗绿色的叶片，实在找不出惊艳之处。然而，我却为它深深折服。

花儿一团团一簇簇，蜗居在树干的罅隙里。它们紧紧地靠在一起，毫无保留地散发着芬芳，或者说，只是想要散发芬芳而已。

也许你会觉得，桂花们甘于平凡，所以团团簇簇，不愿一枝独秀。可我想，这便是它所选择的姿态，简单地依偎在彼此身边，奉献出短暂的一生，就足够了。

太多人为了走到事业的巅峰不懈地挥洒着年轻的血气，但你可曾想过，人生苦短，几十载光阴悉数消耗在追寻的过程中，却错过了平凡的幸福时刻，错过了与所爱之人剪烛西窗，与亲朋好友共享快乐，那些名利的追逐又有怎样的意义呢？桂花选择淡泊，得到了长久的相偎相守，于是能够用淡淡的香气告知人们，此行无憾，此生无悔。

如果可以，我愿做一朵桂花。

信手写下这样的句子，心再一次微微颤抖起来。

恍惚之间，铅华洗尽，眼眸清澈明晰，我遥遥地看见了今后的道路。

风儿夹杂着清香扑鼻而来，醉了，沉醉在这片芬芳中。温馨的气息弥散在世界的每一个角落，朵朵桂花扬起恬淡的笑容，那么纯净，那么释然。

也许芳华只是刹那，毕竟没有所谓的地老天荒。我们都渴望忠贞的感情，却不知许多情感是以分离为前提开始的。或许一个不经意的转身，就相隔了一生的距离，若因此注定了悲剧的结局，不如选择珍惜。

曾经存在过的一切，就是最美的风景。

那些人，那些事，那些记忆，终有一日被贴上过往的封条，如桂花般生死相偎并不现实，但我们能够做的，是紧握住拥有的韶华，力求无悔于心。

刹那芳华，似水东流。人生在世，简单就好，幸福就好，懂得珍惜就好，能够相守就好，复又何求呢？

天色渐渐昏暗，桂树已有些看不真切。那香气却越发清澈，使我的心明净如初。

轻启双唇，念出四个字，浅笑：“生如桂子。”

微醺间，暗香浮动。我坦然转身，踏上归途。

友谊的芬芳

□王　玉

[2010 年“全国十佳小作家”]

王玉，女，出生于 1992 年，获奖时为江苏省南京市教育学院附属高级中学高二学生。当时已在《少年文艺》《扬子晚报》《金陵晚报》《中学生》《南京晨报》《南京日报》等报刊发表作品四十多篇，三次在全国作文大赛中获奖。

好友萌曾寄给我一包向日葵的种子，是夹在生日贺卡里的。她不仅在贺卡上给予了我生日的美好祝福，还写了很长一封信，向我介绍照料向日葵的方法，嘱咐我一定要将那种子播下。她说，默默等待后就一定会闻到无尽的芬芳。

萌歪歪扭扭似乎就要倒下的字，倔强地占满了几页纸，我有些哭笑不得。心想，一贯沉稳的萌怎么会做出这么傻的事情？我小心翼翼地用拇指和食指的尖部捏起了几颗芝麻大小的种子，不禁质疑：它们真的能长成向日葵吗？

虽然我也曾想把这些种子撂在一边不管，但为了不辜负萌的一片心意，最终还是将那包用泥土包裹着的种子播种在花盆里，每天给它们浇水，让它们晒太阳。

我没有抱着很大的指望，却仍旧在默默地等待着。等待泥土下的那一个个小生命能够冲破棕黑的泥，长出哪怕一丁点的绿色。但每次推开阳台的窗，看到的都是那个寂寞的花盆和那些孤独的土。偶尔也会有些虫子来“做客”，但也许是这里太单调，太贫瘠，虫子们都走了。

萌也曾打来电话，问我向日葵的生长情况，我实在不愿告诉她事实，便胡编乱造了一些发芽长高之类的话。本以为萌会很高兴，可耳边传来的却只是萌平静的回应声。

冬去春来，又过去了几个月。学习的时间紧张了，生活的脚步加快了，和好友萌也渐渐失去了联系。那“沉睡”着的小生命也被我慢慢淡忘了……

某个阳光明媚的日子，妈妈捧着一盆小黄花来到我的面前，让我闻闻它们的香气。我只轻轻地吸了口气，花香便洋溢在我的心田。妈妈说："这是你几个月前种下的花，后来你没再管，我就帮着照料了起来，没想到它们开花了……"我心头一震，这才想起那些芝麻大小的种子。想起长头发的萌。

我看着花盆里的花朵，碧绿的茎好长，就像好奇的孩子，正抻着长长的脖子望着我。金黄的花瓣上，泛着点点银光，就像迸溅的水花，在和阳光嬉戏。

虽然它们不是向日葵，却很喜欢阳光，虽然我不知道这种花的名字，但我知道，它们是和萌同一性格的孩子。

萌说，只要我默默地等待，就会闻到无尽的芬芳。我闻到了，那是友谊的芬芳，是我和萌用真诚和耐心浇灌的友谊之花绽放出的芬芳。

站立成一棵树

□陈炀

[2010年“全国十佳小作家”]

陈炀，女，出生于1996年，获奖时为江苏省如皋市实验初中初三学生。当时已在《初中生》《中考快乐作文》《少年作文辅导》等报刊发表作品七篇，两次在全国作文大赛中获奖。

阳光穿过密林，星星点点洒落，绽开朵朵金色的、灿烂的花。“砰——”一颗种子从极名贵的古树坠落地面。

它睁开眼，打量着四周。鸟儿在树间跳跃，阳光轻柔而美丽，用纤细的丝缕柔柔地触摸种子，这对种子是个不小的诱惑。于是种子默默许愿：我要生根、发芽，长成古树这般的巨人，接受阳光的爱抚。

日子一天天流过，种子感到饱满的身子裂开了个口子，几根软软的细细的须钻出来。可是，一个人闯入了它的视线。那是位探险家，在雨林中寻找名贵树种。探险家蹲下来仔细端详种子，像观察一件艺术品似的。可是种子并不欢迎他——他巨大的身躯挡住了阳光。探险家说：“跟我走吧，我带你去研究所，那里有无菌室、营养液、充足的阳光！你一定能长成参天大树！”说着把种子揣进了口袋。种子想象不出研究室的完美，可他知道森林才是自己的家，离开了这里，就再也听不到清脆鸟鸣了。它不愿意离开，于是在颠簸中悄悄跳出了口袋。

种子惊喜得快要叫出声儿来啦！它来到了一条小溪旁，大树并没有把阳光完全揽走，阳光从树隙间一束束地滑落。种子开始拼命地扎根，拼命地吸取营养，拼命地长高。一个月、两个月，一年、两年，种子抽了芽，长了枝，渐渐长成一棵小树。它努力挺直身子，仰望树冠间一方蓝天，一遍一遍默念着誓言：我要站成一棵大树！

可是平静的日子被一个园艺家打破了。他上下打量着小树，心里打着算盘：“多好的树苗啊，枝叶繁茂，枝干笔挺，要是移植到肥沃的土壤，有充沛的阳光，经过我的修剪，定会成为最高贵最美丽的树！”小树很厌恶园艺家油滑的腔调，极不情愿地扭动身子。它听奔流不息的小溪说过，去到园林里的树苗虽然能享受完美的呵护，但却被人修剪成各式的盆景，再也无法自由地长高。可是小树的梦想是长成参天大树啊，怎么能去园林呢？园艺家可不管小树愿不愿意，从工具箱里拿出一把铁锹想把小树挖走。小树拼命地抓住脚下的泥土，就是不松手。园艺家一锹锹地挖着，小树依旧坚持，坚持。小溪愤怒了，林间的鸟儿也愤怒了！天阴沉下来，不一会儿，豆大的雨滴砸下来，似乎是要帮小树渡过难关。园艺家往地上啐了口痰，恨恨地离开了。

生活又重归宁静。小树惊喜地发现，自己渐渐强壮起来的手臂，也能挽起暖暖的阳光了。小树满足了——阳光对于它来说已不再是诱惑，而是财富。

对了，我们也许不该再叫它“小树”，因为它已经成为森林里最高、最壮的一棵大树。

又是一个春天，阳光穿过大树健美的臂膀，零星地洒落在地。像很多年前一样，大树的种子划过阳光，落到地上。它倔强地昂着头，倔强地追寻阳光，因为它记得父亲的教诲：“拒绝诱惑，朝着阳光，生长，生长……”

白鸽之恋

□倪协克

[2011年"全国十佳小作家"]

倪协克，男，出生于1994年，获奖时为浙江省乐清市白象中学高二学生。当时已在《温州日报》《小溪流》《求学》《青少年日记》《成长读本》《教育信息报》《中学生天地》等二十余种刊物上发表文章三十余篇。

我的邻居是个衣着邋遢的肉鸽养殖户，看起来像是粗手粗脚的汉子，不过难得他能时时顾及左邻右舍。为了阻隔鸽子脱落的绒毛和臭烘烘的鸽屎味，他特意在他的院落里砌了堵三米来高的水泥墙。

他养的鸽子，大多肥胖臃肿，呆头呆脑。也许是因为邻居只希望它们快快长肉出笼吧，这些鸽子不幸地被剥夺了飞翔的自由。不大的鸽舍里，鸽子两只一笼，一雌一雄，由邻居随意搭配，没有一丁点儿婚姻自由。可是它们依然相恋生子，每个笼子里几乎都有淡黄色的小鸽雏和待孵的鸽蛋。

我对这些鸽子很感兴趣，平日里时不时地就跑过去看看或是帮着喂点东西。

一天，我帮他在鸽舍里喂玉米时，看到一对没下雏的鸽子。笼中的两只，一只体态轻盈，背部羽毛光鲜，神采奕奕地站在草编的巢上轻晃脑袋；另一只则一个劲地吞食我丢在塑料槽里的玉米，愣愣地吃个没完，看上去和别的鸽子一样呆头呆脑。体态轻盈的那只似乎丝毫不愿理睬它的配偶。一旁的邻居一边用笤帚清扫着地上零星的羽毛和玉米楂，一边冲我憨憨地笑着说："也不知怎么的，就是不生蛋。"

我没放在心上，继续往前面的一个个塑料槽里塞玉米楂。没走几步，我留心到身后一个被叠放在最底下的鸽笼里又有一对没下雏的鸽子。这个鸽舍的采光挺好，前后有大片的阳光直溜溜地透进来，可照到这个笼子上的却只有一丝半点。我轻轻蹲下来，慢慢地把头挨进笼中的鸽子——这对鸽子竟和前面的一样，也是一只肥胖，一只美丽得与众不同。

这下我疑心邻居牵错了红线。我转过身，欣喜地指着那两只美丽的鸽子说:“把它们俩放在一起吧!”邻居搁下笤帚，走到鸽笼前仔细地打量起来。我在一旁站着，不知道这是不是个荒唐可笑的主意，心中不免忐忑起来。一会儿，他又冲我憨憨地笑了下，说:“听你的试试吧，只是还要看看雌雄。”待他鉴别后，真的按我说的把它们放到了一个笼子里。

这两只美丽的鸽子一相遇，竟不约而同地站到了草编的巢上，彼此都变得安安静静的。其中一只默默地注视着对方，另一只小幅度地把它雪白的小脖子一点点挨过去。它们该是一见钟情了，正在暗送秋波呢。我在暗里自喜为鸽子王国的王子和公主做了大媒。

从那以后，我每次来喂食都会留心看看这对幸福的情侣。好几回，它们半合着眼卧在巢里，胸脯的白羽毛紧紧贴着。粉红色的喙时不时地互相磕碰。我偷偷地把它们挪到鸽舍里光线最明丽的地方，每每日落时，其中的一只总会迎着风“咕咕”地轻唱起来。要是它们能产下几枚鸽蛋该多好呀!

多日后的一个下午，我拿着家里吃剩的绿豆去喂邻居的鸽子们。才敲开他的院门，他便兴冲冲地告诉我说:“你配的那俩鸽子生蛋了!”我一激动，禁不住拔腿跑进鸽舍，不觉把手里的绿豆撒了一地。那个草编的巢里，两枚糖果大小的鸽蛋静静躺在那儿，上面沾着一两丝极细的绒毛，似乎现在还是温热的。一只鸽子在巢的一角卧下，用它蓬松的羽毛盖住鸽蛋，继而小心翼翼地压在身下。

天哪，我太激动了。这对美丽的鸽子终于有了爱情的结晶!

第二天，我进入鸽舍时竟发现那两枚鸽蛋不见了。笼中的这对鸽子看上去没精打采的，其中一只的脖子搭在另一只的尾翼上，若有所失地望着其他笼子里充满生气的鸽雏。我的心怦怦跳动起来，急忙问邻居说:“那两枚鸽蛋呢?”他淡淡地说:“许是叫老鼠给祸害了。早上看的时候就都碎了，我给拾掇了一下。哎，这样的事时常有的。”

我失落极了，不知道这对遭受不幸的鸽子看见其他鸽子的其乐融融时，是否会像人一样哀伤?

一转眼邻居就要出售成年的肉鸽了，我苦苦求他说:“求你留下这对美丽的鸽子，让它们生下小鸽子，圆了心愿再出售吧。”邻居好不容易答应了。

也不知怎么的，这对鸽子接下来一直没有产蛋。我每每去鸽舍看它们，它们都紧紧地挨在一起，连吃食喝水都紧挨着。只是笼中没有鸽雏，看上去不免有些冷清。

一个月很快过去，这对鸽子仍没有产蛋。然而邻居又要出售一批成年的肉鸽了。这回任我怎么请求他都要将这对鸽子出笼，“这鸽子老了，再养下去，肉就不好吃了，再说又占吃食占地方。”我一急，干脆要掏钱买下这对鸽子。邻居见势忙说:“哎呀，这是做什么！既然你喜欢就送给你好了。”说罢又冲我憨憨地笑起来。

回到家，我小心地把它们放进一个透气的大纸盒里，又在大纸盒下面铺了许多温暖的棉絮和稻草。两只鸽子像是有些害怕，因而双双挨得更近了，两个粉红色的喙在纸盒壁上轻轻敲着。我拿来一些玉米粒和一个盛水的碟子放在它们身边，心中默默念着：坎坷的情侣哟，快快生蛋，快快生蛋。终于有一天，我惊喜地在盒中的稻草上发现了两枚鸽蛋！跟上回的一样，糖果般大小，沾着绒毛，还是温热的。它们又有了爱情的结晶呀！

我颤抖着抱起纸盒，两只鸽子兴奋地在盒中摇头晃脑。忽地，纸盒的底部松动一下。我刚回过神，盒下的纸板突然承不住压力，连鸽子带稻草整个儿掉了下去。

鸽蛋，竟然又碎了！

我的心像是被什么东西剧烈地撞击了一下，顿时手足无措。两只鸽子惊惶地望望一地的蛋液和蛋壳，接着猛地飞到了邻居家三米来高的水泥墙上。

它俩迎风站着，一身蓬松的绒毛被四面的风吹得歪歪斜斜。其中一只抻长脖子前后俯仰一下，用粉红色的喙拭了拭另一只翅尖的羽毛。

望着它们一副落魄却又在风中相互扶持的样子，我第一次为一对白鸽落下了眼泪。

当下雪

□ 麦麦提敏·阿卜力孜

[2012 年“全国十佳小作家”]

麦麦提敏·阿卜力孜，男，维吾尔族，出生于 1992 年，获奖时为北京市通州区潞河中学高三学生。当时已有作品发表于《中国教育报》《诗刊》《校园文学》等报刊，2012 年 2 月出版诗集《返回》。2012 年 6 月 15 日，参加中国作协举办的少数民族青年作家作品研讨会，获文学界好评。

当下雪
我的孤独被打破
心中燃烧起火来
落在脸上的雪花融化成了水
落在心头的雪花成了歌唱

当下雪
点燃冬天的火把
高举心中的火把
给予雪花温暖
给予冬天温暖

当下雪
飞来了一只麻雀
树上留下了脚印
树梢的路
麻雀的路
走来了一个人

雪地上被踩出了路
心中的路通向哪里

当下雪
河流低沉地歌唱
安静地流淌
歌唱凝固成为清晰可见的雪景
寒冷的石头
在戈壁瑟瑟颤抖
石头的心中装着石头

当下雪
麻雀找不到食物
却成了食物
于是
有戏可看
有事情可编故事

当下雪
落在大海中的雪花
落在大地上的雪花
走在街道上的人
都是同样的命运——
享受开始和结束之间的短暂自由

姥姥的月季

□孙一诺

[2012年"全国十佳小作家"]

孙一诺，女，出生于1996年，获奖时为山东省临沂第一中学高一学生。当时已有十余篇作品在《青少年导刊》《孩子天地》《作文周刊》《语文导报》《东方少年》等报刊发表。曾获得多项全国作文大赛奖。

小时候，每到春天，妈妈总会带着我到姥姥的小院子住上一段时间。那时候，阳光暖暖的，几朵急性子的月季花在院子里争奇斗艳地开着，姥姥也总在那个院子里忙碌着。再过些日子，月季花便大片大片地开了，红的、黄的、紫的、白的、墨绿的……五颜六色的月季把整个院子装点得充满生机。

姥姥的月季与普通月季不同。因为姥姥有一双艺术家的手和一对美学家的眼睛。她喜欢把不同颜色不同品种的月季嫁接到一起，让一棵月季上开满不同颜色和品种的花瓣，有的硕大无比像地瓜花，有的小的像扶郎花。光是红颜色的就有很多种，有的像美人蕉娇艳欲滴，有的像妖冶的玫瑰色泽沁人。绿的黄的紫的就更不用说了。姥姥在嫁接的时候就注意到了颜色的搭配、花瓣的疏密，怎么搭配更和谐，更美丽，她都非常考究。就好像一个博学的美学家那样去审美，不愿有任何马虎。很多人都喜欢来姥姥的院子里欣赏姥姥特意栽培的月季花。有的人家喜欢，就偷偷地挖走一两棵放到自己家里栽培。他们觉得要是只剪枝扦插就不会有五颜六色的花瓣开放。姥姥知道了也不生气，只是一直笑。等到来年她又再嫁接。

我偶尔哭闹的时候，姥姥便会抱起我走到院子里，折一枝最艳的月季花给我。我把花放在鼻子下面闻一闻，顿时觉得馨香扑面，暖暖的像春天一样。我趴在姥姥的耳朵上说："姥姥的月季花里有春天。"每当这时，姥姥总会笑得很开心。

也许是姥姥培养了我欣赏月季花的习惯。我总觉得姥姥的院子像百花园一样。我一会儿踮起脚闻闻这朵月季花的芬芳，一会儿跑到那一边蹲下来看着停落在月季花上的蝴蝶，伸手想捏蝴蝶的翅膀，每次快捏到的时候，蝴蝶就飞了。姥姥休息的时候便坐在门前的台阶上，阳光暖暖的，我趴在姥姥的腿上，姥姥轻轻地抚摸着我，嘴里哼着那首叫不出名的儿歌，我睡着了。

后来上学了，就很少去姥姥的院子了。有一次放学回家，妈妈递给我一个从老家捎来的小布包裹，里面是一束还未完全开放的月季花。这是姥姥让人捎来的。它有点蔫了，但是还是有浓郁的熟悉的花香，我连忙把它插入了换好清水的花瓶，期待着它能吸足水分像在姥姥的小院子里那样水灵灵地开放。

此后每年春天都能收到姥姥捎来的月季花，我总是把它们插在花瓶里，虽然它们终究没有开放……一年又一年，我长大了，我却始终想念姥姥的院子，想念院子里五颜六色的月季花在暖暖的春光里灿烂开放的情景。

我似乎闻到了姥姥嫁接的那种特异的五颜六色的月季花的幽香。

风波

□胡一龙

[2012年“全国十佳小作家”]

胡一龙，男，出生于1994年，获奖时为河南省郑州市第一中学高三学生。当时已有近百篇作品在《郑州晚报》《大河报》等报刊发表。出版有《开心果·果果》，作品《快乐死党》《超G女生》被改编为漫画出版。

说实在的，看到这个题目后，我真的是大脑一片空白。为此，专门查阅了词典，才明白“风波”是指一件特殊、意外的事，它打破了生活的宁静，人们在经历这件事的过程中，理解了许多真理。

对于生活在平淡生活中的平淡的我来说，确实没有什么风波可谈，不过，经过我在琐杂的记忆中一阵“翻箱倒柜”之后，我决定写一写伴随了我初三一整年的“老朋友”——鼻炎。

要论我与这位“朋友”是如何认识的，还要将时间的齿轮拨回到一年前的那个暑假。当时正值举世瞩目的北京奥运会举行时期，父亲带着我乘坐火车去北京观看。本来这应该是一次快乐充实的旅行，由于我的意外感冒，这一次“奥运之旅”却在我心里蒙上了一层灰色。

从北京回来后，我清楚地记得嗓子痛得连话都说不出，就像长了一棵仙人掌一样。于是便被立即送到了医院打了一个多星期的点滴，可谁知不但未好，反而有加重的迹象。父亲带着我换了一家医院看病，我便在苍白的诊断单上见到我“朋友”的名字了。

以前听到过一句话：“有些事情，只有亲身经历过后，才能真正体会得到。”如今不得不感叹其为真理了。从小学开始，就有同学给我描述鼻炎的痛苦；初中时，在我舒服地吹着空调，大口地呼吸着空气中的花香时，班里的一些同学却在机械化地拿着一大盒抽纸擦鼻子，痛苦地戴着口罩上学。可如今，我也染上了这可恶的鼻炎，才真正体会到它的“威力”。从此，我的抽屉就不再是我书包的地盘了，而是时常装满几盒抽纸和“小山”一般用过的卫生纸。

我伴随着一次打十二个喷嚏的最高纪录，开始了漫漫的求医之旅。可我“朋友”与我的关系实在过于紧密，以至于中西药兼施、针灸推拿齐下都不足以使其与我分开。在跑了无数次医院求医后，一位资深鼻科老专家的话彻底使我崩溃：“没有办法呀，实在不透气的话，你就蹲跳几十次估计就好了。”老天哪！我每天上的又不全都是体育课，您这办法我可用不来！

这样一个多月后，我和“朋友”的关系又升级了——我不再流鼻涕，转而成了无穷无尽的不透气，而且还是两个鼻孔同时不透气！我曾屡次怀疑我是否还拥有鼻子这个用来呼吸的器官，在我用手触碰到它以确认它还存在之后，鼻子在我的脸上的职能就快从呼吸转变为装饰了。

因为鼻炎，我几乎要精神崩溃了，它把我的脑袋弄得昏昏沉沉，我无数次地在心里咒骂它，大声地呐喊或乱扔东西，甚至用自己的拳头捶打鼻子来发泄，但都无济于事。

不过，在我决定做手术之前，伟大的中招体育考试来了！学校组织我们每天要跑一千五百米，而且还需要自己额外练习。要知道，每次运动过后，我都可以体会到鼻子呼吸的强大功能！于是，我为了寻求运动后那短暂的快感，开始拼命练习长跑。

经过长时间的锻炼之后，我的鼻炎居然痊愈了！而且更令我兴奋的是，因为我的苦练，我的长跑成绩也由原来的不及格变成了满分！

这就是我的“朋友”——鼻炎，它令我又爱又恨，不过，在此我还是要谢谢它。因为它，我学会了珍惜一切拥有的东西，而不是等到失去以后；因为它，我学会了坚韧与耐心，而不是焦躁不安；因为它，我的体育成绩得到了显著的提高。

“朋友”啊！你虽然曾经令我痛苦过，但你教给我的东西会使我永生受益，谢谢你！

留得残荷听雨声

□ 褚伊乐

[2013 年“全国十佳小作家”]

褚伊乐，女，获奖时为浙江省湖州中学高二学生。当时已在《湖州日报》《湖州晚报》《南太湖》等报刊发表多篇文章。

夜里突然下了一场雨，不期而至的甘霖。没有预谋，没有征兆，没有目的，就那么随手洒下的淡烟流水。可是寒冷就在这样清澈的夜晚悄悄地钻进你没有扣紧的衣角，没有掖紧的被窝，甚至没有紧闭的内心。

一夜无梦地醒来，起身为自己倒一杯咖啡，坐在窗前，随手翻开一本散发着淡淡油墨香的书，安静地听着时间的齿轮在头顶咔嚓咔嚓掉屑。

从小就喜欢雨天，一湾逝水，几缕飞云，点染出吟不完、品不尽的萧萧落寞意。再加上薛涛笺上的浓词丽句在岑寂的空间里轻舞飞扬，便觉得所有美好都具备了。那天突然接到一个初中同学的电话，说是在外面和人一起玩的时候偶然听到两句诗词：“自在飞花轻似梦，无边丝雨细如愁。”她一时没地方可查，便来问我，问明白了，也好在人前显摆一下。我当即告诉她，是秦观《浣溪沙·漠漠轻寒上小楼》里的句子，全词是：“漠漠轻寒上小楼，晓阴无赖似穷秋。淡烟流水画屏幽。自在飞花轻似梦，无边丝雨细如愁。宝帘闲挂小银钩。”她不无歆羡，说这样真好，总有一份听雨打芭蕉、品清诗雅韵的情怀，一个人的时候，也不至于百无聊赖。

挂下电话后，着实思索了会儿。在自己这儿平凡如柴米油盐的小事，在别人那儿却成了清高浪漫的情怀。其实不过是习惯罢了，习惯了在日暮倚楼的时候，给自己的心留三分空隙，可以观，可以赏，可以听，可以吟，不需刻意地追求什么，自然的，闲适的，一个眼神，一个微笑足矣。

都以为自己输给的是时间或者世情，其实不是，只是心罢了。

小的时候看《红楼梦》，以为黛玉那样的人，应当对李商隐有好感，可竟然不是，除了一句“留得残荷听雨声”。一开始不明白，渐渐长大才发觉这句诗原是这样好。若是寻常人，面对枯枝败叶大概是目不斜视地清理掉吧，可义山不同，疏朗旷达的意境里透出的是一份冷静、一份忍让、一份从容、一份坚强。怨不得书中宝玉听闻后便不让人打理那些荷花了。

我们都希望活得诗意一点，潇洒一点，昂扬一点，却常常不知道怎样拥有一份卷听川上水潺湲的心境。

把心擦干净了看世界，才能在不知不觉中发现，我们要比自己所想象的，更加热爱走过的人、走过的风景、走过的生活。

如此便不必再做世情与岁月的浪子。独自穿越悠长的黑夜时，即便逢不着一个丁香一样的姑娘，也可以不用在电脑游戏与软件堆里熬得双眼干涩。顾城说：“人世很长，人生很短。”既是这样，那就给自己留一段残荷，偶尔听听雨，淅淅沥沥的雨声里，那些寂寞的风、热闹的云，都会在某一个时间的断点，等着被一双手拾起，而后，温柔地阅读。

落日绣帘卷，亭下水连空。知君为我新作，窗户湿青红。长记平山堂上，欹枕江南烟雨，杳杳没孤鸿……

滚滚红尘翻两番，天南地北随遇而安。那些试图从眉梢鬓角逃之夭夭的东西，怎么能轻易地就割舍呢。春和景明、花树睢园之时，描一方山城之景，锦鳞游泳、百舸拍岸之际，唱一汪水国之情。浮花浪蕊的人生，哪那么容易就溜走了呢？

诚如宝玉和贾政等人游大观园时所作的对联云：“吟成豆蔻诗犹艳，睡足荼蘼梦亦香。”

每个人都应该有一张残荷，在荷下听雨，拥有一份属于自己的豆蔻诗艳、荼蘼梦香。

麻雀

□宋芊钰

[2014年“全国十佳小作家”]

宋芊钰，出生于2001年。获奖时为天津市南开翔宇学校七年级学生。八岁开始在报纸上发表诗文。获奖时已在《天津教育报》《渤海早报》《小学生作文》等报刊发表作品十余篇，出版小说《最后一只寒冰兔》。

我曾养过一只麻雀，小小的，小小的，可能还没有成年。它是不小心跑到我家里来的，我们把它放在小纸盒里，叫它小雀。

它的羽毛显得蓬松而凌乱，不知经历了多少风吹雨打。不知忍受了多少个昼夜的饥饿，它的身体瘦小而虚弱。哦，小雀，你曾经是多么可怜！我给它拿来食物，但它从未吃过。

它那小小的眼睛，只是看着，看着——哀伤的眼睛噙着泪。小雀，小雀，你何苦留恋外面那个危险的世界？小雀，小雀，你为何不能安于眼前的幸福呢？那时，年幼的我不懂。

后来，我不愿看小雀消沉下去，便把它放在透明的玻璃罐子里，罐子就在窗边，窗外的天空是游荡的云和飞翔而过的群鸽。小雀昏暗的眼睛在顷刻间那么清亮。它慢慢展开自己颤抖的翅膀，扑向那窗外的景。小雀撞在了玻璃上，一下一下，像哀求，似绝望。小雀，你又何必如此？小雀，你为何不能安逸地活？

小雀从未吃过东西，它的眼神也日渐混浊。在一个清晨，小雀走了，它熬过了六天，也绝望了六天。最后它得到了解脱，死的时候，眼睛望向天空，没有合上。

那一天，我在母亲的怀里哭得像个泪人。后来，我渐渐明白，自由对一个生命是何等重要，如果我们的生命并非独立自主，那便不可以称之为活着。小雀，让我懂得了何为自由，何为信念！

那一年，我五岁，我养过一只麻雀，小小的，小小的，它让我明白：我们所向往的那真实美好的自由啊！

永生的蝶

□孔洁

[2014年“全国十佳小作家”]

孔洁，出生于1996年。获奖时为浙江省乐清中学高二学生，校丹霞文学社社长。当时已有多篇文章在《中学生天地》《疯狂作文》《作文通讯》《中学生百科》等报刊发表，在国家、省、市级写作大赛中多次获奖。

传说，西伯利亚的酷冷之地有一只永生的蝶。短暂的夏日里，她轻舞翩跹，双翼舒展，倾国倾城。待到冷风吹起，大雪降下，群狼聚生，她就静静沉睡于千尺积雪之下，沉默而安谧地等待着来年春暖花开。

而中国也有关于蝶的美丽传说上下五千年流传。我记得庄周梦蝶，那潇洒自如，与自然合一的超然境界，让人心向往之；我记得梁祝化蝶，月光下奏一曲凄美的爱情绝唱，而故事总算有个浪漫的结局；我记得蝴蝶泉畔，古老的歌谣仍在风中一遍遍传唱……

我曾埋葬过一只蝶。它宽大的黑色羽翼，死后仍神秘而美丽，庄严而肃穆，一如为自己穿的丧衣。我将它捧在手心，不敢近观，总觉得随处丢弃是种不可饶恕的亵渎，便学黛玉葬花，为它掘一个浅浅的坟冢。尘埃没过它的身体时，我竟恍惚有种释了重负的感觉。静默三秒，在心底暗暗祈祷尘归尘，土归土。

次年春天，我又与一只蝶不期而遇。它翼上带黑边，绿莹莹的底色像是暗夜里幽幽燃着的火焰。此后年年如此，在学校，在后院，在荒地，在镇外的小路上，我总会在不经意间遇见一只蝴蝶。它们之间毫无相似之处，一生也只见我一面，却总无端让我想起多年前埋葬的那只蝴蝶。

埃及人说五千年后灵魂与肉体复合重生，佛说轮回，然而我终不是唯心主义者，我不知轮回为何物，更不敢妄谈重生！

有一年冬天，南方小镇上飘起鹅毛般的大雪。我躲在屋中，听雪落时轻柔的声响，信手翻着林清玄的散文，忽然彻悟：也许，那些美丽的生灵不过是表象，它们生生灭灭，于是有人感叹“蝴蝶再美也飞不过沧海”，殊不知它们背后有着一只永生的蝶。它自人类诞生于地球便与之相伴，并随着他们的血脉延续而代代相传。它是蜕变的惊喜，是西伯利亚高原上对坚韧的生命的高歌礼赞，是庄周的洒脱和哲学，是梁祝之间永恒的爱情，是蝴蝶泉边的坚守，是人类对一切美好事物的向往与赞美。那是时间或其他任何摧心折骨的事物都无法磨灭和摧毁的。

何必计较轮回？每一只蝴蝶都是那只永生的蝶的存在形式，那是人类思想中最纯粹美好的那一部分的承载和缩影。

我放下书，缓步走至窗前，凝望着在半空中盘旋飞舞的雪花，微笑起来。那大雪之下，想必正有一只蝴蝶在沉睡吧？

我用手轻轻抹去凝结在窗玻璃上的冰冷的水汽，暗自企盼见到来年春天的第一只西伯利亚蝶。

旧物

□解有毅

[2015年"全国十佳小作家"]

解有毅，1998年生，获奖时为山东省日照第一中学高二学生，校学生会校园文明督察部部长。八岁开始在报刊发表作品，获奖时已在《大众日报》《中学生时代》《日照日报》等报刊发表作品数十篇。多次在国家、省、市级作文比赛中获奖。出版个人作品集《追梦》。

一个"旧"字蕴含着多少意义。旧人、旧物、旧情……旧了的东西终究还是被遗忘了。当有一天，你无意中揩去所有的灰尘，再一次拿起旧物，你才会发现，原来那些旧物有着那么深刻的记忆，有着那么美好的韵味。

那灰尘积攒了厚厚一层，原本鲜亮的封面变得灰蒙蒙的，看不清晰。那是儿时的书，曾经如明灯般启迪着我的东西，被放置在闲地早已数不清几个年头。一张又一张，翻开，细看。那抽象而美好的人物形象跃然眼前。我似乎记起依偎在妈妈身旁，静静地听故事的时光，熟悉而又陌生的感觉油然而生。这并非太多的春秋将多少记忆密封，我摇摇头，将旧书放回原位。或许灰尘又将再次覆盖，或许记忆又将它深深遗忘。

那不如我拳头大的鞋子，我诧异儿时的我竟是如此弱小，连与大地相连的脚都如此。那扯了线的衣服，没有弹性的T恤，洗白了的牛仔裤，款式老了的裙子，被整整齐齐地叠放在橱柜最深处一角。旧衣服占了不少空间，多少次下定决心要把它们清理掉，最后还是不忍心。一遍又一遍，看了又看。在某个阳光明媚的午后，我又想起有一个幼稚单纯的女孩穿着这些，在阳光下嬉闹，银铃般的笑声从近及远，传到了很远的地方。

旧物，旧了的东西。或许我们再也用不到它们，但是那些记忆被它们留存。当有一天，那些旧物在阳光下被翻出，揩去所有的灰尘，旧物也有特别的感觉。

旧物，珍贵的是那份感情。

笼艺

□ 时潇含

[2016年“全国十佳小作家”]

时潇含，女，获奖时为广东省深圳市红岭中学高二学生，红岭中学鹏翎文学院院长。在《文学校园》《东方少年》《初中生之友》《高中生之友》《深圳青少年报》等报刊发表作品多篇。获第七届“鲁迅青少年文学奖”现场作文比赛高中组特等奖、深圳青少年读书随笔有奖征文一等奖等多个奖项。

鸟笼曾象征着游手好闲。八旗子弟提笼遛鸟的形象早在人们心中留下了不务正业的恶名，槐荫柳下，一群闲极一时的纨绔子弟在鸟鸣中谈天说地，让韶光白白流去。如今，此情此景是不再有的了，可是人们依然赋予了笼子丰富的贬义，“关进笼子”“打破笼子”这样的话语总是让人感觉，这被妖魔化的笼子仿佛生来就是一种束缚。但事实不是这样的，笼鸟文化，是玩出来的艺术。笼子中有一种情怀，它象征着清晨沾着露水的悠闲。笼子有它本身的艺术，那是来源于市井的嘈嘈杂杂的艺术。

笼艺中不得不提的一点就是用料。暂不提美观与否，光说沿袭下来的习惯，就少用木条做笼。虽说木料比起竹料有诸多优点，如不易虫蛀，易于雕刻，但木没有竹的韧性，放杯托、站杆的时候易折断。木头厚重，压手，不大方便，做个摆设固然精致，但作为把玩之物，总是欠了点随性。按说黄杨木、乌木、海黄、酸枝的价值远在竹料之上，但在清代浮夸的风气下都不用木笼来显阔绰，最是讲究场面的清代大户人家也不会提着木笼出来遛鸟。竹子有退让的智慧，不易折，而且经年的好竹，经过反复的使用会由最初的米黄色变为枣红色，时间的沉淀，在它年轻的身上很早就得到了体现。其上用手摩挲出的厚厚的包浆，无疑让人一看就心向往之。

说到器型，便又是别有洞天了。方笼最易显其线条之美，用榫卯拼接，方方正正。这时最好不用紫竹，紫竹的深色容易失掉榫头的意味。用浅色竹条可以使纹理变得更明晰，那些不足几毫米的浅黄色竹条竟能如此紧密地与较深色的榫头咬合，如此一比便将圆笼过于内敛的鬼门技术比了下去。板笼用在方笼中也是有些煞风景的，就要用亮格的，敞亮，随处一挂，端庄大方，阳光一照，清风一吹，笼中鸟雀，自然欢声歌唱。就算是个空笼，看了也叫人心生欢喜。

凡是艺术，都要讲究协调。鸟笼就图一顺手，方便。绣眼就该用小笼，小巧秀气。画眉鹩哥理应用大笼，稳重端庄。不然为求敞亮把绣眼文雀之类硬放进画眉笼，不仅竹条间距过大，鸟雀易逃走，而且十分不协调。鸟和笼本来就是一体的，其审美是无法分割的，不论是颜色、大小、形状，都不是随意搭配的。

万物总有一点儿惊人的相似，世风越是凋敝，审美越艳俗繁复，而在昌平盛世中反而讲究收敛。一如明式家具与清式家具，同样是硬木家具，明式的线条简洁、大方，妙不可言，随意一放便自成风情；而清式的仅适合放在养心殿里积灰。雕龙画凤，敦厚，沉重，看似大气，终是末路中装出的外强，细品其心则是中干。笼艺也是如此。单单是细竹条，不加纹饰，不用细细地钿上螺，或是在铜盘和十三太保钩上大下功夫，只要光光的素笼，大方中透着轻盈，简捷里透着气韵，这样的笼，怎么看都不厌，满满的都叫人欢喜。

笼艺，不像是京剧、大鼓一样底蕴深厚的艺术，要正正衣冠，正襟危坐地谈论。如今大多数时候，都是一群穷极无聊的老头用零碎钱，买下一只山雀，匀一个旧鸟笼，给自己冗长的时间找找乐子，不过消遣罢了。哪怕是如今开始盛行的奢靡的风气逐渐浸染了这种纯粹，笼艺说到底也仅是市井图一乐和，终是玩物，眼看着赏心悦目，摩挲着其乐无穷就是好的。何必用世俗金钱的眼光来衡量本属于内心的东西呢？哪怕一个小蝈蝈笼，端端正正，大气朴素，其意深远。物中的拙趣是品不尽的，琢磨线条交合错杂而形成的体势，一个清冷的下午就变得活色生香了，说到底乐和乐和就成了。有雀在笼中是生气，空置一笼悬于门庭，或置于案桌也是别有风情，天下再多的美物也比不上瞅见之后，心头滑过的一丝快意。

现如今，不上七十岁，秃了顶，颤颤巍巍，穿一汗衫，就不好意思出门遛鸟，仿佛有人冷眼瞅着，冷哼“玩物丧志”。那些人仿佛以为笼子仍是该被打破的。可难道打破了笼子，一颗心就可以归了正？

清晨的太阳照着，提着笼慢慢走，有人恼着，自己照旧痴乐，这时哪怕提的是个积了灰、断了竹条的破笼子，笼里的雀折了翅，蹦蹦跳跳，大约也会慨然一句：“这春光，绝了！”

阿姨的棉菜饼

□钱琼琳

[2017年“全国十佳小作家”]

钱琼琳，获奖时为浙江省乐清市嘉禾中学高二学生。当时已在《求学》《作文》《中学生天地》《中国校园文学》等报刊上发表作品十余篇，在全国性作文大赛中多次获奖。

小时候我在阿姨家住过一段时间。

阿姨家住西山，房子贴山而建，推开后门，不过咫尺距离便是一面笔直的山壁，横柯竖枝，杂草乱生。

虽说这面墙壁似的山有些遮挡视线，但却莫名地给人一种安全感——瞧啊，我往后一靠就是山了！

可能是因为彼时年幼懵懂，所以我对那山总怀着一种敬意。清明前后，阿姨从那山上采来新鲜的棉菜——一种墨绿的野菜，总是一丛丛密密地长着。把它洗净后，同和了水的面团拌在一起，雪白的面团就会变得格外漂亮。被菜汁染成墨绿不说，单是棉菜细密精致的花纹就足以吸人眼球了。

听说别人家都往棉菜饼里放咸菜、豆腐干之类的馅儿，但因我从小酷爱甜食，阿姨又极为疼爱我，因此阿姨的棉菜饼里只有红糖、花生或者其他味甜的坚果。小小的我身高够不到案台，只能拼命抬着头，看阿姨娴熟地揪下一块墨绿的面团儿，放在掌心揉搓成扁平的面饼，加一勺儿红糖拌坚果，手心一拢，一捏，微微压扁，一个棉菜饼就算包好了。阿姨把棉菜饼放在一片很长的叶子上，长得很像包粽子的箬叶，但又应该不是。这些饼子被放进了竹条编起来的蒸笼里，蒸笼被架在了大火上。我寸步不离地守着高高的蒸笼，水蒸气在空气中液化成的小水珠濡湿了我的鬓角和睫毛，脸颊上也湿漉漉，怪难受的。但我就是不肯离开，非要等着棉菜饼出锅不可。

蒸熟的棉菜饼香气很淡，只有托着叶片凑近了鼻子，才会闻到新鲜的绿叶气味。

吃棉菜饼，尤其是吃红糖馅儿的棉菜饼，切不可心急。总得先凉一会儿，否则里头满满的糖汁肯定要把你的嘴烫出个大水泡。最好先咬上小小的一口，轻轻吮吸出一半的红糖汁，碎碎的坚果便顺带着流到了舌尖上，香甜得简直要直接化成蜜汁淌过喉咙了。然后带着满口余香，细细咀嚼手中的棉菜饼。

阿姨家经济条件不好，房屋也是老式的：木门槛、木楼梯、木板拼接成的大门……但是阿姨将生活过得幸福安乐，她的好厨艺也为生活增色不少。在阿姨的巧手下不知有多少美味佳肴，我却独独最爱这清明前后才有的棉菜饼。

其实我不止一次地想过，倘若棉菜饼没了棉菜，不就和七夕节吃的乞巧饼差不多了吗？棉菜的完美加盟，恰好中和了红糖汁的甜，使之甜而不腻，清而不淡。这对舌尖最美的问候，使我即便离开西山十几年了，也依然惦念不忘。

离开西山后我也曾吃过其他人手中的棉菜饼，却没有一个比得上我记忆中的美味。可能，是因为阿姨是西山人，棉菜是西山菜吧。

画中人

□吴沂蓁

[2018年"全国十佳小作家"]

吴沂蓁，获奖时为浙江省温州育英国际实验学校高二学生，中国少年作家学会会员，温州市小文学家。文章散见于《新农村商报》《市场观察》《中学生天地》《美文》《钱江晚报》《作文通讯》等十余种报刊。著有文集《美丽路上》《且听风吟》《采薇集》《此去经年》等。多次获得各种作文奖项。

你在干什么呢?

画画。

在画什么呢?

星星,还有海洋。

学好数理化才能征服星辰大海呢。

夏日的风吹过即让人觉得燥热,凉爽并未持久,徒留一身虚薄的腻汗。

我曾经读过冯骥才先生的《苦夏》,他说他最喜欢"汗湿的胳膊粘在书桌玻璃上的美妙无比的感觉"。

如今我仍然不能体会这种独特的感受，只是倘若汗湿的胳膊粘在书桌木平面上的时候,周身恰拂过一遭来自各式电器的清凉,确实也能体会到那种美妙无比的感觉。

我时常喜欢在夏季黄昏倚在画廊的栏杆上,趁大家都去吃饭,四下无人,摆出一副潇洒姿态享受夏季黄昏隽永的诗意。长长的画廊大理石瓷砖铺设得格外好看。尽管学校是个并不浪漫的场所,这等小小的细节却是做得浪漫。但又或许这只是我的一种臆想。学校当初铺设它的时候定然不是因为晚霞光辉隐隐投射时的光彩,否则他们一定会注意到平日里大理石瓷砖的灰白无聊,弄个花纹或者将表面处理得再熠熠生辉些,兴许更讨视察的上级领导的喜欢。

然而上级领导可能并不是很喜欢这些。因为他们来的时候总是朗朗青天白日，一群西装革履的英挺教师前呼后拥。灰白的大理石瓷砖更能反衬出六十年老校、省一级重点的教学质量光亮夺目嘛！语文阅读题如是说。这还反衬了新时代风貌和莘莘学子的精神品质，应试作文如是说。

想及此处，我轻声笑了出来。一转头，视线恰好与步履匆匆的隔壁班同学迎面撞上。我觉得他估计是认为不去刷题在这傻笑的我有点傻，下意识地收了笑容，露出那种被老师上课突然点到的茫然表情。等他走过之后，我的嘴巴还是傻傻地微张着。

这样估计更傻了。

我又轻轻地笑了。庆幸除了那人之外没有其他师生的出没。

今天晚上没有晚霞。

磨得发亮的灰白大理石很是寂寞。

我遂不再看那上面的小小瑕疵。好在今日晚风不错，若是揪着眼睛，能看到像极了椰子树的一株摇摆绿意。在被五十余年抛光漂白的老教学楼后头，格外的不一样。

我一向认为这些艺术化的细节是要远胜大门口的学霸琅玡榜的。说来有些可笑，什么天下十大数学高手、四大化学公子、琅玡物理榜，如若男女数量平均，倒可以供吃瓜群众、无事闲人凑个数配个对作茶余饭后的谈资。

诚然，我校如外界传言一般风景优美、造型别致、学风浓厚、校风卓然，我却难以倾注我的热爱。和学校里的所有人不同，除了爱它省一级重点六十年老校的光辉外壳和理科全优的辉煌榜单，我所热爱的唯有一处，便是画廊。

其实画廊本不是画廊，它没有画，只是条教室外的走廊，只有醒目且励志的红黄标语。只是我这么叫罢了。

这份热爱其实也不纯粹。我爱画廊尽头最隐蔽的画室，那是学校最神秘最有艺术感的地方，不知道是哪届美术老师留下的好去处。但那称不上热爱。

每当我以外来者的身份踏入那间画室的时候，我就立刻明白，那地方不属于我。

而在画廊远远眺望的时候，我还可以幻想，那就是我的地方。

倾听幽兰

□朱博约

[2019年“全国十佳小作家”]

朱博约，获奖时为北京市第三十五中学高三学生。当时已在《中华辞赋》《名作欣赏》《散文百家》《长江丛刊》《北方文学》《参花》《中华读书报》等报刊发表作品九十余篇。个人诗文集《奥里西斯的黎明》由新华出版社出版。

紫霞琴馆窗台上的两株君子兰，在我学琴的几年一直陪伴我。我喜欢看着幽兰抚琴的那种感觉。古琴有三千年的历史，制琴讲究，琴长三尺六寸五分，代表一年三百六十五天。琴身有十三个徽位，代表一年十二个月及闰月。这些都和时间有关，可能在暗寓琴艺的精进与付出的时间是一致的。我用的是一把连珠式的仿唐琴，名曰“飞泉”，上面有冰裂纹，真是古色古香，美轮美奂。白居易诗云：“丝桐合为琴，中有太古声。”果然，十指一触弦，泛音轻灵清越，散音沉着浑厚，按音或舒缓或激越或凝重，令人迷醉，简直叹为观止。所以过去一千五百多个日日夜夜我就这样反复练琴，在“宫、商、角、徵、羽”的曲谱中跋涉，在“托、擘、挑、抹、剔”的指法中徜徉，无数次手指磨破又长好，我为学琴牺牲了太多看电影、休息时间。“啪嗒，啪嗒”，古琴节拍器那万古不变的声音就这样每天不断击打我的耳膜。

然而我付出许多时间却仍遭受了重挫——在一次古琴比赛中发挥失常，没有得到好的名次。我无比失望，犹如心沉万年玄水，凄神寒骨，几年的寂寞琴凳，没有换来应有的掌声。手抚古琴岳山，看着指尖磨出的老茧又被磨破，并且开始隐隐作痛，我机械地一遍遍练习着老师布置的琴曲，单调的节拍器声音将我淹没又淹没，世界就像不复存在。琴曲中的美妙意境，都抵不过初冬的彻骨寒风，满世界的枯叶散落、草木凄迷，天空也似愁云惨淡。那以后，曾经觉得美妙醉人的琴曲，仿佛弹棉花似的苦涩。从那以后，我没有看见琴馆窗台的君子兰开过。我不愿意再碰琴弦，时间转眼就是几个月。

有一天，我无意再次走过琴馆，里面飘来熟悉的曲子。哦，《碣石调幽兰》，相传孔子所作，借兰花之洁，颂君子之德。这首曲子点亮了我的耳朵。我寻着琴声进去，抬眼看见一位学姐安静地坐在琴前，长睫微微垂下，十指翩翩起舞，浑然不觉地陶醉在龙穴悠然流出的一片秋景中。我也听得入迷，沉浸其中，琴馆古老家具、昏暗灯光，刹那间明亮起来，一个个高古的音符水彩般将单调的琴房变得多彩多姿起来，甚至幻化出一个七彩斑斓的世界。她起舞的手指就像兰花一样美好，虽然力道尚欠，却是那么感人肺腑，我听着听着开始感动，琴音仿佛花儿般清新动人。渐渐的，我的疲惫与这琴声一道潺潺流逝。我问这位学姐：为何能弹得这么好？

她笑笑说："音乐要靠心灵指引。当你感到琴曲的美好，就会拥有力量。"

"琴，不只是手指练习，是用心弹奏。当你将情感通过琴弦表达出来，传递给每个人，甚至传递给世界上任何地方的陌生人，那是一种心灵的沟通，它会超越语言和所有的隔阂。"她说。

她弹了一曲又一曲，直至夜色灌满了屋外的世界。"为我一挥手，如听万壑松"，她那一席话深深打动了我。不知何时，夕阳已为西边的浓云镀上一层霞光；不知何时，窗外树梢的残雪已悄然化去；不知何时，琴馆的那两株久不开放的君子兰已在坚韧中嫣然绽放。兰香那般沁人心脾，整个世界都仿佛被这花香所感染而春回大地。我见过绚丽如骄阳的夏日玫瑰，见过冷艳如冰川的天山雪莲，见过璀璨如黄金的秋日菊花，都没有琴馆兰花开得这般动人和傲然。

那以后古琴真的成为我生活的一部分，简直须臾不可分离。我学过的琴曲也由简单而复杂，由易懂而深奥，无论是"醉里挑灯看剑，梦回吹角连营"般壮怀激烈的《广陵散》，还是"二十四桥仍在，波心荡、冷月无声"般忧愁悲凉的《潇湘水云》；无论是"劝君更尽一杯酒，西出阳关无故人"般缠绵悱恻的《阳关三叠》，还是"落霞与孤鹜齐飞，秋水共长天一色"般辽阔明净的《平沙落雁》……都能激荡我的内心。听那指尖起舞的高山流水，听那万古悠扬中的金戈铁马，听那三尺匣内的大江东去……空中回荡的不仅仅是一首首古曲，也是一代代先哲的精神对话，是源远流长的中华文明。

这一首首流传千年的古曲，在我的琴房久久荡漾。无论忧烦还是高兴，我都愿意倾听、弹奏，尤其是万籁俱寂的夜晚，这琴声，上达天庭，下通幽冥，掌握着宇宙的和谐与均衡，让倾听的心灵一尘不染。这个属于我的世界，与历史相连，与大自然相拥，自由而向上。

后来我再也没有见到这位学姐，听说她得了渐冻症，不再能弹琴了。但她说的那些话，永远铭刻在我心里。

走进飘雪

□牛　典

[2019年"全国十佳小作家"]

牛典，获奖时为内蒙古师范大学锦山实验中学高三学生，学校文学社副社长，中国散文学会会员，赤峰市作家协会会员。当时已在《中国文化报》《未来作家向导》《神州》《经典美文》《红山晚报》等报刊发表作品二十余篇。多次在全国写作大赛中获奖。

猝不及防，一场大雪从天上洒了下来，这在四月里显得格外不可思议。不过，我们又不是预言家，谁说得清这颇似"柳絮因风起"的雪何时飘下呢？暂且受用这北方土地上辽阔、清爽而略显苍茫的白吧。

放学的铃声响了，我随着渐趋渺茫的铃声向窗外望去，洋洋洒洒的雪乘风而下，在空中翻飞。是自由，抑或是身不由己？窗外的人群——哪里见得到人，满眼尽是各色的伞。世人几乎都爱雪的纯洁，爱雪落发间与所爱之人共白首的甜蜜，可现在却在用伞拒绝这漫天飞舞的雪。我并没有去柜子里拿伞，径直走下了楼。

我不想拒绝雪。

我想，走进飘雪。

感受到一楼门口的风，我几乎迫不及待地想冲出去给雪一个拥抱。我看到很多人站在房檐下，吃力地撑开伞然后互相搀扶着走进雪中。也有人转身跑回教室，去寻找拒绝雪的伞。而我，走进飘雪。

外面，风大，雪大。踉跄的行人感叹着四月飞雪的神奇，也抱怨着雪扼住了那些刚开放不久的花的咽喉，为雪硬生生安排上数条罪名。然而，雪就是雪，不会因为他人的评论而改变人间的行程，他依然要装点人间，润湿土壤，"瑞雪兆丰年"。也许，他的热烈与清冷会让几朵花飘落树根，但也不必过于悲伤。禁不住一场雪的花，也同样无法享受春日的鸟鸣。

走进飘雪，竟是如此无拘无束，肆意畅快，似乎达到天人合一的境界。来到一片自由的洁白的世界，我好像感到自己醒来了，从那个温暖得令人头晕的地方醒来了。微冷的风在身边翩然轻擦，像极了泠泠作响的泉水激石之声，轻快而节奏鲜明地拍打着我的灵魂，引着我去看纯洁与天真。雪大朵大朵地飘下，落满衣襟，就这样，我独自一人戴着雪做的丝巾，穿行在人中、伞中。我为我的独一无二而欣喜，更为走进了飘雪而激动。想想柳宗元，在“万径人踪灭”的幽寂凄寒之境，却能乘孤舟、披蓑戴笠、独钓寒江雪，这份淡然与脱离尘俗的高洁，让我在历史中觅到了知音。

不合时宜地想起辛弃疾的一句词来：“拍手笑沙鸥，一身都是愁。”作者本是愁自己白了华发，而拍手笑沙鸥一身皆愁。现在我似乎也算“满头白发”，只不过没有辛弃疾洒脱的愁，只有自己默默的沉思。想到这，双腿忽然沉重起来，像雪一样被吸在地上，似乎还要向更深处延伸。走进飘雪，又可笑地感到孤独了。

看着行人纷纷撑伞与我擦肩而过，我头上的雪却未有一刻停止下落。一个人走进飘雪的快乐，也是一个人走进飘雪的悲凉。无人为我撑伞，也无人问候一句我为何不打伞，但无人奚落我孤单的背影与满头凌乱、无助的白发，也足够我欣慰的了。我依然爱这自由与轻松。

不过，伞外的世界，真的没有半点爱了吗？不，不会的，不是这样的。

那年中午的暴雨，一个女孩的头上出现一把花伞，为她挡住了雨，而这把伞来自一位与她素未谋面的女孩。我记得了，我是那个被关怀的人。

那年中午的骄阳，一个女孩举着手臂挡住阳光，而她后面有人疾步向前，与她分享自己伞下的阴凉，两人依旧是素未谋面。我记得了，我是那个撑伞的人。

不知不觉已走到家的楼下，风依然很大，雪依然很大。眼睛在风雪中挣扎着向前看去，一对父女的背影闪入我的视线：父亲为女孩打着伞，他们右转时我清晰地看到两人脸上都是笑意，父亲的左肩却落满了雪。是呀，走进飘雪便会看到社会与人性的些许折射，从雪上反出的笑脸与泪水都承载着一个人心上难忘的回忆，每个人都是记忆这辆客车上的乘客，被岁月带向远方。

邂逅飘雪，那是上天的馈赠，欣然领受。品味雪的纯洁，感受像拿着棉花糖的小孩子一样的天真，带着生命的圣洁。而在漫天的飘雪中，无论视线怎样蒙眬，耳边的风声怎样猛烈，那内心的静啊，依然是梭罗在瓦尔登湖垂钓的宁静，也是我们在雪中所守护的心中的寂静。如此飘雪的季节，在人生中还不知要走过几程，也许随着某一片雪的落下我们便会突然地长大，进入另一重境界，融入雪，融于道，与天地并行，与万物并生，抛弃一切烦恼，享受自然的至乐。身为人类一分子的我们已做了太久自然的逆子，是时候融入飘雪，让自己更明道些，再去弥补对自然与人生的亏欠。

一朵雪落在眼窝中，那是许久未曾落的泪。

附录：历届“全国十佳小作家”名录

第三届（2005 年）

曹敬辉　山东省郯城第二中学
祝师恩　上海市开元学校
张牧笛　天津市天慈中学
潘　韵　江苏省徐州高级中学
陈安琪　黑龙江省大庆实验中学
杨念念　湖北省松滋市第三中学
李　娟　宁夏回族自治区西吉中学
毛明军　湖北省枝江市第一高级中学
魏古月　湖北省襄樊市第三十六中学
董水芬　浙江省永嘉县碧莲中学

第四届（2006 年）

余雪尔　上海外国语大学附属外国语学校
刘殷实　陕西省咸阳市道北铁路中学
张怀利　河北省涉县光华中学
严诗喆　广东省佛山市华英学校
许甜甜　湖北省松滋市第四中学
曹琬珑　湖北省宜昌市第十一中学
徐尚斐　广东省深圳中学
郑　晓　浙江省乐清市虹桥中学
张宝丹　广东省汕头市飞厦中学
高立强　北京市第十二中学分校

第五届（2007 年）

胡海升　山西省运城市康杰中学
张　羿　贵州省贵阳市第一中学
何洁溪　安徽省马鞍山市第七中学
刘　欢　湖南省岳阳市岳化第一中学
李皖琪　广东省广州市铁路第一中学
赵苏宁　北京师范大学第二附属中学
郑祥治　湖北省宜昌市外国语学校
闫　晗　四川省开江中学
邓楚瑶　浙江省嘉兴市秀州中学
李　婧　河北省张家口市宣化第四中学

第六届（2008 年）

李　巍　河北省衡水市冀州中学
姚思宇　辽宁省大连市育明高级中学
邱志莲　浙江省乐清市虹桥中学
徐箐梅　山东师范大学附属中学
周亦岑　江苏省南京市宁海中学
姚池异　江苏省常州市横林高级中学
袁　音　广东省深圳市龙岗区实验学校
马小翔　辽宁省沈阳市第七中学
刘辰辰　安徽省马鞍山市成功学校
周石奇　湖南省桃源县文昌中学

第七届(2009年)

马小菲　山东省实验中学
王婧一　北京市大兴区第一中学
叶亚林　辽宁省本溪市第二高级中学
皮　芃　北京市第十二中学
张元方　陕西省咸阳市实验中学
李雪静　山东省青岛市第三十九中学
杨雨航　湖北省枝江市第一高级中学
陈一鸣　安徽省马鞍山市沙封作文学校
周　蜜　甘肃省天水市逸夫实验中学
谢　然　广东省深圳市田东中学

第八届(2010年)

林　奥　辽宁省抚顺市第二中学
魏　菡　山东省沂水县第二中学
王　玉　江苏省南京市教育学院附属高级中学
詹佳丽　江苏省扬州中学教育集团树人学校
韩　雨　山东省曲阜师范大学附属中学
魏廷屹　四川省宜宾市第一中学校
刘宇珊　广东省深圳市翠园中学
邱雨晴　江苏省无锡市旺庄中学
陈　炀　江苏省如皋市实验初中
李丹丹　广东省深圳外国语学校

第九届(2011年)

张佳羽　甘肃省兰州市第十四中学
汪　炜　浙江省义乌市第三中学
颜炜钰　江苏省姜堰中学
倪协克　浙江省乐清市白象中学
朱昱霏　辽宁省本溪市高级中学
涂馨予　福建省厦门第一中学
劳静琳　广东省佛山市陈登职业技术学校
牛　杰　甘肃省嘉峪关市第二中学
张　辉　江苏省无锡市旺庄中学
陈疏影　四川省成都嘉祥外国语学校

第十届(2012年)

麦麦提敏·阿卜力孜　北京市通州区潞河中学
于　瑶　广东省深圳第二外国语学校
薄睿宁　山东省东营市河口区实验学校
江　锦　安徽省安庆市第一中学
陈衣攀　浙江省乐清市白象中学
孙一诺　山东省临沂第一中学
万　亿　四川省成都双流中学实验学校
余　瑞　四川省攀枝花市第三十一中小学校
胡一龙　河南省郑州市第一中学
张　薇　广东省深圳市红岭中学

第十一届(2013年)

张维肖　山东省实验中学
董　玥　江苏省淮阴中学
吴岱霖　广东省深圳实验学校
吴涵彧　江西省新余市新钢中学
余明静　浙江省乐清中学
申屠涧桥　江苏省无锡市侨谊实验中学
姚禹同　江西省南昌市外国语学校
费圣轩　北京市通州区潞河中学
宋和煦　山东省济宁市第十三中学
褚伊乐　浙江省湖州中学

第十二届(2014年)

肖一笑　湖南省冷水江市第一中学
刘睿智　山东省临沂第一中学
宋芊钰　天津市南开翔宇学校
韩星鹭　广东省广州大学附属中学
张竞文　山东省东营市河口区实验学校
隋雪纯　山东省曲阜师范大学附属中学
逄杭之　山东省实验中学
卢子越　浙江省乐清市乐成寄宿中学
孔　洁　浙江省乐清中学
萧惟丹　山东省寿光世纪学校

第十三届(2015 年)

吴百川　浙江省乐清市乐成寄宿中学
李　倍　江苏省通州高级中学
周端端　江苏省泰州中学
孟雨萌　中国人民大学附属中学朝阳学校
任婧雯　江苏省无锡市市北高级中学
夏　璇　山东省北镇中学
司高丽　河南省郑州外国语学校
杨一欣　浙江省乐清中学
付一凡　山东省济宁市汶上县第一实验中学
解有毅　山东省日照第一中学

第十四届(2016 年)

马珮文　江苏省扬州中学
张涵之　江西省南昌外国语学校
薛诗瑶　浙江省乐清市嘉禾中学
郇千惠　山东省临沂第一中学
刘子茜　湖北省襄阳市第四中学
时潇含　广东省深圳市红岭中学
朱芸菲　江苏省南京市第二十九中学
许　非　浙江省永嘉中学
周玉振　江苏省泰州中学
江致远　山东省即墨市第二十八中学

第十五届(2017 年)

杨一凡　浙江省绍兴鲁迅中学
张羽佳　山东省泰安第二中学
樊芮彤　河北省石家庄市第二中学
陈　开　江苏省南京师范大学附属中学
吴宇菲　安徽省马鞍山市第二中学
俞天一　浙江省衢州第一中学
马知行　广东省深圳市高级中学
戴彬媛　浙江省永嘉中学
贾思倩　重庆市巫山高级中学
钱琼琳　浙江省乐清市嘉禾中学

第十六届(2018 年)

王恩琦　山东省临沂第一中学
李纳米　江苏省南京市金陵中学
汪芦川　浙江省衢州第二中学
孙思杰　山东省桓台第一中学
郑安之　浙江省新昌中学
何赟儿　浙江省海盐元济高级中学
王翊朵　浙江省乐清中学
赫湨琨　河北省石家庄市第一中学
范开源　山东省泰安第一中学
吴沂蓁　浙江省温州育英国际实验学校

第十七届(2019 年)

潘幸泉　河北省石家庄市第二中学
祁佳明　江苏省苏州中学
张天娇　天津英华国际学校
朱博约　北京市第三十五中学
赵静好　山东省实验中学
牛　典　内蒙古师范大学锦山实验中学
陈逸德　宁夏回族自治区银川第一中学
缪浩文　甘肃省西北师范大学附属中学
刘一骄　四川省成都市石室中学
金凯歌　山东省桓台第一中学

注:“叶圣陶杯”全国中学生新作文大赛自第三届起设立“全国十佳小作家”奖项。